불안한 사람들

프레드릭 배크만
장편소설

이은선 옮김

ANXIOUS PEOPLE

FREDRIK BACKMAN

다산
책방

공포 속 희망, 비극 속 유머, 혼돈 속 우아함, 웃음 속 눈물이 황홀하게 쏟아져내린다. _굿리즈

배크만식 티키타카 대화와 인간 본성에 대한 타의 추종을 불허하는 통찰이 빛나는 작품. _셀프 어웨어니스

배크만의 소설은 항상 도서관의 대출 예약 대기자 명단이 끝없이 길고, 이 책도 다르지 않다. 『불안한 사람들』 열풍은 이미 시작되었다. _오프더셀프

한시도 눈을 뗄 수 없는 액션이 숨 가쁘게 펼쳐지는 와중에 결혼, 부모 노릇, 책임감, 세계 경제 위기에 대해 생각할 여지를 준다. 코미디, 드라마, 미스터리 그리고 사회학이 한데 얼버무려진 『불안한 사람들』은 한마디로 정의할 수 없는 작품이지만 읽는 즐거움이 큰 것만큼은 분명하다. _라이브러리 저널

읽는 동안 웃었고 울었고 말 그대로 내가 아는 모든 사람에게 추천했다. _버즈피드

엉뚱하고 가슴 따뜻한 소설. 풍자적이고 재치 넘치며 종종 폭소가 터질 만큼 유쾌한, 순도 백 퍼센트의 재미를 보장하는 독창적인 작품이다. _피플스 매거진

심각한 불안이 계속되는 시기에도 함께 경험한 사건이 여러 사람의 인생행로를 어떤 식으로 바꾸는지에 초점을 맞춘다. 유쾌하면서도 감동적인, 팬들의 기대를 충족시키기에 충분한 작품이다. _커커스 리뷰

가슴이 아파오면서도 따뜻해진다. 완벽한 균형점을 찾은 놀랍도록 달콤한 이야기. 우리는 모두 언제든 바보 같은 짓을 저지를 수 있지만, 그럼에도 불구하고 사랑으로 연결될 가치가 충분한 사람들임을 일깨워준다. _NPR

이 시대 사람들에게 위로가 되는 뛰어난 이야기다. _매트 헤이그(『미드나잇 라이브러리』 작가)

2020년, 우리는 새로운 종류의 번아웃을 경험했다. 휴가를 갈 수 없거나 마스크를 써야 해서가 아니라, 끊임없이 닥쳐오는 외로움 때문이었다. 『불안한 사람들』은 불안만큼이나 외로움에 대한 이야기이다. 어른도 때로는 옷장에서 혼자 실컷 우는 시간이 필요하

다. _북라이엇

배크만의 소설은 추진력 있는 이야기를 통해 어려운 질문을 던지고 그에 대한 답과 인간에 대한 진실을 밝혀낸다. _토론토스타

심오한 통찰과 황당한 유머 사이에서 최적의 지점을 제대로 겨냥한다. 나는 마지막 페이지를 넘기고 나서 미소를 짓고 눈물을 글썽이며 이 책을 꼭 끌어안았다. _USA 투데이

끝없는 웃음을 선사하는 우울증 치료제. _리얼 심플

매력 뿜뿜인 인물이 등장하고 유머와 감동이 한데 어우러지는 소설을 좋아한다면 이 작품이 딱이다. _더 스킴

위트 넘치고 유쾌한 액션 오락물. 배크만의 매력이 제대로 뿜어져나왔다.
_퍼블리셔스 위클리

훈훈함과 애잔함의 비율이 딱 맞는, 놀랍도록 기분 좋은 이야기. 프레드릭 배크만은 간단하고 우아하게 관계를 묘사하는 능력이 탁월하다. 우리는 모두 바보일지 모르지만 그래도 관계를 맺고 사랑을 주고받을 자격이 있다. _내셔널 퍼블릭 라디오

배크만이 또다시 '인간으로 살기'라는 골치 아픈 문제를 파고들었다.『불안한 사람들』은 블랙유머로 넘쳐난다. 기발하고 감동적이며 독자들을 웃기기도 하고 울리기도 한다. 배크만의 새 소설은 팬데믹 시대, 우리를 덮친 불안을 해소해줄 믿음직한 치료제다. 큰 소리로 한 바탕 웃고 나면 인간에 대한 믿음이 다시 샘솟을 것이다.
_워싱턴 포스트

프레드릭 배크만의 신작에서, 있음직한 사건은 절대 벌어지지 않는다. 사회 부적응자들이 한 명씩 등장하는 동안 황당한 스토리가 점점 현실보다 더 현실적으로 바뀌어간다. 배크만은 유쾌하고 통찰력 있고 감동적이며 등장인물 위주의 서사를 풀어나가는데 귀재다. 유머러스하면서도 가슴절절하게 인생, 결혼, 부모 노릇, 사랑, 죽음을 논하고 있으니, 인간으로 산다는 것이 워낙 '바보처럼 어려운 일'이라 우리는 모두 '바보'일 수밖에 없다는 스탠드업 철학자 겸 소설가의 인질이 될 준비를 하는 것이 좋겠다.『불안한 사람들』은 인정과 연민이 하루하루를 버티는 데 얼마나 중요한지를 강조하는데, 이것이야말로 이 시대에 필요한 교훈이라 하겠다. 인생에 대해 내릴 수 있는 예측 가능한 평가가 있다면 이것이다. '인생이 이런 식으로 흘러갈 줄은 몰랐다'는 것. _USA 투데이

감동과 공감이 넘치고, 늘 그렇듯 예리하고 매력적인 배크만 특유의 작품. 전염병이 세계를 강타하기 직전의 특이한 공간을 배경으로 누구나 느끼는 불안에 대해 조심스럽게 살펴본다. _북리스트

개개인의 경험이 무작위로 모인 사람들을 어떻게 똘똘 뭉치게 만드는지 이야기하는 아주 유쾌하고 훈훈한 작품. 배크만은 각 등장인물의 수많은 단점을 폭로하지만 그 불완전함이 독자에게 엄청난 공감을 선사한다. 단순히 단점만으로 우리를 규정할 수 없으며, 인간은 항상 결점의 총합 그 이상의 존재임을 다시금 일깨운다. _북페이지

헉 소리가 나올 정도로 심오한 울림의 순간들이 있다. 예를 들어 도입부에서 부모로서의 책임감에 대해 농담처럼 던진 말이 나중에 어떤 사건에 이르면 이보다 더 알맞을 수가 없다는 걸 발견하는 식이다. 배크만을 좋아하는 독자들에게는 『불안한 사람들』이 최고의 감동을 선사할 것이다. _베닝턴 배너

인생에 대한 몇 가지 교훈을 주는 유쾌한 인질극. 배크만이 창조한 『불안한 사람들』의 세상에서는 불안한 사람이 넘쳐나지만 워낙 우스꽝스럽게 묘사되기 때문에 독자들은 당장의 현실을 잊고 웃음을 터뜨리게 된다. 그것도 배꼽을 잡고서. _더 힌두, 인도

배크만은 어려운 질문을 던지고 인간의 조건에 얽힌 진실을 공개할 때조차 연민과 박력을 잃지 않는다. _토론토 스타, 캐나다

세상만사는 우연으로 서로 연결돼 있다는 것. _주머

배크만 특유의 풍자적 유머, 이면의 삶에 대한 통찰, 인간들을 향한 연민으로 가득하다. 사실상 러브스토리이자 수많은 문제를 안고 살아가는 사람들의 이야기지만 신파조로 흐르지 않는다. 배크만의 작품인데 어려울까. _위니펙 프리 프레스

늘 베스트셀러에 빛나는 작가 프레드릭 배크만이 돌아왔다. 인간의 본성, 연대, 따뜻한 마음씨를 배크만 특유의 황당하고 스타일리시하며 감동적인 문장으로 전하는 이 작품으로. _캐네이디언 리빙

황당한 인물들의 환상적인 캐스팅을 자랑하는 북유럽 소설. 디너 파티용 코미디의 매혹적인 변주. _라디오 뉴질랜드

『불안한 사람들』은 세계적 베스트셀러로 등극하는 데 필요한 모든 조건을 갖추고 있

다. 프레드릭 배크만은 현재 활발하게 활동 중인 작가 중 최고다. 그가 들려주는 이야기를 보면 그가 인간 심리의 수많은 부분을 제대로 이해하는 작가임을 알 수 있다. 그것을 구성과 등장인물 속에 녹이는 그의 능력은 위대한 예술에 견주어도 손색이 없다.
_네타비센, 노르웨이

프레드릭 배크만은 사람 이야기를 쓸 줄 아는 작가다. 『오베라는 남자』로 전 세계적인 열풍을 불러일으키더니 슬픔과 불안에서부터 웃음과 희열에 이르기까지 독자의 모든 감정을 건드리는 신작과 함께 돌아왔다. 그의 트레이드마크인 유머와 판타지, 일상을 살아가는 인간을 따뜻하고 살뜰하게 그릴 줄 아는 능력, 탁월한 문학적 기교, 여기에 근사한 전개와 결말. 이것이 바로 독자들을 사로잡는 포인트다. _베르덴스 강, 노르웨이

훌륭하다. 아주 훌륭하다. 인질극 상황, 경찰, 목격자와 불안해하는 일반인을 그린 부분에서는 은근한 재미가, 고군분투하는 사람들을 그린 부분에서는 진심이 느껴진다. 그의 소설은 감동적인 동시에 유쾌한, 아주 독특한 스타일이다. _타라, 노르웨이

『불안한 사람들』은 매우 놀랍도록 잘 쓰인, 스릴 넘치는 작품이다. 배크만을 사랑하는 독자라면 이 책도 사랑할 테고, 배크만을 처음 접하는 독자라면 이 책이 그의 장점을 모두 갖추고 있기에 훌륭한 첫 단추가 될 것이다. 유머와 유머 이면의 심오한 의미로 가득해서 좋았다. _시세스보레올, 덴마크

인간과 사회와 그들의 고정관념을 둘러싼 크고 작은 진실이, 미소를 자아내는 유머러스한 분위기 속에서 공개된다. 지극히 평범하고 부조리한 일상처럼 보이던 무대 안에 심오한 윤리적, 인간적 딜레마가 숨겨져 있고, 이것이 서서히 드러남에 따라 독자들은 평소 같으면 이해하지 못했을 인물들에게 공감하게 된다. 배크만의 탁월한 점 중 하나는 모든 것을 밝히는 솔직함이다. 그의 작품을 읽으면 인간과, 내가 몰랐던 것과, 내가 안다고 생각했던 것을 더 잘 이해할 수 있게 된다. _아벤라 우에비스, 덴마크

실패한 은행 강도의 이야기를 다룬 이 작품은 배꼽 빠지도록 유쾌할 뿐 아니라 감동적이며, 인간에 대한 예리하고 아름다운 묘사를 담고 있다. 프레드릭 배크만은 손꼽히게 흥미진진한 작가라는 입지를 다시 한번 굳게 다졌다. 재밌기만 한 게 아니라 현대사회에서 어른으로 사는 어려움과 관계에 대한 적확한 서술이 들어갈 공간이 남아 있다. 배크만은 독특한 스토리텔러다. 그와 비슷한 작가는 찾기 쉽지 않은데, 스웨덴 작가 요나스 요나손이 그나마 가장 비슷할까? 캐릭터 묘사에는 사랑이 넘쳐난다. 그가 전하는 메시지는 외롭거나 우울한 사람들에게도 희망이 있다는 것이다. 유머와 농간의 이면에는 삶을 향한 아름다운 사랑의 선포와 죽음을 이야기하는 서글픈 시가 있다. 『불안한 사람들』을 읽을 기회를 놓치지 말기를 바란다. _리테라투르스, 덴마크

『불안한 사람들』은 드라마틱한 무대에서 펼쳐지는 따뜻하고 유쾌한 실내극이다. _BTJ

프레드릭 배크만은 천생 코미디언이다. 자신을 그토록 과격하고 정열적으로 표현하는 것을 보면 알 수 있다. 그는 창의적인 에피소드 안에 크고 작은 진실을 담고, 사실상 동화나 다름없는 이야기를 통해 독자들에게 말을 건넨다. 귓가에 대고 비밀을 속삭이는 듯하다. 그는 대부분의 작가들이 찾으려다 실패한 암호를 알아낸 것 같다. 절박함이 얼마나 중요한지 아는 것을 보면 말이다. _시드스벤스칸, 스웨덴

프레드릭 배크만이 창조한 퍼즐에, 조심스럽게 이어지는 플롯과 서스펜스와 힌트에, 따뜻한 유머와 정확하면서도 신속한 인간 군상 분석에 단박에 중독됐다. 인생에 대한 온갖 통찰을 담은 기분 좋은 이야기다. _소시알폴리티크, 스웨덴

프레드릭 배크만은 공감대를 형성하는 재주가 있다. 절망과 체념이 적절히 섞인 분위기가 그의 남다른 강점이다. 그는 일상적인 관찰을 통해 우리의 인간적인 약점을 꼬집고 여기에 일그러진 유머라는 양념을 더한다. 또한 그럼에도 희망을 전한다. 항상 손을 내미는 사람이 있고 버림받은 자를 살리는 공동체가 있다고 말이다. 배크만은 남자의 외로움을 제대로 그릴 줄 아는 몇 안 되는 당대 작가 중 한 명이다. _다겐스 니헤테르, 스웨덴

인질 신세로 전락한 대책 없는 바보들에게 홀딱 반해버렸다. 삶을 향한 사랑의 선포이자 인생무상에 바치는 찬가다. _타라, 스웨덴

작가가 등장인물들을 진심으로 아낀다는 것이 『불안한 사람들』의 감동 포인트 중 하나다. 유쾌하고 배꼽 잡게 만드는 풍자 코미디이지만, 한편으로는 아파하면서도 그 아픔을 달랠 줄 모르는 사람들의 이야기다. 『불안한 사람들』은 낙담한 어른들을 위한 동화와 같다. _스벤스카 다그빌라데, 스웨덴

단박에 중독됐다. 배크만의 작품은 항상 그렇다. 『불안한 사람들』은 환상적인 동시에 의미심장한 이야기다. 늘 그렇듯 자정이 훌쩍 지나서도 끝을 보지 않고서는 책을 내려놓을 수가 없었다. _베를란드 폴크블라드, 스웨덴

◆

내 머릿속에서 들리는 목소리
모든 친구들 중에서 가장 도드라지는 그 목소리
그리고 여전히 우리와 함께 살고 있는 아내에게 바친다.

야크 : 경찰관. 아버지인 짐과 같은 경찰서에서 근무하고 있다. 10년 전 다리 위에 선한 남자를 구하려다 실패했다. 스톡홀름에서 스카우트 제안을 받았지만 응하지 않고 있다.

짐 : 경찰관. 아들 야크와 사사건건 부딪치면서도 아들 눈치를 살핀다. 몇 년 전 목사였던 아내를 잃었지만 여전히 결혼반지를 끼고 다닌다.

사라 : 오픈하우스 손님. 은행 고위 간부. 값비싼 옷을 입고 데스메탈을 즐겨 들으며 더러운 것을 극도로 혐오한다. 어떤 상황에서도 말싸움에서 지지 않는 능력이 있다.

로게르 : 오픈하우스 손님. 은퇴 후 아내 안나레나와 함께 낡은 아파트를 사서 수리한 뒤 값을 높여 파는 일을 주 일거리로 삼아왔다. 정보 수집에 기이할 정도로 집착한다.

안나레나 : 오픈하우스 손님. 은퇴한 전직 애널리스트. 남편이 누군가에게 말할 때마다 옆에서 그 내용을 몸짓으로 설명하는 습관이 있다.

로 : 오픈하우스 손님. 율리아와 결혼한 신혼부부. 아내와 곧 태어날 아기를 위해 완벽한 집을 골라야 한다는 강박에 시달리고 있다.

율리아 : 로의 배우자. 만삭의 몸으로 출산을 앞두고 있다. 신혼집 선택을 한없이 미루는 로 때문에 짜증이 머리끝까지 치솟아 있다.

레나르트 : ㈜선이 없는 레나르트의 대표이자 연극배우. 의뢰를 받아 하루 동안 그 사람을 위한 연극을 해준다. 지난번 의뢰에서는 '술에 취해 스파게티를 던지는 옆집 사람' 역을 맡았다.

에스텔 : 딸 대신 아파트를 보러 온 아흔 살 노인. 담배와 와인 애호가로, 유명한 작가들의 말을 인용하는 것을 좋아한다.

부동산 중개업자 : 하우스트릭스 부동산의 중개업자. 자부심이 대단하다. "하우스트릭스 부동산입니다. 안녕하시죠?"라는 말을 달고 산다.

나디아 : 심리 상담사. 채식주의자이며, 자살한 사람의 유가족들을 위한 여름 캠프에서 매년 봉사활동을 한다.

은행 강도 : 은행 강도는 처음이라 제 역할을 다하지 못해 인질들에게 이래라저래라 간섭을 당한다.

차례

불안한 사람들
……
15

1

은행 강도. 인질극. 아파트를 급습하려는 경찰들로 가득한 계단. 이 지경에 다다르기까지는 수월했다. 생각보다 훨씬 수월했다. 정말 한심한 발상 하나만 있으면 됐다.

이건 여러 가지에 대한 이야기지만 무엇보다 바보들에 대한 이야기다. 따라서 남들을 바보로 단정하기는 쉽지만 인간으로 살아가기가 얼마나 바보같이 어려운 일인지 잊어버린 사람이 아닌 이상, 남들을 바보로 단정하지는 못한다는 점을 미리 짚고 넘어가는 편이 좋겠다. 특히 누군가에게 아주 좋은 인간이 되어주려고 노력하는 사람일수록 그 어려움이 가중된다고 말이다.

요즘은 우리가 처리해야 하는 일들이 어처구니없을 만큼 많다. 취직도 해야 하고 살 집도 마련해야 하며 가정도 일구고 세금도 내고 깨끗한 속옷도 있어야 하고 빌어먹을 와이파이 비밀번호도 외워야 한다. 우리 가운데 일부는 난장판을 정리하지 못한 채 그저 하루하루 살아간다. 세상이 시속 320만 킬로미터로 우주를 뱅글뱅글 관통하는 동안 우리는 없어진 무수한 양말처럼 그 표면 위를 겅중겅중 뛰어다닌다. 우리의 심장은 비누와 같아서 손에 잘 쥐어지지 않는다. 긴장의 끈을 놓는 순간 금세 표류하고 사랑에 빠지고 상처를 받는다. 인력으로는 어쩔 수 없는 일이다. 그래서 우리는 항상 직업과 결혼생활과 아이들과 기타 모든 분야에서 '척'하는 법을 터득한다. 정상인 척, 제법 교양 있는 척, '원리금 균등분할상환'과 '물가상승률'이 뭔지 아는 척한다. 섹스가 어떤 식으로 이루어지는지 아는 척한다. 사실 우리가 섹스에 대해 아는 건 USB 단자에 대해 아는 수준이고 이 녀석을 제대로 끼우려면 기본적으로 세 번은 허탕을 쳐야 하는데도 말이다. (이쪽도 아니고 이쪽도 아니고 이쪽도 아니고 자! 들어갔다!) 아이들에게 먹을 것과 입을 것을 주고, 아이들이 땅바닥에서 주운 껌을 먹으려고 하면 야단치는 것 말고는 하는 일이 없으면서 좋은 부모인 척한다. 우리는 예전에 열대어를 키우려고 했다가 깡그리 죽인 적이 있다. 그런데 사실 아이들에 대해서 아는 것이 열대어에 대해서만큼이나 없기 때문에 엄청난 책임감으로 매일 아침 벌벌 떤다. 계획도 없고 그저 최선을 다해 오늘 하루를 살아갈 뿐이다. 날이 밝으면 또 다른 하루가 시작될 테니까.

가끔은 껍데기가 내 것이 아닌 것처럼 느껴진다는 이유 하나만으로 가슴이 정말 아플 때도 있다. 공과금도 내야 하고 어른도 되어야 하는데 어른이 되는 법을 몰라서, 어른이 된다는 것은 실패할 확률이 지독히 높은 일이라서 겁에 질릴 때도 있다.

모든 이에게는 사랑하는 사람이 있고, 사랑하는 사람이 있는 이는 누구나 어떻게 하면 계속 인간답게 살아갈 수 있는지 고민하며 뜬눈으로 밤을 지새운 경험이 있다. 우리가 지나고 나서 생각해보면 어이없지만 당시에는 유일한 길처럼 느껴졌던 짓들을 가끔 저지르는 것도 그 때문이다.

딱 하나의 지독하게 한심한 발상. 그것만 있으면 된다.

예컨대 어느 날 아침에 그다지 넓지도 않고 주목할 만하지도 않은 도시에 사는 39세의 주민이 권총을 손에 쥐고 집을 나섰는데, (지나고 나서 생각하니) 정말 바보 같은 짓이었다. 여기서 인질극이 펼쳐지기는 하지만 그게 이 이야기의 주제는 아니다. 그러니까 어떤 이야기를 쓰겠다는 목적이 있기는 했지만 인질극이 주제는 아니었다는 말이다. 원래는 은행 강도 사건이 될 예정이었다. 하지만 모든 게 조금 어그러져버렸는데, 은행 강도 사건이란 게 원래 가끔 그럴 때가 있다. 그래서 39세의 은행 강도는 도망쳤지만 구체적인 도주 계획이 없었고, 도주 계획의 핵심은 뭐였냐 하면, 오래전에 은행 강도가 부엌에서 얼음과 레몬 조각을 챙기는 걸 깜빡해서 다시 달려갈 때마다 어머니가 입버릇처럼 했던 말과 같았다. "머리가 달리면 몸으로라도 때워야지!" (이쯤에서 짚고 넘어가자면 은행 강도의 어머니는 진 토닉에 절어 지냈고 그 때문에 세상을 떠났을 때 혹시라도 폭발할까 싶어 감히 화장하지도 못할 지경이었지만 그래도 귀담아들을 충고를 하나쯤은 알고 있었다.) 그래서 은행 강도는 은행 강도라 할 수 없는 사건을 저지르다가, 당연한 수순으로 경찰이 출동하자 겁에 질려서 길을 건넜고 맨 처음 눈에 들어온 문을 열고 도망쳤다. 그랬다는 이유 하나만으로 은행 강도를 바보로 간주하면 조금 가혹한 처사일지 모르지만…… 뭐, 천재적인 발상은 아니었다. 출구라고는 없는 계단과 연결된 문이라 계단을 달려 올라가는 수밖에 없었으니까.

이쯤에서 짚고 넘어가자면 이 은행 강도는 39세 평균치의 체력을 갖추었다. 영혼 속에 인스타그램 사진을 닥치는 대로 흡수하는 블랙홀이 있어서 얼토당토않게 비싼 자전거용 반바지나 수영모를 사는 것으로 중년의 위기를 해결하는 대도시의 39세가 아니라, 의학적인 관점에서 볼 때 치즈와 탄수화물의 일일 소비량이 건강에 최적화되었다기보다 SOS 요청에 가까운 39세의 평균이다. 그렇기 때문에 꼭대기 층에 다다랐을 무렵에는 모든 샘구멍이 열려서 숨 쉬는 소리가 안으로 들어가려고 문에 난 구멍에 대고 암호를 속삭이는 비밀 결사단의 목소리처럼 들렸다.

하지만 강도는 우연히 고개를 돌렸다가 어느 아파트 문이 열려 있는 것을 보았다. 마침 매물로 나온 아파트라 구경하러 온 잠재 고객들로 버글거렸다. 그래서 은행 강도는 숨을 헐떡이고 땀을 뻘뻘 흘리며 권총을 허공으로 들어 올리고는 비틀비틀 안으로 들어갔고 그렇게 해서 이 이야기가 결국 인질극이 되었다.

이후 사태는 정석대로 흘러갔다. 경찰이 건물을 에워쌌고 기자들이 출동했고 사건이 TV에 보도됐다. 이런 상황이 몇 시간 동안 계속되자 은행 강도는 항복하는 수밖에 없었다. 달리 대안이 없었다. 그래서 인질 여덟 명, 그러니까 잠재 고객 일곱 명과 부동산 중개업자 한 명이 풀려났다. 그러고 나서 2~3분 뒤에 경찰이 아파트를 습격했다. 하지만 그 안에는 아무도 없었다.

아무도 은행 강도의 행방을 알지 못했다.

이 시점에서 당신이 알아야 할 것은 그게 전부다. 이제 이야기를 시작할 수 있겠다.

2

　10년 전에 한 남자가 어느 다리 위에 서 있었다. 이 이야기의 주인공은 그 남자가 아니기 때문에 지금 당장은 그 남자에 대해 생각하지 않아도 된다. 흠, 하지만 당신은 계속 생각이 날 것이다. 쿠키 생각을 하지 말라고 하면 계속 쿠키 생각이 나듯이.

　쿠키 생각 하지 말라고요!

　당신은 그 남자가 10년 전에 어느 다리 위에 서 있었다는 것만 알고 있으면 된다. 난간 위, 수면 저 높이, 그의 생의 끝에. 이제 더는 거기에 대해 생각하지 말기로 하자. 좀 더 기분 좋은 생각을 하기로 하자.

　쿠키 생각을 하기로 하자.

3

별로 크지 않은 어느 도시의 새해 이틀 전날이다. 경관과 부동산 중개업자가 경찰서 조사실에 앉아 있다. 경관은 이제 겨우 스무 살을 넘긴 듯이 보이지만 아마 그보다 나이가 많을 테고 부동산 중개업자는 마흔 살이 넘어 보이지만 아마 그보다 젊을 것이다. 경관이 입은 제복은 너무 작고 부동산 중개업자가 입은 재킷은 조금 크다. 부동산 중개업자는 여기서 그만 나가고 싶다는 표정을 짓고 있고, 그녀와 15분 동안 대화를 나눈 경관도 부동산 중개업자가 이제 그만 나가주었으면 하는 표정을 짓고 있다. 부동산 중개업자가 어색하게 웃으며 무슨 말을 하려고 입을 열자 경관은 숨을 들이마셨다가 뱉는데, 한숨을 쉬는 건지 막힌 코를 뚫으려는 건지 알 수가 없다.

"질문에 대답해주시죠." 그가 청한다.

부동산 중개업자는 얼른 고개를 끄덕이고 불쑥 내뱉는다.

"안녕하시죠?"

"아니, 질문에 대답을 해달라고요!" 경관은 같은 말을 반복하며, 어린 시절 어느 시기에 삶에 환멸을 느낀 뒤 그 감정을 아직

극복하지 못한 성인 남자에게서 흔히 볼 수 있는 표정을 짓는다.

"우리 부동산 중개업체 상호가 뭐냐고 물었잖아요!" 중개업자가 이렇게 소리치며 손끝으로 테이블을 두드리자 경관은 그녀에게 모서리가 뾰족한 물건을 던지고 싶은 충동이 인다.

"아니요, 제가 언제요. 전 여러분을 *인질*로 삼은 *범인*이……."

"상호가 *하우스 트릭스*예요! 알겠어요? 아파트를 살 때 노하우, 그러니까 트릭을 잘 아는 사람한테 맡기고 싶잖아요, 안 그래요? 그래서 나는 이렇게 전화를 받아요. 감사합니다, 하우스 트릭스 부동산입니다! 안녕하시죠?*"

중개업자는 방금 전까지 권총으로 협박을 당하며 인질로 잡혀 있는 끔찍한 경험을 한 참이었고 그런 일을 겪으면 누구든 횡설수설할 수 있다. 경관은 짜증을 참는다. 그는 버튼이라도 되는 듯 눈썹 사이를 양쪽 엄지손가락으로 세게 누른다. 그 부분을 양손으로 동시에 10초 동안 누르고 있으면 초기화 모드로 다시 가동되기라도 하는 것처럼.

"아, 네에에…… 그렇지만 이제 그 아파트와 범인에 대해 몇 가지만 여쭈어보겠습니다." 그는 앓는 소리를 낸다.

그에게도 힘든 하루였다. 경찰서가 작고 인력이 부족해서 그렇지 그들의 능력에는 전혀 문제가 없다. 그는 인질극 직후에 상사의 상사의 상사에게 전화로 설명하려고 했지만 당연히 요령부득이었다. 전체 사건을 전담할 특별 수사팀이 스톡홀름에서

---

* How's tricks가 '안녕하세요'에 해당하는 인사말이다.

파견될 거라고 했다. 상사는 그 소식을 전하며 '수사팀'이 아니라 '스톡홀름'을 강조했다. 수도에서 내려오는 사람들은 무슨 슈퍼히어로라도 된다는 걸까. 그보다는 환자에 가까울 텐데 말이지. 경관은 생각한다. 그는 엄지손가락을 계속 눈썹에 대고 있다. 이번이 이 사건을 그의 손으로 해결할 수 있다는 것을 윗선에 증명할 수 있는 마지막 기회인데, 목격자가 전부 이 여자 같다면 무슨 수로 사건을 해결할 수 있을까?

"오키도키요." 부동산 중개업자는 이 말의 어원이 스웨덴어라도 되는 듯이 쩍쩍거린다.

경관은 수첩을 내려다본다.

"오늘 같은 날 오픈하우스를 여는 건 이상하지 않나요? 새해 이틀 전날인데?"

부동산 중개업자는 고개를 젓고 씩 웃는다.

"하우스 트릭스 부동산이 볼 때 나쁜 날은 없어요!"

경관은 심호흡을 한 번 하고 연거푸 몇 번을 더 한다.

"그렇군요. 이제 다른 얘기로 넘어갈게요. 범인을 보았을 때 맨 처음 어떤 반응을⋯⋯?"

"아파트에 대해서 먼저 물어보겠다고 하지 않았어요? '아파트와 범인'이라고 해서 아파트 얘기가 먼저 나올 줄 알았는데⋯⋯."

"좋습니다!" 경관은 으르렁거린다.

"좋아요!" 부동산 중개업자는 쩍쩍거린다.

"그럼 *아파트*요. 그 아파트의 구조를 잘 아십니까?"

"그럼요, 이러니저러니 해도 내가 부동산 중개업자인걸요!"
부동산 중개업자는 이렇게 말하고 '소속은 하우스 트릭스 부동
산! 안녕하시죠?'라고 덧붙이려다, 경관이 실탄 추적만 안 된다
면 그 자리에서 당장 그녀에게 총구를 겨누고 싶어 하는 표정을
짓는 것을 보고 참는다.

"설명해주실 수 있을까요?"
부동산 중개업자의 표정이 환해진다.

"드림 하우스예요! 대도시의 두근대는 심장부까지 오가기가
수월하고 조용한 지역의 고급 아파트를 장만할 수 있는 특별한
기회죠. 오픈 플랜식!* 해가 아주 잘 드는 널찍한 유리창!"
경관은 그녀의 말허리를 자른다.

"그러니까 벽장이나 보이지 않는 수납공간이나 뭐 그런 게 있
느냐고요."

"오픈 플랜식 아파트 안 좋아하세요? 벽이 있는 게 좋아요?
벽이 있는 집도 좋죠!" 부동산 중개업자는 격려하듯 말하지만
경험상 벽을 좋아하는 사람들은 인간과 인간 사이를 가로막는
장벽도 좋아하더라는 말투다.

"이를테면 벽장이―?"

"내가 해가 잘 든다는 얘기 했나요?"

"네."

"햇볕을 쬐면 기분이 좋아진다는 연구 결과도 있어요! 알고

---

* 칸막이 없이 공간을 넓게 쓸 수 있도록 건물의 평면을 설계하는 방식.

계세요?"

경관은 거기에 대해 생각해보도록 강요받고 싶지 않은 표정이다. 자신의 행복지수는 스스로 판단하고 싶어 하는 사람들도 있다.

"본론에 집중해주시겠어요?"

"오키도키요."

"그 아파트에 도면에 없는 공간이 있나요?"

"그리고 애들 키우기에도 정말 좋아요!"

"그게 무슨 상관입니까?"

"그냥 짚고 넘어가고 싶었어요. 입지 말이에요. 애들 키우기에 정말 좋거든요! 사실 뭐…… 오늘 이런 인질극이 벌어지긴 했지만. 그것 빼고는 애들 키우기에 환상적인 동네예요! 그리고 애들은 경찰차라면 사족을 못 쓰는 거 아시죠?"

부동산 중개업자는 허공에서 명랑하게 팔을 돌리며 사이렌 소리를 흉내 낸다.

"그건 아이스크림 트럭 소리 같은데요." 경관이 지적한다.

"하지만 무슨 말인지 아시잖아요." 부동산 중개업자는 아랑곳하지 않는다.

"제가 드리고 싶은 말씀은 질문에 대답해달라는 것입니다만."

"죄송해요. 질문이 뭐였죠?"

"아파트 면적이 정확히 얼마나 됩니까?"

부동산 중개업자는 곤혹스러워하며 미소를 짓는다.

"은행 강도에 대해서 궁금하지 않아요? 우리, 강도 사건 얘기하는 거 아니었어요?"

경관이 어찌나 이를 앙다무는지 발톱 사이로 숨을 쉬려는 것처럼 보인다.

"네. 좋습니다. 범인에 대해서 들려주세요. 맨 처음 범인을 보았을 때 어떤 반응을⋯⋯."

부동산 중개업자가 냉큼 말허리를 자른다. "은행 강도요? 맞아요! 한참 집 구경을 하고 있었는데 은행 강도가 뛰어 들어와서 우리 쪽으로 총을 겨누었어요. 왜 그랬는지 알아요?"

"아뇨."

"오픈 플랜식이니까요! 오픈 플랜식이 아니었다면 은행 강도가 우리 전부를 동시에 겨눌 방법이 없었을 거예요."

경관은 눈썹을 문지른다.

"알겠습니다. 이번에는 이렇게 여쭤볼게요. 아파트에 숨을 만한 곳이 있습니까?"

부동산 중개업자는 이제 막 눈 깜빡이는 법을 배운 사람처럼 아주 천천히 눈을 깜빡인다.

"숨을 만한 곳요?"

경관은 고개를 뒤로 젖히고 천장을 응시한다. 그의 어머니는 귀찮아서 장래희망을 바꾸지 못한 아이들이 경찰이 되는 거라고 입버릇처럼 말했다. 남자아이들은 "커서 뭐가 되고 싶니?"라고 물으면 누구나 "경찰요!"라고 대답하는 시기를 거치지만 대부분 나이를 먹으면 좀 더 나은 꿈을 찾는다. 그는 자기도 그랬으면 얼마나 좋았을까 하는 생각을 잠깐 한다. 그랬다면 하루하루가 이렇게 복잡하지 않았을 테고 어쩌면 가족들과의 관계도 그랬을지 모른다. 짚고 넘어가자면 그의 어머니는 항상 그를 자랑스럽게 여겼고 한 번도 그의 직업 선택에 실망한 티를 낸 적이 없었다. 그녀 역시 단순한 밥벌이라고 볼 수 없는 목사라는 일을 했으니 이해했던 것이다. 아들이 제복 입는 것을 절대 보고 싶어 하지 않았던 쪽은 그의 아버지였다. 아버지의 실망감이 아직까지도 젊은 경관을 짓누르고 있는지, 다시 부동산 중개업자에게 시선을 맞추는 그의 얼굴이 피곤해 보인다.

"네. 아까부터 제가 설명하려고 했던 게 그겁니다. 저희는 범인이 아직 그 아파트 안에 있다고 보거든요."

4

사실 은행 강도가 항복했을 때 모든 인질—부동산 중개업자와 잠재 고객 전원—이 동시에 풀려났다. 그들이 밖으로 나왔을 때 경관 하나가 그 집 앞 계단에서 보초를 서고 있었다. 그들은 잠금장치에서 딸깍 소리가 나도록 문을 직접 닫고 차분히 계단을 내려가 대기 중이던 경찰차에 몸을 싣고 현장에서 떠났다. 계단을 지키던 경관은 동료들이 계단을 올라오길 기다렸다. 협상 전문가가 은행 강도에게 연락했다. 그 직후에 경찰이 아파트를 급습해보니 아무도 없었다. 발코니 문은 잠겨 있었고 창문도 모두 닫혀 있었고 다른 출구는 없었다.

스톡홀름에서 파견 나온 경찰이 아니더라도 인질 중 한 명이 은행 강도의 도주를 도운 게 분명하다는 결론을 단박에 내릴 수 있었다. 아니면 은행 강도가 아예 도주하지 않았든지.

5

1

좋다. 한 남자가 어떤 다리 위에 서 있었다. 이제 거기에 대해 생각해보자.

그는 편지를 써서 부치고, 아이들을 학교에 데려다주고, 난간 위로 올라가 아래를 내려다보고 있었다. 10년 뒤에는 은행을 털려다 실패한 강도가 아파트 오픈하우스 현장에서 여덟 명을 인질로 삼았다. 그 다리 위에 서면 그 아파트의 발코니까지 훤히 보인다.

물론 이 모든 게 당신과는 상관없는 얘기다. 뭐, 상관이 조금 있을 수도 있겠다. 당신이 평범하고 괜찮은 사람이라면. 그 다리 난간 위에 서 있는 사람을 보았다면 당신은 어떻게 했을까? 그럴 때 해도 되는 얘기나 하면 안 되는 얘기 같은 건 없지 않을까? 당신은 그 남자가 뛰어내리지 못하게 막을 수만 있다면 수단과 방법을 가리지 않을 것이다. 일면식도 없는 남자지만 그렇게 하는 것이 인간에게 내재된 본능이다. 생판 모르는 사람이라도 자살하도록 내버려둘 수는 없다.

그렇기 때문에 당신은 그에게 말을 걸고 그의 신뢰를 얻어내려 하고 그러지 말라고 설득해볼 것이다. 어쩌면 당신도 우울한 상태이기 때문에. 엑스레이상으로는 보이지 않는 곳이 지독하게 아픈데 사랑하는 사람들에게조차 그걸 설명할 방법이 없는 날들이 있기 때문에. 우리 대다수가 외면하고 싶어 하는 기억 속 저 깊은 곳에서는, 바람과는 다르게 우리가 다리 위에 선 그 남자와 별로 다를 게 없다는 걸 안다. 대부분의 어른들에게는 정말 끔찍했던 순간이 여럿 있었고, 두말하면 잔소리지만 꽤 행복한 사람들도 주야장천 행복할 수만은 없다. 따라서 당신은 그를 살리려고 할 것이다. 인생을 실수로 끝낼 수 있을지는 몰라도 직접 뛰어내리려면 선택을 해야 한다. 어디 높은 꼭대기로 올라가 한 발을 앞으로 내디뎌야 한다.

당신은 괜찮은 사람이다. 당신은 수수방관하지 않을 것이다.

6

젊은 경관은 손끝으로 이마를 만지작거린다. 거기에 어린애 주먹만 한 혹이 달려 있다.

"어쩌다 그렇게 됐어요?" 부동산 중개업자는 그렇게 묻지만, 사실 또다시 "안녕하시죠?"라고 묻어 싫어 하는 눈치다.

"머리를 맞았어요." 경관은 꿍 소리를 내고 자기 수첩을 보며 묻는다. "범인이 화기를 잘 다루는 것 같던가요?"

부동산 중개업자는 놀라서 미소를 짓는다.

"그러니까…… 권총 말이에요?"

"네. 안절부절못하던가요, 아니면 전에도 권총을 여러 번 써 본 것 같던가요?"

경관이 이렇게 물은 의도는 은행 강도가 이를테면 군인 출신 처럼 보였는지 알아내기 위해서다. 하지만 부동산 중개업자는 명 랑하게 대답한다. "아, 아뇨. 그러니까, 진짜 권총도 아니었어요."

경관은 실눈을 뜨고 그녀를 쳐다본다. 그녀의 말이 빤한 농담 인지, 아니면 그냥 뭘 모르는 건지 헷갈려하는 표정이다.

"왜 그렇게 생각하십니까?"

"누가 봐도 장난감이었어요! 다들 알아차렸을 텐데요."

경관은 부동산 중개업자를 한참 동안 빠히 쳐다본다. 그러니까, 농담이 아니었다. 측은하게 여기는 눈빛이 그의 두 눈을 언뜻 스치고 지나간다.

"그러니까…… 무섭지 않으셨겠네요?"

부동산 중개업자는 고개를 끄덕인다.

"네, 네, 네. 나는 위험할 일이 전혀 없다는 걸 알았어요. 그 은행 강도는 아무도 해치지 못했을 테니까요!"

경관은 자기 수첩을 쳐다본다. 그녀가 자신의 말뜻을 이해하지 못했음을 깨닫는다.

"뭐 마실 것 좀 드릴까요?" 그가 동정 어린 투로 묻는다.

"아뇨, 괜찮아요. 아까 이미 물어봤잖아요."

경관은 그래도 물을 한 잔 가져다주기로 마음을 먹는다.

7

사실 붙잡혀 있던 사람들은 그들이 풀려난 이후 경찰이 아파트를 급습하기 전까지 무슨 일이 있었는지 아무도 알지 못했다. 경관들이 계단에 집합했을 때 인질들은 이미 경찰차에 올라타 지서로 이동 중이었다. 잠시 후에 협상 전문가(경관의 상사의 상사가 전화 통화는 스톡홀름 사람들만 할 줄 아는 것으로 간주하고 스톡홀름에서 파견한 인물이었다)가 사태를 평화롭게 해결할 수 있길 바라며 은행 강도에게 연락했다. 하지만 은행 강도는 전화를 받지 않았다. 대신 한 발의 총성으로 응수했다. 경찰이 아파트 문을 부수고 들어갔을 때는 이미 늦었다. 거실로 들어가보니 바닥이 피투성이였다.

8

젊은 경관은 경찰서 직원 휴게실에서 고참 경관과 마주친다. 젊은 경관은 물을 뜨러 간 참이고 고참 경관은 커피를 마시고 있다. 세대가 다른 경관들이 종종 그렇듯 둘의 관계는 복잡하다. 퇴임을 앞둔 쪽은 모든 일에 의미를 부여하려 하고 이제 막 일을 시작한 쪽은 목적을 찾으려 한다.

"어이!" 고참 경관이 외친다.

"안녕하세요." 젊은 경관은 조금 무시하는 투로 답한다.

"커피 한잔 권하고 싶지만 여전히 커피는 마시지 않겠지?" 고참 경관은 그게 장애라도 되는 듯이 묻는다.

"네." 젊은 경관은 상대가 권한 것이 인육이라도 되는 듯이 대답한다.

고참 경관과 젊은 경관은 음식이나 음료에 관한 한, 아니 그 어떤 것에 관해서도 공통점이 거의 없다. 점심시간에 순찰차에 함께 타고 있으면 계속 부딪치는 것도 그 때문이다. 고참 경관이 가장 좋아하는 음식은 인스턴트 매시트포테이토를 곁들인 휴게소 핫도그이고, 금요일마다 뷔페식으로 운영되는 동네 음식점에서 직원이 접시를 치우려고 하면 그는 항상 경악한 표정으로 접시를 낚아채며 외친다. "접시를 왜 치워? 뷔페잖아! 내가 테이블 아래에 웅크리고 누워 있으면 그때 다 먹었나 보다 하라고!" 젊은 경관이 가장 좋아하는 음식이 뭐냐고 누가 고참 경관에게 물으면 그는 이렇게 대답할 것이다. "바닷말이랑 미역이랑 날생선으로 만든 그 머시깽이지. 자기가 무슨 소라게인 줄 아는지, 원." 한 사람은 커피를, 한 사람은 차를 좋아한다. 한 사람은 점심시간이 됐는지 확인하느라 근무시간에 시계를 들여다보고, 한 사람은 다시 근무시간이 됐는지 확인하느라 점심시간에 시계를 들여다본다. 선배는 경찰의 가장 중요한 원칙이 옳은 일을 하는 것이라고 생각하고, 후배는 일을 옳게 하는 것이라고 생각한다.

"그래? 프라푸치논가 뭔가 하는 것도 있던데. 나는 심지어 두유 들어간 것도 마셔봤어. 뭐에서 짠 젖인지는 모르겠지만!" 고참 경관은 말하고 요란하게 킥킥대면서도 젊은 경관 쪽을 소심하게 흘끗거린다.

"아, 네." 젊은 경관은 귓등으로 흘리며 중얼거린다.

"그 망할 부동산 중개업자를 조사하는 건 잘 돼가고 있나?" 고참 경관은 물색없는 질문을 얼버무리려고 농담조로 묻는다.

"네!" 젊은 경관은 딱 잘라 말하고, 짜증을 참기가 점점 힘들어지자 문 쪽으로 걸음을 옮기려고 한다.

"별일 없는 거지?" 고참 경관이 묻는다.

"네, 네, 아무 일 없어요." 젊은 경관은 앓는 소리를 낸다.

"내 말은, 그런 일이 벌어진 뒤라 만에 하나……."

"괜찮습니다." 젊은 경관은 딱 잘라서 대답한다.

"확실해?"

"네!"

"그건……?" 고참 경관은 젊은 경관의 이마에 난 혹을 턱으로 가리키며 묻는다.

"괜찮아요, 별거 아니에요. 이제 그만 가봐야겠습니다."

"그래, 뭐. 부동산 중개업자 조사하는 데 도움이 필요하지는 않고?" 고참 경관은 묻고 젊은 경관의 신발을 초조하게 쳐다보는 대신 애써 미소를 지으려고 한다.

"저 혼자 해도 됩니다."

"내가 기꺼이 도와줄 수 있어."

"아뇨— 괜찮습니다!"

"확실해?" 고참 경관은 큰 소리로 묻지만 대답 대신 아주 확실한 정적만 이어진다.

젊은 경관이 사라진 뒤에 고참 경관은 휴게실에 혼자 앉아 커피를 마신다. 선배들은 후배들에게 어떤 말로 관심을 표현하는 게 좋은지 잘 모른다. 하고 싶은 말이 "네가 힘들어하고 있는 거 안다"뿐일 때 과연 어떤 말을 할 수 있을까.

젊은 경관이 서 있던 자리에 빨간 자국이 남았다. 신발 밑창에 아직까지 피가 묻어 있는데 모르는 것이다. 고참 경관은 천에 물을 적셔 바닥을 꼼꼼히 닦는다. 손가락이 떨린다. 젊은 경관은

거짓말을 하는 게 아니고 정말 괜찮을지도 모른다. 하지만 고참
경관은 절대 괜찮지 않다. 아직은 그렇다.

9

젊은 경관은 다시 조사실로 돌아가 물 잔을 테이블 위에 내려놓는다. 부동산 중개업자는 그를 보며 유머감각이 거세된 사람 같다는 생각을 한다. 그게 뭐 잘못된 건 아니다.

"고마워요." 그녀는 청하지도 않은 물 잔을 보며 머뭇머뭇 말한다.

"몇 가지 더 여쭤봐야 할 게 있는데요." 젊은 경관은 미안해하는 투로 말하고 쭈글쭈글한 종이 한 장을 꺼낸다. 어린애가 그린 그림 같다.

부동산 중개업자가 고개를 끄덕이는데 말문을 열 겨를도 없이 조용히 문이 열리고 고참 경관이 슬그머니 들어온다. 부동산 중개업자는 그가 몸에 비해 팔이 살짝 길어서, 커피를 쏟더라도 무릎 위쪽은 화상을 입을 일이 없겠다는 생각을 한다.

"어이! 내가 뭐 도울 일 없나 해서……." 고참 경관이 말한다.

젊은 경관은 천장을 올려다본다.

"아뇨! 괜찮습니다! 말씀드렸다시피 제가 다 알아서 잘하고 있어요."

"그래. 알았어. 나는 그냥 돕고 싶어서 그래." 고참 경관은 애를 쓴다.

"됐습니다, 됐어요, 제발…… 됐다고요! 이건 정말이지 너무 프로답지 못한 거 아닙니까? 조사 도중에 불쑥 들어오다니요!" 젊은 경관은 쏘아붙인다.

"알았어, 미안해. 그냥 진도가 어디까지 나갔는지 궁금해서 그랬어." 고참 경관은 속삭이는데, 이제는 당황한 기색을 역력히 드러내며 걱정을 감추지 못한다.

"그림에 대해 물어보려던 참이었어요!" 젊은 경관은 으르렁거린다. 누가 그에게서 담배 냄새가 난다고 하자 그냥 친구 대신 담배를 들고 있었을 뿐이라고 항변하는 투다.

"누구한테?" 고참 경관은 궁금해한다.

"부동산 중개업자한테요!" 젊은 경관은 외치며 그녀를 가리킨다.

안타깝게도 이 소리를 듣고 부동산 중개업자가 곧바로 벌떡 일어나 손을 불쑥 내민다.

"제가 그 부동산 중개업자예요! 하우스 트릭스 부동산요!"

부동산 중개업자는 말을 멈추고 믿을 수 없을 만큼 뿌듯해하며 씩 웃는다.

"아, 망할, 또 시작이로군." 부동산 중개업자가 숨을 크게 들이마시자 젊은 경관이 중얼거린다.

"그래서, 안녕하시죠?"

고참 경관은 되묻는 눈빛으로 젊은 경관을 쳐다본다.

"아까서부터 지금까지 계속 이러고 있어요." 젊은 경관은 말하며 엄지손가락으로 눈썹을 누른다.

고참 경관은 실눈을 뜨고 부동산 중개업자를 쳐다본다. 그는 이해할 수 없는 인물을 만나면 그러는 습관이 있는데, 평생 거의 하루 종일 실눈을 뜨다 보니 눈 아래가 소프트 아이스크림과 비슷해졌다. 부동산 중개업자는 자기 말을 한 번에 알아듣는 사람이 없다고 생각하는지 아무도 청하지 않은 설명을 늘어놓는다. "아시겠어요? 하우스 트릭스 부동산. 하우스 트릭스? 아시겠어요? 왜냐하면 누구든 노하우를 잘 아는 부동산 중개업자를……."

고참 경관은 알아듣고 감탄한다는 뜻에서 미소까지 지어 보이지만 젊은 경관은 집게손가락으로 부동산 중개업자를 겨누고 그녀와 의자 사이에서 위아래로 까딱인다.

"앉아요!" 그는 어린아이, 개, 부동산 중개업자한테만 쓰는 말투로 외친다.

부동산 중개업자의 얼굴에서 웃음기가 가신다. 그녀는 어색하게 자리에 앉아 두 경관을 차례대로 쳐다본다.

"죄송해요. 경찰 조사는 처음이라서요. 설마…… 어…… 영화에 나오는 좋은 경찰, 나쁜 경찰 놀이를 하려는 건 아니겠죠? 한명은 커피를 한 잔 더 가지러 밖으로 나가고 남은 한 명은 전화번호부로 절 때리면서 '시신을 어디다 숨겼어?' 이러는 건 아니겠죠?"

부동산 중개업자는 불안해하며 웃음을 터뜨린다. 고참 경관은 미소를 짓지만 젊은 경관은 절대 그러지 않는다. 부동산 중개업자는 아까보다 더 긴장한 목소리로 하던 얘기를 계속한다. "아니, 농담이었어요. 요즘은 전화번호부도 안 만들잖아요, 안 그래요? 그래서 어쩔 거예요? 핸드폰으로 때릴 거예요?"

그녀는 어떤 식으로 때린다는 건지 두 팔을 흔들어 보여주며 두 경관을 흉내 내는 건가 싶은 말투로 이렇게 외친다. "이런 젠장, 안 돼, 인스타그램에서 헤어진 여친한테 좋아요를 눌러버렸잖아! 삭제! 삭제!"

젊은 경관이 전혀 재밌어하지 않았기 때문에 부동산 중개업자의 표정도 시들해진다. 고참 경관은 젊은 경관의 수첩 위로 몸을 숙이고 부동산 중개업자를 없는 사람 취급하며 묻는다. "그래서, 그림을 보고 뭐랬는데?"

"선배님이 들어와서 중간에 끊는 바람에 거기까지 진도를 나가지도 못했어요!" 젊은 경관은 쏘아붙인다.

"무슨 그림요?" 부동산 중개업자가 묻는다.

"제가 여쭤보려던 참이었는데 중간에 끊겼어요. 계단에서 이 그림을 주웠는데, 범인이 떨어뜨린 건가 싶어서요. 혹시……." 젊은 경관이 무슨 말을 하려고 하지만 고참 경관이 말허리를 자른다.

"그럼 권총에 대해서는 물어봤나?"

"그만 좀 끼어드세요!" 젊은 경관은 나지막이 쏘아붙인다.

그러자 고참 경관은 두 팔을 던지듯 위로 들며 중얼거린다. "알았어, 알았어, 들어와서 미안하구먼."

"가짜였어요! 권총 말이에요! 장난감이었어요!" 부동산 중개업자가 냉큼 말한다.

고참 경관은 놀란 눈빛으로 그녀를 쳐다보다가 젊은 경관에게로 시선을 옮기고, 특정 연령대의 사람들만 귓속말이라고 생각하는 음량으로 속삭인다. "아직…… 얘기 안 했나?"

"뭘요?" 부동산 중개업자는 궁금해한다.

젊은 경관은 한숨을 쉬고, 고참 경관의 얼굴이라도 되는 듯 그림을 조심스럽게 접는다. 그런 다음 부동산 중개업자를 올려다본다.

"그게, 안 그래도 말씀드리려던 참이었는데요…… 범인이 인질을 석방하고 저희가 여러분을 여기 이 지서로 데려온 이후에……."

고참 경관이 돕는답시고 끼어든다. "범인, 그러니까 은행 강도가— 총으로 자기를 쐈어요!"

젊은 경관은 선배 목을 조르지 않으려고 두 손을 으스러져라 부여잡는다. 그가 뭐라고 얘기하지만 부동산 중개업자는 듣지 못한다. 충격이 신경계를 장악하자 귓속에서 한 음으로 웅웅거리던 소리가 아우성으로 점점 커진다. 조사실에 창문이 없는데도 나중에 그녀는 빗줄기가 그 방 유리창을 때렸다고 장담할 것이다. 그녀는 입을 떡 벌리고 두 경관을 빤히 쳐다본다.

"그러니까…… 그게…… 권총이었다는……?" 그녀가 간신히 묻는다.

"진짜 권총이었어요." 고참 경관이 확답한다.

"저는……." 부동산 중개업자는 무슨 말을 하려고 하지만 입

안이 바짝 말라서 아무 말도 못 한다.

"자! 물 좀 드세요!" 고참 경관은 자기가 들고 온 것도 아니면서 물을 권한다.

"고맙습니다……. 저는…… 하지만 그게 진짜 권총이었다면 우리가 전부…… 우리가 전부 죽을 수도 있었잖아요!" 그녀는 속삭이고 뒷북성 쇼크 상태로 물을 벌컥벌컥 마신다. 고참 경관은 근엄하게 고개를 끄덕이고 젊은 경관의 수첩을 자기 쪽으로 가져와 그 위에다가 펜으로 끼적이기 시작한다.

"조사를 처음부터 다시 하는 게 좋겠지?" 고참 경관이 돕는답시고 이렇게 묻자 젊은 경관은 잠깐 휴식 시간을 갖는다. 복도로 나가서 벽에 머리를 찧기 위해서다.

문이 쾅 닫히자 고참 경관은 움찔한다. 인생 선배가 후배에게 하고 싶은 말이라고는 "네가 힘들어하고 있는 거 안다. 그래서 나도 괴로워"뿐일 때는 말이라는 것이 고역이 된다. 젊은 경관의 신발이 그가 앉았던 의자 아래 바닥에 검붉게 말라붙은 핏자국을 남겼다. 고참 경관은 그걸 보며 수심에 잠긴다. 아들이 경찰이 되지 않길 바랐던 게 바로 이런 이유 때문이었다.

10

10년 전에 다리 위에서 그 남자를 맨 처음 본 사람은 아버지의 바람에도 불구하고 장래희망이 바뀌지 않은 10대 소년이었다. 도와줄 사람이 나타날 때까지 기다릴 수도 있었겠지만, 당신이라면 과연 그랬을까? 어머니는 목사이고 아버지는 경찰인 아이라면, 힘닿는 데까지 남을 돕는 것을 당연하게 여기며 자란 아이라면 정말 어쩔 수 없는 상황이 아닌 이상 누굴 저버릴 일은 없지 않을까?

그래서 아이는 다리로 달려가 남자에게 고함을 질렀고 남자는 모든 동작을 멈추었다. 아이는 뭘 어쩌면 좋을지 몰랐기 때문에 그냥…… 말을 걸었다. 남자의 신뢰를 얻으려고 했다. 그의 위치를 두 발 앞이 아니라 두 발 뒤로 옮기려고 했다. 바람이 그들의 재킷을 가볍게 낚아챘고 날은 꾸물꾸물했고 겨울이 시작되려는 것을 피부로 느낄 수 있었고 아이는 지금 당장은 딴 세상 얘기처럼 들릴지 몰라도 살아야 하는 이유가 얼마나 많은지 설명할 방법을 찾으려고 했다.

다리 위의 그 남자는 아이가 둘이라고 그 10대 소년에게 말했다. 그 소년을 보고 자기 아이들 생각이 나서 그랬을지 모른다. 소년은 공포에 질려 한 단어, 한 단어 힘주어가며 남자에게 애원했다. "제발 뛰어내리지 마세요!"

남자는 침착하게, 연민에 가까운 눈빛으로 아이를 바라보며 말했다. "부모로서 제일 끔찍한 게 뭔지 아니? 최악의 순간을 기준으로 평가받는다는 거야. 백만 번 잘해도 한 번 잘못하면 공원에서 아이가 그네에 머리를 맞았을 때 핸드폰을 들여다본 부모로 영원히 낙인이 찍히지. 며칠 동안 아이한테서 눈을 뗀 적이 없어도 문자 메시지 하나 확인한 순간 그동안의 가장 행복했던 순간들은 없던 일이 돼. 어렸을 때 그네에 머리를 맞지 *않았다*고 해서 상담을 받는 사람은 없잖아. 부모는 항상 실수에 의해 규정이 되지."

10대 소년은 아마 그게 무슨 소린지 몰랐을 것이다. 다리 옆으로 흘끗 시선을 돌렸을 때 저 아래에서 죽음이 보이자 아이의 손이 부들부들 떨렸다. 남자는 힘없이 미소를 지어 보이며 반걸음 뒤로 물러났다. 바로 그 순간만큼은 그 반걸음이 하늘과 땅 차이처럼 느껴졌다.

이윽고 남자가 설명을 하기 시작했다. 상당히 훌륭한 곳에 취직하고 비교적 잘나가는 회사를 차리고 제법 근사한 아파트도 장만하는 등 상당히 잘살았다고. 아이들이 그보다 더 훌륭한 곳에 취직하고 더 근사한 아파트를 장만해서 걱정할 필요가 없도록, 매일 밤 휴대용 계산기를 손에 쥐고 피곤해서 곯아떨어질 필요 없이 자유를 만끽할 수 있도록 모은 돈을 전부 어느 부동산 개발업체에 투자했다고. 어깨가 되어주는 것이 부모의 역할이니까. 어렸을 때는 그 위에 앉아서 세상을 볼 수 있게, 나이를 먹으면 그걸 밟고 서서 구름을 향해 손을 뻗을 수 있게, 그리고 가끔 휘청거리고 불안해지면 거기에 기댈 수 있게. 우리도 뭐가 뭔지 잘 모르는데, 그런 줄도 모르고 아이들은 우리를 믿으니 얼마나 부담스러운지 아느냐고. 그래서 남자는 남들을 따라 했다. 아는 척했다. 아이들이 웅가는 왜 갈색이고, 사람은 죽으면 어떻게 되느냐고, 북극곰은 왜 펭귄을 먹지 않느냐고 물었을 때 아는 척했다. 아이들은 나이를 먹었다. 가끔 그가 그걸 깜빡하고 아이들 손을 잡으려고 손을 내밀 때가 있었다. 그러면 아이들은 당황해서 어쩔 줄 몰라 했다. 그도 마찬가지였다. 열두 살짜리에게 네가 어렸을 때는 내가 너무 빨리 걸어서 네가 달려와 내 손을 잡았다고, 그때가 내 인생을 통틀어 가장 행복했던 순간이었다고 무슨 수로 설명할 수 있을까. 내 손바닥에 닿았던 너의 손끝. 내가 얼마나 많은 일에 실패했는지 네가 아직 몰랐던 그때.

남자는 모든 것에 대해 연극을 계속했다. 금융 전문가들은 부동산 개발업체에 투자한 것이 안전한 투자라고 했다. 모두 알다시피 부동산 가격은 떨어지지 않는 법이다. 그런데 그 예상이 빗나갔다.

다른 어떤 나라에서 금융 위기가 시작되고 뉴욕의 어느 은행이 파산하자 머나먼 지구 반대편의 어느 조그만 도시에 사는 남자는 모든 것을 잃었다. 그가 변호사와 통화를 마치고 전화를 끊었을 때 서재 창밖으로 그 다리가 보였다. 아침 이른 시각이었고

요맘때치고 유난히 포근했지만 날은 꾸물꾸물했다. 남자는 아무 일도 없었던 것처럼 아이들을 학교에 데려다주었다. 연극을 계속했다. 아이들의 귀에 대고 사랑한다고 속삭였고, 아이들이 눈을 부라리며 한숨을 쉬자 심장에 금이 가는 걸 느꼈다. 그러고는 강가로 차를 몰았다. 주차하면 안 되는 곳에 차를 세웠다. 열쇠는 차 안에 그냥 두었다. 다리로 걸어가 난간 위로 올라갔다.

그는 10대 소년에게 이 많은 얘기를 했고 두말하면 잔소리지만 10대 소년은 이윽고 모든 게 다 잘되리라는 걸 알았다. 난간 위에 서서 처음 보는 사람을 붙잡고 아이들에 대한 사랑을 고백하는 사람은 뛰어내릴 마음이 없다고 보면 되기 때문이었다.

그런데 잠시 후에 그가 뛰어내렸다.

11

10년 뒤에 젊은 경관은 조사실 앞 복도에 서 있다. 그의 아버지는 부동산 중개업자와 계속 그 안에 있다. 두말하면 잔소리지만 어머니 말이 맞았다. 그들 부자는 같은 데서 일하면 안 됐다. 그러면 분란이 벌어지기 마련이었다. 그는 그 말을 듣지 않았다. 두말하면 잔소리지만 그는 어머니 말을 들어먹은 적이 없다. 그의 어머니는 가끔 피곤하거나 두어 잔 마신 와인 때문에 감정을 감춰야 한다는 걸 잊어버리면 아들을 보며 이렇게 말했다. "너는 그 다리에서 돌아오지 못했다는 생각이 자꾸만 머릿속에 맴도는 날이 있어. 예나 지금이나 능력 밖의 일인데, 난간 위에 서 있는 그 남자를 계속 구하려 한다는 생각 말이야." 어쩌면 맞는 말일지 모르지만 그는 확인하고 싶은 생각이 없다. 그는 10년째 똑같은 악몽을 꾸고 있다. 경찰대학교 졸업, 시험, 이어진 교대 근무, 야근, 지서에서 아버지 빼고 모든 사람이 입을 모아 칭찬하는 그의 업무 처리, 전보다 더 잦아진 야근, 일하지 않는 시간이 싫어질 정도의 일 중독증, 동틀 무렵 비틀비틀 퇴근하면 현관홀에서 기다리는 청구서 더미와 텅 빈 침대, 수면제, 알코올.

모든 게 견딜 수 없는 지경에 다다른 밤이면 그는 나가서 어둠과 추위와 정적을 뚫고 몇 킬로미터를 달렸고, 발이 인도를 두드리는 속도가 점점 더 빨라져도 목적지나 목표를 정한 적은 없었다. 사냥꾼처럼 달리는 사람들도 있지만 그는 사냥감처럼 달렸다. 그러다 진이 다 빠지면 비틀비틀 집으로 돌아가 출근해서 처음부터 사이클을 다시 시작하곤 했다. 가끔 위스키 몇 잔이면 잠을 청할 수 있거나 아침에 얼음장 같은 물로 샤워를 하면 잠이 깨는 컨디션 좋은 날도 있었지만, 그렇지 않을 때는 모든 수단과 방법을 동원해 초민감한 피부를 가라앉혔고 가슴에서 울음기가 느껴지면 목과 눈까지 치밀어 오르기 한참 전에 눌렀다. 하지만 그러는 내내 똑같은 악몽이 반복됐다. 그의 재킷을 낚아채던 바람, 남자의 신발이 난간에서 미끄러졌을 때 난 둔탁하게 긁히는 소리, 자신에게서 나는 소리처럼 들리지도 느껴지지도 않았던 비명. 충격이 너무 크고 너무 어마어마했기 때문에 그는 그 소리를 거의 듣지 못했다. 그 충격은 지금도 여전하다.

오늘 인질이 석방되고 아파트 안에서 총성이 들렸을 때 가장 먼저 문지방을 넘은 경관이 그였다. 피로 물든 카펫을 밟아가며 거실을 쌩하니 지나 발코니 문을 홱 열고 암담한 심정으로 서서 난간 너머를 응시한 사람이 그였다. 남들에게는 얼토당토않게 느껴졌을지 몰라도 그가 느낀 첫 번째 직감이자 가장 큰 공포는 이것이었다. "범인이 뛰어내렸다!" 하지만 아래에는 아무것도 없었다. 휴대전화를 들고 그를 올려다보는 기자와 동네 주민들뿐이었다. 은행 강도는 흔적도 없이 사라졌고 경관 혼자 그 발코니에 있었다. 거기에서는 다리가 훤히 보였다. 이제 그는 경찰서 복도에 서 있는데, 심지어 신발에 묻은 핏자국조차 닦을 수가 없었다.

12

울퉁불퉁한 나무 바닥 위로 끌려가는 묵직한 가구처럼 공기
가 고참 경관의 목구멍을 할퀴며 지나간다. 그는 특정 연령과 체
중에 다다랐을 때 자기한테서 그런 소리가 나기 시작한다는 것
을 알아차렸다. 숨도 나이를 먹으면 더 무거워지는 걸까? 그는
부동산 중개업자를 보며 어색하게 미소를 짓는다.

"아까 그 동료는 음…… 내 아들이에요."

"아!" 부동산 중개업자는 자기도 아이가 있다는 듯이 아니면
아이는 *없지*만 부동산 중개업자로서 연수를 받았을 때 안내책
자에서 읽은 적이 있다는 듯이 고개를 끄덕인다. 그녀가 좋아하
는 아이들은 무난한 색상의 장난감을 들고 있는 아이들인데, 어
떤 공간에든 잘 어울리기 때문이다.

"아내는 아들과 내가 같은 데서 근무하는 것이 좋지 못한 선
택이라고 했어요." 경관은 실토한다.

"이해해요." 부동산 중개업자는 거짓말을 한다.

"나더러 아이를 과잉보호한대요. 알이 없어졌다는 걸 인정하
기 싫어서 돌 위에 쭈그리고 앉아 있는 펭귄 같다고. 인생으로부

터 아이를 보호할 수 있는 방법은 없대요, 결국에는 우리 모두 인생에 잡아먹히기 마련이라면서."

부동산 중개업자는 무슨 말인지 이해하는 척할까 고민하다가 솔직히 대답했다.

"부인께서 무슨 뜻에서 그렇게 말씀하신 거예요?"

경관은 얼굴을 붉힌다.

"나는 원래…… 여기 앉아서 이런 얘기를 늘어놓다니 한심해 보이겠지만, 나는 원래는 아들 녀석이 경찰이 되는 게 싫었어요. 너무 예민하거든요. 너무…… 착하고요. 무슨 말인지 알겠어요? 10년 전에 그 녀석은 다리 위로 달려가서 뛰어내리려는 남자를 설득하려고 한 적이 있어요. 할 수 있는 모든 방법을 동원했죠, 모든 방법을! 하지만 남자는 뛰어내리고 말았어요. 그게 한 인간에게 어떤 영향을 미칠지 상상이 돼요? 우리 아들은…… 항상 모두를 구하고 싶어 해요. 그런 일이 있고 나서는 경찰이 되지 않겠다고 할 줄 알았는데, 오히려 그 반대였어요. 갑자기 전보다 더 경찰이 되고 싶어 하더군요. 사람들을 구하고 싶어서요. 심지어 악당까지도."

부동산 중개업자의 호흡이 느려지고 가슴이 오르내리는 것도 거의 보이지 않는다.

"은행 강도 말씀이세요?"

고참 경관은 고개를 끄덕인다.

"네. 우리가 들어갔을 때 아파트 안이 온통 피투성이였어요. 아들 녀석은 우리가 은행 강도를 얼른 찾지 못하면 강도가 죽을 거라고 해요."

부동산 중개업자는 고참 경관의 슬픈 눈빛을 보고 이것이 그에게 얼마나 큰 의미인지 알아차린다. 잠시 후에 그는 손가락으로 테이블을 쓸며 억지로 격식을 갖춰 덧붙인다. "다시 한번 상기시켜드리지만 조사 도중에 말씀하신 모든 건 기록이 됩니다."

"알아요." 부동산 중개업자는 그를 안심시킨다.

"제대로 아셔야 해요. 우리가 여기서 얘기한 모든 것이 파일에 기록돼서 어느 경관이든 읽을 수 있어요." 고참 경관이 물고 늘어진다.

"누구든 읽을 수 있다. 알겠어요."

고참 경관은 젊은 경관이 테이블 위에 두고 간 종이를 조심스럽게 펼친다. 그린 아이가 몇 살이냐에 따라 천재라고 볼 수도 있고 재능이 전혀 없다고 판단할 수도 있는 그림이다. 동물 세 마리인 것 같다.

"이게 뭔지 아시겠습니까? 아까 말씀드렸다시피 계단에서 주운 거예요."

"죄송해요." 부동산 중개업자는 이렇게 대답하며 진심으로 미안해한다.

경관은 억지로 미소를 짓는다.

"동료들은 원숭이, 개구리, 말 같다고 해요. 내 생각에 저건 말이라기보다 기린에 가까워 보이고요. 아니, 심지어 꼬리도 없잖아요! 기린은 꼬리가 없지 않나요? 이건 기린인 게 분명해요."

부동산 중개업자는 한 번 심호흡을 하고, 잘 모르면 입 다물

고 있어야 한다는 생각을 절대 못 하는 남자들에게 여자들이 주
로 하는 말을 한다.

"그 말씀이 맞는 것 같네요."

사실 10대 소년에게 경찰의 꿈을 심어준 사람은 다리 위의
그 남자가 아니었다. 일주일 뒤에 똑같은 난간 위에 서 있었던
10대 소녀였다. 뛰어내리지 않은 그 아이였다.

13

커피 컵이 분노 속에 내동댕이쳐진다. 컵은 두 개의 책상 너머로 날아가지만 원심력의 심오한 법칙에 따라 내용물을 거의 고스란히 담고 있다가 벽에 부딪혀 주변을 카푸치노색으로 물들인다.

두 경관은 서로를 물끄러미 바라본다. 한쪽은 민망해하는 눈빛이고 한쪽은 걱정하는 눈빛이다. 고참 경관의 이름은 짐이다. 그의 아들인 젊은 경관은 야크다. 이 지서는 너무 작아서 둘이 서로 피할 도리가 없기 때문에 여느 때처럼 그들은 결국 각자의 책상 앞에 앉아 컴퓨터 모니터 뒤로 몸을 절반만 숨기고 있다. 요즘은 업무의 10분의 1이 실질적인 경찰 업무이고 나머지 시간은 그 업무를 정확히 어떤 식으로 처리했는지 보고서를 작성하는 데 쓰이기 때문이다.

짐은 컴퓨터를 신기한 물건으로 간주했던 세대이고 야크는 컴퓨터를 당연하게 여기는 세대다. 짐이 어렸을 때는 방에 들어가 있는 것이 처벌이었지만 요즘은 아이들을 방 밖으로 끌어내야 한다. 짐의 세대는 가만히 앉아 있질 못한다고 혼났던 반면,

다음 세대는 꼼짝 않고 앉아만 있는다고 혼난다. 그렇기에 짐은 보고서를 작성할 때 모든 자판을 끝까지 아주 신중하게 누른 다음, 자기가 골탕 먹지는 않았는지 곧바로 화면을 확인한 뒤에야 다음번 자판을 누른다. 쉽게 골탕 먹지 않는 성격이기 때문이다. 반면에 야크는 인터넷 없는 세상에 살아본 적 없는 젊은이답게 눈 감고도 문서를 작성할 수 있고 손가락이 워낙 가볍게 자판을 스쳐 가기 때문에 과학수사 전문가라도 그가 자판을 건드렸다는 증거를 댈 수 없을 정도다.

두말하면 잔소리지만 두 남자는 아주 사소한 것을 두고도 서로를 미치게 만든다. 아들은 인터넷에서 뭘 검색할 때 '구글링한다'고 하지만 아버지는 '구글에서 찾아보겠다'고 한다. 어떤 사안을 두고 서로 의견이 다르면 아버지는 "내가 구글에서 읽었으니 분명 내 말이 맞아!"라고 하고 아들은 "아빠, 구글에서는 뭘 읽는 게 아니에요, *검색*을 하는 거지!"라고 외친다.

아들이 미치고 팔짝 뛰는 이유는 아버지가 첨단 장비 사용법을 몰라서가 아니라 알긴 아는데 *완벽하게* 알지 못하기 때문이다. 예컨대 짐은 화면을 캡처하는 법을 모르기 때문에 컴퓨터 모니터상의 어떤 것을 사진으로 남기고 싶으면 휴대전화로 모니터 화면을 찍는다. 휴대전화 화면상의 어떤 것을 사진으로 남기고 싶으면 복사기로 들고 가서 그 화면을 복사한다. 짐과 야크가 가장 최근에 대판 싸웠던 이유는 상사의 상사가 이 도시의 경찰 병력도 'SNS상의 접근성을 높여야 한다'며(스톡홀름 경찰은 시종일관 어마무지하게 접근성이 높다) 그들에게 일상적인 업무를 사진에 담으라고 한 것 때문이었다. 그래서 짐은 순찰차 안에서 야크의 사진을 찍었다. 야크가 운전을 하는 동안. 플래시를 터뜨려가며.

이제 그들은 서로 마주 보고 앉아서 계속 엇박자로 자판을 두드리고 있다. 짐은 느리고 야크는 효율적이다. 짐은 사연을 전하고 야크는 단순히 보고한다. 짐은 지우고 편집하고 다시 쓰고, 야크는 세상 모든 것을 묘사하는 방식은 딱 하나뿐이지 않으냐는 듯이 입력하고 또 입력한다. 짐은 젊었을 때 작가가 꿈이었다. 사실 그는 야크의 어린 시절까지도 그 꿈을 버리지 못했었다. 그러다 야크가 자신 대신 작가가 되어주길 꿈꾸었다. 아들들은 절대 알아차릴 수 없고 아버지들은 부끄러워서 절대 실토하지 못하는 것이 이것이다. 우리는 아이들이 자기의 꿈을 좇거나 우리와 나란히 걸어주길 바라지 않는다. 우리가 아이들과 나란히 걷고 아이들은 우리의 꿈을 좇아주길 바란다.

그들은 책상에 같은 여자의 사진을 두었다. 한쪽에게는 어머니, 한쪽에게는 아내다. 짐의 책상에는 야크보다 일곱 살 많은 젊은 여자 사진도 있지만 그들은 그녀의 얘기를 자주 하지 않고 그녀도 돈이 필요할 때만 그들에게 연락한다. 해마다 겨울이 시작되면 짐이 기대에 찬 목소리로 말한다. "올해 크리스마스에는 네 누나가 올지 몰라." 그러면 야크는 대꾸한다. "그러게요, 아빠, 두고 보면 알겠죠." 아들은 아버지에게 절대 너무 순진한 거 아니냐고 하지 않는다. 그건 사랑의 표현이다. 해마다 크리스마스이브에 아버지는 보이지 않는 바윗덩어리 때문에 어깨를 늘어뜨리고 이렇게 얘기한다. "네 누나 잘못이 아니야, 야크, 네 누나……." 그러면 야크는 항상 이렇게 대꾸한다. "아파서 그런 거잖아요. 저도 알아요, 아빠. 맥주 한 잔 더 하실래요?"

아무리 가깝게 지내도 이제는 너무나 많은 것이 고참 경관과 젊은 경관 사이를 가로막고 있다. 결국에는 야크가 누나의 꽁무니 쫓기를 포기했기 때문이다. 그것이 남동생과 아버지의 가장 큰 차이다.

딸이 10대였을 때 아이들이란 연과 같다고 생각한 짐이 줄을 최대한 단단히 붙잡아봤지만 딸은 결국 바람에 실려 갔다. 줄을 끊고 하늘 위로 훨훨 날아갔다. 약물 남용이 시작되는 시점은 정확히 알 수 없는 법이라, '잘 조절하고 있다'는 말은 거짓말이 될 수밖에 없다. 약물은 땅거미와 비슷해서 빛이 사라지는 시점을 결정하는 사람이 우리인 것 같은 착각을 불러일으키지만, 그건 완전히 우리 능력 밖의 일이고 어둠은 언제든 내킬 때 찾아와 우리를 데려간다.

몇 년 전에 짐은 야크가 아파트를 장만하려고 모아두었던 돈을 모두 찾아서 고급 사설 치료센터에 누나를 입원시키는 데 썼다는 것을 알게 됐다. 야크가 누나를 거기까지 차로 데려갔다. 그녀는 2주 뒤에 제 발로 걸어 나왔고 시간이 꽤 지난 다음이라 환불도 받지 못했다. 그녀는 6개월 동안 감감무소식이더니 어느 날 한밤중에 야크에게 뜬금없이 전화해 '몇천 크로나'만 빌려줄 수 있느냐고 물었다. 집으로 가는 비행기표를 살 거라고 했다. 야크는 돈을 보내주었지만 그녀는 오지 않았다. 그녀의 아버지는 지금도 땅 위를 뛰어다니며 하늘로 날아간 연이 어디 있는지 파악하려 하고, 그것이 아버지와 남동생의 차이다. 내년 크리스마스에도 둘 중 한쪽은 "그 아이는……"이라고 할 테고 그러면 다른 쪽은 "저도 알아요, 아빠"라고 속삭이고 맥주를 한 병 더 가져다줄 것이다.

그들은 심지어 맥주를 두고서도 옥신각신하는 경지에 이르렀다. 야크는 자몽, 생강 쿠키, 사탕, 기타 온갖 잡다한 맛이 나는 맥주를 궁금해하는 젊은 세대다. 짐은 맥주 맛이 나는 맥주를 좋아한다. 그는 가끔 그런 복잡한 부류를 '스톡홀름 맥주'라고 부르지만 자주 그러지는 않는다. 그러면 아들이 폭발해서 몇 주 동안은 자기가 마실 맥주를 자기 돈으로 사야 하기 때문이다. 그는 가끔 아이들을 똑같이 키워도 영판 다른 사람으로 자랄 수 있는지, 아니면 오히려 똑같이 키워서 그런 결과로 이어질 수 있는지 절대 미리 알 수 없다는 생각을 한다. 그는 컴퓨터 모니터 너머로 키보드를 두드리는 아들의 손끝을 흘끗 쳐다본다. 그다지 크지 않은 도시에 있는 이 조그만 경찰서는 상당히 조용하다. 별다른 일이 벌어지지 않는 곳이라 인질극은 물론이고 그 어떤 소동도 그들에게는 낯설다. 때문에 짐은 지금이야말로 야크가 상사들에게 그의 능력이 어느 정도인지, 그가 어떤 경찰관인지 보여줄 수 있는 절호의 기회라는 것을 안다. 스톡홀름의 전문가들이 등장하기 전에 말이다.

야크는 욕구불만으로 눈썹 꼬리가 내려갔고 초조함으로 안에서 돌풍이 인다. 그는 그 아파트에 남들보다 먼저 들어간 뒤로 계속 분노 폭발의 경계선에 아슬아슬하게 서 있다. 계속 참고는 있지만 마지막 조사를 마친 뒤에는 휴게실로 뚜벅뚜벅 들어가 분통을 터뜨렸다. "어떻게 된 영문인지 *아는* 목격자가 한 명은 있어야 하잖아요! 그걸 아는 사람이 누군지 몰라도 우리 면전에 대고 거짓말을 하고 있어요! 한 남자가 바로 지금 어딘가에 쓰러져서 피 흘리며 죽어가고 있다는 걸 모르는 걸까요? 사람이 죽어가고 있는데 어떻게 경찰한테 거짓말을 할 수가 있어요?"

야크가 분통을 터뜨리고 자기 컴퓨터 앞에 앉았을 때 짐은 아무 말도 하지 않았다. 하지만 커피 컵이 벽을 때렸을 때 그걸 던진 사람은 야크가 아니었다. 아들이 아무리 범인의 생명을 구할 수 없어 분노하고 빌어먹을 스톡홀름 인간들에게 사건을 빼앗길까 봐 질색한다 한들, 아들을 도울 방법이 없는 아버지가 느끼는 좌절에는 비할 바가 못 되었으니 말이다.

한참 동안 정적이 이어진다. 먼저 그들은 서로를 노려보다가 키보드 쪽으로 시선을 떨군다. 마침내 짐이 어렵사리 말을 꺼낸다. "미안하다. 내가 치울게. 나는 그냥…… 네가 얼마나 미치겠는지 알 것 같아서. 그걸 보면 나도 미칠 것 같다는 걸 알아줬으면 좋겠다."

그와 야크는 아파트 도면을 구석구석 살펴보았다. 아무리 봐도 숨을 곳이나 갈 만한 데가 없었다. 야크는 자기 아버지를 쳐다보다가 자기 뒤에 떨어진 커피 컵의 잔해로 시선을 옮기고는 조용히 말한다. "그자를 도운 사람이 분명 있을 거예요. 뭔지 몰라도 우리가 빠뜨린 부분이 있겠죠."

짐은 목격자를 조사한 기록을 빤히 쳐다본다.

"우리야 그냥 최선을 다할 뿐이지 어쩌겠니, 아들."

일 말고 일상에 대해 할 얘기가 없을 때는 일 얘기를 하는 편이 수월하지만, 최선을 다할 뿐이라는 말은 일상과 일, 양쪽 모두에 동시에 적용된다. 야크는 인질극이 처음 시작됐을 때부터 줄곧 다리 생각을 하고 있다. 요즘도 컨디션이 좋은 날 밤에는 남자가 뛰어내리지 않는 꿈, 남자를 살릴 수 있는 꿈을 꾸기 때문이다. 짐도 주야장천 그 다리에 대해 생각한다. 컨디션이 최악인 날에는 남자가 아니라 야크가 뛰어내리는 꿈을 꾸기 때문이다.

"목격자 한 명 아니면 전부가 거짓말을 하고 있어요. 이 남자가 어디 숨었는지 아는 사람이 분명 있을 거예요." 야크는 기계적으로 반복한다.

짐은 야크의 어머니가 병원이나 교도소에서 바쁜 밤을 보내고 나면 으레 그러듯 책상을 두드리고 있는 야크의 양쪽 집게손가락을 흘끗 훔쳐본다. 아버지 쪽에서 아들에게 별 문제가 없는지 확인하기에는 너무 많은 시간이 흘러버렸고 아들도 그걸 설명하기에는 너무 많은 시간이 흘러버렸다. 그들 사이의 거리가 이제는 너무 멀다.

하지만 짐이 벽을 닦고 자신이 던져서 깨뜨린 잔 조각을 주우려고 중년 남자 특유의 신음 교향곡을 최고조로 연주하며 천천히 자리에서 몸을 일으키자 야크가 잽싸게 일어나 휴게실로 걸어간다. 그가 잔을 두 개 더 들고 온다. 야크는 커피를 마시지 않지만 같이 마셔주는 동무가 있으면 아버지에게는 가끔 위로가 된다는 걸 알기 때문이다.

"네가 조사하는 데 끼어들면 안 되는 거였는데 말이다, 아들." 짐이 나지막이 말한다.

"괜찮아요, 아빠." 야크는 대답한다.

둘 다 진심은 아니다. 우리는 사랑하는 사람들에게 거짓말을 한다. 그들은 다시 키보드 위로 몸을 웅크려 목격자 진술서 최종 본을 입력하고 다시 한번 읽으며 단서를 찾는다.

그들의 짐작이 맞는다. 목격자들은 진실을 일부 감추었다. 몇 명은 그랬다.

14

목격자 진술서

일자: 12월 30일

목격자 성명: 런던

야크: 바닥이 아니라 의자에 앉으면 좀 더 편하실 텐데요.

런던: 시력에 무슨 문제 있어요? 휴대전화 충전선이 의자까
　　　지 안 닿는 거 안 보여요?

야크: 의자를 움직이는 건 있을 수 없는 일일 테고요.

런던: 뭐라고요?

야크: 아닙니다.

런던: 여기 수신 상태가 개떡이네. 와이파이가 한 칸······.

야크: 이제 휴대전화를 끄고 제 질문에 답해주시기 바랍니다.

런던: 안 말려요. 물어봐요. 당신 진짜 경찰이에요? 경찰이라
　　　기엔 너무 젊은데.

야크: 성함이 런던 맞으십니까?

런던: '맞습니다.' 원래 그런 식으로 얘기해요? 꼭 회계사를
　　　만나면 흥분하는 사람하고 역할극하는 것 같은데.

야크: 진지하게 임해주셨으면 하는데요. 성함이 L-o-n-do-n입니까?

런던: 네!

야크: 성함이 특이하시네요. 뭐, 특이한 정도는 아닐지 몰라도 신기하긴 하네요. 성함의 출처가 어떻게 되시나요?

런던: 영국요.

야크: 네, 그렇겠죠. 제 말은, 그 이름으로 불리게 된 특별한 이유가 있느냐는 겁니다.

런던: 그야 우리 부모님이 나를 그렇게 부르기로 하셨기 때문이죠. 요즘 뭐, 약 하는 거 있어요?

야크: 저기, 그 문제는 이쯤에서 접고 다음으로 넘어갑시다.

런던: 기분 나빠할 일은 아니잖아요?

야크: 기분 나쁘지 않았습니다.

런던: 그렇겠네요, 전혀 기분 나빠하는 말투가 아닌 걸 보니.

야크: 질문에 집중합시다. 은행에서 근무하시죠, 맞습니까? 범인이 들어왔을 때 창구 업무를 보고 계셨고요?

런던: 범인이라고요?

야크: 은행 강도요.

런던: 네, '맞습니다.'

야크: 손가락까지 써가며 대답하실 필요는 없습니다.

런던: 쉼표예요. 이거 적고 있잖아요, 그죠? 그러니까 내가 쉼표를 쓰면 거기다가도 적어줘요, 누구든 그 서류를 읽으면 내가 비꼬았다는 걸 알 수 있게. 안 그러면 내가 바보 천치처럼 보일 거 아녜요.

야크: 그럴 때 쓰는 건 따옴표입니다만.

런던: 여기 에코 효과나 뭐 그런 장치 있어요?

야크: 그냥 그 문장부호를 뭐라고 부르는지 알려드렸을 뿐인데요.

런던: 그냥 그 문장부호를 뭐라고 부르는지 알려드렸을 뿐인데요.

야크: 제 목소리는 그렇지 않습니다만.

런던: 제 목소리는 그렇지 않습니다만!

야크: 조사에 진지하게 응해주셨으면 합니다. 강도 사건에 대해 말씀해주실 수 있을까요?

런던: 뭐, 강도 사건이라고 볼 수도 없었어요. 우리는 현금 없는 은행이거든요.

야크: 어떤 일이 벌어졌는지, 그것만 말씀해주시기 바랍니다.

런던: 내 이름이 런던이라고 구체적으로 썼어요? 아니면 그냥 '목격자'라고만 적었어요? 내 이름을 적어줘요. 이 서류가 온라인에 공개되면 유명해질 수 있게.

야크: 이 서류가 온라인에 공개될 일은 없을 겁니다.

런던: 요즘은 뭐든 온라인에 공개되잖아요.

야크: 성함은 반드시 적도록 하겠습니다.

런던: 오키.

야크: 네?

런던: '오키.' '오키'가 무슨 뜻인지 몰라요? 좋다고요.

야크: 무슨 뜻인지 알죠. 뭐라는지 못 들었어요.

런던: 뭐라는지 못 들었어요오오…….

야크: 나이가 어떻게 되십니까?

런던: 그쪽은 나이가 어떻게 되는데요?

야크: 은행에서 근무하기에는 너무 어려 보여서 묻는 겁니다.

런던: 스무 살이에요. 임시직이고요. 새해 이틀 전날에는 근무하겠다는 사람이 없거든요. 나는 공부해서 바텐더가 될 거예요.

야크: 바텐더도 공부를 해야 될 수 있는지 몰랐네요.

런던: 경찰이 되는 것보다는 더 힘들거든요.

야크: 그렇겠죠. 이제 강도 사건에 대해 듣고 싶은데요.

런던: 와, 짜증 제대로네. 알았어요, 이제 '강도 사건'에 대해 얘기하죠…….

15

하루 종일 날씨 변화가 전혀 없는 날이었다. 겨울 몇 주 동안 스칸디나비아 중심부에서는 하늘이 감동을 선사하려는 시도조차 없이 흙탕물에 빠진 신문지색으로 사람들을 맞이하고, 새벽이 지나면 누가 유령에 불을 지른 것 같은 안개만 남는 시기가 이어진다. 그러니까 다른 말로 표현하자면, 날씨가 그럴 때는 어느 집이든 살 만한 곳으로 느껴지지 않을 테니 아파트를 구경하기에 알맞지 않은 날이었다. 게다가 어떤 정신 나간 인간이 새해 이틀 전날을 오픈하우스 날로 정하겠는가? 심지어 은행을 털기에도 알맞지 않은 날이었다. 날씨의 입장에서 변명하자면 그건 날씨 탓이라기보다 은행 강도의 잘못이 더 컸지만.

하지만 엄밀히 말하면 그건 은행 강도 사건도 아니었다. 은행 강도가 은행을 털 생각이 없었다는 뜻은 아니다. 원래 은행을 털 작정이었다. 다만 은행 강도는 현금이 있는 은행을 선별하는 데 실패했다. 은행 강도의 가장 중요한 전제 조건 중 하나가 어그러진 것이다.

하지만 그건 백 퍼센트 은행 강도의 책임이라고는 볼 수 없었다. 이 사회의 책임이었다. 은행 강도를 범죄의 길로 접어들게 만든 사회적 불평등을 책임져야 한다는 게 아니라(그것도 사실상 사회의 책임이겠지만 지금 하려는 얘기와는 무관한 부분이다) 이 사회가 요즘 들어 이름과 실체가 따로 노는 분위기로 변모한 것에 대한 책임을 져야 한다는 뜻이다. 은행이 은행이었던 시절이 있었다. 하지만 지금은 현금 없이 운용되는 '캐시리스' 은행이 있는 모양이니, 그건 소위 말하는 짝퉁 아닌가? 카페인 없는 커피, 글루텐 없는 빵, 알코올 없는 맥주가 넘쳐나니 사람들이 헷갈리고 사회는 엉망진창이 될 수밖에 없다.

그래서 은행 강도가 되지 못한 은행 강도는 은행이라고 볼 수 없는 은행 안으로 들어가 권총을 들이대며 자신의 방문 목적을 선포했다. 하지만 창구에 앉아 있었던 스무 살의 런던은 인간의 사회성을 파괴할 정도로 SNS에 심취한 상태였기 때문에 은행 강도를 보자마자 본능적으로 외쳤다. "당신 장난이에요, 뭐예요?"(그녀가 "*이거* 장난이에요?"라고 하지 않고 당장 "*당신* 장난이에요?"라고 한 것은 요즘 젊은 세대에 대해 시사하는 바가 크다고 하겠다.) 강도는 실망한 아버지 같은 눈빛으로 그녀를 째려보고 권총을 흔들며 이렇게 적힌 쪽지를 내밀었다. "나는 강도다! 6천 5백 크로나 내놔!"

런던은 오만상을 찌푸리며 콧방귀를 뀌었다. "6천하고 5백? 0을 두어 개 빠뜨린 거 아녜요? 아무튼 여긴 현금 없는 은행인데, 진짜로 현금 없는 은행을 털 생각이에요? 바보예요, 뭐예요?"

당황한 은행 강도는 헛기침을 하고는 알아들을 수 없는 말을 중얼거렸다. 런던은 두 팔을 뻗으며 물었다. "그거 진짜 권총이에요? 그러니까 진짜로 진짜 권총이에요? 어떤 사람이 가짜 권총을 썼다고 무장 강도 사건에서 무죄 판결 받는 걸 어떤 텔레비전 프로그램에서 본 적 있거든요!"

대화가 이쯤 이르자 은행 강도는 늙다리가 된 기분을 느끼기 시작했다. 상대방이 열네 살쯤 되어 보였기 때문에 더욱 그랬다. 물론 그녀는 열네 살이 아니었지만 은행 강도는 서른아홉 살이었고, 그 나이에는 열네 살이나 스무 살이나 그다지 별 차이 없게 느껴진다. 그러면 사람이 늙다리가 된 기분이 든다.

"여보세요? 내 말에 대답할 거예요, 안 할 거예요?" 런던은 짜증스럽게 외쳤고, 이제 와 생각해보면 권총을 들고 복면을 쓴 은행 강도에게 소리를 지르다니 상당히 모자란 짓이었지만, 런던의 실체를 알면 그녀가 바보라서 그런 게 아니었음을 알 수 있다. 그녀는 딱한 인간이었다. 심지어 SNS상에서도 진정한 친구라고는 없었기 때문에 싫어하는 유명 인사들이 멀쩡하게 잘 사는 걸 보고 분통을 터뜨리는 게 할 수 있는 전부였다. 은행 강도가 들이닥치기 직전에도 유명한 남자 배우 커플이 이혼을 하는지 안 하는지 알아보려고 화면을 새로고침 하느라 여념이 없었다. 그녀는 그들이 이혼하길 바랐는데, 행복한 사람은 아무도 없다는 걸 알면 불안을 잠재우는 데 가끔 도움이 되기 때문이었다.

하지만 은행 강도는 아무 말도 하지 않았고 이 시점에 이르자 바보가 된 기분이 들면서 모든 게 후회되기 시작했다. 은행을 털려고 하다니 애초부터 어마무지하게 바보 같은 발상이었다. 은행 강도는 사실 이런 심정을 런던에게 설명한 뒤 사과하고 밖으로 나가려고 했고, 그랬더라면 이후의 일들이 벌어지지 않았겠지만, 그럴 겨를도 없이 런던이 이렇게 외쳤다. "저기, 나 지금 경찰에 신고할 거예요!"

그 말을 듣고 은행 강도는 어쩔 줄 몰라 하며 밖으로 뛰쳐나갔다.

16

목격자 진술서 (이어서)

야크: 범인에 대해 좀 더 구체적으로 하실 말씀이 있습니까?
런던: 그러니까 은행 강도 말이죠?
야크: 네.
런던: 그럼 그냥 그렇게 부르면 되지 않나요?
야크: 은행 강도에 대해서 좀 더 구체적으로 하실 말씀이 있
　　　습니까?
런던: 예를 들면 어떤 거요?
야크: 그의 외모에 대해 기억나는 게 있으신가요?
런던: 맙소사, 그런 피상적인 질문을 하다니! 성별을 보는 시
　　　각이 구역질 나게 이분법적인 거 아닌가요?
야크: 미안합니다. '그 사람'에 대해서 달리 뭐 하실 말씀 없으
　　　신가요?
런던: 그 단어에 굳이 쉼표 쓸 것 없어요.
야크: 미안하지만 써야 할 것 같은데요. 은행 강도의 외모에
　　　대해 하실 말씀 없습니까? 예를 들어 키가 작던가요, 크

던가요?

런던: 저기요, 나는 사람을 키로 설명하지 않아요. 그건 너무 배타적이거든요. 봐요, 나는 키가 작잖아요. 그래서 날 보고 콤플렉스를 느낄 키 큰 사람이 많다는 걸 알아요.

야크: 네?

런던: 키가 큰 사람들도 감정이라는 게 있다고요.

야크: 네. 알겠습니다. 그럼 제가 다시 사과드리는 수밖에 없겠네요. 질문을 바꿔서 하겠습니다. 은행 강도가 콤플렉스가 있을 법한 은행 강도로 보이던가요?

런던: 왜 그런 식으로 눈썹을 문질러요? 진짜 기분 나쁜 거 알아요?

야크: 미안합니다. 은행 강도의 첫인상이 어떻던가요?

런던: 좋아요. '은행 강도'가 완전 덜떨어진 인간 같아 보였다는 게 내가 느낀 '첫인상'이에요.

야크: 인간의 지능에 대해서는 이분법적인 태도를 보여도 전혀 문제가 되지 않는 모양이로군요.

런던: 뭐라고요?

야크: 아무것도 아닙니다. 어떤 근거로 은행 강도가 덜떨어졌다는 인상을 받으셨나요?

런던: "6천5백 크로나 내놔!"라고 쓴 쪽지를 주더라고요. 6천 5백을 훔치려고 은행을 털다니 도대체 뭐예요? 천만, 뭐 이 정도는 노리고 은행을 털어야 하는 거 아닌가요? 그런데 원하는 금액이 정확히 6천5백이라니 무슨 특별

한 이유가 있는 거 아니겠어요?

야크: 솔직히 저는 그런 생각은 하지 못했네요.

런던: 좀 더 생각을 열심히 하셔야겠네요. 그런 생각은 해보셨나요?

야크: 노력해보겠습니다. 이 종이를 보신 적 있는지 확인 부탁드려도 될까요?

런던: 이거요? 어린애가 그린 그림 같은데. 그나저나 이게 뭔데요?

야크: 제가 보기에는 원숭이, 개구리 그리고 말 같은데요.

런던: 말 아니에요. 큰사슴이지!

야크: 그렇게 생각하세요? 저희 동료들은 모두 말 아니면 기린이라고 하던데.

런던: 잠깐. 제 이어폰에 불 들어왔어요.

야크: 안 돼요. 집중하세요, 런던 씨. 그래서 이게 큰사슴인 것 같다고요? 여보세요? 휴대전화 내려놓고 묻는 말에 대답하세요!

런던: *예스!*

야크: 네?

런던: *드디어! 드디어!*

야크: 그게 무슨 소리예요?

런던: 그 사람들 이혼한대요!

17

진실은 무엇일까? 진실은 뭔가 하면 은행 강도가 성인이었다
는 것이다. 그것보다 더 은행 강도의 특징을 여실히 드러내는 대
목은 없다. 어른이 되는 것이 끔찍한 이유는 아무도 우리에게 관
심이 없고, 앞으로는 스스로 모든 일을 처리하고 세상이 어떤 식
으로 돌아가는지 파악해야 한다는 것을 깨닫는 순간이 찾아오
기 때문이다. 일을 하고 공과금을 납부하고, 치실을 쓰고 회의에
늦지 않고, 줄을 서고 서식을 작성하고, 케이블과 씨름하고 가구
를 조립하고, 자동차 타이어를 교체하고 전화 요금을 내고 커피
머신을 끄고 아이들 수영 수업을 잊지 않고 신청하고. 아침에 눈
을 뜨면 일상이 우리 머리 위에 "잊어버리지 마!"와 "잘 챙겨!"로
이루어진 폭탄을 새롭게 투하하려고 기다리고 있다. 내일이면
또 다른 폭탄이 위에서 쏟아질 것이기에, 우리는 여유롭게 생각
하거나 숨을 돌리지 않고 그냥 일어나서 그 산더미를 헤치고 나
아가기 시작한다. 회사나 학부모 간담회나 길거리에서 가끔 주
위를 두리번거리다가, 남들은 뭐가 어떻게 돌아가는지 제대로
아는 것 같다는 사실에 경악한다. 아는 척해야 하는 사람은 나뿐

이다. 남들은 여러 가지를 감당할 여유가 되고 여러 가지를 잘 다룰 줄 알며 그러고도 에너지가 남아서 더 많은 것을 처리할 수 있다. 그리고 남의 집 아이들은 모두 수영을 할 줄 안다.

하지만 우리는 아직 어른이 될 준비가 되지 않았다. 누군가가 진작 우리를 말렸어야 했다.

진실은 무엇일까? 진실은 뭔가 하면 은행 강도가 길거리로 뛰쳐나갔을 때 경찰 하나가 마침 그 앞을 지나갔다는 것이다. 나중에 밝혀졌다시피 무전상으로 아직 경보가 발령되지 않았고, 스무 살의 런던과 응급 콜센터 직원이 한참 동안 서로 티격태격했기 때문에(런던이 은행에 강도가 들었다고 신고하자 콜센터 직원이 "위치가요?"라고 물었고, 런던이 은행 주소를 대자 콜센터 직원이 "거기 현금 없는 은행 아니에요? 누가 거길 털러 가겠어요?"라고 했고, 그 말에 런던이 "그러니까요."라고 하자 콜센터 직원이 "뭐가요?"라고 했고, 그 말에 런던이 "뭐가요라뇨?"라고 쏘아붙이자 콜센터 직원이 "그쪽이 먼저 시작했잖아요!"라고 맞받아쳤고, 그 말에 런던이 "무슨 소리예요, 그쪽이 먼저 시작해놓고……"라고 했고 그때부터 대화가 급속도로 저질스러워졌다) 은행 강도를 잡으러 출동한 경찰이 없었다. 은행 강도가 길거리에서 마주친 경찰은 경찰이 아니라 주차 단속원이었고, 은행 강도가 전전긍긍하지 않고 유심히 살폈다면 누가 봐도 경찰이 아닌 게 확연했을 터라 다른 탈출 전략을 동원했을지 모른다. 그랬더라면 이 이야기는 훨씬 짧아졌을 것이다.

하지만 은행 강도는 맨 처음 눈에 띈 열린 문으로 달려 들어갔고, 계단이 나오자 그 계단을 올라가는 것 말고는 딱히 대안이 없었다. 꼭대기 층에 다다르고 보니 한 아파트 문이 열려 있기에 숨을 헐떡이고 땀을 뻘뻘 흘리며 안으로 들어갔는데, 은행 강도들이 쓰는 스키마스크가 비뚜름해져서 한쪽 눈으로만 앞을 볼 수 있었다. 그제야 은행 강도는 현관홀에 신발이 가득하고 아파트는 신발을 벗은 사람들로 가득하다는 것을 알아차렸다. 아파트 안에 있던 여자 하나가 권총을 보고 "어머, 어떡해, 강도가 들었어요!"라고 외쳤고, 그와 동시에 계단에서 빠른 발소리가 들리자 은행 강도는 경찰인가 보다 싶어(그게 아니라 집배원이었다) 딱히 대안이 없었던 관계로 문을 닫고 권총을 마구잡이로 겨누며 처음에는 "*아뇨······! 아뇨, 강도가 아니라······ 나는 그냥······*"이라고 외쳤다가 생각을 바꿔서 숨을 헐떡이며 말했다. "*음, 어쩌면 강도일 수도 있겠네요! 하지만 여러분이 타깃은 아니에요! 어쩌면 지금 이건 인질극에 가까울지 몰라요! 그 점에 대해서는 매우 죄송하게 생각합니다! 오늘 하루가 참 복잡하게 꼬였네요!*"

은행 강도의 말에는 분명 일리가 있었다. 은행 강도 집단을 변호하는 건 아니지만 그들도 일을 하다 보면 일진 사나운 날이 있지 않겠는가. 가슴에 손을 얹고 생각하건대 스무 살짜리와 말을 섞고 나서 총을 빼들고 싶지 않은 사람이 어디 있을까?

몇 분 뒤에 건물 앞 도로가 기자와 카메라로 꽉 막혔고 뒤이어 경찰이 등장했다. 기자들 대부분이 경찰보다 먼저 출동했다는 것이 양쪽 직업군의 능력치를 방증하는 증거라 할 수는 없지만, 이 경우 경찰은 처리해야 할 더 중요한 일들이 많았고 기자들은 SNS를 체크할 시간이 더 많았으며, 은행 아닌 은행의 뚱한 여직원은 하고 싶은 말을 전화보다 트위터로 더 잘한다는 증거가 되긴 한다. 그녀는 강도가 길 건너편 건물 안으로 뛰어 들어가는 것을 은행 전면의 큼지막한 창 너머로 보았다고 SNS에 선포했지만, 경찰은 계단에서 강도를 목격한 집배원이 마침 경찰서 맞은편 카페에서 일하는 아내에게 전화할 때까지도 신고를 받지 못했다. 그녀가 얼른 길 건너 경찰서를 찾아간 다음에야 스키마스크 비슷한 것을 쓰고 권총 같은 것으로 무장한 듯한 남자가 오픈하우스가 열린 아파트로 들어가 부동산 중개업자와 잠재 고객들을 가두고 문을 잠갔다는 맥락의 경보가 발령됐다. 이렇게 해서 은행 강도는 은행을 터는 데 실패한 대신 어찌어찌 인질극을 벌이는 데에는 성공했다. 인생이 항상 예상한 대로 흘러가는 것은 아니다.

은행 강도가 아파트 문을 닫았을 때 외투 주머니에 들어 있던 종잇조각이 나풀나풀 계단으로 떨어졌다. 어린애가 그린 원숭이, 개구리, 큰사슴이었다.

말도 아니었고 기린도 절대 아니었다. 그게 중요하다.

스무 살 청년들은 인생의 수많은 측면에 대해 틀릴 수 있지만 (그들이 어찌나 오답을 남발하는지, 양자택일 문제에서 정답을 맞힐 확률이 4분의 1에 불과하다는 데에 스무 살 아닌 이들은 동의할 것이다) 이 스무 살의 말은 한 가지에 관한 한 맞았다. 은행 강도들은 대개 거금과 딱 떨어지는 금액을 요구한다는 것. 누구든 은행에 들어가 이렇게 외칠 수 있다. "천만 크로나 내놔, 안 그러면 쏘겠다!" 하지만 어떤 사람이 무기를 들고 쭈뼛쭈뼛 들어가 아주 구체적으로 정확히 6천5백 크로나를 요구한다면 이면에 어떤 이유가 있을지 모른다.

어쩌면 여러 이유가 있을지 모른다.

　　10년 전에 다리 위로 올라간 남자와 어느 아파트에서 인질극을 벌인 은행 강도는 서로 아무 연관성이 없다. 서로 만난 적도 없다. 딱 한 가지 공통점이 있다면 모럴 해저드다. 그건 물론 금융업계에서 쓰는 단어다. 은행들이 워낙 비도덕적이라 '비도덕적'이라는 단어로는 부족하기 때문에 금융시장이 어떤 식으로 돌아가는지 설명하기 위해 누군가가 만들어낸 단어다. 은행이 도덕적으로 운영되는 것은 워낙 있을 수 없는 일이기 때문에 그런 시도 자체만으로 위기로 간주될 수 있다는 사실을 표현할 방법이 필요했던 것이다. 다리 위로 올라간 남자는 '안전한 투자' 삼아 은행에 돈을 맡겼다. 당시에는 모든 투자가 안전했다. 그러다 남자는 이 투자금을 담보로 대출을 받았고 이후에 추가 대출로 예전 대출을 상환했다. 은행에서는 다들 그렇게 한다고 했고 남자는 '이 사람들이 전문가니까'라고 생각했다. 그러다 어느 날부터 갑자기 모든 게 흔들리기 시작했다. 이른바 금융 시장의 위기, 은행 도산이었다. 하지만 도산한 쪽은 사람들이었다. 은행은 굳건하게 자리를 지켰고 금융 시장도 멀쩡했지만, 다리 위로 올라간 남자는 평생 모은 돈 대신 산더미 같은 빚을 떠안게 됐고 어쩌다 그렇게 됐는지 설명할 수 있는 사람은 아무도 없었다. 남자가 '위험 부담이 전혀 없다'고 하지 않았느냐고 짚고 넘어가자 은행에서는 두 손을 번쩍 들며 말했다. "세상에 위험 부담이 전혀 없는 게 어디 있나요. 손님이 어떤 상품에 가입하는지 잘 알아보시고 저희한테 돈을 맡기지 마셨어야죠."

그래서 남자는 첫 번째 은행에서 모아놓은 돈을 전부 날리는 바람에 떠안게 된 빚을 탕감하려고 다른 은행에 돈을 빌리러 갔다. 그 은행에 가서 이러다 회사와 집을 날릴 판국이라고, 그에게는 아이가 둘이라고 설명했다. 은행 직원은 고개를 끄덕이며 안타까워했지만 이렇게 말했다. "이른바 모럴 해저드 때문에 고생하고 계시는군요."

남자가 무슨 말인지 이해하지 못하자 직원이 모럴 해저드란 '계약의 한쪽 당사자가 부정적인 결과를 야기하더라도 그에 대해 책임지지 않아도 되도록 보호하는 조치'라고 설명했다. 그래도 남자가 이해하지 못하자 그녀는 한숨을 쉬고 말했다. "바보 둘이 빠개지려는 나뭇가지 위에 앉아 있는데 나무 몸통에 가까운 쪽이 톱을 쥐고 있는 상황이라고요." 남자가 여전히 알아듣지 못하고 눈을 깜짝이자 그녀는 눈썹을 추켜올리며 설명했다. "고객님이 나무 몸통에서 멀리 앉아 있는 쪽이에요. 은행이 나뭇가지를 잘라서 자기 목숨 줄을 챙기려 하고 있고요. 은행 측에서는 잃은 돈이 없어요. 고객님이 바보처럼 그들 손에 톱을 쥐여주는 바람에 고객님 돈만 날렸지." 그리고는 차분하게 남자의 서류를 모아 그에게 돌려주며 대출을 승인하지 않겠다고 했다.

"하지만 은행이 내 돈을 전부 날린 게 내 잘못은 아니잖아요!" 남자는 외쳤다.

직원은 그를 냉정하게 바라보며 선포했다. "고객님 잘못이죠. 왜 그 은행에 돈을 맡기셨어요."

10년 뒤에 어느 은행 강도가 오픈하우스가 열린 아파트로 들어간다. 그 은행 강도는 은행 직원에게 모럴 해저드 어쩌고 하는 얘기를 들을 만큼 돈이 많아본 적이 없었지만 어머니에게 "하느님을 웃기고 싶으면 그분께 네 계획을 말씀드려라"라는 얘기를 들었고 어쩌면 그 둘은 같은 맥락일지 모른다. 은행 강도는 겨우 일곱 살 때 맨 처음 이 소리를 들었는데, 그 말은 '인생이 이렇게 흘러갈 수도 저렇게 흘러갈 수도 있지만 결국에는 엉뚱한 방향으로 갈 것'이라는 뜻이니 어쩌면 그런 말을 듣기에는 조금 어린 나이였다. 아무리 일곱 살짜리라도 그게 무슨 뜻인지는 안다. 그리고 계획 세우는 걸 좋아하지도 않는다던 어머니가 실제로 취하도록 마실 계획은 세운 적이 없다 하더라도 결과적으로는 과연 우연의 일치일까 싶을 만큼 자주 취하고야 만다는 것을 안다. 그 일곱 살짜리는 독주는 절대 입에 대지 않겠다고, 어른은 절대 되지 않겠다고 맹세했고 둘 중 하나는 지켰다.

그리고 모럴 해저드? 그 일곱 살짜리는 그해 크리스마스이브 직전에 그 단어를 배웠다. 어머니가 부엌 바닥에 무릎을 꿇고 앉아서 일곱 살짜리의 머리카락 사이로 담뱃재를 흘려가며 휘청

휘청 그녀를 끌어안았을 때. 어머니는 흐느끼느라 떨리는 목소리로 말했다. "엄마한테 화내지 마, 소리 지르지 마, 그건 내 잘못이 아니었어." 아이는 무슨 소린지 이해할 수 없었지만, 뭔진 몰라도 지난 한 달 동안 날마다 방과 후에 크리스마스 특별판 잡지를 팔아서 크리스마스 음식을 장만할 수 있게 어머니에게 돈을 드린 것과 연관이 있을지 모른다는 사실을 서서히 깨달았다. 아이는 어머니의 눈을 들여다보았다. 어머니의 눈은 알코올과 눈물, 취기와 자기혐오로 번들거렸다. 그녀는 아이를 끌어안고 흐느껴 울었다. 이렇게 속삭였다. "나한테 왜 그 돈을 줬니." 이것이 그녀로서는 아이에게 할 수 있는 사과에 가장 가까웠다.

은행 강도는 이날까지도 그 말에 대해 종종 생각한다. 얼마나 기분이 처참했는지가 아니라, 엄마를 싫어할 수 없으니 얼마나 희한한지에 대해 생각한다. 지금도 그게 엄마의 잘못처럼 느껴지지 않으니 참 희한하다는 생각을 한다.

그들은 이듬해 2월에 아파트에서 쫓겨났고 은행 강도는 절대 아이를 낳지 않겠노라고 다짐했다. 그러다 결국 아이를 낳게 되자 절대 대책 없는 부모는 되지 않겠노라고 다짐했다. 어른 노릇을 감당하지 못하고 공과금을 처리하지 못하고 아이들과 함께 살 곳을 마련하지 못하는 그런 부모는 되지 않겠노라고 다짐했다.

그러자 하느님이 웃었다.

다리 위로 올라간 남자는 모럴 해저드를 운운했던 은행 직원 앞으로 편지를 썼다. 그녀에게 하고 싶었던 말을 그대로 적었다. 그러고는 뛰어내렸다. 은행 직원은 그 편지를 10년 동안 핸드백에 들고 다녔다. 그러다 은행 강도를 만났다.

19

짐과 야크는 현장에 맨 처음 출동한 경찰병력이었다. 그걸 보면 그들이 얼마나 유능한지 알 수 있다기보다 이 도시가 얼마나 작은지 알 수 있었다. 안 그래도 일대에 경찰이 많지 않은데 새해 이틀 전날이라 특히 그랬다.

두말하면 잔소리지만 기자들은 이미 와 있었다. 어쩌면 그냥 동네 사람과 지나가던 구경꾼일 수도 있었다. 요즘은 각자 텔레비전 채널을 하나씩 개설이라도 한 듯 너 나 할 것 없이 자기 일상을 영상과 사진으로 기록하니 기자와 일반인이 잘 구분되지 않는다. 그들은 일제히 기대하는 눈빛으로 짐과 야크를 쳐다보았다. 경찰이라면 이제 어떤 일이 벌어질지 정확히 알지 않느냐는 눈빛이었다. 그들은 잘 몰랐다. 이 도시에서는 누굴 인질로 삼는 사람도 없었고 은행을 터는 사람도 없었다. 가뜩이나 은행들이 현금 없이 운영됐으니 더욱 그랬다.

"이제 어떻게 해야 할까요?" 야크가 물었다.

"응? *나도 모르겠다. 정말 모르겠어. 원래 잘 아는 쪽은 너잖니.*" 짐은 무뚝뚝하게 대답했다.

야크는 실망한 눈빛으로 짐을 쳐다보았다.

"저는 인질극을 겪어본 적이 없어서요."

"나도 마찬가지다, 아들. 하지만 너, 그 수업 듣지 않았니? 무슨 경청 하는 수업."

"*적극적 경청*요." 야크는 중얼거렸다. 물론 그는 그 수업을 들었지만 이런 상황에서 그게 무슨 쓸모가 있을지 상상이 잘 되지 않았다.

"그 수업에서 인질범한테 어떤 식으로 말을 걸면 되는지 안 가르쳐주던?" 짐이 격려하듯 턱으로 가리키며 물었다.

"가르쳐주죠. 하지만 말하는 상대가 있어야 경청도 할 수 있는데 무슨 수로 은행 강도한테 연락해요?" 야크는 물었다. 경찰에 접수된 메시지나 몸값 요구가 없었다. 아무것도 없었다. 게다가 그 적극적 경청이 강사가 주장한 만큼 효과가 있었다면 야크에게는 지금쯤 여자친구가 생겼어야 마땅하다는 생각이 자꾸만 드는 것은 어쩔 수 없었다.

"모르겠다, 나는 정말 모르겠어." 짐은 실토했다.

야크는 한숨을 쉬었다.

"아빠는 평생 경찰로 근무하셨잖아요. 그러니까 이 비슷한 경험이 *한 번이라도* 있지 않아요?"

당연히 짐은 경험이 있는 척하려고 했다. 원래 아버지들은 아들에게 뭘 가르치는 것을 좋아하는 데다 더는 아무것도 가르치지 못하게 되는 순간 우리가 아이들을 책임지는 것이 아니라 아이들이 우리를 책임지는 것이 되기 때문이었다. 그래서 아버지는 헛기침을 하고 고개를 돌리며 휴대전화를 꺼냈다. 아들이 뭐하는 거냐고 묻지 않길 바라며 거기 그렇게 한참 동안 서 있었다. 두말하면 잔소리지만 헛된 바람이었다.

"아빠……." 야크가 그의 어깨 너머로 말했다.

"으으응." 짐이 말했다.

"지금 설마 '인질극이 벌어졌을 때 대처법'이라고 구글링하고 계신 거예요?"

"아마 그럴걸?"

야크는 앓는 소리를 내며 무릎에 손을 얹고 허리를 숙였다. 그러고는 속으로 으르렁거렸다. 그의 상사가, 그의 상사의 상사가 조만간 전화해 뭐라고 할지 뻔했기 때문이다. "스톡홀름에 연락해서 도움을 요청할까?" 당연히 그래야겠지. 야크는 생각했다. 이 도시에서 우리 스스로 문제를 해결해내면 스톡홀름 사람들이 어떻게 보이겠어? 그는 은행 강도가 몸을 숨긴 아파트 발코니를 올려다보았다. 들릴락 말락 하게 욕을 내뱉었다. 그에게 필요한 것은 시작점, 어떻게든 강도와 접촉할 방법이었다.

"아빠?" 마침내 그가 한숨을 토했다.

"왜, 아들?"

"구글에서 뭐래요?"

짐은 먼저 인질범의 정체를 파악해야 한다고 큰 소리로 낭독했다. 그리고 인질범이 원하는 게 뭔지 알아내야 했다.

20

좋다. 은행 강도가 은행을 턴다. 거기에 대해 잠깐 생각해보자.

당연히 당신하고는 아무 상관 없는 일이다. 어떤 남자가 다리에서 뛰어내린 것만큼이나 상관없는 일이다. 왜냐하면 당신은 정상적이고 번듯한 사람이라 은행을 털 일이 없을 테니까. 정상적인 사람이라면 누구나 어떤 경우에도 해선 안 되는 일이 있다는 것을 안다. 거짓말을 하면 안 되고 남의 물건을 훔치면 안되며 누굴 죽여서도 안 되고 새한테 돌을 던져도 안 된다. 그건 우리 모두가 동의하는 바다.

백조는 예외일 수도 있겠다. 백조들은 사실 아닌 척하면서 사람 속을 살살 긁는 재수 없는 것들이니까. 하지만 백조 말고 다른 새한테는 돌을 던지면 안 된다. 그리고 거짓말도 하면 안 된다. 물론…… 가끔 예외는 있다. 예를 들어 아이들이 "여기서 왜 초콜릿 냄새가 나요? 아빠 초콜릿 먹고 있어요?"라고 물을 때. 하지만 도둑질이나 살인은 절대 하면 안 된다. 그건 우리 모두가 동의하는 바다.

아무튼 사람은 죽이면 안 된다. 그리고 백조가 아무리 재수 없어도 대부분의 경우에는 백조도 죽이면 안 된다. 하지만 뿔 달린 동물이 숲속에 서 있으면 죽여도 된다. 통구이라면 먹어도 된다. 하지만 사람은 절대 죽이면 안 된다.

뭐, 히틀러는 예외다. 타임머신을 타고 날아가 그를 죽일 수 있다면 죽여도 된다. 한 사람을 죽임으로써 수백 명을 살리고 세계대전을 피할 수 있다면 그래도 된다. 누구라도 그렇게 생각할 것이다. 하지만 몇 명을 살릴 수 있다면 사람을 죽여도 될까? 백만 명? 150명? 두 명? 한 명? 0명? 정답은 없을 것이다. 정답을 아는 사람이 없을 테니까.

그럼 훨씬 더 간단한 예를 들어보자. 도둑질은 해도 될까? 아니다, 안 된다. 그건 우리 모두가 동의하는 바다. 누군가의 마음을 훔칠 때만 예외다. 그건 낭만적이니까. 아니면 파티에서 하모니카를 불어대는 인간에게서는 하모니카를 훔쳐도 된다. 그건 공익을 위하는 길이니까. 정말 어쩔 수 없을 때 조그만 걸 훔치는 건 어떨까? 어쩌면 그건 괜찮을지 모른다. 하지만 그렇다고 해서 좀 더 큰 것까지 훔쳐도 되는 걸까? 그 크기는 누가 정할까? 그리고 어쩔 수 없는 상황이라면 얼마나 어쩔 수 없는 상황일 때 정말 심각한 도둑질이 허용될까? 예를 들어 어쩔 수 없는 상황이고 아무도 다치지 않을 거라는 생각이 든다 치자. 그럼 은행을 털어도 될까?

아무리 그렇더라도 그건 안 될지 모른다. 어쩌면 당신 생각이 옳을지 모른다. 당신은 절대 은행을 털 일이 없을 테니 이 은행 강도와 공통점이 아무것도 없다.

어쩌면 공포는 예외일지 모른다. 당신도 가끔 새파랗게 겁에 질려보았을 테고 은행 강도도 그랬다. 어쩌면 은행 강도에게는 어린 자식들이 있었기 때문에 심장이 철렁 내려앉은 적이 숱하게 많았을지 모른다. 당신에게도 아이가 있다면 모든 걸 알지 못해서, 모든 걸 해낼 에너지가 없어서, 모든 것에 대처할 수 없어서 항상 두려운 심정을 이해할 것이다. 결국 우리는 실패하는 데 익숙해져서 아이들을 실망시키지 *않을* 때마다 속으로 충격을 받는다. 이걸 눈치챈 아이도 있을지 모른다. 그래서 아이들은 가끔 우리를 살짝 수면 위로 띄워주기 위해 가장 희한한 순간에 아주, 아주 사소한 짓을 저지르곤 한다. 아이들은 그런 식으로 우리가 공포에 빠져 죽지 않게 막는다.

그래서 은행 강도는 어느 날 아침에 그 개구리, 원숭이, 큰사슴 그림이 주머니에 있는 줄도 모르고 집을 나섰다. 딸아이가 그려서 넣어놓았기 때문이었다. 그 아이에게는 언니가 있고 자매는 원래 싸우기 마련이지만 그들 자매는 싸우는 일이 거의 없다. 동생이 언니 방에서 놀아도 언니는 소리 지르지 않는다. 언니가 가장 아끼는 물건을 모아놓아도 동생은 일부러 망가뜨리지 않는다. 아이들이 어렸을 때 이들 자매의 부모는 속닥거렸다. "우리가 전생에 나라를 구했나 봐." 맞는 말이었다.

이제 부모가 이혼하고 한쪽 부모와 지내는 동안에 아이들은 아침에 차를 타고 가면서 뉴스를 듣는다. 다른 쪽 부모가 오늘 뉴스에 등장하지만 아이들은 아직 그 사실을 모른다. 그 다른 쪽 부모가 은행 강도가 되었다는 걸 아직 모른다.

아이들은 은행 강도가 된 부모와 함께 지내는 동안에는 버스를 타고 다닌다. 두 아이는 그걸 좋아해서 목적지까지 가는 내내 앞쪽에 앉은 모르는 사람들을 주인공으로 이야기를 지어낸다. 저기 저 남자는 소방관일지 몰라. 그 아이들의 부모는 속삭인다. 그리고 저 여자는 외계인일지 몰라요. 작은딸이 말한다. 그러고 나서 큰딸 차례가 되자 그 아이가 우렁차게 말한다. "저기 저 아저씨는 사람을 죽여서 배낭에 머리를 넣고 다니는 지명 수배자일지 몰라요. 아무도 모르는 거잖아요?" 그러면 주변에 앉은 여자들이 어색하게 부스럭거리고, 딸들은 숨을 쉴 수 없을 정도로 킥킥대고, 아이들의 부모는 하나도 재미없는 척 심각한 표정을 짓는다.

그들은 거의 항상 뒤늦게 버스 정거장에 도착하는데, 다리를 건너 반대편 버스 정거장까지 달려갈 때마다 딸들은 깔깔대며 웃는다. "큰사슴이 온다! 큰사슴이 온다!" 은행을 털려고 한 부모의 다리가 생뚱맞게 너무 길어서 달리면 우스꽝스럽기 때문이다. 그전에는 그걸 아무도 알아차리지 못했지만, 아이들은 어른과 다른 방식으로 인간의 비율을 측정하기 때문에 알아차릴 수 있었다. 아마 우리를 항상 아래에서, 그러니까 가장 안 좋은 각도에서 올려다보기 때문일 것이다. 아이들이 우리를 골탕 먹이는 데 일가견이 있는 약삭빠른 꼬마 괴물인 이유가 바로 그것이다. 우리의 가장 약한 부분을 모조리 건드릴 수 있어서다. 그럼에도 아이들은 항상 우리의 거의 모든 것을 용서한다.

아이가 생겼을 때 가장 신기한 부분이 그것이다. 은행 강도인 부모뿐 아니라 모든 부모가 그렇다. 그 모든 면모에도 불구하고 부모는 아이의 사랑을 받는다. 심지어 사람들은 나이를 한참 먹은 뒤에도 자기 부모가 완전히 똑똑하고 엄청나게 재밌는 불사신은 아닐 수도 있다는 상상조차 하지 못한다. 어쩌면 거기에는 생물학적인 이유가 있을지 모른다. 아이가 특정 연령까지 당신을 조건 없이, 대책 없이 사랑하는 이유는 딱 하나, 당신이 그들의 것이기 때문이다. 생각해보면 생물학적인 측면에서 상당히 영리한 행동이다.

은행 강도가 된 부모는 딸들을 절대 진짜 이름으로 부르지 않는다. 아이들에게 이름을 지어준 당사자들이 그 이름을 가장 쓰기 싫어 하는 것과 같은 부분들은 누군가의 소유가 되기 전에는 절대 의식하지 못한다. 우리는 사랑하는 사람들에게 별명을 지어서 붙인다. 사랑하면 우리만의 단어가 필요해지기 때문이다. 그래서 은행 강도가 된 부모는 각각 6년과 8년 전, 아직 엄마 배속에 있었을 때 아이들이 어떤 식으로 발버둥 쳤는지를 근거로 딸들을 부른다. 한 아이는 배 안에서 계속 점프하는 느낌이었고 한 아이는 항상 나무를 타는 느낌이었다. 그래서 한 아이는 개구리, 한 아이는 원숭이다. 그리고 큰사슴은 그 둘을 위해 무엇이든 못 할 게 없다. 정말 바보 같은 짓이라도. 어쩌면 당신도 마찬가지일지 모른다. 그 사람을 위해서라면 어떤 바보 같은 짓이라도 저지를 수 있는 그런 사람이 당신의 삶에도 있을지 모른다.

그래도 당신이 은행을 털 일은 없을 것이다. 절대.

　하지만 당신이 사랑에 빠졌다면? 거의 누구나 언젠가는 사랑에 빠지지 않는가. 그리고 사랑을 하면 한심한 짓을 숱하게 저지르게 된다. 예를 들면 결혼 같은 것. 아니면 아이를 낳고 행복한 가족인 척, 행복한 부부인 척하는 것. 하여간 당신이 생각하기에 행복해 보이는 일. 행복한 일까지는 아닐지 몰라도 그럴듯한 일. 그럴듯한 부부. 어떻게 항상 행복할 수 있겠는가. 어떻게 그럴 시간이 있겠는가. 대부분은 그저 하루를 버티느라 안간힘을 쓰는 것을. 당신도 그런 날이 있었을 것이다. 하지만 그렇게 한참 동안 버티다가 어느 날 아침에 어깨 너머를 돌아보면 당신 혼자다. 당신의 배우자는 중간에 딴 길로 새어버린 것이다. 어쩌면 거짓말이 들통날 수도 있다. 은행 강도 부부의 경우가 그랬다. 배신 행위가 드러나면, 사실상 외도를 저지른 건 아니었다 해도 그 행위만으로도 충분히 엄청난 타격일 수 있다는 것을 알게 될지 모른다.

　특히 한순간의 바람기가 아니라 한참 동안 이어진 관계였다면. 배우자가 바람만 피운 게 아니라 당신을 기만하기까지 했다면. 어쩌다 한번 한눈을 파는 건 아무 생각 없이 저지를 수 있는 일이지만, 불륜은 계획을 세워야 한다. 어쩌면 그것이 가장 상처가 될지 모른다. 당신이 모르고 지나쳤던 수백만 개의 조그만 단서들이 말이다. 제대로 된 설명도 듣지 못한다면 더욱 억장이 무너질 것이다. 예를 들어 외로움이나 욕구 때문이었다면 이해할 수 있었을지 모른다. "당신은 항상 일뿐이고 나한테 시간을 내준 적이 없잖아." 하지만 설명이 "저기, 음, 정말 솔직한 대답을 원한다면, 내가 만나는 사람은 당신 직장 상사야." 이런 식이라면 회복하기가 쉽지 않다. 그렇다면 당신이 그토록 열심히 야근을 할 수밖에 없었던 이유가 결혼생활이 파경에 이른 이유와 같다는 뜻이 되기 때문이다. 별거에 돌입하고 다음 주 월요일에 출근하면 상사가 말한다. "저기, 음, 관계 당사자가 모두 불편할 테니…… 자네가 이 회사를 그만두는 편이 가장 좋지 않을까?" 금요일까지만 해도 당신에게는 배우자와 직장이 있었는데 월요일이 되자 집 없는 실업자 신세로 전락한다. 그럼 어떻게 해야 할까? 변호사에게 상담을 받아야 할까? 소송을 제기해야 할까?

아니다.

왜냐하면 은행 강도는 이런 소리를 들었다. "흉한 꼴 보이지 마. 분란 일으키지 마. 애들을 생각해야지!" 그래서 은행 강도는 그러지 않았다. 그런 부모가 되고 싶지 않았기 때문에 그냥 눈을 질끈 감고 이를 악물고 집을 나오고 회사를 정리했다. 애들을 생각해서. 아마 당신이라도 그렇게 했을 것이다. 예전에 개구리가 버스에서 어떤 어른이 "사랑은 아픈 거야"라고 말하는 소리를 들었다고 하자, 원숭이가 그래서 하트를 그리려고 하면 비뚤배뚤하게 되는가 보다고 대답한 적이 있었다. 그런 대화를 주고받는 아이들에게 무슨 수로 이혼을 설명할 수 있을까? 무슨 수로 불륜을 설명할 수 있을까? 무슨 수로 그 아이들이 냉소주의자가 되지 않도록 막을 수 있을까? 사랑에 빠지는 것은 신비롭고 낭만적이며 숨이 막히는 일이지만…… 사랑에 빠지는 것과 사랑은 다르다. 그렇지 않나? 그래야 하지 않나? 해마다 홀딱 반하고 또 반하면 어느 누가 감당할 수 있겠는가 말이다. 누군가에게 홀딱 반하면 다른 생각은 할 수가 없다. 친구도 일도 점심도 잊어버린다. 홀딱 반한 상태가 계속 유지되면 인간은 굶어 죽을 것이다. 그리고 사랑에 빠진다는 것은 때로 홀딱 반한다는 것을 의미하기 때문에…… 정신을 똑바로 차려야 한다. 그런데 문제가 있다면 모든 것은 상대적이고 행복은 기대치에 따라 결정되며 현재 우리에게는 인터넷이 있다는 것이다. 온 세상이 끊임없이 묻는다. "하지만 *네* 삶이 이만큼 완벽해? 응? 이건 어때? *이만큼* 완벽해? 아니라면 바꿔!"

물론 사람들이 인터넷상에서 보이는 만큼 행복하다면 그렇게나 많은 시간을 인터넷에 쏟아붓지 않을 것이다. 하루의 절반을 자기 사진을 찍는 데 바치는 사람의 하루가 어떻게 행복할 수 있겠는가. 누구든 거름이 충분하면 자기 삶을 그럴듯하게 꾸밀 수 있다. 따라서 울타리 저편의 잔디가 더 파릇파릇해 보인다면 거기가 거름밭이라 그런 것일지 모른다. 하지만 그걸 안다 한들 별 도움은 되지 않는다. 이제 우리는 모든 날이 특별해야 한다는 것을 학습했으니까. 모든 날이.

문득 당신은 지금껏 공존이 아니라 공생해왔음을 깨닫는다. 우리 중 한쪽은 놀라우리만치 오랜 기간 결혼생활이 훌륭했다고 생각해왔을 수 있다. 적어도 남들만큼은 됐다고. 아무튼 그럴 듯했다고. 그런데 알고 보니 다른 한쪽은 단순히 하루를 버티는 것만으로는 성에 차지 않고 더 많은 걸 원한다고 한다. 우리 중 한쪽은 출근하고 퇴근하고 출근하고 퇴근하고 출근하고 퇴근하 며 안팎으로 사근사근한 사람이 되려고 했다. 그런데 그러는 동 안 배우자와 상사가 서로에게 아주 사근사근한 사이가 되어버 렸다.

우리는 '죽음이 갈라놓을 때까지 서로 사랑하자'고 하지 않 나? 그렇게 서로 약속하지 않나? 아니면 내가 잘못 기억하는 건 가? '아니면 둘 중 한 명이 지겨워하기 전까지 서로 사랑하자.' 이거였나?

이제 원숭이와 개구리와 한쪽 부모와 상사는 아파트에서 살 고 은행 강도인 부모는 다른 데서 산다. 아파트가 다른 쪽 부모 의 명의로 되어 있고 은행 강도는 흉한 꼴을 보이고 싶지 않았 기 때문이다. 분란을 일으키고 싶지 않았기 때문이다. 하지만 직 업도 없고 모아놓은 돈도 없으면 이 동네는 물론이고 다른 도시 의 다른 동네에서도 집을 구하기가 쉽지 않다. 결혼해서 아이가 있고 나름의 삶이 있으면 공영주택 신청자 명단에 이름을 올려 놓지 않는다. 하루 새 그 모든 걸 잃어버릴 수도 있다는 생각을 절대 하지 못하기 때문이다. 이혼의 가장 나쁜 점은 그 관계에 할애한 모든 시간이 헛수고처럼 느껴진다는 것이 아니라 미래의 모든 계획을 도난당한다는 것이다.

은행에서는 아파트를 장만하는 것은 절대 불가능한 일이라고, 땡전 한 푼 없는 사람에게 누가 돈을 빌려주겠느냐고 했다. 사실 돈은 빌릴 필요가 없는 사람한테만 빌려주는 거라고 했다. 그러면 어디서 살아야 할까? "집을 빌리셔야죠." 은행에서는 이렇게 말했다. 하지만 이 도시에서는 무직자가 아파트를 임대하려면 4개월 치 월세를 보증금으로 선납해야 했다. 이사 나갈 때 받을 수 있는 돈이지만 그때 받으면 다 무슨 소용인가.

그러고 나서 얼마 뒤에 변호사가 편지를 보냈다. 원숭이와 개구리의 다른 쪽 부모가 '다른 후견인에게 집도 직업도 없는 불안한 상황이니 아이들을 생각해서' 단독 양육권을 신청할 계획이라고 적혀 있었다. 집도 직업도 없는 부모는 신경 끄라는 걸까.

그 부모는 이런 이메일도 보냈다. "당신 물건 가져가." 그러니까 그 부모와 그의 상사가 좋은 건 쏙쏙 골라내고 쓰레기로 남겨둔 걸 가져가라는 말이었다. 그 물건들을 싸서 창고에 넣어뒀다는데, 그럼 어떻게 해야 할까? 당신은 이웃집과 맞닥뜨리는 불상사를 피하기 위해 어느 날 밤늦게 찾아갔다가 그걸 둘 데가 없다는 사실을 뒤늦게 깨달을지 모른다. 달리 지낼 데도 없는데 바깥 기온이 점점 떨어지기 시작하니 그냥 지하실 창고에 있기로 한다.

이웃집이 깜빡하고 잠그지 않은 다른 창고에 담요가 가득 든 상자가 있다. 당신은 그걸 빌려다가 덮는다. 이유는 모르겠지만 담요 아래에 장난감 권총이 있는 것을 보고, 정신 나간 도둑이 한밤중에 쳐들어오면 그걸로 혼쭐을 내야겠다고 생각하며 권총을 손에 쥐고 잠을 청한다. 그러다 당신이 그 정신 나간 도둑이라는 사실을 깨닫고 눈물을 흘린다.

다음 날 아침에 당신은 담요를 다시 갖다 놓지만 장난감 권총은 챙긴다. 그날 밤에 어디서 자야 할지 알 수 없는 상황이라 그게 쓸모가 있을지 모르기 때문이다. 이런 상태가 일주일 동안 계속된다. 당신은 그 심정이 어떨지 정확히 알 수 없겠지만 당신도 거울에 비친 당신의 모습을 바라보며 이런 생각을 한 적이 있을 것이다. '인생이 이런 식으로 흘러갈 줄은 몰랐는데.' 그러면 덜컥 겁이 나기 마련이다. 그래서 어느 날 아침에 당신은 극단적인 짓을 저지른다. 아, 물론 당신은 그러지 않을 것이다. 당신이라면 분명 다른 대안을 강구했을 것이다. 당신에게 어떤 권리가 있는지 법을 알아보았을 테고, 변호사를 찾아서 소송을 제기했을 것이다. 아니면 그러지 않았을 수도 있다. 딸들 앞에서 흉한 꼴을 보이고 싶지 않았기 때문에, 분란을 일으키는 부모가 되고 싶지 않았기 때문에 이렇게 생각했을지 모른다. 잘하면 애들 심란하지 않게 문제를 해결할 방법을 찾을 수 있을지 몰라.

그래서 원숭이와 개구리가 사는 아파트와 상당히 가까운, 다리 바로 옆의 조그만 아파트를 제3자에게 전대한 사람이 다시 전대하는 월세 6천5백 크로나짜리 매물이 나오자 당신은 생각한다. '다른 데 취직할 때까지 한 달만 어떻게 버틸 수 있으면, 살 집을 마련하면 애들을 뺏기지 않을지 몰라.' 그래서 당신은 은행 잔고를 탈탈 털고 가진 것을 모두 팔아 한 달 치 월세를 긁어모으고서는 30일 내내 뜬눈으로 밤을 지새우며 앞으로 또 한 달은 무슨 수로 감당할지 고민한다. 그러다 문득 더는 감당할 수 없는 지경에 이른다.

그럴 때는 정부 기관을 찾아가야 한다. 하지만 그 문 앞에 서서 엄마를 떠올리고, 손가락 사이에 번호표를 끼워 들고 나무 벤치에 앉아 있었을 때 어떤 느낌이었는지 떠올리다 보면 아이가 부모를 위해 얼마나 많은 거짓말을 할 수 있는지 기억이 난다. 감히 그 문지방을 넘을 수가 없다. 모든 것을 가진 사람들이 가진 게 아무것도 없는 사람들에 대해 하는 가장 바보 같은 오해는, 그들이 자존심 때문에 도움을 청하지 못하는 줄 아는 것이다. 그런 경우는 극히 드물다.

중독자들이 거짓말을 잘하긴 해도 중독자의 아이들만큼 잘하지는 못한다. 너무 이상하거나 황당하지 않으면서, 아무도 확인해보려고 하지 않을 만큼 흔한 핑계를 생각해내야 하는 쪽은 중독자의 아들과 딸이다. 중독자의 자식이 숙제를 못 한 이유는 개가 먹어버려서가 아니라 집에서 깜빡하고 가방을 열지 않았기 때문이다. 엄마가 학부모 총회에 참석하지 못한 이유는 닌자들에게 납치를 당해서가 아니라 야근을 해야 했기 때문이다. 임시직이라 엄마가 다니는 회사 이름은 기억하지 못한다. 이제 아빠도 안 계시고 해서 엄마가 저희를 먹여 살리려고 얼마나 고생하시는지 몰라요. 아이들은 어떤 식으로 말해야 추가 질문을 막을 수 있는지 이내 터득한다. 엄마가 담배를 든 채로 잠드는 바람에 지난번에 살던 아파트에 불이 났던 일이나, 엄마가 크리스마스에 먹을 햄을 슈퍼마켓에서 훔친 일을 사회복지관에서 알게 되면 엄마와 헤어져 살아야 할 수 있다는 것도 이내 깨닫는다. 그래서 경비가 들이닥치면 아이는 엄마한테서 햄을 건네받고 자수한다. "제가 훔쳤어요." 크리스마스에 어린아이를 경찰에 신고하는 사람은 없다. 그렇기 때문에 엄마와 함께 집으로 돌아갈 수 있다. 배가 고프지만 혼자는 아니다.

당신이 그런 아이였다면 어른이 돼서 아이를 낳았을 때 그런 상황을 절대 만들지 않을 것이다. 무슨 일이 있더라도 당신의 아이들은 거짓말 도사로 키우지 않겠다고 다짐할 것이다. 그래서 당신은 사회복지관을 찾아가지 않는다. 아이들을 빼앗길까 봐 겁이 나기 때문이다. 당신이 이혼을 받아들이고 아파트나 직장을 두고 들고 일어나지 않는 건 아이들 눈에 싸우는 부모로 비치고 싶지 않기 때문이다. 당신은 혼자 모든 걸 수습하려다가 마침내 뜻밖의 행운을 만난다. 난관을 헤치고 어찌어찌 일자리를 찾은 것이다. 편하게 먹고살 만하지는 않지만 당분간 버틸 수는 있는 일자리다. 당신에게 필요한 것은 기회, 그것뿐이다. 하지만 회사에서는 첫 달 치 월급을 지급 보류하겠다고, 그러니까 두 달 동안 근무해야 첫 달 치 월급을 주겠다고 한다. 첫 달이 돈 없이 지내기에 가장 힘든 시기건만.

당신은 월급이 없는 동안 버티기 위해 은행을 찾아가 대출을 신청하지만 은행에서는 임시직이라 안 된다고 한다. 언제든 잘릴 수 있기 때문이다. 잘리면 무슨 수로 대출금을 갚을 수 있겠

불안한 사람들

는가? 땡전 한 푼 없는데! 당신은 돈이 있으면 대출을 받으러 왔겠느냐고 설명해보지만 은행 측에서는 그 안에 담긴 논리를 이해하지 못한다.

그럼 이제 어떻게 해야 할까? 당신은 계속 분투한다. 그걸로 충분하길 바란다. 그러다 또다시 변호사의 협박 편지를 받는다. 어쩌면 좋을지, 누구에게 도움을 청하면 좋을지 알 수가 없다. 그저 싸움을 피하고만 싶을 뿐이다. 당신은 아이들이 당신의 심정을 모를 거라고 생각하며 아침에 버스 정거장으로 달려가지만 아이들은 안다. 아이들의 눈빛을 보면 잡지 구독권을 팔아서 그 돈을 전부 당신에게 주고 싶어 한다는 것을 알 수 있다. 당신은 아이들을 학교에 데려다주고 어느 골목길로 들어가 인도 가장자리에 걸터앉아서 눈물을 흘린다. "나를 사랑하지 말지 그랬니." 자꾸 이 생각이 나기 때문이다.

당신은 평생 무슨 일이든 헤쳐나가겠다고 다짐하며 살아왔다. 대책 없는 사람이 되지 않겠다고. 도움을 구걸하지 않겠다고. 하지만 크리스마스이브가 다가오고 당신은 고독한 절망으로 몸부림치며 그날을 보낸다. 아이들이 당신하고는 설날을 같이 보내기로 되어 있기 때문이다. 새해 이틀 전날, 당신은 아이들을 데리고 가겠다는 변호사의 가장 최근 편지와 그날 안으로 월세를 내지 않으면 내쫓길 줄 알라는 집주인의 편지를 주머니에 넣는다. 바로 그 자리에서, 바로 그 순간에 당신은 아무것도 아닌 일에도 휘청거릴 수 있다. 정말 한심한 발상 하나면 충분하다. 당신은 진짜처럼 보이는 장난감 권총을 찾는다. 검은색 털모자에 구멍을 뚫어서 얼굴이 덮이게 내려 쓰고, 당신이 돈이 없기 때문에 돈을 빌려줄 수 없다는 은행으로 들어간다. 월세 6천5백 크로나만 받아내자고, 월급을 받자마자 갚으면 된다고 속으로 중얼거리며. "무슨 수로?" 좀 더 논리적인 일면은 이렇게 묻겠지만…… 뭐…… 거기까지 미리 생각하는 사람은 없지 않을까? 똑같은 스키마스크를 쓰고 똑같은 권총을 들고 다시 찾아가 억지로 돈을 쥐여주면 되지 않을까? 당신에게 필요한 것은 딱 한 달이다. 모든 사태를 정리할 딱 한 번의 기회다.

나중에 밝혀진 바에 따르면 그 빌어먹을 장난감 권총이, 거의 진짜 같았던 그 권총이 진짜처럼 보였던 이유는 *진짜이기* 때문이었다. 그리고 계단에서 큰사슴과 개구리와 원숭이 그림이 바람에 나풀거릴 때 꼭대기 층의 어느 아파트에서는 러그가 피에 흠뻑 젖는다.

인생이 이런 식으로 흘러갈 줄은 몰랐는데.

21

그건 폭탄이 아니었다.

한 동네 주민이 발코니에 꺼내놓은 크리스마스 전구 상자였다. 그는 사실 정월 초하루가 지나서까지 그걸 달아놓으려고 했다가 아내와 말다툼을 벌였다. 아내가 "전구가 너무 많은 것 같지 않아? 그리고 다른 집처럼 그냥 평범한 하얀색 전구로 하면 안 돼? 꼭 그렇게 알록달록한 반짝이 전구로 해야 해, 퇴폐업소라도 연 거처럼?"이라고 했기 때문이었다. 그는 중얼거렸다. "어떤 퇴폐업소에 다녀온 거야, 거기 반짝이 전구가 달렸다니?" 그러자 그녀는 눈썹을 추어올리며 갑자기 "당신은 어떤 퇴폐업소에 다녀왔기에 거기가 어떻게 생겼는지 그렇게 잘 알아?"라고 따져 물었고 싸움 끝에 그는 결국 발코니로 나가 빌어먹을 전구를 치웠다. 하지만 상자를 지하 창고로 옮기지는 않고 아파트 현관문 밖 층계참에 놓아두었다. 그러고는 아내와 함께 처가를 찾아가 새해를 기념하고 퇴폐업소를 주제로 옥신각신했다. 상자는 인질극의 무대가 된 아파트의 아랫집 문 밖에 방치됐다. 이 이야기의 서두에서 집배원이 계단을 올라왔다가 무장한 은행 강도가 오픈하우스 날이라 문이 열려 있던 아파트로 들어가는 것을 문득 보았을 때, 허둥지둥 계단을 내려가느라 상자에 발이 걸려 맨 위에 쌓여 있던 전선을 실수로 떨어뜨린 모양이었다.

그건 전혀 폭탄처럼 생기지 않았고 누가 봐도 쏟아진 크리스마스 전구 상자였다. 퇴폐업소에 걸렸던. 하지만 짐을 위해 변명하자면, 폭탄(또는 퇴폐업소)에 대해 듣기만 하고 실제로 본 적이 없는 사람의 눈에는 폭탄처럼 보일 법했다. 뱀을 엄청 무서워하는 사람이 변기에 앉아 있다가 등이 선뜩해지면 자동으로 '뱀이다!' 하고 생각하게 되는 것과 마찬가지다. 논리적이지도 이치에 맞지도 않지만 논리적이고 이치에 맞으면 공포증이라고 불릴 일이 있을까. 짐은 크리스마스 전구보다 폭탄을 훨씬 무서워했고 그런 상황에서는 눈과 머리가 약간 따로 놀 수 있다. 그게 핵심이다.

그래서 두 경관은 길에 서 있었다. 짐은 구글에서 조언을 검색했고 야크는 인질극이 벌어진 아파트의 주인에게 전화해 그 안에 대략 몇 명이나 있는지 물었다. 알고 보니 집주인은 전혀 다른 도시에 사는 젊은 아이 엄마였고 물려받은 집이라 직접 가본 지는 한참 됐다고 했다. 오픈하우스에 대해서는 할 말이 전혀 없다고 했다. "부동산에서 다 알아서 하거든요." 이후에 야크는 맨 처음 은행 강도를 보고 비상사태를 알린 집배원의 아내이자 지서로 전화한 카페 직원과 통화했다. 안타깝게도 추가로 알아낸 사실은 많지 않았고 그녀는 은행 강도를 이렇게 묘사했다.

"마스크를 썼고 키가 상당히 작아요. 아주 작지는 않고 표준적으로 작아요! 어쩌면 작다기보다 표준에 가까울 수도 있어요! 하지만 표준이 뭘까요?"

야크는 이런 빈약한 정보를 토대로 계획을 수립하려고 했지만 진도를 나가지 못했다. 상사가 전화했을 때 야크가 당장 계획을 제시하지 못하자 그는 자기 상사에게, 그 상사는 또 자기 상사에게 전화했고 예상대로 모든 상사가 당장 스톡홀름에 연락하는 편이 가장 좋겠다는 결론을 내렸기 때문이다. 물론 야크만 예외였다. 그는 일생에 단 한 번만이라도 뭔가를 직접 처리해보고 싶었다. 그는 상사들에게 자신과 짐이 계단으로 아파트에 진입해 은행 강도와 접촉할 방법이 없는지 알아보면 어떻겠느냐고 제안했다. 상사들은 반신반의하며 허락했다. 기본적으로 야크가 다른 경관들에게 신뢰를 주는 경관이기 때문이었다. 하지만 상사 한 명이 수화기 너머에서 이렇게 외치는 소리를 야크 옆에 서 있던 짐이 들었다. "만전에 만전을 기하고 계단에 폭발물이나 뭐 그런 쓰레기가 없는지 확인해. 인질극이 아니라 테러일 수도 있으니까! 수상한 꾸러미를 든 사람 본 적 없나? 수염 기른 사람은?" 야크는 젊었기에 이런 말을 듣고도 심란해하지 않았다. 하지만 짐은 한 아이의 아버지였기에 아주 심란해했다.

엘리베이터가 고장 났기 때문에 짐과 야크는 계단을 선택했고 올라가는 길에 문을 일일이 두드려 건물 안에 남은 주민이 있는지 확인했다. 아무도 없었다. 새해 이틀 전날에 일해야 하는 사람들은 출근했고, 일하지 않아도 되는 사람들에게는 더 재밌는 일거리가 있었고, 그런 게 없는 사람들은 사이렌 소리를 듣고 발코니에 나갔다가 기자와 경찰을 보고 무슨 일인가 싶어 밖으로 나갔다(옆 도시의 어느 아파트 단지 변기에서 뱀이 나왔다는 소문이 얼마 전 인터넷에 떠돌았기 때문에 개중에는 뱀이 건물 안을 돌아다니는 거 아니냐고 지레 겁먹은 사람도 있었다. 이 일대에서 인질극이 벌어질 확률이 그 정도로 낮았다는 말이다).

상자와 전선이 있는 층에 다다랐을 때 짐은 놀라서 하도 세게 움찔하는 바람에 허리를 삐끗했다(얼마 전에도 갑자기 재채기를 하다가 삐끗한 부위기는 했지만 그래도). 그는 야크를 뒤로 홱 잡아당기며 나지막이 쏘아붙였다. "폭탄이다!"

야크는 아들들만 할 수 있는 방식으로 눈을 부라리고는 말했다. "폭탄 아니에요."

"네가 그걸 어떻게 알아?" 짐은 궁금해했다.

"폭탄은 저렇게 생기지 않았어요." 야크가 말했다.

"폭탄을 만든 사람은 네가 그런 식으로 착각하는 걸 의도했을지 몰라."

"아빠, 흥분하지 마세요. 저건……."

짐은 다른 동료 같았으면 계단을 계속 올라가도록 내버려두었을 것이다. 아버지와 아들이 한 직장에서 근무하는 게 안 좋다고 사람들이 생각한다면 이런 이유 때문일지 모른다. 왜냐하면 짐이 이렇게 얘기했던 것이다. "안 돼, 스톡홀름에 연락해야겠다."

야크는 그 발언을 절대 용서하지 않았다.

상사들과 상사의 상사들과 직급상 그들의 위에서 명령을 내리고 있는 사람들이 두 경관더러 당장 다시 건물 밖으로 나가 지원 병력을 기다리라는 명령을 내렸다. 대도시에서도 지원 병력을 찾기가 쉽지 않았던 것이, 도대체 어떤 인간이 새해 이틀 전날에 은행을 털겠는가? 그리고 도대체 어떤 인간이 아파트를 구경하러 온 사람들을 인질로 삼겠는가? 상사 중 한 명은 "도대체 어떤 인간이 새해 이틀 전날을 아파트 오픈하우스 날로 잡지⋯⋯?"라며 의아해했고 그들은 한참 동안 무전으로 그 비슷한 맥락의 대화를 주고받았다. 그러고 나서 스톡홀름의 협상 전문가가 야크의 휴대전화로 연락해 자기가 작전을 총괄할 예정이라고 알렸다. 현재 몇 시간 거리에서 차를 타고 가고 있으니 자기가 도착할 때까지 '상황을 통제하기만' 하라고 야크에게 아주 분명히 지시를 내렸다. 협상 전문가의 억양은 스톡홀름 억양이 절대 아니었지만 그건 상관없었다. 짐과 야크가 보기에 스톡홀름 인간이라는 것은 출신지에 붙는 꼬리표라기보다 정신 상태의 문제였다. "세상 모든 머저리가 스톡홀름 인간은 아니지만 스톡홀름 인간들은 죄다 머저리지." 그들의 지서 경관들은 입버릇처럼 말했다. 누가 들어도 아주 억울한 평가였다. 머저리 노릇은 탈출할 수 있지만 스톡홀름 인간 노릇은 탈출할 수 없지 않은가.

야크는 협상 전문가와 통화를 마치고 나서 가장 최근에 인터넷 업체의 고객 서비스 센터 대표와 대화를 나누었을 때보다 더 부아를 냈다. 그걸 보고 짐은 아들이 능력을 발휘해 단독으로 은행 강도를 체포할 기회를 놓쳤다는 데 책임감을 느꼈다. 그날 남은 시간 동안 그들이 어떤 결정을 내릴 때마다 짐은 지금 느끼는 이런 기분의 영향을 받을 터였다.

"미안하다, 아들. 나는 그냥……." 짐은 겸연쩍게 말문을 열었지만 야크가 다른 집 아들이었다면 폭탄이 아니라는 말에 동의했을 거라고 실토하지 않고서는 말을 맺을 방법이 없었다. 상대가 자기 아들이면 그런 위험부담을 감수할 수 없는 법이다.

"나중에요, 아빠!" 야크는 상사의 상사와 다시 통화하느라 뚱한 목소리로 대꾸했다.

"내가 뭘 어쩌면 좋겠니?" 짐은 필요한 인력이 되고 싶었기 때문에 이렇게 물었다.

"이웃 주민들, 그러니까 아빠가 '폭탄' 운운하는 바람에 알아보지 못한 그 사람들의 행방부터 파악하시죠. 건물 안에 남아 있는 사람이 없는지 확인할 수 있게!" 야크는 쏘아붙였다.

짐은 쓰린 속을 달래며 고개를 끄덕였다. 구글에서 전화번호를 찾았다. 먼저 폭탄이 있었던 층의 집주인에게 연락했다. 어떤 남자가 전화를 받아 아내와 함께 멀리 와 있다고 했고, 뒤에서 아내가 짜증 섞인 투로 "누구야?"라고 쏘아붙이자 남자도 같이 쏘아붙였다. "퇴폐업소!" 짐은 그게 무슨 소린지 알 수 없기 때문에 그들 부부의 집에 다른 사람이 살고 있느냐고 물었다. 남자는 다른 사람은 없다고 했고 짐은 폭탄 얘기를 꺼내 그에게 걱정을 안기고 싶지 않았다. 남자가 "그나저나 층계참에 있는 상자 안에는 크리스마스 전구가 들어 있어요"라고 했더라면 모든 게 곧바로 달라졌겠지만 그 시점에서 남자는 그걸 알 길이 없었기 때문에 "또 궁금하신 거 있나요?"라고 물었고 짐은 "아뇨, 아뇨, 이걸로 된 것 같습니다"라며 고맙다는 인사와 함께 전화를 끊었다.

그러고 나서 짐은 꼭대기 층, 그러니까 인질극이 벌어진 아파트와 같은 층에 있는 아파트 주인에게 전화했다. 그 집 주인은 20대 초반의 젊은 부부였고 이혼 수속을 밟는 중이라 둘 다 집에서 나왔다고 했다. "그럼 집에 아무도 살지 않겠네요?" 짐은 안도하며 물었다. 그 집에는 아무도 살지 않았지만 짐은 자기들이 갈라서는 이유를 당연히 궁금해할 거라고 생각하는 두 20대의 설명을 각자에게 들어야 했다. 알고 보니 이쪽은 저쪽의 흉측한 신발을 받아들일 수가 없었고, 저쪽은 이쪽이 이를 닦으면서 침을 질질 흘리는 습관을 견딜 수가 없었고, 두 사람 모두 키가 그렇게 작지 않은 사람을 만나고 싶어 했다. 짐은 저쪽이 고수를 좋아했기 때문에 원래부터 깨질 수밖에 없는 관계였다는 이쪽의 말을 듣고 "그런데 당신은 좋아하지 않는가 보죠?"라고 물었다가 이런 대답만 들었다. "저도 좋아하지만 그 여자만큼은 아니에요!" 저쪽은 각자의 개성을 잘 살리는 동시에 부부로서의 이미지를 대변하는 색상의 주스메이커를 찾을 수 없었을 때 시작된 말다툼 때문에 서로를 미워하게 됐다고 했다. 그 순간 단 1초라도 더는 같이 살 수 없다는 것을 깨달았고 그래서 이제는 서로 미워한다는 것이었다. 짐은 선택권이 너무 많다는 것이 요즘 젊은 세대가 마주한 문제라는 생각이 들었다. 그들 부부가 처음 만났을 때 현대식 데이팅앱이 있었다면 짐의 아내는 그와 결혼하지 않았을 것이다. 대안이 계속 등장하면 절대 결정을 내릴 수가 없지. 짐은 생각했다. 상대가 화장실에 있는 동안 왼쪽이나 오른쪽으로 휴대전화 화면을 휙 넘기기만 하면 소울메이트를 찾을 수 있는데, 그 스트레스를 무슨 수로 견딜까? 상대의 휴대전화 배터리가 다 될 때까지 오줌을 참느라 온 세대가 요로감염에 걸릴 판이다. 하지만 짐은 이 모든 말을 삼키고 마지막으로 다시 한번 물었다. "그러니까 그 집에 아무도 없다는 거죠?"

양쪽 모두 그렇다고 했다. 남은 건 엉뚱한 색상의 주스메이커뿐이라고 했다. 짐은 새해에 매물로 내놓을 예정이었는데, 한쪽은 부동산 중개업체 이름이 기억나지 않는다며 "엄청 썰렁한 이름이었어요, 무슨 아재 개그처럼!"이라고 했다. 다른 쪽도 그쪽의 말을 뒷받침했다. "그 업체 이름을 누가 지었는지 몰라도 유머감각이 헤어 디자이너보다도 못한 사람이에요! 이 동네에 '어퍼컷'이라는 미용실이 있는 거 아세요? 아니, 뭐 하자는 플레이예요?"

그 말을 끝으로 짐은 전화를 끊었다. 그 둘이 서로 천생연분인데 헤어지다니 안타깝다는 생각이 들었다.

그는 야크에게 가서 그 소식을 전하려고 했지만 야크는 그냥 이렇게 얘기했다. "나중에요, 아빠! 이웃 주민들 행방 추적하셨어요?"

짐은 고개를 끄덕였다.

"집에 남은 사람이 있대요?" 야크는 물었다.

짐은 고개를 저었다. "저기, 하고 싶은 말이 있는데……." 그가 말문을 열었지만 야크는 고개를 젓고 상사와 다시 대화를 나누기 시작했다.

"나중에요, 아빠!"

그래서 짐은 더 이상 아무 말도 하지 않았다.

그러고 나서 어떻게 됐느냐고? 모든 게 조금씩 수습할 수 없는 지경으로 치달았다. 인질극이 몇 시간 동안 계속됐지만 협상 전문가는 그해 들어 최악의 연쇄 추돌 사고가 벌어진 고속도로에 발이 묶여서(짐은 '제대로 된 스노타이어 없이 길을 나선 스톡홀름 인간들은 그럴 수밖에 없다'고 단언했다) 끝까지 오지 못했다. 결국 짐과 야크가 사건을 온전히 맡게 됐는데 은행 강도와 접촉하는 데만도 오랜 시간이 걸렸으니(그 결과 야크의 머리에 큼지막한 혹이 생기는 것으로 막을 내렸는데 이것만도 사연이 길다) 간단치가 않았다. 그래도 결국 그들은 아파트 내부로 휴대전화를 반입하는 데 성공했고(이 사연은 더 길다), 은행 강도가 인질을 전부 석방한 뒤에 협상 전문가가 그 휴대전화로 전화를 걸었을 때 아파트 안에서 총성이 들렸다.

몇 시간 뒤에도 야크와 짐은 여전히 지서에서 모든 목격자를 조사하고 있었다. 물론 그들 중 최소 한 명이 거짓말을 하고 있었기 때문에 전혀 도움은 되지 않았다.

22

사실 은행 강도는 공포감을 조성하지 않기 위해 어이없을 정도로 한참 동안 어느 누구에게도 총을 겨누지 않았다. 하지만 은행 강도가 우연히 맨 처음 총을 겨눈 상대는 사라라는 이름의 여자였다. 나이는 50대의 어디쯤이고, 경제적으로 독립하지 못한 다른 사람의 등을 밟고 경제적으로 독립한 사람 특유의 근사한 옷차림을 자랑했다.

신기하게도 아파트 안으로 달려 들어간 은행 강도가 발을 헛디디는 바람에 사라의 코앞에서 권총을 흔들게 됐을 때, 그녀는 심지어 놀란 표정도 짓지 않았다. 오히려 다른 여자가 공포에 질려 비명을 질렀다. "어머, 어떡해, 강도가 들었어요!" 하지만 조금 터무니없는 주장인 것이, 은행 강도는 강도 행각을 벌일 생각이 전혀 없었다. 편견을 대했을 때 기분 좋은 사람은 없을 테고, 권총을 들고 있다고 해서 자동으로 강도가 되는 것은 아니며, 설령 강도가 맞는다 하더라도 반드시 강도 행각을 벌일 의사가 있는 건 아니다. 그래서 다른 여자가 자기 남편에게 "돈 꺼내, 로게르!"라고 했을 때 은행 강도는 조금 모욕감을 느낄 수밖에 없었다. 사실 터무니없는 반응은 아니었다. 그러자 체크 셔츠를 입고 창가에 서 있던 중년의 남자—로게르인 게 분명했다—가 뚱한 목소리로 중얼거렸다. "현금이 하나도 없어!"

은행 강도는 뭐라고 한 소리 하려다 발코니 유리창에 비친 광경을 보았다. 스키마스크를 쓰고 권총을 든 사람과 집 안 다른 사람들의 모습이었다. 그중 한 명은 연세가 지긋한 할머니였다. 다른 한 명은 임신부였다. 또 다른 한 명은 당장이라도 울음을 터뜨릴 것 같은 표정이었다. 그들 모두가 공포로 동공 지진을 일으키며 권총을 쳐다보고 있는데, 어느 누구의 눈도 스키마스크에 뚫린 구멍 사이로 보이는 눈보다 동공 지진이 심하지 않았다. 그때 어떤 깨달음이 은행 강도를 강타했다. *여기서 인질은 저들이 아니야. 나지.*

전혀 겁먹지 않은 듯한 딱 한 사람이 사라졌다. 그때 저 아래 도로에서 경찰차 사이렌 소리가 처음으로 들렸다.

23

목격자 진술서
일자: 12월 30일
목격자 성명: 사라

짐: 안녕하세요! 저는 짐이라고 합니다!

사라: 네, 네, 알겠어요. 얼른 시작하세요.

짐: 어떻게 된 일인지 직접 듣고 기록을 남기려고 이렇게 모셨습니다. 보고 들은 대로 말씀해주세요.

사라: 그럼 보고 들은 대로 말하지 내가 지어서 말하겠어요?

짐: 아, 네, 그렇죠. 그냥 말하자면 그렇다는 겁니다. 하지만 먼저 말씀드리자면 선생님이 이 안에서 하시는 말씀은 모두 녹음이 되고 있는데요. 원하시면 변호사를 부르셔도 됩니다.

사라: 그래야 하는 이유가 있나요?

짐: 그냥 확인 차원에서 말씀드리는 겁니다. 저희 상사가 말하길 그분의 상사는 모든 절차를 제대로 밟는 걸 중요하게 여긴다고 하셔서요. 조만간 스톡홀름에서 특별 수사팀이 내려와서 이번 사건의 수사권을 넘겨받을 겁니다. 그래서

우리 아들이 아주 성이 났어요. 걔도 경찰이거든요. 그러니까 그냥 변호사를 선임할 권리에 대해 알려드리고 싶었을 뿐이에요.

사라: 저기요, *내가* 권총으로 누굴 위협했으면 변호사를 부를게요. 내가 위협을 당했을 때가 아니라.

짐: 알겠습니다. 주제넘게 들렸다면 그건 제 의도가 아니었다고 말씀드리는 바입니다. 오늘 힘든 하루 보내신 거 압니다, 알다마다요. 제가 묻는 말에 최대한 솔직하게 대답해주시기만 하면 됩니다. 커피 한잔 드릴까요?

사라: 그걸 커피라고 부르세요? 저기 저 기계에서 나오는 액체를 봤는데, 경관님하고 내가 이 지구상에 마지막으로 살아남은 두 명이고 경관님이 그게 독약이라고 장담하더라도 마시지 않겠어요.

짐: 저하고 커피, 둘 중 어느 쪽이 더 기분 나빠해야 하는 건지 모르겠네요.

사라: 경관님이 묻는 말에 솔직하게 대답하라면서요.

짐: 네, 제가 그랬죠. 음, 먼저 그 아파트에는 어쩐 일로 가셨는지 그것부터 짚고 넘어갈까요?

사라: 무슨 그런 바보 같은 질문이 다 있어요? 우리가 풀려났을 때 계단에 서 있었던 사람이 경관님이었나요?

짐: 맞습니다.

사라: 그러니까 우리가 나온 뒤에 그 아파트에 제일 먼저 들어간 사람이 경관님이었다는 얘기잖아요. 그런데도 은

행 강도를 놓쳤단 말이에요?

짐: 사실 제가 제일 먼저 들어가지는 않았습니다. 제 동료 야
크를 기다렸거든요. 그 친구를 아마 만나보셨을 텐데요.
그 친구가 제일 먼저 들어갔죠.

사라: 경찰들은 전부 비슷해 보이더라고요. 그거 아세요?

짐: 야크는 제 아들이에요. 그래서 비슷해 보였을 겁니다.

사라: 짐과 잭*이네요?

짐: 네. 짐 빔과 잭 대니얼스처럼요.

사라: 그거 재밌으라고 하신 얘기예요?

짐: 아뇨, 아뇨. 제 아내도 하나도 재미가 없다고 하더군요.

사라: 그러니까 유부남이라는 말씀이로군요. 대단하셔라.

짐: 네, 본론과는 별로 상관없는 얘기 같긴 합니다만. 그 아파
트의 오픈하우스에 참석하신 이유를 짤막하게 들을 수 있
을까요?

사라: 오픈하우스니까요. 그게 이렇게 이해하기 어려운 단어
인가요?

짐: 그러니까 아파트를 보러 가신 겁니까?

사라: 예리하시기가 젖은 콘플레이크 상자 수준이네요.

짐: 그러니까 아파트를 보러 가셨다는 말씀인가요?

사라: 좋을 대로 생각하세요.

짐: 저는 그 아파트를 사실 생각이었느냐는 뜻에서 여쭈어본

---

* 야크의 철자가 jack으로, 영어권에서는 '잭'으로 발음된다.

거였는데요.

사라: 경찰이 아니라 부동산 중개업자세요?

짐: 그런 아파트에 관심을 갖기에는 선생님이 조금 부유층이 아닌가 싶어서 드린 말씀입니다.

사라: 아, 그래요? 그렇게 생각하세요?

짐: 뭐, 동료들과 제 생각은 그렇습니다. 동료들 중에 한 명, 그러니까 제 아들이 일부 목격자 진술서를 근거로 생각하기에는요. 선생님이 상당히 유복해 보인다는 말씀이에요. 언뜻 보면 이 아파트는 선생님 같은 분이 사고 싶어 할 만한 곳으로 보이지가 않아서요.

사라: 저기요, 중산층에 문제점이 있다면 너무 돈이 많아서 뭔가를 사지 못하는 경우도 있을 수 있다고 생각하는 거예요. 사실상 그런 경우는 없어요. 너무 가난해서 못 사는 거면 모를까.

짐: 흠, 그럼 다른 질문으로 넘어가야겠군요. 그나저나 제가 선생님 성함을 여기 맞게 적었나요?

사라: 아뇨.

짐: 아니에요?

사라: 하지만 내 이름의 철자가 그거일 거라고 생각할 만한 완벽한 이유가 있긴 해요.

짐: 아하.

사라: 이유는 단순해요. 경관님이 머저리이기 때문이죠.

짐: 죄송합니다. 철자를 알려주시겠습니까?

사라: 머-저-리.

짐: 선생님 성함요.

사라: 이러다 날밤 새우겠네. 해야 할 중요한 일이 있는 사람
도 있을 테니까 내가 그냥 간단하게 요약해줄게요. 총을
든 정신병자가 나랑 나보다 못사는 가난한 사람들을 반
나절 동안 붙잡아놓는 동안 경관님과 그 동료들은 건물
을 에워쌌고, 모든 상황이 텔레비전으로 중개됐는데도
경관님은 은행 강도를 놓쳤어요. 지금 나가서 앞서 언급
한 그 은행 강도부터 먼저 찾을 수도 있을 텐데 자음이
세 개 이상 들어가는 성을 본 적이 없어서 여기 이렇게
앉아 진땀을 흘리고 계시네요. 내가 경관님의 상사한테
성냥을 쥐여준다 한들 내 세금을 이보다 더 빨리 날려
버리지는 못할 거예요.

짐: 화가 나신 걸 알겠습니다.

사라: 똑똑하기도 하시지.

짐: 충격을 받으셨겠다고요. 그러니까, 아파트를 보러 갔다가
권총으로 협박당할 거라고 어느 누가 상상이나 할 수 있겠
습니까? 신문에서는 요즘 부동산 시장의 분위기가 험악하
다고 연일 떠들어대지만 인질극은 좀 심했죠. 신문에서 하
루는 '매수자 우위'라고 했다가 다음 날은 '매도자 우위'라
고 하지만 결국에는 항상 은행 우위가 되지 않나요? 안 그
렇습니까?

사라: 그거 재밌으라고 하신 얘기예요?

짐: 아뇨, 아뇨, 그냥 수다 좀 떤 겁니다. 제 말은, 요즘 사회를 볼 때 그 은행 강도가 그냥 그 은행을 털었다면, 아까처럼 거기 계셨던 모든 분을 인질로 붙잡았을 때보다 훨씬 적은 인력이 수색에 동원됐을 거예요. 그러니까, 은행이라고 하면 다들 질색하니까요. 흔히들 하는 말도 있잖습니까. 어떨 때는 은행 강도와 은행 간부, 둘 중에 누가 더 나쁜 놈인지 잘 모르겠다고요.

사라: 사람들이 그런 말을 해요?

짐: 네, 제가 알기로는요. 그렇지 않은가요? 제 말은, 어제 신문에서 그 은행 간부들 연봉이 얼마인지 읽었거든요. 그 사람들은 5천만 크로나씩이나 하는 궁전만 한 데서 살더군요. 평범한 사람들은 주택담보대출을 갚느라 허덕이는데.

사라: 내가 뭐 하나 물어봐도 돼요?

짐: 그럼요.

사라: 경관님 같은 사람들이 항상 성공한 사람은 성공한 대가로 벌을 받아야 한다고 생각하는 이유가 뭐예요?

짐: 네?

사라: 경찰대학교에서 무슨 고급 작당 모의 수업을 진행해서 경찰도 은행 간부하고 똑같은 연봉을 받아야 한다고 세뇌하는 거예요, 아니면 그냥 기본적인 연산 능력이 달리는 거예요?

짐: 아, 네. 아니, 아니라고요.

사라: 아니면 세상이 경관님을 홀대한다고 생각해요?

짐: 그러고 보니 무슨 일을 하시는지 여쭤보지를 않았네요.

사라: 은행 간부예요.

24

쉰 살이 조금 넘어 보이기는 하지만 어느 누구도 감히 그녀에게 나이를 물어본 적이 없는 사라는 사실 그 아파트에 조금도 관심이 없었다. 당연히 돈이 없어서 그런 건 아니었다. 마음만 먹으면 집 소파 쿠션 사이에 떨어진 거스름돈으로도 그 집을 살 수 있었다(사라는 동전을 셀 수 없이 많은 중산층의 손을 거친 구역질 나는 박테리아의 온상지라 여겼기에 거스름돈을 줍느니 소파 쿠션을 태우는 편을 선택할 테니 이런 식으로 표현하는 게 낫겠다. 소파 값이면 그 아파트를 살 수 있었을 거라고). 따라서 그녀는 콧잔등을 잔뜩 찡그리며, 마음만 먹으면 평범한 덩치의 아이를 때려눕힐 수 있을 만큼 큰 다이아몬드 귀걸이를 걸고 오픈하우스에 참석했다. 하지만 자세히 들여다보면 그런 차림새에도 불구하고 그녀의 안에서 요동치는 상심은 감추어지지 않았다.

사라에 대해 제일 먼저 알아야 할 것이 있다면 그녀가 요즘 심리 상담을 받고 있다는 것이다. 직업 특성상 오랫동안 그 일을 하다 보면 전문가의 도움을 받아야만 커리어를 제외한 인생의 다른 부분에서는 어떻게 살아가야 하는지 알 수 있기 때문이다.

심리 상담사와의 첫 만남은 별로 좋지 않았다. 사라는 먼저 책상에 놓인 액자를 집어 들고 물었다. "누구예요?"

심리 상담사가 대답했다. "저희 엄마요."

사라는 물었다. "엄마하고 사이가 좋으세요?"

심리 상담사는 대답했다. "얼마 전에 돌아가셨어요."

사라는 물었다. "그 전에는 사이가 어땠는데요?"

심리 상담사는 애도의 뜻을 전하는 것이 좀 더 일반적인 반응일 거라는 생각이 들었지만 애써 태연한 표정을 유지하며 말했다. "제 얘기를 하는 자리가 아니잖아요."

그 말에 사라는 이렇게 대꾸했다. "어떤 정비공한테 내 차를 맡길 거면 그 사람의 차는 고물 쓰레기인지 아닌지 먼저 확인하고 싶거든요."

심리 상담사는 숨을 크게 들이마시고 말했다. "그러시군요. 그렇다면 엄마와 저는 사이가 아주 좋았다고 말씀드릴게요. 이제 됐나요?"

사라는 미심쩍어하며 고개를 끄덕이고 물었다. "선생님 내담객 중에 자살한 사람이 있었나요?"

심리 상담사는 숨이 턱 막히는 것을 느끼며 대답했다. "아뇨."

사라는 어깨를 으쓱이며 덧붙였다. "선생님이 아는 한에서는 그렇겠죠."

심리 상담사 입장에서는 상당히 잔인한 발언이었다. 하지만 그녀는 금세 평정심을 되찾았다. "저는 연수를 마친 지 얼마 되지 않았어요. 그래서 내담객이 그렇게 많지는 않지만 사망자가 없는 것만큼은 분명합니다. 그런 질문을 하시는 이유가 뭘까요?"

사라는 상담실 벽에 걸려 있는 딱 한 점의 그림을 보며 생각에 잠긴 표정으로 입술을 오므렸다가 놀라우리만치 솔직하게 말했다. "선생님에게 도움을 받을 수 있을지 파악하고 싶어요."

심리 상담사는 펜을 들고 부자연스러운 미소를 지으며 말했다. "어떤 고민이 있으신가요?"

사라는 '수면 장애'가 있다고 대답했다. 그동안 병원에서 수면제를 처방받았지만 이제 담당 의사가 심리 상담을 먼저 받고 오지 않으면 처방을 중단하겠다고 했단다. "그래서 이렇게 찾아온 거예요." 사라는 이렇게 선포하고, 시간당 보수를 받는 사람이 상대방이 아니라 자기라도 되는 듯이 손목시계를 톡톡 두드렸다.

심리 상담사가 물었다. "수면 장애가 일 때문에 생긴 거라고 생각하세요? 전화상으로 은행 간부라고 하셨었죠? 굉장히 스트레스가 많고 업무 강도가 높은 직종 같은데요."

사라는 대답했다. "그건 아니라고 봐요."

심리 상담사는 한숨을 쉬고 물었다. "상담을 통해 어떤 성과를 거두고 싶으세요?"

사라는 당장 질문으로 되받아쳤다. "이게 정신과 상담이에요, 아니면 심리 상담이에요?"

심리 상담사는 물었다. "그 둘의 차이가 뭐라고 생각하세요?"

사라는 대답했다. "자기가 돌고래라고 생각하는 사람은 정신과 상담을 받아야 하죠. 돌고래를 전부 죽인 사람은 심리 상담을 받아야 하고요."

심리 상담사는 불편한 기미를 보였다. 다음 상담 시간에 그녀는 돌고래 브로치를 하지 않았다.

두 번째로 만났을 때 사라가 불쑥 물었다. "공황발작이 어떤 거라고 생각하세요?"

심리 상담사는 그 직종 종사자답게 얼굴이 환해졌다. "한마디로 정의하기가 쉽지 않죠. 하지만 대부분의 전문가들에 따르면 공황발작은……."

사라는 말허리를 잘랐다. "그게 아니라 *선생님*은 어떤 거라고 생각하느냐고요."

심리 상담사는 의자에 앉은 채로 어색하게 몸을 움직이며 여러 답변을 두고 고민하다가 마침내 이렇게 말했다. "제가 생각하는 공황발작은 정신적인 고통이 너무 커서 육체적으로 드러나는 거예요. 불안이 극심하다 보니 뇌에서…… 더 괜찮은 표현이 없으니 뇌에서 용량이 부족해 모든 정보를 처리할 수 없게 되는 현상이라고 할게요. 그래서 이른바 방화벽이 무너지는 거죠. 불안이 우리를 압도하고요."

"일을 별로 잘 못하시네요." 사라는 건조하게 대꾸했다.

"어떤 점에서요?"

"벌써부터 선생님이 나에 대해 아는 것보다 내가 선생님에 대해 아는 게 더 많아졌거든요."

"그래요?"

"선생님의 부모님은 컴퓨터 관련 일을 하시죠? 아마도 프로
그래머."

"그걸…… 무슨 수로…… 그걸 *어떻게* 아셨어요?"

"거기에 따르는 수치심을 감당하기 힘들었나요? 두 분은 현
실에 실질적으로 적용할 수 있는 일을 하는 반면에 선생님이 하
는 일은……."

사라는 갑자기 말을 끊고 알맞은 단어를 찾는 눈치였다. 그
래서 심리 상담사가 마음의 상처를 달래며 대신 빈칸을 채웠다.
"……감정을 다룬다고요? 저는 감정을 다루는 일을 하죠."

"나는 '가식적'이라고 하려고 했는데. 하지만 그래요, '감정을
다루는 일'이라고 합시다. 그렇게 생각하는 쪽이 좋겠다면."

"저희 아버지께서 프로그래머예요. 어머니는 시스템 분석가
셨고요. 그걸 어떻게 아셨어요?"

사라는 토스터에 글을 가르쳐야 하는 사람처럼 앓는 소리를
냈다.

"그게 중요한가요?"

"네!"

사라는 토스터를 향해 다시 앓는 소리를 냈다.

"공부하면서 배운 대로가 아니라 선생님의 입장에서 공황발
작을 설명해달라고 했을 때 '용량', '정보 처리', '방화벽', 이런 단
어를 썼잖아요. 일상적으로 잘 쓰지 않는 단어들의 출처는 대개

부모님이고요. 부모님과 사이가 좋은 사람들의 경우 말이죠."

심리 상담사는 대화의 주도권을 다시 가져오기 위해 이렇게 물었다. "은행 일을 잘하시는 이유가 이 때문인가요? 사람들의 속을 읽을 수 있어서?"

사라는 심심해진 고양이처럼 허리를 폈다.

"여보세요, 선생님은 속을 읽기가 그렇게 어렵지도 않아요. 선생님 같은 사람들은 아무리 복잡해지고 싶어도 절대 그럴 수가 없거든요. 대학까지 나왔으면 더 그래요. 선생님은 어떤 학문이 아니라 자기 자신을 공부하고 싶어 하는 세대라."

심리 상담사는 아주 살짝 기분이 상한 표정을 지었다. 어쩌면 아주 살짝보다는 더 많이 상했을 수도 있었다.

"지금 우리는 사라 씨 이야기를 하기 위해서 만났는데요. 상담을 통해 어떤 성과를 거두고 싶으세요?"

"전에도 얘기했다시피 수면제요. 레드와인과 잘 어울리는 거면 더할 나위 없겠어요."

"저는 수면제를 처방할 수 없어요. 수면제 처방은 의사만 할 수 있는 거라서요."

"그럼 내가 이 자리에 왜 앉아 있는 걸까요?" 사라는 물었다.

"그건 본인이 가장 잘 아실 텐데요." 심리 상담사가 대답했다.

그들의 관계는 이런 수준에서 시작됐다. 거기에서부터 점점 나빠졌다. 하지만 이 자리에서 당장 밝히자면 심리 상담사는 이 새로운 환자의 병명을 진단하는 데 별 어려움이 없었다. 사라는 외로움에 시달리고 있었다. 하지만 그녀는 그런 진단을 내리는 대신(생각나는 대로 얘기하는 법을 배우느라 5년 넘게 갚아야 하는 학자금 융자를 받은 게 아니었다) '신경 피로'의 증상을 보이고 있다고 설명했다.

사라는 휴대전화로 뉴스 피드를 계속 확인하며 대꾸했다. "네, 그렇겠죠, 잠을 못 자니 피로할 수밖에요. 그러니까 수면제나 처방해주세요!"

심리 상담사는 그러고 싶지 않았다. 그녀는 사라가 좀 더 넓은 관점에서 자신의 불안을 마주할 수 있길 바라는 마음에 질문을 하기 시작했다. 그중 하나가 이거였다. "이 지구의 생존 여부가 걱정되세요?"

사라는 대답했다. "별로요."

심리 상담사는 따뜻하게 미소를 지었다.

"질문을 이렇게 바꿀게요. 이 세상의 가장 큰 문제가 뭐라고 생각하세요?"

사라는 얼른 고개를 끄덕이고 빤하지 않으냐는 듯이 대답했다. "가난한 사람들요."

심리 상담사는 친절하게 바로잡았다. "그러니까…… *가난요?*"

사라는 어깨를 으쓱했다. "그렇다고 하죠. 그렇게 생각하는 쪽이 좋겠다면."

헤어질 시간이 됐을 때 사라는 악수하지 않았다. 나가는 길에 심리 상담사의 책꽂이에 놓인 사진을 옮기고 책 세 권의 위치를

바꿨다. 심리 상담사는 내담객을 편애해선 안 되지만 그녀에게
편애하는 내담객이 생긴다 한들 그게 사라일 리는 없었다.

심리 상담사는 세 번째 상담 시간이 되어서야 사라의 상태
가 얼마나 심각한지 알아차렸다. 사라가 "민주주의는 체제상 망
할 수밖에 없어요. 바보 같은 인간들이 스토리만 그럴듯하면 뭐
든 믿거든요"라고 말한 직후였다. 심리 상담사는 그 말을 못 들
은 체하고 사라의 어린 시절과 일에 대해 물으며 사라가 '어떤
기분'인지 계속 궁금해했다. 그런 때 어떤 기분이 드세요? 이런
얘기를 하면 어떤 기분이 드세요? 어떤 기분인지 생각하면 어떤
기분이 드세요, 힘들게 느껴지나요? 그러다 보니 결국에는 사라
도 뭔가를 느끼게 됐다.

한참 동안 딴 얘기를 하던 도중에 사라가 갑자기 자신의 내면
깊숙한 곳을 바라보는 표정을 짓더니 남의 목소리를 빌려서 얘
기하듯 이렇게 속삭였다.

"나, 암에 걸렸어요."

두 여자의 심장 소리가 들릴 만큼 엄청난 정적이 상담실을 덮
었다. 메모지 위에 반듯하게 놓인 손가락, 점점 얕아지는 숨소
리, 소리가 날까 봐 3분의 1밖에 숨을 들이마시지 못하는 허파.

"정말 안타까운 소식이네요." 심리 상담사는 떨리는 목소리
로, 조심스럽게 훈련한 권위를 풍기며 한참 만에 말했다.

"나도 안타깝게 생각해요. 사실 우울해요." 사라는 말하고 눈
을 훔쳤다.

"어떤…… 어떤 암에 걸리셨나요?" 심리 상담사는 물었다.

"그게 중요한가요?" 사라는 속삭였다.

"아뇨. 아뇨, 당연히 아니죠. 죄송해요. 제가 무신경한 질문을 했네요."

사라는 아무것도 눈에 담지 않고서, 빛이 달라진 것처럼 느껴질 만큼, 오전이 정오로 바뀐 것처럼 느껴질 만큼 오랫동안 창밖을 내다보았다. 그러다 턱을 살짝 들고 말했다. "사과할 필요 없어요. 가짜 암이니까."

"가짜…… 암요?"

"나, 암에 걸리지 않았어요. 거짓말이었어요. 하지만 내 말이 바로 그거예요. 이래서 민주주의는 안 된다니까요?"

바로 그때 심리 상담사는 사라의 상태가 얼마나 심각한지 알아차렸다. "그건 너무…… 몰지각한 농담인데요." 그녀는 어렵사리 말했다.

사라는 눈썹을 추어올렸다.

"그럼 내가 암에 걸리는 편이 낫겠어요?"

"아뇨! 무슨 말씀이세요? 절대 아니죠. 하지만……."

"실제로 암에 걸린 것보다 그걸 두고 농담을 하는 쪽이 낫지 않아요? 아니면 내가 암에 걸렸으면 좋겠어요?"

분노로 심리 상담사의 목이 벌게졌다.

"하지만…… 아뇨! 당연히 암에 걸리시지 않았길 바라죠!"

사라는 무릎 위에서 손깍지를 끼고 엄숙하게 말했다. "하지만 내가 느끼기에는 그렇지 않은 것 같은데요."

심리 상담사는 그날 밤에 잠을 설쳤다. 사라는 가끔 사람들에게 그런 영향을 미친다. 다음 번에 사라가 상담을 받으러 가보니 심리 상담사는 책상에 두었던 어머니 사진을 치웠고 사라는 수면 장애의 원인을 밝힐까 고민했다. 모든 설명이 적힌 편지가 핸드백 안에 들어 있었고 그걸 그 자리에서 보여주었더라면 그 이후 모든 것이 달라졌을지 모른다. 하지만 그녀는 한참 동안 앉아서 벽에 걸린 그림을 쳐다보기만 했다. 수평선을 향해 끝없이 이어지는 바다를 내다보는 어떤 여자를 그린 그림이었다. 심리 상담사는 입술을 축이고 가볍게 물었다. "그 그림을 보면서 무슨 생각을 하세요?"

"나더러 벽에 그림을 딱 하나만 걸 수 있다고 하면 저걸 선택하지는 않겠다는 생각요."

심리 상담사는 뻣뻣한 미소를 지었다.

"저는 보통 내담객들에게 그림 속의 여자를 보면 어떤 생각이 드느냐고 물어보거든요. 저 여자는 어떤 사람일까요? 행복할까요? 어떻게 생각하세요?"

사라는 무심하게 어깨를 으쓱했다.

"저 여자에게는 어떤 게 행복일지 나는 모르잖아요."

심리 상담사는 잠깐 동안 아무 말도 하지 않다가 실토했다. "그런 대답은 처음 듣네요."

사라는 콧방귀를 뀌었다.

"그야 세상에 행복이 한 종류밖에 없는 듯이 물으니까 그렇죠. 하지만 행복은 돈과 같아요."

심리 상담사는 거만한 미소를 지었다. 스스로 아주 심오하다고 생각하는 사람만이 지을 수 있는 미소였다.

"피상적인 표현이로군요."

사라는 다른 세대의 사람에게 뭔가를 설명하려는 10대처럼 앓는 소리를 냈다.

"나는 돈이 곧 행복이라고 하지 않았어요. 행복은 돈과 *같다*고 했지. 무게를 재거나 측정할 수 없는 어떤 것을 대변하는 가상의 가치."

심리 상담사의 목소리가 잠깐 흔들렸다.

"음…… 네, 그럴 수도 있겠네요. 하지만 우울증으로 인한 손실은 측정과 평가가 가능하죠. 그리고 우울증을 겪는 사람 중에 행복해지는 것을 두려워하는 경우가 아주 흔해요. 우울증도 일종의 안전망 비슷한 역할을 하기 때문에 이런 생각이 들기 시작하거든요. 불행하지 않으면, 화가 나 있지 않으면— 그럼 나는 뭘까?"

사라는 콧잔등을 찡그렸다.

"그렇다고 생각하세요?"

"네."

"그건 선생님 같은 사람이 자기보다 돈이 많은 사람을 볼 때마다 이렇게 생각하기 때문이에요. '그래, 저들이 나보다 부자일지 몰라도 과연 *행복할까?*' 항상 행복해하며 돌아다니는 게 바보 천치뿐 아니라 모두에게 적용되는 인생의 참뜻이라도 되는 양."

심리 상담사는 뭔가를 적고 계속 메모지를 내려다보며 물었다. "그럼 인생의 참뜻이 뭘까요? 뭐라고 생각하세요?"

사라는 거기에 대해 오랫동안 생각해온 사람다운 대답을 했다. 행복하게 사는 것보다 중요한 일을 하는 것이 더 중요하다고 결론을 내린 사람다운 대답을 했다.

"목적의식을 갖는 거요. 목표. 방향성. 진실을 알고 싶어요? 사실 행복해지기보다 부자가 되고 싶어 하는 사람이 훨씬 많을 거예요."

심리 상담사는 다시 미소를 지었다.

"은행 간부가 심리 상담사에게 이렇게 말했습니다."

사라는 다시 콧방귀를 뀌었다.

"시간당 상담료가 얼마라고 했죠? 내가 공짜로 상담을 받으면 행복하겠다고 하면 그렇게 해줄래요?"

심리 상담사는 자기도 모르게 프로답지 못해 보일 수도 있는 웃음을 터뜨렸다. 그래놓고는 너무 놀라서 얼굴을 붉혔다. 그녀는 어설프게 정신을 가다듬으며 말했다. "아뇨. 하지만 *제가* 행복해질 것 같으면 공짜로 상담을 해드릴 수 있겠죠."

그러자 사라가 갑자기 폭소를 터뜨렸다. 입에서 그냥 빠져나오기라도 한 듯 무심결에 터진 웃음이었고 마지막으로 그렇게 웃어본 게 언제인가 싶었다.

그 뒤로 그들은 어색한 침묵 속에 앉아 있었고 한참 만에 사라가 벽에 걸린 여자를 턱으로 가리켰다.

"선생님이 보기에는 저 여자가 뭘 하고 있는 것 같아요?"

심리 상담사는 그림을 보며 천천히 눈을 깜빡였다.

"남들하고 같아요. 뭘 찾고 있는 것 같아요."

"뭘요?"

심리 상담사의 어깨가 2~3센티미터 올라갔다가 내려왔다.

"붙잡을 만한 것. 싸울 만한 것. 기대할 만한 것."

사라는 그림에서 시선을 거두고 심리 상담사 너머로 창밖을 내다보았다.

"저 여자가 자살할까 고민 중이라면요?"

심리 상담사는 그림에 시선을 고정한 채 안에서 휘몰아치는 감정을 전혀 드러내지 않으며 미소를 짓는다. 몇 년 동안 쌓은 수련과 더불어 걱정 끼치고 싶지 않은, 사랑하는 부모님이 있어야 자유자재로 동원할 수 있는 표정이다.

"왜 저 여자가 그런 고민을 하고 있다고 생각하세요?"

"똑똑한 사람들은 다들 언젠가 한 번씩은 그런 고민을 하지 않나요?"

처음에 심리 상담사는 수련 기간에 배운 대로 대답할까 했지만 그걸로는 도움이 되지 않을 것임을 깨달았다. 그래서 솔직하게 대답했다. "네. 아마도요. 그런데 참는 이유가 뭐라고 생각하세요?"

사라는 몸을 숙이고 책상 위에 놓인 펜 두 개를 가지런하게 정리했다. 그러고 나서 말했다. "고소공포증 때문에요."

그녀의 대답이 농담인지 아닌지 그 자리에서 백 퍼센트 장담할 수 있는 사람은 지구상에 없을 것이다. 심리 상담사는 그다음 질문을 한참 동안 고민했다.

"이런 거 물어봐도 될까요— 혹시 취미 있으세요?"

"취미요?" 사라는 되물었지만 있는 대로 거들먹거리는 말투는 아니었다.

심리 상담사는 부연 설명을 했다. "네. 예를 들면 자선 활동이나 뭐 그런 데 참여하고 계신가요?"

사라는 말없이 고개를 저었다. 심리 상담사는 처음엔 그녀가 모욕적인 표현을 써가며 쏘아붙이지 않은 게 다행이라고 생각했지만, 사라의 눈빛을 보고서는 자신의 질문 때문에 그녀 안에서 뭔가가 무너지거나 깨진 건 아닌가 싶어 멈칫했다.

"괜찮으세요? 제가 말실수를 했나요?" 심리 상담사는 걱정스럽게 물었지만 사라는 이미 시간을 확인하고 자리에서 일어나 문 쪽으로 걸어가고 있었다. 심리 상담사는 내원객 한 명이 세상에서 사라질지도 모른다는 사실에 공포를 느낄 정도로 그 일을 한 지 얼마 되지 않았기 때문에, 자기도 모르게 상당히 프로답지 못한 발언을 불쑥 내뱉었다. "한심한 짓은 하지 마세요!"

사라는 놀란 표정으로 문 앞에서 걸음을 멈추었다.

"예를 들면 어떤 거요?"

심리 상담사는 뭐라고 대답하면 좋을지 알 수 없어서 어색하게 미소를 지었다. "아, 한심한 짓은 하지 마시라고요…… 상담료를 내기 전에는."

사라는 느닷없이 웃음을 터뜨렸다. 심리 상담사도 합세했다.

그것 역시 어느 정도인지 수치로 가늠하기 어려울 만큼 프로답지 못한 반응이었다.

사라가 엘리베이터 안에 서 있는 동안 심리 상담사는 상담실에 앉아서 하늘로 둘러싸인 그림 속 여자를 물끄러미 바라보았다. 여자가 생을 끝낼까 고민 중일지 모른다고 한 사람은 사라가 처음이었다. 어느 누구도 그런 식으로 해석한 적이 없었다.

심리 상담사도 여자가 수평선을 물끄러미 바라보는 이유는 둘 중 하나일 수밖에 없을 거라고 생각했다. 그리움 아니면 두려움. 그녀가 그 그림을 그린 이유도 그걸 상기하기 위해서였다. 그건 심리학자들이 사랑하는 주제였다. 그림을 아무리 오랫동안 들여다보더라도 가장 확연한 부분을 놓칠 수 있었다. 여자가 다리 위에 서 있다는 것을 말이다.

25

목격자 진술서 (이어서)

짐: 제가 바보가 된 기분이네요.

사라: 그런 기분을 느낀 게 오늘이 처음은 아닐 텐데요.

짐: 은행 간부시라는 걸 알았다면 그런 얘기는 꺼내지 않았을 겁니다. 아니, 음, 어쨌거나 그런 얘기는 하면 안 되는 거였죠. 이제 무슨 얘기를 하면 좋을지 모르겠네요.

사라: 그렇다면 저 이제 그만 가도 될까요?

짐: 아뇨, 잠깐만요. 음, 조금 민망하네요. 아내가 저더러 입조심하라고 종종 잔소리했는데 말이죠. 앞으로는 질문만 하도록 하겠습니다, 아셨죠?

사라: 어디 한번 믿어볼게요.

짐: 강도의 인상착의가 어떻던가요? 그에 대해 기억하는 것, 저희 수사에 도움이 될 만한 것이 있으면 뭐든 말씀해주세요.

사라: 가장 중요한 사항은 이미 알고 계시는 것 같은데요.

짐: 그게 뭘까요?

사라: '그'라고 하셨으니 남자라는 걸 알고 계신다는 거잖아요. 그로써 많은 의문이 해결되죠.

짐: 이런 질문을 한 것을 후회하게 될 것 같은 예감이 듭니다만 그래도 어째서요?

사라: 당신네 족속은 오줌도 똑바로 누지 못하잖아요. 그런데 총을 손에 쥐면 얼마나 일이 꼬이겠어요?

짐: 그의 생김새를 전혀 기억하지 못한다는 뜻으로 해석해도 되겠습니까?

사라: 복면을 쓴 사람이 경관님한테 권총을 겨누었다면 심리학계에서는 그 충격이 거의 트럭에 치인 수준이나 다름없다고 할 거예요. 그런 상황에서 트럭의 번호판 숫자를 기억할 수 있겠어요?

짐: 아주 지각 있는 말씀임을 인정하는 수밖에 없겠군요.

사라: 다행이네요. 경관님이 어떻게 생각하는지가 나한테는 정말 중요한 문제거든요. 이제 가도 될까요?

짐: 죄송하지만 아직은 안 됩니다. 이 그림 혹시 보신 적 있습니까?

사라: 그게 그림이에요? 누가 소변 샘플을 쳐서 엎지른 것처럼 보이는데.

짐: 이 그림을 본 적 없다는 뜻으로 해석하겠습니다.

사라: 아주 똑똑하시네요.

짐: 은행 강도가 들어왔을 때 집 안의 어디에 계셨나요?

사라: 발코니 문 옆에요.

짐: 인질극이 펼쳐지는 동안은요?

사라: 그게 무슨 상관이죠?

짐: 상당히 상관이 있습니다.

사라: 이유를 모르겠네요.

짐: 저기, 선생님은 용의자가 아닙니다. 아직은요.

사라: 네?

짐: 음, 그게요. 이해해주셨으면 하는 게 있는데 뭔가 하면, 제 동료가 인질들 가운데 한 명이 은행 강도의 도주를 도운 게 분명하다고 생각하고 있어요. 그런데 솔직히 말하면 선생님이 그 자리에 있었던 것부터가 좀 이상하단 말이죠. 먼저, 선생님은 그 아파트에 눈독 들일 이유가 없어요. 그리고 은행 강도가 권총으로 겨누었을 때 무서워하지도 않았던 눈치고요.

사라: 그래서 내가 그 은행 강도의 도주를 도왔다고 생각한다?

짐: 아뇨, 아뇨, 그럴 리가요. 저기, 선생님은 용의자가 아니에요. 음, 아직은요. 그러니까 용의자가 아니라고요! 하지만 내 동료는 선생님이 조금 이상하다고 생각해요.

사라: 그래요? 나는 경관님의 동료가 어떨 것 같다고 생각하는지 알아요?

짐: 아파트에서 어떤 일이 벌어졌는지 제발 말씀해주시겠어요? 기록할 수 있게? 제가 여기서 하는 일이 그거거든요.

사라: 그러죠.

짐: 좋습니다. 그 아파트의 구매 희망자가 몇 명 있었습니까?

사라: '구매 희망자'가 뭔데요?

짐: 그러니까 제 말은, 그 아파트를 사고 싶어 한 사람이 몇 명이었냐고요.

사라: 다섯 명요.

짐: 다섯 명요?

사라: 커플 둘. 여자 하나.

짐: 거기에 선생님과 부동산 중개업자가 추가되죠. 그러니까 전부 합해서 인질이 일곱 명이었네요?

사라: 5 더하기 2는 7, 맞네요. 아주 똑똑해요.

짐: 하지만 인질이 여덟 명이지 않았나요?

사라: 토끼를 빠뜨렸잖아요.

짐: 토끼요?

사라: 그렇다니까요.

짐: 웬 토끼예요?

사라: 무슨 일이 있었는지 얘기해요, 말아요?

짐: 죄송합니다.

사라: 정말로 인질 중 한 명이 은행 강도가 도망칠 수 있게 도왔다고 생각해요?

짐: 선생님은 그렇게 생각하지 않으십니까?

사라: 네.

짐: 어째서요?

사라: 그 사람들 전부 바보였거든요.

짐: 그럼 은행 강도는요?

사라: 은행 강도는 뭐요?

짐: 그가 일부러 자기를 쐈을까요, 아니면 사고였을까요?

사라: 지금 무슨 소릴 하는 거예요?

짐: 인질들이 석방된 이후에 아파트에서 총성이 들렸거든요. 안으로 들어가보니 바닥이 피바다였고요.

사라: 피바다? 어디가요?

짐: 거실 바닥과 카펫요.

사라: 아, 다른 데는 멀쩡했고요?

짐: 네.

사라: 오케이.

짐: 네?

사라: 왜요?

짐: '오케이'라고 했을 때 그 뒤로 하실 말씀이 있는 것처럼 들려서요.

사라: 전혀 아닌데요.

짐: 죄송합니다. 음, 제 동료는 그가 거실에서 자기가 쏜 총에 맞았을 거라고 생각합니다. 제가 드리려던 말씀이 그거였어요.

사라: 그런데 은행 강도의 정체는 아직 모른다?

짐: 네.

사라: 저기요. 도대체 어쩌다 내가 한통속일지 모른다고 의심하게 됐는지 얼른 설명하지 않으면 내가 *차라리* 변호사를 불렀으면 좋았겠다고 소원하게 될 거예요.

짐: 선생님을 의심하다니요! 제 동료는 다만 그 아파트를 살 생각이 없었다면 왜 그 자리에 계셨는지 궁금해하는 것 뿐입니다.

사라: 심리 상담사가 나더러 취미생활을 해야 한대서요.

짐: 아파트 구경이 취미인가요?

사라: 경관님 같은 분들이 생각하는 것보다는 엄청 흥미진진 하거든요.

짐: 저 같은 사람들요?

사라: 사회 경제적으로 경관님과 같은 부류요. 당신들이 사는 모습을 구경하면 재밌어요. 무슨 수로 그걸 견디나 싶어 서. 처음에 오픈하우스에 몇 번 갔다가 다시 몇 번 더 갔 어요. 꼭 마약 같거든요. 마약 해봤어요? 내 자신이 혐오 스러워지지만 끊기가 쉽지 않아요.

짐: 선생님보다 수입이 훨씬 적은 사람들이 사는 아파트를 구 경하는 데 중독됐다는 말씀인가요?

사라: 네. 애들이 새끼 새를 잡아서 유리병에 가두어두는 거 랑 비슷해요. 살짝 금기의 매력이 있죠.

짐: 벌레 말씀인가요? 벌레를 그렇게 잡아놓죠.

사라: 그래요. 그렇게 생각하는 쪽이 더 좋겠다면.

짐: 그러니까 그게 취미라서 이 아파트를 구경하러 가셨단 말 이죠?

사라: 팔에 그 문신 진짜예요?

짐: 네.

사라: 덫이에요?

짐: 네.

사라: 도박으로 돈을 날리거나 뭐 그랬어요?

짐: 그게 무슨 말씀이세요?

사라: 경관님 가족을 죽여버리겠다는 사람이 있었어요? 아니면 자발적으로 새긴 거예요?

짐: 자발적으로요.

사라: 경관님 같은 사람들은 왜 그렇게 돈을 싫어해요?

짐: 거기에 대해서는 노코멘트 하겠습니다. 다른 목격자들 말로는 선생님이 은행 강도의 권총을 보고도 무서워하지 않는 것 같았다던데 왜 그랬는지 말씀해주셨으면 좋겠네요, 녹음 기록으로 남기게. 가짜 총이라고 생각하셨나요?

사라: 진짜라는 걸 충분히 알았어요. 그래서 무서워하지 않았어요. 놀라워했지.

짐: 권총을 보고 그런 반응을 보이다니 특이하시네요.

사라: 경관님이 보기에는 그렇겠죠. 하지만 나는 오래전부터 자살을 고민해왔기 때문에 총을 보고 놀라워했어요.

짐: 뭐라 드릴 말씀이 없네요. 아이고, 자살을 고민하고 계셨다고요?

사라: 네. 그래서 내가 죽고 싶은 마음이 없다는 걸 깨닫고 놀랐어요. 조금 충격적이었죠.

짐: 그런 자살 충동 때문에 상담을 받기 시작하신 건가요?

사라: 아뇨. 수면 장애가 있어서 상담을 받았어요. 말똥말똥

불안한 사람들

누워 있다 보니 수면제만 있으면 죽을 수 있겠다는 생
각이 들어서.

짐: 취미생활을 추천한 사람이 심리 상담사였다고요?

사라: 네, 암에 걸렸다고 얘기했더니 그러더라고요.

짐: 아, 정말 안타까운 소식이로군요. 슬프시겠습니다.

사라: 알았어요, 저기요…….

26

그다음 시간에 심리 상담사를 만났을 때 사라는 취미가 생겼다고 말했다. '중산층이 사는 아파트를 구경하러' 다니기 시작했다고 말이다. 거기 사는 사람들은 직접 청소를 하는 눈치라 보면 재미있더라고 했다. 심리 상담사는 그런 뜻에서 '자선 활동이나 뭐 그런 데 참여'를 권한 게 아니라고 설명하려 했지만, 사라는 어떤 집을 보러 갔더니 *"자기 손으로, 뭘 먹을 때 쓰는 그 손으로 직접 리모델링 공사를 하려는 사람이 있더라고요. 그러니까 나는 이 사회의 극빈층과 교류하기 위해 최선을 다하고 있다고요!"*라고 응수했다. 심리 상담사는 그 말에 뭐라고 대꾸하면 좋을지 알 수 없었지만 사라는 그녀의 휘둥그레진 눈과 떡 벌린 입을 보고 콧방귀를 뀌었다. "내 말 듣고 기분 상했어요? 아우, 선생님 같은 사람들하고는 말을 섞는 그 순간부터 기분을 상하게 하지 않을 도리가 없단 말이죠."

심리 상담사는 조급하게 고개를 끄덕였고 내뱉자마자 당장 후회할 질문을 했다. "저 같은 사람이 어떨 때 사라 씨의 의도와 다르게 기분 나빠하던가요?"

사라는 어깨를 으쓱하고는, 은행에서 한 구직자가 면접실로 들어오자마자 이렇게 외쳤다가 '편견이 있다'는 소리를 들었다며 일화를 소개했다. "아! 차라리 IT 부서에 지원하는 게 어때요? 당신 같은 부류는 대개 컴퓨터를 잘 다루잖아요!"

사라는 그게 사실 칭찬이었다고 한참 동안 심리 상담사에게 설명했다. 요즘은 누굴 칭찬하면 편견이 있다는 소리를 듣나?

심리 상담사는 돌려서 말할 방법을 고민하다가 이렇게 얘기했다. "이래저래 충돌하는 경우가 많으신 모양인데요. 발끈하기 전에 이 세 가지를 자문해보는 걸 추천할게요. 하나, 문제의 그 사람이 나를 해치려는 의도에서 그런 행동을 했을까. 둘, 그 상황과 관련해서 내가 모르는 부분은 없을까. 셋, 이렇게 부딪침으로써 얻는 소득이 있을까."

사라는 목에서 소리가 날 정도로 심하게 고개를 갸우뚱했다. 그녀가 모르는 단어는 없었지만 여러 단어를 모자 안에서 닥치는 대로 꺼내 한데 조합한 것처럼 무슨 뜻인지 도무지 알아들을 수가 없었다.

"내가 왜 그런 도움을 받아가며 충돌을 피해야 해요? 부딪치는 건 좋은 거예요. 나약한 인간들이나 화합을 좋아하고 그 대가로 도덕적 우월감을 만끽하며 삶을 표류하죠. 그동안 우리는 다른 성과를 거두고요."

"성과라니 예를 들면 어떤 거요?" 심리 상담사는 궁금해했다.

"이기는 거요."

"그게 중요한가요?"

"이것 보세요, 이기지 못하면 아무것도 성취할 수 없어요. 어쩌다 보니 저절로 중역 회의실 상석에 앉은 사람은 없다고요."

심리 상담사는 원래 질문으로 돌아가려고 했지만 원래 질문이 뭐였는지 기억이 잘 나지 않았다.

"그리고…… 이겨야 돈을 많이 벌 수 있고, 그것 역시 중요한 부분이겠죠? 돈을 어떤 데 쓰세요?"

"다른 사람들과의 거리를 사는 데 쓰죠."

심리 상담사로서는 처음 듣는 대답이었다.

"그게 무슨 말씀이세요?"

"비싼 음식점은 테이블 간 간격이 넓어요. 비행기 1등석은 가운데 자리가 없고요. 특급 호텔에는 스위트룸 고객들이 드나드는 출입문이 따로 있죠. 지구상에서 가장 인구밀도가 높은 곳에서는 가장 비싸게 팔리는 것이 남들과의 거리예요."

심리 상담사는 의자에 몸을 기댔다. 사라의 성격적인 특징은 전공서적에서 쉽게 찾을 수 있었다. 그녀는 눈을 피했고 악수를 꺼렸고—좋게 말해서—공감 능력에 아쉬운 부분이 있었고 그 결과 숫자와 더불어 일하는 직종을 선택하지 않았을까 싶었다. 그리고 심리 상담사가 상담 시간 전에 일부러 삐뚤게 놓은 책꽂이 위의 액자를 강박적으로 바로잡았다. 사라 같은 사람에게 그런 부분에 대해서 직접적으로 물어보기는 어려웠기 때문에 심리 상담사는 대신 이렇게 물었다. "지금 하시는 일을 좋아하는 이유가 뭐예요?"

"나는 애널리스트거든요. 나하고 같은 일을 하는 사람들은 대개 경제학자예요." 사라는 당장 대답했다.

"차이점이 뭔데요?"

"경제학자들은 문제가 생기면 오로지 정면에서만 접근해요. 경제학자들이 주식 시장 붕괴를 절대 예측하지 못하는 이유가 그 때문이에요."

"그런데 애널리스트는 예측이 가능하다는 말씀인가요?"

"애널리스트들은 붕괴를 *기다리*죠. 경제학자들은 상황이 은행 고객들에게 유리하게 돌아갈 때만 돈을 벌지만 애널리스트들은 이러나저러나 상관없이 벌어요."

"그것 때문에 죄책감을 느끼시나요?" 심리 상담사는 물었다. 사라가 그 단어를 하나의 감정으로 여기는지 아니면 영광의 상처로 여기는지 파악하기 위해서였다.

"카지노에서 돈을 잃으면 딜러 탓인가요?" 사라가 물었다.

"그건 정당한 비유가 아니라고 보는데요."

"왜요?"

"사라 씨는 '주식 시장 붕괴'라는 단어를 썼지만 붕괴하는 건 주식 시장이나 은행이 아니잖아요. 사람들이죠."

"선생님이 왜 그렇게 생각하는지 논리적으로 설명할 방법이 있어요."

"그래요?"

"세상이 선생님의 인생을 책임져야 한다고 생각하기 때문에 그러는 거예요. 사실은 그렇지가 않은데."

"제 질문에는 계속 대답하지 않으시네요. 지금 하시는 일을

좋아하는 이유가 뭐냐고 물었는데 그 일을 *잘하는* 이유만 말씀
하셨어요."

"나약한 사람들이나 자기가 하는 일을 좋아하는 거예요."

"저는 그렇지 않다고 생각해요."

"선생님은 자기 일을 좋아하니까요."

"그게 마치 문제라는 식으로 말씀하시네요?"

"또 기분 상했어요? 선생님 같은 사람들은 자주 기분 나빠하
는데 그 이유가 뭔지 아세요?"

"아뇨."

"잘못 살기 때문이에요. 이제 그만 제대로 살면 기분 나빠할
일이 없어요."

심리 상담사는 책상에 놓인 시계를 보았다. 사라의 가장 큰
문제가 외로움이라는 생각에는 변함이 없었지만 외로운 것과
친구가 없는 건 서로 다를지 몰랐다. 하지만 심리 상담사는 그런
말을 하는 대신 체념조로 중얼거렸다. "제가 보기에는…… 이쯤
에서 그만하는 게 좋을 것 같네요."

사라는 관심 없는 표정으로 고개를 끄덕이고 자리에서 일어
났다. 의자를 테이블 밑으로 아주 정확하게 넣었다. 반쯤 얼굴을
돌리다 말고 사라가 말했다. "세상에 나쁜 사람이 있다고 생각
해요?" 꼭 생각지도 못하게 튀어나온 말처럼 들렸다.

심리 상담사는 놀란 기색을 애써 감추며 어찌어찌 대답했다.
"심리학적인 관점에서요, 아니면 순전히 철학적인 관점에서요?"

사라는 다시 토스터를 상대하는 듯한 표정을 지었다.

"어렸을 때 누가 선생님 궁둥이에 사전을 쑤셔 넣었어요? 아니면 자발적으로 이렇게 된 거예요? 묻는 말에 대답이나 하세요. 세상에 나쁜 사람이 있다고 생각해요?"

심리 상담사가 자리에 앉은 채로 어찌나 심하게 몸을 꼼지락거렸던지 하마터면 바지가 뒤집어질 뻔했다.

"아마도…… 그렇다고 대답해야 할 것 같네요. 세상에 나쁜 사람도 있다고 생각한다고요."

"그 사람들은 알까요?"

"그게 무슨 말씀이세요?"

사라의 시선이 다리에 서 있는 여자의 그림으로 향했다.

"내 경험상 세상에는 개 같은 인간들이 많아요. 감정적으로 냉랭하고 생각 없는 인간들. 하지만 그래도 그 인간들은 자기가 나쁜 사람이라고 믿고 싶어 하지 않죠."

심리 상담사는 그녀의 대답을 한참 동안 곰곰이 생각하다가 이렇게 말했다. "맞아요. 사람들은 대부분 자기가 세상을 개선하는 데 이바지한다고 말하고 싶은 욕구가 있죠. 적어도 세상을 지금보다 망가뜨리는 데 일조하고 있지는 않다고, 자기가 옳은 편에 있다고 말하고 싶은. 그러니까…… 뭐라고 하면 좋을까요…… 우리가 극악무도한 짓을 저질렀더라도 그 행동이 좋은 일에 쓰였다고 믿고 싶은 거죠. 기본적으로 선과 악을 구분하지 못하는 사람은 없으니 자신이 도덕적 잣대를 어겼을 때를 대비해 변명을 마련해야 하는 거예요. 범죄학에서는 이걸 중화 기술이라고 부를 거예요. 종교적 또는 정치적 신념이나 선택의 여

지가 없었다는 믿음이 여기에 해당하는데, 아무튼 악행을 정당
화할 방법이 필요하죠. 왜냐하면 저는 솔직히 자기가…… *나쁜*
사람이라는 걸 알면서도 아무렇지 않게 살 수 있는 사람은 거의
없다고 보거든요."

사라는 아무 말 하지 않고 너무 큼지막한 핸드백을 0.001초
동안 으스러져라 쥐며 뭔가를 고백하려는 듯한 눈치를 보였다.
편지 근처까지 손을 뻗었다. 심지어 취미생활에 대해 거짓말을
했다고 고백할까 고민하는 여유조차 아주 잠깐 허락했다. 얼마
전부터 아파트를 보러 다닌 게 아니라 10년 전부터 그랬다고.
그건 취미가 아니라 집착이라고.

하지만 그 어떤 말도 그녀의 입에서 흘러나오지 않았다. 그녀
는 핸드백을 여미고 나가서 등 뒤로 문을 닫았다. 상담실은 정적
으로 덮였다. 심리 상담사는 자리에 앉은 채 당혹스러워하는 자
신의 모습에 당혹스러워했다. 다음번 상담을 앞두고 메모를 몇
줄 적으려고 하다가 오히려 노트북을 열고 매물로 나온 여러 아
파트의 세부사항을 살폈다. 사라가 다음에 구경할 아파트가 그
중에서 어느 집일지 알아내려고 했다. 불가능한 임무였지만 사
라가 자기가 구경하는 아파트는 전부 발코니가 있어야 하고 발
코니 너머로 다리까지 훤하게 보여야 한다고 했기 때문에 간단
하게 찾을 수 있을지도 몰랐다.

그러는 동안 사라는 엘리베이터 안에 있었다. 중간 층까지 갔
을 때 실컷 울 수 있게 비상 정지 단추를 눌렀다. 핸드백에 담긴

편지는 여전히 미개봉 상태였고 사라는 심리 상담사의 말이 맞
는다는 걸 알기 때문에 감히 그 편지를 읽을 수가 없었다. 사라
는 자신의 진면모를 알면서도 아무렇지 않게 살아갈 수 있는 사
람이 아니었다.

27

이건 은행 강도, 아파트 오픈하우스, 인질극에 대한 이야기다. 하지만 그보다는 바보들에 대한 이야기에 더 가깝다. 하지만 그게 다는 아닐 수도 있다.

10년 전에 한 남자가 편지를 썼다. 그는 그 편지를 은행 직원에게 보냈다. 그런 다음 아이들을 학교에 데려다주고 사랑한다고 아이들의 귀에 대고 속삭이고 강가에 차를 댔다. 다리 난간으로 올라가 뛰어내렸다. 다음 주에 10대 여자아이가 똑같이 그 다리의 난간에 섰다.

여자아이가 누구였든 당신 입장에서는 별 차이가 없을 것이다. 그 아이는 단순히 수십억 명 중에 한 명이었고 대부분의 사람들은 우리에게 개인적으로 다가올 일이 없다. 그들은 그저 타인일 뿐이다. 우리는 서로 지나치는 타인이고 복잡한 어느 인도에서 옷깃이 잠깐 스칠 때 당신의 걱정거리와 나의 걱정거리가 순간적으로 만날 뿐이다. 우리는 서로에게, 서로 함께, 서로를 위해 무슨 일을 하는지 절대 알지 못한다. 하지만 다리 위로 올라간 10대 여자아이의 이름은 나디아였다. 그녀가 서 있는 난간에서 어떤 남자가 떨어져 죽은 지 일주일 뒤였다. 그녀는 그 남자에 대해 아는 게 거의 없었지만 그의 아이들과 같은 학교에 다녔고 다들 그 얘기뿐이었다. 그녀가 힌트를 얻은 것도 그걸 통해서였다. 어떤 10대가 더 이상 살고 싶지 않다고 생각하게 되는 이유가 뭔지, 사건 전에도 후에도 제대로 설명할 수 있는 사람은 없다. 인간으로 지내는 것이 가끔 너무 괴로울 때가 있긴 하다. 자기 자신을 이해하지 못하는 것, 갇혀 있는 몸뚱이가 마음에 들지 않는 것. 거울에 비친 자신의 눈을 보며 누구의 눈인지 궁금해하다가 항상 같은 결론에 다다르는 것. "나는 뭐가 문제일까? 왜 이런 기분이 드는 걸까?"

그녀는 정신적인 충격을 받은 적도 없고 누가 봐도 분명한 슬픔에 짓눌리지도 않았다. 시도 때도 없이 슬플 따름이다. 엑스레이를 찍어도 보이지 않는 조그만 악마가 가슴속에 기생하면서 혈관을 타고 동에 번쩍 서에 번쩍 하며, 머릿속이 가득 차도록 그녀는 부족하고 나약하고 못생겼으며 망가진 인생 말고는 아무것도 될 수 없을 거라고 속삭여댔다. 다른 사람의 귀에는 들리지 않는 그 목소리를 잠재우지 못하면, 자신이 정상처럼 느껴지는 공간에 있지 못하면, 눈물이 말랐을 때 그 목소리가 머릿속에 꽂혀서 믿을 수 없을 만큼 어리석은 짓을 저지를 수도 있다. 어느 누구에게도 정체를 들키면 안 되는데 들킬지 모른다는 두려움에, 평생 가슴을 펴고 어깨를 꼿꼿하게 들고 주먹을 으스러져라 쥐고 벽을 따라 피해다니다 결국에는 지쳐버린다.

나디아가 아는 게 있다면 자신이 어느 누구와도 뭐든 공통점이 있다고 느껴본 적이 없다는 것이었다. 그녀는 모든 감정에서 항상 철저하게 혼자였다. 모든 게 평소와 다름없어 보이는, 또래들로 가득한 교실에 앉아 있어도 속으로는 숲속에 서서 심장이 터질 때까지 소리를 지르고 있었다. 나뭇잎 사이로 햇살 한 줌 들어오지 못할 만큼 나무들이 자라자 어둠은 뚫을 수 없는 벽이 되었다.

그래서 그녀는 다리 위에 서서 저 아래로 흐르는 강물을 난간 너머로 내려다보았다. 그 위로 떨어지는 건 콘크리트에 부딪히는 것과 같아서, 물에 빠져 죽는 게 아니라 충격으로 죽을 거라는 데 위안을 느꼈다. 그녀는 아주 어렸을 때부터 익사를 무서워했다. 죽음 그 자체가 아니라 죽기 전의 순간이 무서웠다. 그 공포와 무력감이 무서웠다. 어느 생각 없는 어른이 그녀에게 말하길 물에 빠져 죽는 사람은 죽는 것처럼 보이지 않는다고 했다. "물에 빠지면 도와달라고 소리를 지를 수가 없거든. 팔을 흔들 수도 없고 그냥 가라앉는 거야. 가족이 바닷가에 서 있더라도 네가 죽어가고 있다는 걸 모르고 명랑하게 손을 흔들 수도 있지."

나디아가 평생 그런 심정이었다. 그녀는 그들과 한집에서 살았다. 부모님과 함께 저녁 식탁에 앉을 때면 생각했다. "안 보이세요?" 하지만 그들은 보지 못했고 그녀도 아무 말 하지 않았다. 그러던 어느 날 그녀는 그냥 학교를 빼먹고 방 청소를 하고 침대를 정리하고 외투 없이 집을 나섰다. 외투가 필요 없을 것이기 때문이었다. 이 도시가 그녀를 마지막으로 한번 봐주길 바라는 듯, 이 도시가 그녀의 소리 없는 외침을 듣지 못한 대가가 무엇인지 알아주길 바라는 듯 하루 종일 벌벌 떨며 도시를 이리저리 헤매 다녔다. 계획다운 계획은 없었고 그저 정해놓은 결과만 있었다. 해가 졌을 때 그녀는 어느덧 다리 난간 위에 서 있었다. 너무 간단했다. 처음에는 이쪽 발을, 다음에는 저쪽 발을 떼기만 하면 끝이었다.

그녀를 본 것은 야크라는 이름의 10대 남자아이였다. 그는 일주일 동안 매일 저녁 그 다리를 다시 찾은 이유를 설명할 수 없었다. 부모님은 당연히 가지 못하게 했지만 그가 절대 말을 듣지 않았다. 몰래 집에서 빠져나와 거기 선 남자를 다시 만날 수 있길 바라는 듯이, 시간을 거꾸로 돌려 이번에는 모든 걸 제대로 해결하고 싶기라도 한 듯이 그곳으로 달려갔다. 남자 대신 난간에 서 있는 10대 여자아이를 보았을 때 그는 뭐라고 외쳐야 할지 알 수 없었다. 그래서 아무 말도 외치지 않았다. 그냥 달려가 그녀를 끌어내렸다. 그녀가 아스팔트에 뒤통수를 부딪혀 기절할 정도로 세게 끌어내렸다.

그녀는 병원에서 눈을 떴다. 모든 게 너무 삽시간에 벌어진 일이라 남자아이가 그녀를 향해 달려오는 것을 곁눈으로 언뜻 보았을 뿐이었다. 간호사들이 자초지종을 물었을 때 그녀조차 그 아이를 본 게 맞는지 자신할 수 없었지만, 뒤통수에서 피가 나고 있었기 때문에 저녁놀을 찍으려고 난간에 올라갔다가 뒤로 넘어져 머리를 부딪쳤다고 말했다. 걱정을 사지 않게 남들이 듣고 싶어 하는 말을 하는 데 워낙 인이 박혀 있어서 자기도 모르게 그렇게 말했다. 간호사들은 여전히 걱정하며 의심하는 눈치였지만 그녀가 워낙 거짓말을 잘했다. 평생 갈고닦은 솜씨였다. 결국 그들은 이렇게 말했다. "그 난간 위로 올라가다니 바보 같으니라고! 다행히 이쪽으로 떨어졌기에 망정이지 다른 쪽으로 떨어졌으면 어쩔 뻔했니?" 그녀는 마른 입술로 고개를 끄덕이며 맞장구를 쳤다. 다행이라고 했다.

그녀는 병원에서 곧장 다리로 돌아갈 수 있었지만 그러지 않았다. 왜 그랬는지 자신조차 알 수 없었다. 그 아이가 그녀를 끌어내리지 않았더라면 자신이 무슨 일을 저질렀을지 알 수가 없었다. 앞으로 한 발 내디뎠을까, 뒤로 물러났을까? 그래서 그녀는 이후로 날마다 뛰어내린 남자와 자신의 차이점에 대해 고민했다. 그걸 발판 삼아 직업과 경력과 모든 인생을 선택했다. 그녀는 심리학자가 되었다. 그녀를 찾아오는 사람들은 한 발을 저쪽으로 내밀고 난간에 서 있는 것처럼 괴로움에 몸부림을 치는 사람들이었고 그녀는 맞은편 의자에 앉아서 눈빛으로 말했다. "나도 겪어봤어요. 나는 거기서 무사히 내려오는 방법을 알아요."

두말하면 잔소리지만 그녀가 뛰어내리고 싶었던 이유와, 거울에 비친 스스로의 모습에서 부족하다고 느낀 점들이 어쩌다 한 번씩 불쑥 떠오르곤 했다. 저녁 식탁에서 느낀 외로움도 마찬가지였다. 하지만 그녀는 대처하는 법, 거기서 빠져나오는 법,

내려오는 법을 찾았다. 불안에서 놓여날 길이 없다는 사실을 받아들이고 불안을 안고 살아가는 법을 배우는 사람들이 있다. 그녀는 그런 사람이 되려고 했다. 아무리 멍청해 보이더라도 다른 사람에게 항상 잘해주어야 하는 이유가 그 때문이라고, 그들이 얼마나 무거운 짐을 짊어지고 있는지 절대 알 수 없기 때문이라고 되뇌었다. 시간이 흐름에 따라 그녀는 마음속 저 깊은 곳에서는 거의 모두가 같은 질문을 한다는 사실을 깨달았다. 나는 잘하고 있을까? 나는 누군가에게 자부심을 선사하고 있을까? 나는 사회에서 쓸모 있는 사람일까? 나는 일을 잘할까? 마음이 넓고 배려심이 있을까? 괜찮은 녀석일까? 나와 친구가 되고 싶어 하는 사람이 있을까? 나는 지금까지 좋은 부모였을까? 나는 좋은 사람일까?

사람들은 좋은 사람이 되고 싶어 한다. 속으로는 그렇다. 친절한 사람이 되고 싶어 한다. 물론 문제가 있다면 바보들 같은 경우에는, 그들이 바보라서 친절하지 못할 때도 있다는 것이다. 나디아에게는 그것이 평생 씨름해야 하는 일생일대의 과업이고 우리 모두도 마찬가지다.

그녀는 다리 위에서 맞닥뜨렸던 그 아이를 두 번 다시 만나지 못했다. 솔직히 어떨 때는 그 아이가 자신이 만들어낸 인물이 아닌가 싶을 때도 있다. 천사였던가. 야크도 두 번 다시 나디아를 만나지 못했다. 그는 두 번 다시 다리를 찾지 않았다. 하지만 바로 그날, 자신이 누군가에게 중대한 영향을 미칠 수 있다는 사실을 깨달았을 때 경찰이 되겠다는 그의 결심이 확고해졌다.

10년 뒤에 나디아는 심리학자 연수를 마치고 이 도시로 돌아올 것이다. 사라라는 이름의 환자를 만날 것이다. 사라는 어느 아파트 오픈하우스에 참석했다가 인질극에 휘말릴 것이다. 야크와 그의 아버지 짐이 모든 목격자를 조사할 것이다. 그 사건이 벌어진 아파트에는 발코니가 있고 거기서는 다리까지 훤히 보인다. 사라가 그 아파트에 간 이유가 그 때문이다. 10년 전에 그녀는 다리에서 뛰어내린 남자가 보낸 편지를 도어매트 위에서 발견했다. 그의 이름이 봉투 뒷면에 깔끔하게 적혀 있었고 그녀는 그들의 만남을 기억했고 경찰은 강물에서 발견된 시신의 이름을 밝히지 않았지만 워낙 작은 도시라 그녀가 모를 수 없었다.

사라는 지금도 날마다 핸드백에 그 편지를 넣고 다닌다. 그녀는 그가 난간 위로 올라간 다음 주에 딱 한 번 다리를 찾았다가 바로 그 난간 위로 올라간 여자아이를 어떤 남자아이가 구하는 광경을 목격했다. 사라는 몸을 부들부들 떨며 어둠 속에 꼼짝 않고 숨어 있었다. 구급차가 도착해 여자아이를 병원으로 싣고 갔을 때도 계속 그 자리에 서 있었다. 남자아이는 사라졌다. 사라는 다리로 걸어갔다가 여자아이의 지갑과 이름이 적힌 신분증을 발견했다. 이름이 나디아였다.

사라는 이후 10년 동안 나디아가 살아가고 공부하고 일을 시작하는 것을 멀리서 몰래 추적했다. 감히 다가갈 수 없었기 때문이었다. 그 10년 동안 역시 멀리서, 매물로 나온 아파트 발코니

에서 다리를 쳐다보았다. 같은 이유에서였다. 다리를 다시 찾아
갔을 때 또 누군가가 뛰어내리는 건 아닌지, 나디아를 찾아가 자
신의 밑바닥을 보고 나면 다리에서 뛰어내리는 그 누군가가 자
신이 되는 건 아닌지 겁이 났기 때문이다. 사라도 인간이기 때
문에 그 남자와 나디아의 차이점이 뭔지 듣고 싶은 마음이 있다.
곰곰이 생각해보면 알고 싶지 않기는 해도. 죄책감을 안고 살아
가긴 해도. 그녀가 나쁜 사람이기는 해도. 사람들은 모두 자신의
진면모를 알고 싶다고 말하지만 진심으로 알고 싶어 하는 사람
은 없다. 그래서 사라는 아직까지 봉투를 열지 않았다.

전부 복잡하고 있을 법하지 않은 이야기다. 어쩌면 우리가 이
야기의 주제라고 생각한 것이 사실은 그렇지 않은 경우가 많기
때문일지 모른다. 예컨대 이 이야기도 은행 강도나 아파트 오픈
하우스나 인질극이 주제가 아닐지 모른다. 심지어 바보에 대한
이야기도 아닐 수 있다.

어쩌면 다리에 대한 이야기일지 모른다.

28

진실은 무엇일까? 진실은 뭔가 하면 그 빌어먹을 부동산 중개업자는 빌어먹도록 딱한 부동산 중개업자였고 아파트 오픈하우스는 처음부터 가망이 없었다는 것이다. 구매 희망자들이 다른 점에서는 의견이 엇갈릴지 몰라도 그 사실 하나만큼은 동의할 수 있는 것이, 함께 모여 가망 없는 케이스를 보며 한숨을 쉬는 것이야말로 모르는 사람들끼리 똘똘 뭉치게 만드는 가장 확실한 계기다.

광고(라고 불러도 될지 모르겠지만 아무튼)도 맞춤법이 구제 불능으로 엉망이었다. 사진이 어찌나 흐릿한지 카메라를 방 저쪽으로 던지며 찍은 게 '파노라마 숏'인가 싶을 정도였다. "하우스 트릭스 부동산! 안녕하시죠?" 날짜 위에 이렇게 적혀 있었는데 새해 이틀 전날을 아파트 오픈하우스 날짜로 잡을 생각을 하는 인간이 도대체 어디 있겠는가. 화장실에는 향초가, 커피테이블에는 라임을 담은 그릇이 있는 걸 보면 아파트 오픈하우스에 대해 들어는 봤지만 실제로 가본 적은 없는 사람이 호기롭게 애쓴 기색이 느껴졌지만 벽장 안은 옷으로 가득했고 화장실 슬리

퍼는 누가 50년 동안 질질 끌고 다니며 신은 것처럼 보였다. 책꽂이에는 색을 맞추지도 않은 책들이 잔뜩 꽂혀 있었고 심지어 창틀과 식탁에까지 몇 권 쌓여 있었다. 냉장고는 집주인의 손자들이 그린, 누레져가는 그림들로 뒤덮여 있었다. 사라는 이 무렵 오픈하우스를 다닐 만큼 다녀봤기 때문에 이게 아마추어의 솜씨임을 한눈에 알아볼 수 있었다. 오픈하우스 때 공개되는 아파트는 아무도 살고 있지 않은 것처럼 꾸며야 한다. 그러지 않고서야 연쇄 살인범이 아닌 이상 누가 이사를 오고 싶어 하겠는가. 오픈하우스 때는 누구라도 그 집에 살 수 있을 듯한 분위기를 풍겨야 한다. 사람들은 그림은 사고 싶어 하지 않지만 액자는 사고 싶어 한다. 책꽂이에 꽂힌 책들은 감당할 수 있지만 식탁에 쌓인 책은 아니다. 사라가 부동산 중개업자에게 다가가 그 점을 지적해줄 수도 있었지만 그녀는 인간이었고 사라는 인간을 혐오했다. 그들이 말을 할 때는 특히 그랬다.

그래서 사라는 관심 있는 척하며 아파트를 한 바퀴 돌아보았다. 실제로 아파트에 관심이 있는 사람들이 짓는 표정을 지었다. 자른 손톱을 수집하는 약물중독자나 살고 싶어 할 아파트였기 때문에 힘든 과제이기는 했다. 그래서 다들 다른 데 시선이 팔려 있을 때 사라는 발코니로 나가 난간 옆에 서서 몸이 걷잡을 수 없이 떨리기 시작할 때까지 다리 쪽을 내다보았다. 지난 10년 동안 매번 똑같은 반응이 반복됐다. 그녀가 열어보지 못한 봉투가 핸드백 안에 들어 있었다. 이제 그녀는 여러 현실적인 이유에서 눈물을 거의 흘리지 않고 우는 법을 터득했다.

발코니 문이 열려 있었기 때문에 그녀의 머릿속에서 나는 소리뿐 아니라 아파트 안에서 나는 목소리도 들렸다. 부부 두 쌍이 다소 추레한 가구를 못 본 체하고 그 자리에 진짜로 추레한 자기들 가구가 놓이면 어떨지 상상하며 이리저리 둘러보고 있었다. 나이가 많은 쪽은 결혼한 지 오래돼 보였고 젊은 쪽은 신혼부부 같았다. 서로 사랑하는 사람들이 어떤 식으로 싸우는지를 보면 백발백중 알아맞힐 수 있었다. 함께 지낸 세월이 길수록 단 몇 마디로 싸움이 시작된다.

나이가 많은 부부는 안나레나와 로게르였다. 그들은 이제 은퇴한 지 몇 년 됐지만 그 생활에 적응할 만큼 오래된 건 아니었다. 항상 뭔가에 스트레스를 받았지만 사실 서둘러서 해야 하는 일은 전혀 없었다. 안나레나는 감정이 앞서는 여자이고 로게르는 자기주장이 앞서는 남자로, 주방기기(아니면 연극 아니면 테이프 디스펜서 아니면 조그만 유리 장식) 코너에 별 하나짜리 구매 후기를 시시콜콜 올리는 그런 사람들이 바로 안나레나와 로게르였다. 물론 가끔 문제의 기기를 써보지도 않았을 때도 있었지만 그렇다고 혹평 행진에 제동이 걸리지는 않았다. 일일이 써보고 읽어보고 진실을 파헤치다 보면 평가할 시간이 없지 않겠는가. 안나레나는 대개 조각마루에서나 볼 수 있는 색상의 상의를 입었고 로게르는 청바지에 체크무늬 셔츠를 입었는데, 로게르의 화장실 저울이 '눈금이 이상하다!'라는 빌어먹을 평가를 받고 얼마 안 있어 '치수가 몇 센티미터 줄었다!'라는 이유로 별 하나라는 격한 평점을 받은 셔츠였다. 안나레나가 커튼을 잡아당기며 말했다. "초록색 커튼? 아니, 세상에 누가 초록색 커튼을 달아? 어휴, 하여간 요즘 사람들이란. 뭐 어쩌면 색맹일 수도 있겠다. 아니면 아일랜드 출신이거나." 누군가에게 한 말이 아니라 큰 소리로 혼자 중얼거린 거였는데, 아무도 자기 말을 귀담아들어주지 않는 데 익숙해진 여자에게 딱 알맞은 습관이었다.

로게르는 걸레받이를 차며 중얼거렸다. "여기가 헐겁네." 그는 안나레나가 하는 말은 한마디도 듣지 않았다. 로게르가 10분동안 차는 바람에 걸레받이가 헐거워졌을지 모르지만 원인이 뭐건 간에 로게르 같은 사람에게 진실은 진실이었다. 안나레나는 어쩌다 한 번씩 그에게 아파트를 보러 온 다른 구매 희망자에 대한 평가를 속삭였다. 안타깝게도 안나레나는 조용히 중얼거리는 것만큼이나 조용히 속삭이는 데 소질이 없었기 때문에 큰 소리로 외치는 속삭임이 되고 말았다. 그건 마치 비행기 안에서 조금씩 내보내면 아무도 모를 거라고 생각하며 방귀를 뀌는 거나 마찬가지였다. 아무리 애를 써도 생각만큼 조절이 되지 않는다.

"발코니에 서 있는 저 여자 말이야, 로게르, 이 아파트에 관심을 보이는 이유가 뭘까? 이런 데서 살기에는 돈이 너무 많아 보이는데 여긴 어쩐 일일까? 게다가 신발을 신고 있어. 아파트를 구경하러 왔으면 신발을 벗는 건 기본 아닌가?" 로게르는 아무 대꾸도 하지 않았다. 안나레나는 사라가 방귀를 뀐 장본인이라도 되는 양 발코니 창문 너머로 그녀를 노려보았다. 잠시 후에 안나레나가 로게르에게 좀 더 바짝 몸을 기울이고 속삭였다.

"그리고 홀에 서 있는 저 여자들은 이런 데서 살 만한 형편이 안 되어 보이는데! 그렇지 않아?"

이 말에 로게르는 발길질을 멈추고 아내 쪽으로 고개를 돌려 그녀의 눈을 지그시 쳐다보았다. 그러고는 지구상의 다른 여자들에게는 절대 하지 않는 네 마디를 내뱉었다. "아, 이런 망할, 여보."

그들은 이제 더는 옥신각신하지 않지만 어쩌면 시도 때도 없이 옥신각신하다 보니 그런 것일 수도 있었다. 어떤 사람과 함께 지낸 세월이 너무 길다 보면 더는 옥신각신하지 않는 것과 더는 신경 쓰지 않는 것의 경계가 모호해진다.

"아, 이런 망할, 여보. 만나는 사람마다 붙잡고 이 집은 *리모델링 공사가 시급하다*고 얘기하는 거 잊지 마! 그래야 아무도 사겠다고 나서지 않을 테니까." 로게르는 말을 이었다.

안나레나는 어리둥절한 표정을 지었다. "하지만 그러면 좋은 거 아니야?"

로게르는 한숨을 쉬었다. "아, 이런 망할, 여보. 우리 입장에서는 좋은 거지, 아무렴. 우리는 리모델링 공사를 할 수 있으니까. 하지만 남들은— 다들 리모델링 공사에 대해서 쥐뿔도 모른다는 걸 척 보면 알 수 있잖아."

안나레나는 고개를 끄덕이고, 감정을 실어서 콧잔등을 찡그리며 킁킁거렸다. "확실히 눅눅한 냄새가 난다, 그치? 곰팡이라도 있는 거 아니야?" 그녀는 다른 구매 희망자들이 듣고 불안해하도록 부동산 중개업자에게 큰 소리로 이런 질문을 하라고 로게르에게 교육을 받았다.

로게르는 좌절감에 눈을 질끈 감았다.

"아, 이런 망할, 여보. 내가 아니라 중개업자한테 물어야지."

상처를 받은 안나레나는 고개를 끄덕이고 큰 소리로 중얼거렸다. "연습하는 거였어."

사라는 발코니 난간 앞에 서서 그 너머를 바라보며 그들의 대화를 들었다. 다리를 볼 때마다 늘 그러듯 공포가 내면에서 소용돌이쳤고 욕지기가 올라오고 손끝이 떨렸다. 어쩌면 그녀는 언젠가는 괜찮아지든지 아니면 감당할 수 없을 만큼 심해져 다리로 가서 뛰어내리든지 둘 중 하나일 거라고 생각하며 자기 자신을 속이고 있는 건지도 몰랐다. 그녀는 발코니 아래를 내려다보았지만 그 정도 높이면 충분한지 알 수 없었다. 반드시 살고 싶은 사람과 반드시 죽고 싶은 사람의 유일한 공통점이 그거다. 뛰어내리려는 곳의 높이를 정확하게 알고 있어야 한다는 것. 사라는 자신이 둘 중 어느 쪽인지 알 수 없었다. 삶을 그다지 좋아하지 않는다고 해서 반드시 그 반대를 원한다는 뜻으로 해석되지는 않는다. 그렇기에 그녀는 10년 동안 아파트 오픈하우스를 찾아다녔고 발코니에 서서 다리를 내다보며 내면의 가장 추악한 모든 것 사이에서 균형을 잡았다.

아파트 안쪽에서 새로운 목소리가 들렸다. 이번에는 젊은 부부, 율리아와 로였다. 둘 중 한쪽은 금발, 다른 쪽은 흑발이었고 호르몬 속에서 파닥이는 온갖 감정을 절대적으로 특별하게 생각하는 젊은이들답게 요란하게 언쟁을 벌였다. 임신한 쪽이 율리아, 짜증이 난 쪽이 로였다. 한쪽은 살해당한 마술사한테서 훔친 망토로 직접 만든 것 같은 옷을 입었고, 한쪽은 차림새가 볼링장 앞에서 약을 파는 사람 같았다. 로(당연히 별명이었지만 하도 오랫동안 이 별명이 그녀를 따라다니다 보니 자기소개를 할 때도 이 별명을 썼는데, 사라가 그녀에게 짜증을 느끼는 수많은 이유 가운데에는 그것도 있었다)는 천장을 향해 휴대전화를 들고 이리저리 돌아다니며 같은 말을 반복했다. "여긴 신호가 전혀 안 잡히나 봐!" 그러면 율리아가 쏘아붙였다. "와, 그럼 큰일이네. 만약 여기서 살게 되면 서로 *대화*를 나눠야 할 거 아냐! 계속 다른 데로 말 돌리려고 하지 마. 새를 어쩔 건지 결정을 내려야 한다고!"

그들은 뭐가 됐건 의견의 일치를 보는 경우가 거의 없었지만, 로를 위한 변명을 하자면 그녀는 그런 줄 모를 때가 많았다. 로가 율리아에게 "화났어?"라고 물으면 율리아는 대개 "아니!"라고 대답했고 그러면 로는 청소용품 광고에 나오는 가족처럼 천하태평하게 어깨를 으쓱했다. 그러면 누가 봐도 화가 나 있던 율리아는 더욱 화가 났다. 하지만 이번에는 로조차도 그들이 싸우고 있다는 걸 알 수 있었는데, 새를 두고 싸우고 있었기 때문이다. 로는 율리아와 살림을 합쳤을 때 새를 식용이 아니라 애완용으로 키우고 있었다. 율리아의 어머니는 맨 처음 그 얘기를 들었을 때 "걔, 해적이니?"라고 물었지만, 율리아는 로를 사랑했고 새들의 수명이 얼마나 되겠나 싶어서 참고 지냈다.

그런데 알고 보니 새의 수명이 엄청 긴 게 아닌가. 율리아는 그 사실을 알고 나서 어른스럽게 해결했다. 한밤중에 몰래 일어나 녀석들을 창밖으로 놓아준 것인데, 그중 한 놈이 길바닥으로 수직 낙하해 죽고 말았다. 다른 동물도 아닌 *새*가! 율리아는 다음 날 로가 출근하고 나서 탄산음료를 미끼로 동네 아이 몇 명을 집으로 불러야 했다. 로가 새장이 열린 걸 보았을 때 그 일을 그중 한 명에게 뒤집어씌우기 위해서였다. 다른 새들은 어떻게 됐느냐고? 계속 새장 안에 앉아 있었다. 그런 종족이 아직까지 멸종되지 않았다니 이 무슨 진화론을 향한 모욕인가?

"녀석들 안락사 시킬 생각 없어, 그리고 그 문제에 대해서 더는 얘기하고 싶지 않아." 로는 상처받은 표정으로 원피스 주머니 깊숙이 손을 넣고 좌우를 두리번거렸다. 그녀는 번듯하게 입는 동시에 어딘가에 손을 넣는 것을 좋아했기 때문에 주머니 달린 원피스를 애용했다.

"알았어, 알았어. 그럼 아파트에 대해서는 어떻게 생각해? 나는 이 집을 사야 한다고 생각하는데!" 율리아는 숨을 몰아쉬며 말했다. 이곳 엘리베이터가 고장 난 데다, 이게 무슨 단체 스포츠라도 되는 것처럼 로가 가족과 친구들에게 "우리 임신했어요"라고 할 때마다 그녀가 자는 동안 귀에 녹인 밀랍을 붓고 싶어지기 때문이었다. 율리아가 로를 사랑하지 않는 건 아니었다. 견딜 수 없을 만큼 사랑했다. 하지만 지난 2주 동안 스무 군데도 넘는 아파트를 구경하는 동안 로는 한 번도 예외 없이 모든 아파트에서 문제점을 찾아냈다. 꼭 이사하기 싫은 사람처럼. 하지만 율리아는 지금 사는 아파트에서 매일 한밤중에 깨어 모든 임신부가 좋아하는 '태동일까 방귀일까' 게임을 하다 로와 새들이 코고는 소리에 잠을 설쳤기 때문에, 방이 두 개만 넘는다면 지금 당장 어디로든 이사할 준비가 되어 있었다.

"신호가 안 잡혀." 로는 침울한 목소리로 같은 말을 반복했다.

"그게 무슨 상관이야? 우리 이 집 잡자!" 율리아는 집요하게 말했다.

"글쎄, 나는 잘 모르겠는데. 취미실을 체크해야겠어." 로가 말했다.

"그거 워크인 클로짓*이야." 율리아가 바로잡았다.

"취미실일 수도 있지! 아무튼 줄자 빌려올게!" 로는 명랑하게 고개를 끄덕였다. 로의 특징 중에 가장 매력적이면서도 가장 분노를 유발하는 것이 있다면, 둘이서 뭘 가지고 싸우더라도 치즈 생각만 하면 금세 기분이 좋아진다는 점이었다.

"내 워크인 클로짓 안에 치즈를 보관할 생각은 하지 않는 게 좋다는 거 알지?" 율리아는 엄숙하게 선포했다. 그들이 지금 사는 아파트 지하에는 율리아가 버림받은 취미 박물관이라고 부르는 창고가 있었다. 로는 3개월마다 뭔가에 푹 빠져 1950년대 원피스가 됐건 부야베스**가 됐건 골동품 커피잔 세트가 됐건

---

* 사람이 서서 드나들 수 있는 크기의 벽장.
** 향신료를 많이 넣은 프랑스 남부의 생선 수프.

크로스핏이 됐건 분재가 됐건 제2차 세계대전을 다루는 팟캐스트가 됐건, 와이파이를 차단해야 되지 않나 싶을 정도로 정신병 환자들이 득시글거리는 인터넷 카페에서 그 취미에 대해 미친 듯이 공부하다가, 갑자기 싫증을 내고는 곧바로 다른 데 푹 빠졌다. 그들이 동거를 시작한 이래 바뀌지 않은 유일한 취미생활이 있다면 신발 수집인데, 신발이 2백 켤레나 되는데도 비나 눈이 올 때 항상 엉뚱한 신발을 신고 나간다는 것만큼 어떤 인간의 성격을 한 줄로 요약하는 단서는 없을 것이다.

"아니, 잘 모르겠는데? 치수를 재지 않아서 거기다 치즈를 보관할 수 있는지 없는지 아직 모르거든! 그리고 화분들도……." 로는 취미실에 적외선 등을 켜놓고 화분을 키우기로 방금 전에 결정을 내렸기 때문에 이렇게 말했다. 취미실이 아니라 워크인 클로짓인가? 아니면…….

한편 안나레나는 쿠션 커버를 손으로 훑으며 상어를 생각했다. 부부로 지내는 동안 그녀와 로게르가 상어하고 비슷해졌기 때문에 요즘 들어 상어 생각이 자주 났다. 안나레나가 말없이 슬퍼하는 것도 그 때문이었다. 그녀는 계속 쿠션 커버를 쓰다듬으며 딴생각을 하려고 큰 소리로 혼잣말을 중얼거렸다. "이거 이케아에서 산 건가? 그러네, 이케아에서 산 거 맞네. 보니까 알겠어. 꽃무늬도 있는데. 꽃무늬가 낫지. 어휴, 하여간 요즘 사람들이란."

안나레나는 한밤중에 자다 일어나도 이케아 카탈로그를 암송할 수 있다. 물론 그래야 할 이유는 없지만 마음만 먹으면 그럴 수 있다는 게 핵심이다. 안나레나와 로게르는 전국의 모든 이케아 매장을 섭렵했다. 로게르에게는 수많은 결점이 있고 안나레나는 사람들이 그를 그렇게 생각한다는 것을 알지만, 그가 이케아 안에서만큼은 그녀를 사랑한다는 사실을 항상 잊지 않으려 한다. 아주 오랫동안 함께 지낸 사람들끼리는 이런 사소한 것들이 중요하다. 오래도록 해로한 부부는 말이 없어도 싸움을 시작할 수 있듯 말이 없어도 '사랑해'라고 표현할 수 있다. 얼마 전 이케아 카페테리아에서 점심을 먹는데 로게르가 각자 케이크를 한 조각씩 먹자고 한 적이 있었다. 그날이 안나레나에게 중요한 날이라는 것을 알았고, 그녀에게 중요한 날은 그에게도 중요한 날이기 때문이었다. 그가 그런 식으로 그녀를 사랑하기 때문이었다.

안나레나는 꽃무늬가 더 나왔을 쿠션 커버를 계속 어루만지며, 자신이 생각하기에는 조심스러운 눈빛으로 임신부와 그녀의 아내를 흘끗거렸다. 로게르도 그들을 쳐다보고 있었다. 그는 아파트 도면이 담긴 부동산 중개업자의 안내 자료를 손에 들고 툴툴거렸다. "아, 이런 망할, 여보, 이것 좀 봐! 작은 방을 '아이 방'이라고 부르는 이유가 뭘까? 그냥 나무랄 데 없이 평범한 방이라고 하면 될 것을!"

로게르는 아파트 오픈하우스에 임신부가 있으면 좋아하지 않았다. 출산을 앞둔 커플은 늘 호가를 높게 부르기 때문이다. 그는 아이 방도 좋아하지 않았다. 이케아에서 아이 방 코너를 지날 때 안나레나가 로게르에게 있는 대로 질문 폭탄을 퍼붓는 건 그런 이유에서다. 아무도 이해할 수 없는 슬픔으로부터 그의 주의를 돌리기 위해서다. 그녀는 그런 식으로 그를 사랑하기 때문이다.

로는 로게르를 보자 서로 경쟁 상대라는 것을 잊은 듯이 씩 웃었다.

"안녕하세요! 저는 로이고 저기 저 사람은 제 아내 율리아예요. 줄자 좀 빌릴 수 있을까요? 깜빡하고 안 들고 왔네요."

"절대 안 되죠!" 로게르는 쏘아붙이고는 줄자와 휴대용 계산기와 수첩을 눈썹에 경련이 일 정도로 세게 움켜쥐었다.

"진정하세요, 저는 다만……." 로는 말문을 열었다.

"인간은 누구나 자기 행동에 책임을 져야죠!" 안나레나가 끼어들어서 쏘아붙였다.

로는 놀란 표정을 지었다. 놀라서 불안해졌다. 불안해서 배가 고파졌다. 주변에 딱히 먹을 것이 없었기 때문에 그녀는 커피 테이블에 놓인 그릇에 담긴 라임을 향해 손을 내밀었다. 안나레나가 그걸 보고 외쳤다. "어머나, 지금 뭐 하는 거예요? 그거 먹으면 안 되죠! 오픈하우스용 라임인데!"

로는 라임을 놓고 원피스 주머니에 손을 쑤셔 넣었다. 그러고는 중얼거리며 아내 곁으로 돌아갔다. "안 되겠다. 이 아파트는 우리 게 아니야. 이러니저러니 다 좋은데 나쁜 기운이 느껴져. 여기서 살면 우리가 못난 모습을 보이게 될 것 같아. 내가 인

테리어 디자이너가 될까 했던 그달에 기운에 대해서 읽고 했던
말 기억하지? 동쪽을 보고 자야 한다는 걸 깨달았을 때 말이야.
그러다 머리가 동쪽인지 발이 동쪽인지 잊어버렸고…… 어……
아무튼! 이 아파트 마음에 안 들어. 그냥 가면 안 될까?"

사라는 발코니에 서 있었다. 그녀는 감정의 파편을 한데 모아
비웃는 표정을 짓고 다시 아파트 안으로 돌아갔다. 그녀가 안으
로 들어가자마자 임신부가 비명을 질렀다. 처음에는 발로 걷어
차인 동물이 목구멍을 긁어가며 으르렁거리는 소리처럼 들렸지
만 뭐라는 건지 점점 선명해졌다.

"아니! 적당히 좀 해, 로! 새는 참을 수 있고 네가 좋아하는 끔
찍한 음악도 참을 수 있고 다른 쓰레기 같은 것들도 전부 참을
수 있지만 이 아파트를 사기 전에는 여기서 못 나가! 바로 여기
이 카펫 위에서 우리 아이를 낳아야 한대도 못 나가!"

아파트가 쥐 죽은 듯 고요해졌다. 다들 율리아를 멀뚱멀뚱 쳐
다보았다. 사라만 예외였다. 그녀는 발코니 문 바로 안쪽에 서서
은행 강도를 쳐다보고 있었기 때문이다. 1초가 지나고 2초가 지
나는 동안 그 안에서 사라 말고는 어느 누구도 앞으로 무슨 일
이 벌어지려는지 알아채지 못했다.

그러다 잠시 후에 안나레나도 홀에서 스키마스크를 쓴 형체
를 발견하고는 큰 소리로 외쳤다. "어머, 어떡해, 강도가 들었어
요!" 모두들 일제히 입을 벌렸지만 아무 소리도 내지 않았다. 인

간이 공포를 느끼면 권총을 보는 순간 온몸이 마비되고, 뇌에서 내보내는 가장 중요한 신호 외의 모든 것을 차단하며, 배경의 모든 소음을 죽일 수 있다. 다시 1초가 지나고 또 1초가 지나는 동안 들린 소리라고는 그들의 심장이 뛰는 소리뿐이었다. 처음에는 심장이 멈추었다가 쿵쾅거린다. 처음에는 무슨 일인지 몰라 충격을 느끼고 그다음에는 무슨 일인지 *정확히* 알게 되면서 충격을 느낀다. 생존 본능과 죽음에 대한 공포가 서로 싸우기 시작하면서 그사이에 놀라우리만치 비논리적인 생각이 비집고 들어갈 공간이 생긴다. 권총을 보며 '우리 애들은 어떻게 될까?'가 아니라 '오늘 아침에 내가 커피 머신을 껐던가?' 하는 생각이 드는 것도 특이한 현상은 아니다.

하지만 은행 강도조차 다른 사람들처럼 벌벌 떨며 아무 소리도 내지 않았다. 어느 정도 시간이 지나자 충격이 점점 혼란으로 바뀌었다. 안나레나가 더듬거리며 물었다. "우리를 강탈하려고 들어온 거 아니에요?" 은행 강도는 반박하려는 기미를 보였지만 그럴 겨를도 없이 안나레나가 로게르를 초록색 커튼이라도 되는 듯이 잡아당기며 외쳤다. "돈 꺼내, 로게르!"

로게르는 미심쩍어하며 눈을 가늘게 뜨고 은행 강도를 바라보았고 복잡한 내적 갈등에 휩쓸린 기색이 역력했다. 엄청난 구두쇠이기도 했지만 개조의 여지가 이토록 무궁무진한 아파트에서 죽는다는 것도 영 마뜩지 않았던 것이다. 그래서 그는 뒷주머니(로게르 같은 남자들은 항상 거기다 지갑을 넣고 바닷가에서만 신발 속에 넣는다)에서 지갑을 꺼냈지만 안에 쓸 만한 게 아무것

도 없었다. 그래서 가장 가까이 있는 사람에게 "혹시 현금 있어
요?"라고 물었는데, 그게 하필 발코니 문가에서 지켜보던 사라
였다.

사라는 충격을 받은 표정이었다. 권총 때문이었는지 로게르
의 질문 때문이었는지는 판단하기가 쉽지 않았다.

"현금? 아니, 내가 마약 딜러로 보여요?"

은행 강도는 땀에 전 마스크에 뚫린 구멍의 위치를 계속 바로
잡아가며 눈동자를 이리저리 획획 돌렸다.

이윽고 은행 강도가 외쳤다. "아뇨……! 아니에요, 나는 강도
가 아니에요…… 다만……." 그랬다가 숨을 헐떡이며 번복했다.
"음, 어쩌면 강도일 수도 있겠네요! 하지만 여러분은 피해자가
아니에요! 이제는 인질극 비슷하게 되어버렸네요! 거기에 대해
서는 참으로 유감스럽게 생각합니다! 오늘 하루 제 일진이 사납
네요!"

그 모든 사태가 이렇게 시작됐다.

29

목격자 진술서

일자: 12월 30일

목격자 성명: 안나레나

야크: 안녕하세요, 저는 야크라고 합니다.

안나레나: 경찰하고의 대화는 이제 그만 사양할게요.

야크: 그 심정 충분히 이해합니다. 몇 가지만 간단히 여쭈어 볼게요.

안나레나: 로게르가 이 자리에 있었다면 아파트 안에 갇혀 있던 은행 강도를 놓치다니 당신들은 바보라고, 전부 바보라고 그랬을 거예요!

야크: 그래서 몇 가지 여쭤보려는 겁니다. 범인을 찾으려고요.

안나레나: 집에 가고 싶어요.

야크: 네, 정말이지 그 심정 이해합니다. 저희는 아파트 안에서 무슨 일이 벌어졌는지 파악하는 중인데요. 범인이 맨 처음 권총을 들고 들어왔을 때 무슨 일이 벌어졌는지 말씀해주실 수 있을까요?

안나레나: 사라라는 그 여자는 신발을 신고 있었어요. 그리고

로라는 다른 여자는 라임을 먹으려고 했고요. 아파트 오픈하우스에서는 그러면 안 돼요! 암묵적인 룰이라고요!

야크: 네?

안나레나: 그 여자가 라임을 먹으려고 했어요. 오픈하우스용 라임을! 오픈하우스용 라임은 먹으면 안 돼요. 부동산 중개업자가 장식용으로 가져다놓은 거거든요, 먹으라고 놓은 게 아니라. 내가 부동산 중개업자를 찾아가서 얘기하고 로를 내쫓으려고 했었어요. 그런 행동은 하면 안 되는 거니까요. 그런데 바로 그때 그 정신병자가 권총을 휘두르며 문을 박차고 들어왔어요.

야크: 그렇군요. 그러고 나서 어떻게 됐나요?

안나레나: 로게르한테 물어보세요. 그이가 기억력이 아주 좋거든요.

야크: 로게르가 부군이시죠? 두 분이 같이 아파트를 보러 가셨고요?

안나레나: 네. 로게르가 그 아파트에 투자하면 좋겠다고 해서요. 이거 이케아 테이블이죠? 그렇죠, 맞죠? 보니까 알겠네. 이거 아이보리색도 있어요. 그 색이 벽이랑 더 잘 어울렸을 텐데.

야크: 저희 조사실 가구 배치는 제 담당이 아니라서요.

안나레나: 조사실이라고 해서 근사해지면 안 되는 거 아니잖

아요, 안 그래요? 보아하니 이케아에 다녀온 모양
인데. 셀프 코너에 보면 이 테이블 바로 옆에 그 아
이보리색 테이블이 있어요. 그래도 당신들은 이걸
골랐겠죠? 뭐, 선택은 각자의 몫이니까요.

야크: 상사에게 문제 제기를 할 수 있는지 알아보겠습니다.

안나레나: 뭐, 그거야 댁이 알아서 할 문제겠죠.

야크: 부군께서 '투자하면 좋겠다'고 하셨다니 거기서 거주하
실 생각은 없었다는 뜻인가요? 사서 나중에 다시 팔려
고 하셨나요?

안나레나: 그건 왜 물어보세요?

야크: 누가, 어떤 이유로 그 아파트에 있었는지 파악하는 중
입니다. 인질 중에 범인과 연관 있는 사람이 존재했을
가능성을 배제하려고요.

안나레나: 연관이 있다니요?

야크: 범인을 도운 사람이 있을지 모른다는 게 저희 생각입
니다.

안나레나: 그게 나하고 로게르일 수도 있다고 생각하고요?

야크: 아뇨, 아닙니다. 그저 통상적인 질문만 몇 개 드리는 겁
니다.

안나레나: 그럼 사라라는 그 여자라고 생각하세요?

야크: 그런 말씀은 드린 적 없는데요.

안나레나: 은행 강도를 도운 사람이 있다고 생각한다면서요.
그 사라라는 여자가 수상하다는 걸 나는 처음 본

순간부터 알 수 있었어요. 돈이 그렇게 많은 사람이 그 아파트에 관심을 보일 이유가 없잖아요. 그리고 그 임신부가 자기 부인한테, 사라가 '크루엘라 드 빌'*을 닮았다고 하는 걸 들었어요. 영화 캐릭터죠? 아무튼 수상해요. 아니면 에스텔이 은행 강도를 도왔다고 생각해요? 에스텔은 나이가 거의 아흔이에요. 아흔 먹은 노인한테 범죄자를 도왔다는 혐의를 제기하려는 거예요? 요즘 경찰은 그런 식이에요?

야크: 저는 어느 누구에게도 혐의를 제기하지 않습니다.

안나레나: 로게르하고 나는 아파트를 보러 가서 아무도 도운 적이 없다고 장담할 수 있어요. 로게르는 그 안으로 들어서는 순간 전쟁이 시작되고 우리는 적들에게 둘러싸이는 셈이라고 하거든요. 그래서 내가 이 사람 저 사람 붙잡고 이 아파트는 여기저기 고쳐야겠다고, 그러려면 돈이 아주 많이 들겠다고 얘기해주길 바라요. 눅눅한 냄새가 난다는 둥, 그런 얘기도 해주길 바라고요. 로게르는 협상을 아주 잘해요. 우리는 지금까지 투자로 아주 훌륭한 성과를 거두고 있어요.

야크: 그러니까 전에도 그러신 적이 있단 말씀이죠? 나중에 다시 팔려고 아파트를 산 적이.

* 영화 「101마리의 달마시안」에 나오는 악당.

안나레나: 로게르 말로는 팔지 않으면 투자의 의미가 없다고
　　　　 해요. 그렇기 때문에 아파트를 사서 로게르가 수리
　　　　 를 하고 내가 인테리어를 손본 다음 팔고 다른 아
　　　　 파트를 사죠.

야크: 은퇴한 분들이 하기에는 좀 특이한 일처럼 들리는데요.

안나레나: 로게르하고 나는 프로젝트를 같이 추진하는 걸 좋
　　　　 아해요.

야크: 괜찮으십니까?

안나레나: 네.

야크: 울고 계신 것 같은데요.

안나레나: 오늘 하루 종일 너무 힘들었거든요!

야크: 죄송합니다. 제가 너무 무심했네요.

안나레나: 로게르가 무심해 보인다는 건 나도 알지만 사실 그
　　　　 이는 세심한 사람이에요. 둘이서 같이 프로젝트를
　　　　 추진하는 걸 좋아하는 이유도 그래야 이야깃거리
　　　　 가 생기기 때문이에요. 프로젝트 없이 하루 종일 같
　　　　 이 있어도 될 만큼 내가 재미있는 사람은 아니라고
　　　　 생각하거든요.

야크: 그건 아닐 겁니다.

안나레나: 뭘 안다고 그러세요?

야크: 그러게요, 아는 게 전혀 없긴 하죠. 죄송합니다. 이번엔
　　 다른 구매 희망자들에 대해 몇 가지 여쭤보고 싶은데요.

안나레나: 로게르는 보기보다 세심한 사람이에요.

야크: 알겠습니다. 오픈하우스에 참석한 다른 분들에 대해 하실 말씀 없으신가요?

안나레나: 다들 집을 찾고 있었어요.

야크: 네?

안나레나: 로게르가 말하길 구매 희망자들은 두 부류로 나뉜 대요. 투자처를 찾는 사람들과 집을 장만하려는 사람들. 집을 장만하려는 사람들은 감정에 휘둘리는 머저리들이라 이사하는 순간 모든 문제가 사라질 줄 알고 얼마가 됐든 지른대요.

야크: 무슨 말씀인지 잘 모르겠네요.

안나레나: 로게르하고 나는 투자할 때 감정에 휘둘리지 않거든요. 하지만 다른 사람들은 모두 감정에 휘둘려요. 오픈하우스에서 본 그 두 여자만 해도 그래요, 임신부 커플.

야크: 율리아하고 로요?

안나레나: 네!

야크: 그 두 사람은 '집을 장만하려는 사람들'이었다고 생각하세요?

안나레나: 그럼요. 그런 사람들은 거기서 살기만 하면 모든 게 괜찮아질 거라는 생각으로 집을 보러 와요. 거기서 살기만 하면 아침에 눈을 떴을 때 숨을 쉬기 어렵지 않을 거라고. 화장실 거울을 들여다볼 때마다 가슴속에 얹힌 보이지 않는 돌덩이가 느껴지지 않을

거라고. 덜 싸울 거라고. 맨 처음 결혼했을 때, 그러
지 않고는 못 배겼던 그때처럼 서로 손을 자주 만
지작거릴 거라고. 그들은 그렇게 생각하죠.

야크: 죄송하지만 다시 눈물을 흘리시는 것 같은데요.

안나레나: 내가 어쩌고 있는지 알려줄 필요 없어요!

야크: 네, 네, 알겠습니다. 하지만 부인은 오픈하우스에서 사
람들이 어떤 식으로 행동하는지 상당히 많은 생각을 하
시는 것 같은데 그렇다고 봐도 무방하겠습니까?

안나레나: 생각은 대부분 로게르 담당이에요. 그이가 아주 똑
똑하거든요. 그이 말로는 적을 알아야 한다고, 적들
이 원하는 건 얼른 해치우는 것뿐이라고 해요. 그냥
얼른 이사를 끝내고 거기서 계속 살기를 원한다고
요. 로게르는 그렇지가 않아요. 예전에 상어를 다룬
다큐멘터리를 본 적이 있는데, 로게르가 다큐멘터
리를 아주 좋아하거든요, 움직이지 않으면 죽는 상
어가 있대요. 산소를 흡수하는 특유의 방식 때문에
계속 움직이지 않으면 숨을 쉴 수가 없대요. 우리
결혼생활이 그렇게 되고 말았어요.

야크: 죄송합니다, 무슨 말씀인지 이해를 못 하겠어요.

안나레나: 은퇴하면 뭐가 제일 나쁜지 아세요?

야크: 아뇨.

안나레나: 생각할 시간이 너무 많다는 거예요. 인간에게는 프
로젝트가 필요하기 때문에 로게르하고 나는 상어

가 되었고, 계속 움직이지 않으면 우리 결혼생활은 질식할 거예요. 그래서 우리는 집을 사서 개조하고 팔고, 사서 개조하고 팔아요. 내가 그 대신 골프를 치면 어떻겠느냐고 제안하긴 했지만 로게르가 골프를 좋아하지 않아요.

야크: 얘기하시는데 끼어들어서 죄송하지만 본론에서 조금 벗어나고 있는 것 같아서요. 인질극에 대해서만 말씀해주시면 됩니다. 부인과 부군에 대해서가 아니라.

안나레나: 하지만 그게 문제거든요.

야크: 뭐가요?

안나레나: 그이가 더는 내 남편으로 살고 싶지 않은 것 같아요.

야크: 왜 그렇게 생각하세요?

안나레나: 스웨덴에 이케아 매장이 몇 개인지 알아요?

야크: 아뇨.

안나레나: 스무 개예요. 로게르하고 내가 몇 군데나 가봤는지 알아요?

야크: 아뇨.

안나레나: 전부 가봤어요. 하나도 남김없이. 얼마 전에 마지막 매장에 다녀왔는데, 로게르가 우리가 간 매장의 숫자를 세고 있는 줄 몰랐거든요. 그런데 카페테리아에서 점심을 먹던 도중에 로게르가 문득 케이크를 한 개씩 먹자는 거예요. 지금까지는 이케아에서 케이크를 먹은 적이 없어요. 점심만 먹었지, 케이크

는 한 번도요. 그때 그이가 숫자를 세고 있었다는
걸 알았어요. 나도 로게르가 로맨틱해 보이지 않는
다는 걸 알지만 가끔 그는 세상에서 가장 로맨틱한
남자가 될 수도 있어요.

야크: 정말이지 로맨틱하게 들리네요.

안나레나: 겉으로는 매정해 보일지 몰라도 그이는 아이들을
싫어하지 않아요.

야크: 네?

안나레나: 부동산 중개업소에서 도면에 '아이 방'이라고 적으
면 그이가 불같이 화를 내서 다들 그이가 아이들을
싫어하는 줄 알거든요. 하지만 그이가 화를 내는 이
유는 아이들이 개입되면 가격이 황당할 정도로 치
솟기 때문이에요. 그이는 아이들을 싫어하지 않아
요. 아이들을 사랑하지. 이케아에서 아이 방 코너를
지나갈 때 내가 그이의 정신을 산만하게 만들어야
하는 것도 그 때문이에요.

야크: 안타깝네요.

안나레나: 왜요?

야크: 죄송합니다, 저는 두 분에게 아이가 생기지 않았다는
뜻으로 해석했어요. 만약 그런 거라면 안타깝네요.

안나레나: 우리는 애가 둘인데요!

야크: 죄송합니다. 제가 오해를 했네요.

안나레나: 경관님은 아이가 있나요?

야크: 아뇨.

안나레나: 우리 아이들은 경관님 또랜데 애를 낳고 싶어 하지
        않아요. 아들은 일에 집중하고 싶다고 하고 딸은 이
        세상이 이미 인구 과잉이라고 하네요.

야크: 아.

안나레나: 아이들이 애를 낳지 않겠다고 하다니, 부모가 얼마
        나 형편없었으면 그러겠어요?

야크: 그런 생각은 못 했네요.

안나레나: 로게르는 좋은 할아버지가 될 수 있을 텐데. 하지만
        이제는 내 남편조차 되고 싶지 않다고 하네요.

야크: 두 분 사이에 무슨 일이 있었는지 모르겠지만 잘 해결
      될 겁니다.

안나레나: 경관님은 무슨 일이 있었는지 모르잖아요. 내가 무
        슨 짓을 저질렀는지도 모르고. 전부 내 탓이에요.
        하지만 나는 그냥 때려치우고 싶었어요. 몇 년째 이
        아파트, 다음은 저 아파트, 이러니까 결국에는 신물
        이 나더라고요. 나도 집을 장만하고 싶거든요. 하지
        만 그래도 로게르한테 그러면 안 되는 거였어요. 그
        빌어먹을 토끼한테 돈을 주면 안 되는 거였어요.

30

바보들은 인질로 붙잡아놓기가 생각보다 어렵다.

　은행 강도는 머뭇거렸다. 스키마스크가 근질거렸고 다들 그를 빤히 쳐다보고 있었다. 은행 강도는 할 말을 생각해내려고 했지만 선수를 치고 나선 로게르가 한쪽 손을 들며 이렇게 말했다. "현금이 하나도 없어요!"

　그의 바로 뒤에 서 있던 안나레나가 곧바로 같은 말을 반복했다. "돈이 하나도 없다고요, 알겠어요?" 안나레나는 손끝을 서로 마주 대고 비비며 동작으로 설명했다. 그녀는 마치 로게르가 말이고 자신은 말 전문 통역사라도 되는 것처럼 굴며, 로게르의 말은 자기만 알아들을 수 있다고 믿는 사람답게 항상 그가 하는 말을 해석해주려고 했다. 식당에서도 로게르가 계산서를 달라고 하면 안나레나는 항상 웨이터를 돌아보며 입 모양으로 "계산서요"라고 하는 동시에 손바닥에 대고 뭐라고 끼적이는 흉내를 냈다. 로게르가 안나레나의 행동에 관심을 두었다면 이러는 걸 보고 분명 짜증을 냈을 것이다.

184

"돈은 필요 없어요…… 제발 조용히만 있어 주세요……." 은행 강도는 이렇게 말하고 아파트 문 쪽으로 귀를 기울이며 계단이 이미 경찰로 가득 찼는지 파악하려고 했다.

"돈이 필요 없으면 여기 왜 들어온 거예요? 우리를 인질로 붙잡고 있을 거면 좀 더 구체적인 요구사항을 제시해줬으면 좋겠는데." 사라가 발코니 문 옆에서 코웃음을 치며 말했다. 그녀는 은행 강도가 제 역할을 못 한다고 생각하는 티가 역력했다.

"잠깐 생각할 시간을 좀 주시겠어요?" 은행 강도는 물었다.

안타깝게도 이 아파트에 모인 사람들은 은행 강도에게 그런 여유를 허락할 준비가 되어 있지 않은 듯했다. 누가 권총을 들고 있으면 사람들이 그가 시키는 대로 하지 않을까 싶겠지만, 권총을 한 번도 본 적 없는 어떤 사람들은 이것이 실제 상황임에도 불구하고 있을 법하지 않은 상황으로 간주해 심각하게 받아들이지 못한다.

로게르는 상어 다큐멘터리를 더 좋아하는 편이라 심지어 텔레비전에서조차 권총을 본 적이 거의 없었기 때문에 다시 손을 들고(장난이 아니라는 뜻에서 이번에는 아까와 다른 손을 들었다) 큰 소리로 분명히 따져 물었다. "이거 강도예요, 아니에요? 아니면 일종의 인질극인가요? 둘 중 어느 쪽이길 바라요?"

안나레나는 로게르가 손을 바꿨을 때 조금 불안해하는 기미를 보였다. 로게르가 몇 분 간격으로 양손을 써가며 손짓하는 건 좋은 징조가 아니기 때문에 그녀는 남들 들으라는 듯 중얼거렸다. "너무 그렇게 도발하지 않는 편이 좋지 않을까, 로게르?"

"아, 이런 망할, 여보. 우리도 정확한 정보를 요구할 권리가 있지 않겠어?" 로게르는 기분 나빠하며 이렇게 대꾸하고는 다시 은행 강도 쪽으로 고개를 돌리고 똑같은 말을 반복했다. "이거 강도예요, 아니에요?"

안나레나는 목을 길게 빼고 로게르의 어깨 너머를 쳐다보며 엄지와 집게손가락을 내밀고 흔드는 동시에, 입 모양으로 "탕?" 이라고 두 번 벙긋거린 다음 참고 삼아 한 마디를 덧붙였다. "강도예요?"

은행 강도는 눈을 감고 심호흡을 몇 번 했다. 자동차 뒷자리에서 아이들이 싸우자 속이 부글부글 끓어서 이성을 잃고 의도치 않게 소리를 빽 질렀다가 아이들이 겁에 질려서 입을 꾹 다무는 것을 보고 자책하는 사람처럼 그랬다. 그러고 난 다음 아이들에게 사과하고 아이들을 사랑하지만 잠깐 운전에 집중해야 한다고 설명할 때 쓰는 말투로 아파트 안에 모인 모든 사람에게 말했다. "여러분…… 혹시 바닥에 엎드려 잠깐 조용히 계실 수 있을까요? 제가…… 생각을 좀 하고 싶은데요."

아무도 엎드리지 않았다. 로게르는 대놓고 거부했다. "이게 지금 무슨 일인지 알기 전까지는 안 돼요!" 사라가 엎드리기 싫은 이유는 다음과 같았다. "바닥 상태 봤어요? 사람들이 이래서 반려동물을 키우는 거예요, 그들에게는 사실상 아무 차이가 없거든요!" 율리아는 자기는 빼달라고 요구했다. "저기요, 나를 안락의자에 앉혀놔도 일어나려면 20분이 걸릴 거예요. 그러니까 아무 데도 엎드리지 않겠어요."

은행 강도는 그때 처음 율리아가 임신부라는 것을 알아차렸다. 로가 당장 그녀 앞으로 달려 나가 두 팔을 들고 천진하게 웃었다. "아내가 하는 말은 신경 쓰지 마세요, 좀 다혈질이라 그래요. 제발 쏘지 마세요! 당신이 하라는 대로 할게요!"

"내가 어딜 봐서 다혈질이야……." 율리아는 걸고넘어졌다.

"총-을-들-고-있-잖-아." 로는 나지막이 쏘아붙였다. 신발 사진을 찍으려다가 실수로 셀카 버튼을 누른 이후로 이렇게 겁에 질린 표정은 처음이었다.

"진짜같이 보이지도 않는데." 율리아는 짚고 넘어갔다.

"알았어. 그럼 운에 맡겨보자. 기껏해야 애밖에 더 죽겠어?" 로는 응수했다. 이쯤 되자 은행 강도는 더 이상은 안 되겠다는 생각이 들었는지 율리아를 손가락으로 가리켰다.

"당신이…… 당신이 임신부라는 걸 미처 몰랐네요. 당신은 가도 좋아요. 나는 누굴 해칠 생각은 없어요, 아이라면 더군다나. 그냥 잠깐 생각을 하고 싶을 뿐이에요."

이 말을 들었을 때 어떤 생각 하나가 로게르의 머릿속에 퍼뜩 떠올랐다. 로게르만이 퍼뜩 떠올릴 수 있을 만큼 기가 막힌 생각이었다.

"그래요! 가요! 나가요!" 그는 외쳤다. 그러고는 은행 강도에게로 뚜벅뚜벅 다가가 진지하게 덧붙였다. "아니, 저 사람들 다 내보내도 되지 않겠어요? 인질은 한 명만 있으면 되잖아요, 안 그래요? 그럼 일이 훨씬 쉬워지지 않겠어요?"

로게르는 인질은 누가 되어야 하는지 가리키느라 엄지손가락으로 자기 가슴을 반복해서 찌르며 다시 덧붙였다. "그리고 부동산 중개업자. 내가 부동산 중개업자하고 같이 남을게요."

율리아가 의심스러워하는 눈빛으로 그를 노려보며 쏘아붙였다. "그럼 딱 좋겠네요, 그죠? 우리를 모두 내보내고 흥정을 시작할 수 있을 테니까요!"

"당신은 빠져요!" 로게르는 요구했다.

"우리가 당신을 부동산 중개업자랑 여기 단둘이 남겨두고 나갈 것 같아요?" 율리아는 쏘아붙였다.

로게르는 기분 나빠하며 하관의 늘어진 살을 몽땅 흔들었다.

"이 아파트는 어차피 당신한테 걸맞지도 않아요! DIY에 일가견이 있는 사람이 사야 한다고요!"

율리아는 지고는 못 사는 성격이라 다시 쏘아붙였다. "내 아내가 DIY를 열라 잘하거든요?"

"뭐라고?" 로는 자기 말고 다른 아내가 있나 싶어 화들짝 놀랐다.

안나레나가 큰 소리로 혼잣말을 중얼거렸다. "소리 지르지 말아요. 아기를 생각해야지."

로게르는 공격적으로 고개를 끄덕였다. "맞아! 아기를 생각해야지!"

안나레나는 로게르가 자신의 말을 귀담아 들어서 행복해하는 것 같았지만 율리아는 눈빛이 험상궂어졌다.

"나는 이 아파트를 사기 전에는 여기서 나가지 않을 거야, 심술쟁이 영감아."

로가 율리아의 팔을 걱정스럽게 잡아당기며 나지막이 쏘아붙였다. "왜 자꾸 이 사람 저 사람하고 싸우고 그래?"

로는 그 눈빛을 본 적이 있었다. 몇 년 전 첫 데이트를 하던 날, 율리아는 술집 밖에서 담배를 피우고 그동안 로는 안에서 술을 주문하고 있었다. 2분 뒤에 경비가 로를 찾아와 창문 너머를 가리키며 물었다. "저분이랑 일행이세요?" 로는 고개를 끄덕였고 곧바로 술집에서 쫓겨났다. 술집 밖에 지정된 흡연 구역이 있고 거기에서만 담배를 피워야 하는데 율리아가 그 선에서 2미터 밖에 서 있었던 것이다. 경비가 사각형 안으로 들어가라고 하자 율리아는 선 위에서 폴짝폴짝 뛰며 야유를 퍼부었다. "여긴 어때요? 여긴 괜찮은가요? 내 몸은 밖에 있고 담배만 안으로 들고 있는 건요? 여긴 어때요? *담배*는 밖에 있지만 연기는 사각형 *안*으로 불면요?" 율리아는 술기운이 살짝 돌면 온갖 권력에 반발하는 성향이 있었고, 그건 첫 데이트에서 상대에게 보일 경우 감점 요인에 해당됐지만, 로가 밖으로 쫓겨나며 자기가 율리아의 일행인 줄 어떻게 알았느냐고 묻자 경비가 퉁명스럽게 대답했다. "나가라고 하니까 창문 너머로 손님을 가리키면서 '저기 내 여자친구가 있어, 나 혼자는 못 가!'라고 하더라고요." 로는 그때까지 누군가의 여자친구가 되어본 적이 없었다. 그날 저녁에 그녀는 대책 없이 홀딱 반한 상태에서 돌이킬 수 없이 사랑에 빠진 상태로 건너갔다.

나중에 밝혀졌다시피 율리아가 취했을 때 드러나는 성격이 임신 중에 드러나는 성격과 같았으니, 지난 8개월은 격동의 시간이었다. 하지만 인생은 원래 뜻밖의 일들로 가득한 법이다.

"왜 그래, 율스?" 로는 조심스럽게 물었다.

율리아는 나지막이 쏘아붙였다. "지금 여기서 나가면 다시 돌아왔을 때쯤 이 아파트는 벌써 팔리고 없을 거야! 지금까지 우리가 아파트를 몇 군데나 봤어? 스무 군데? 네가 번번이 꼬투리를 잡고 있는데 더는 못 참겠어! 그러니까 나는 이 집을 사고 말거야. 아무도 나더러 이래라저래라⋯⋯."

"총-을-들-고-있-잖-아!" 로는 같은 말을 반복했다.

"배 속에서 언제 4.5킬로그램짜리 원숭이가 뿅 하고 튀어나올지 모르는 사람이 너야? 응? 그러니까 입 다물어!"

"싸울 때마다 임신 카드를 쓰는 건 너무하다, 율스. 이미 얘기 다 해놓고⋯⋯." 로가 중얼거리며 원피스 주머니 깊숙이 손을 쑤셔 넣자 율리아는 그제야 자신이 조금 심했을지 모른다는 것을 깨달았다. 로가 손을 주머니에 그 정도로 깊이 넣은 건 동네 아이 때문에 새가 한 마리 죽었을 때뿐이었다.

은행 강도가 조용히 헛기침을 하고 말했다. "저기요? 얘기 나누는데 방해하고 싶지 않지만⋯⋯." 그러고는 다들 여기서 무슨일이 벌어지고 있는지 정확히 상기할 수 있도록 권총을 조금 높이 들었다.

율리아는 팔짱을 끼고 좀 전에 마지막으로 한 말을 반복했다. "나는 아무 데도 가지 않을 거예요."

로는 그 밑바닥에서 유정*을 발견할 수도 있을 만큼 깊은 한숨을 토하고는 단호하게 고개를 끄덕였다. "나도 이 친구 없이

190

혼자서는 아무 데도 가지 않을 거예요."

가슴 뭉클한 순간이 되었겠지만 사라가 로를 향해 코웃음을 치는 바람에 산통이 깨졌다. "당신한테 나가도 된다고 한 사람은 없잖아요. 임신부도 아니면서."

로는 구멍이 뚫릴 정도로 주머니 깊숙이 손을 찔러 넣으며 웅얼거렸다. "우리는 사실 이 임신이라는 여정을 함께하고 있는데요."

로게르는 여기서 가장 중요한 사실—그가 정확한 정보를 입수하지 못했다는 것—에 주목하는 사람이 없자 점점 더 불만이 쌓여 급기야 두 손으로 은행 강도를 가리켰다. "그럼 당신 목적이 뭐예요? 응? 아파트를 차지하고 싶은 거예요?"

안나레나가 '아파트'를 표현하려는 마임 전문가처럼 허공에 대고 두 손으로 정사각형을 그렸다. 은행 강도는 두 사람을 보며 졌다는 듯이 앓는 소리를 냈다.

"내가 뭣 하러…… 아니 정말…… 지금 내가 아파트를 강도질하려고 한다는 겁니까?"

로게르는 듣고 보니 황당한 말이라는 걸 알아차린 듯했지만, 누가 봐도 틀렸을 때조차 절대 자기가 틀렸다는 것을 인정하지 않는 사람답게 딱 잘라 말했다. "봐요! 개조할 구석이 어마어마하게 많잖아요!"

안나레나가 그 뒤에 서서 동작으로 설명한답시고 상상 속의

---

* 석유의 원유를 퍼내는 샘.

망치를 허공에 대고 휘둘렀다.

은행 강도는 다시 조용히 헛기침을 하고 두통이 시작되려는 조짐을 느끼며 말했다. "그냥…… 엎드려주시면 안 될까요? 잠깐만? 나는 지금…… 아니 그러니까 나는 은행을 털려고 했지…… 이건 내가 의도한 바가 아니라고요!"

여러 이유에서 완벽한 정적이 흘렀고 들리는 소리라고는 은행 강도가 흐느껴 우는 소리뿐이었다. 권총을 손에 들고 우는 사람이라니 절대 편안할 수 없는 조합이었기에 어느 누구도 어떤 반응을 보이면 좋을지 알지 못했다. 로가 율리아를 쿡쿡 찌르며 "네가 무슨 짓을 저질렀는지 알겠지?"라고 중얼거리자 율리아는 "내가 아니라 너지……"라고 맞받아치며 중얼거렸다. 로게르가 안나레나를 돌아보며 "정말 개조할 구석이 어마어마하게 많은데"라고 속삭이자 안나레나는 얼른 대답했다. "맞아, 정말 그렇지? 당신 말이 전적으로 맞아! 그런데…… 습한 냄새가 나는 것 같지 않아? 곰팡이 냄새 같기도 하고."

은행 강도는 계속 흐느껴 울었다. 앞에서도 얘기했다시피 무기를 소지한 사람이 감정을 터뜨리면 마음이 불편해질 수밖에 없기 때문에 다들 그쪽을 외면했고 결국에는 에스텔이 조심스럽게 다가갔다. 뭘 잘 몰랐거나 아니면 아주 잘 알았거나 둘 중 하나였다. 이야기가 여기까지 진행되도록 에스텔이 별로 언급되지 않았다니 조금 이상하게 여겨질 수도 있는데, 에스텔이 금세 잊힐 만한 인물이라서라기보다는 기억하기 아주 힘든 인물이라서다. 에스텔은 이른바 투명한 성격의 소유자다. 그녀는 생강처럼 울퉁불퉁하게 굽은 여든일곱 살의 노구를 이끌고 은행 강도에게 다가가 물었다. "괜찮수, 젊은이?" 은행 강도가 아무 대답을 하지 않아도 그녀는 전혀 동요하지 않고 횡설수설 말을 이었다. "나는 에스텔이고 딸아이 대신 아파트를 보러 왔어요. 내 남편 크누트는 주차를 하고 있고. 이 주변에서는 차를 세울 만한 곳을 찾기 힘든데 경찰차가 도로를 뒤덮었을 테니 더 힘들어지겠구먼. 미안해요, 내가 걱정을 안겼네. 젊은이 때문에 크누트가 주차할 곳을 못 찾겠다는 뜻에서 한 말은 아니었어요. 좀 진정됐어요? 물 한잔 줄까요?"

에스텔은 권총에 신경 쓰지 않는 눈치였지만 또 어떻게 보면 죽더라도 자길 눈여겨본 사람이 있었다는 걸 칭찬으로 받아들일 것 같기도 했다. 은행 강도는 휴지로 눈물을 닦으며 조용히 말했다. "네, 감사합니다."

"라임도 있어요!" 로가 스무 개도 넘는 라임이 가득 담긴, 커피 테이블 위의 그릇을 가리키며 외쳤다. 라임이 아파트 오픈하우스 장식용으로 어마어마한 인기를 구가하는 눈치라, 부동산 중개업이 금지되면 지구가 라임으로 겹겹이 뒤덮이는 바람에 아주 조그만 칼을 들고 다니고 멕시코 맥주를 이상하리만치 좋아하는 젊은이들만 살아남을 수 있을지 모른다.

에스텔이 물을 한 잔 들고 왔고 은행 강도는 마스크를 살짝 올려서 물을 마셨다.

"이제 좀 괜찮아요?" 에스텔이 물었다.

은행 강도는 가볍게 고개를 끄덕이고 물 잔을 그녀에게 돌려주었다.

"정말…… 정말 죄송합니다."

"아, 그럴 것 없어요, 젊은이. 괜찮아요." 에스텔이 말했다. "아파트에 강도질하러 들어오지 않은 건 잘했어요. 젊은이가 어디 있는지 경찰이 당장 알 수 있을 거잖아요! 길 건너편의 은행을 털려고 했어요? 요즘은 거기가 현금 없이 운영되지 않아요?"

"네. 그러게요. 그렇더라고요." 은행 강도는 이를 악물고서 대답했다.

"똑똑하기도 하지!" 사라가 외쳤다.

은행 강도는 그녀를 돌아보았고 뒷자리에서 아이들이 다시 싸우기 시작할 때처럼 이성을 잃고 소리를 질렀다. "*그런 줄 몰랐어요, 됐어요? 누구든 실수할 수 있잖아요!*"

로게르는 누가 소리를 지를 때마다 맥락과 상관없이 본능적으로 더 크게 소리를 지르는 사람답게 이렇게 외쳤다. "*정보! 내가 바라는 건 그것뿐이야!*"

그러자 은행 강도는 이렇게 소리를 질렀다. "*잠깐 생각 좀 합시다!*"

이 말을 듣고 로게르는 소리를 질렀다. "*당신은 은행 강도로서 실력이 좀 별로야!*"

그 말에 은행 강도는 권총을 흔들며 이렇게 소리를 질렀다. "*당신 입장에서는 다행이잖아!*"

로가 얼른 앞으로 나서 소리를 질렀다. "알았어요, 이제 다들 그만 소리 질러요! 아기한테 안 좋아요!"

진짜였다. 로는 고함 소리를 들으면 아기들이 불안해한다고, 임신은 함께하는 여정이라고 말한 그 책에서 읽었다. 그녀는 이렇게 선언한 뒤에 훈장이라도 바라는 사람처럼 율리아를 돌아보았다. 율리아는 눈을 부라렸다. "진심이야, 로? 지금 누군가가 총을 겨누고 있는데 언성 몇 번 높아진 걸 걱정한단 말이야?"

그사이 에스텔은 은행 강도의 팔을 가만히 토닥이며 설명했다. "그래요, 저 둘은 아이를 낳을 거예요. 저 둘이 어디 출신인지는…… 알 테지만."

그녀는 말 안 해도 알지 않느냐는 듯이 은행 강도를 향해 눈을 찡긋거렸다. 하지만 효과가 없어 보였다. 그래서 에스텔은 치마 매무새를 바로잡고 작전을 바꾸었다. "흠, 내가 보기에는 우리가 뿔뿔이 흩어져야 할 이유가 없는 것 같은데요. 먼저 각자 자기소개를 하면 어때요? 내 이름은 에스텔이에요. 젊은이는 자기 이름을 밝히지 않았죠?"

은행 강도는 고개를 갸우뚱하고 스키마스크를 가리키며 이렇게 말했다. "저는…… 저기…… 저한테 그걸 물어보시면 곤란한데요."

에스텔은 사과하는 뜻에서 곧바로 고개를 끄덕이고 다른 사람들에게로 시선을 돌렸다.

"자, 그럼 여기 이 친구는 익명으로 남길 원한다고 봐야겠네요. 하지만 다른 분들은 전부 이름을 밝힐 수 있죠, 그렇죠?" 그녀는 로게르 쪽으로 고개를 끄덕이며 말했다.

"로게르라고 합니다." 로게르는 중얼거렸다.

"그리고 제 이름은 안나레나예요!" 안나레나는 아무도 물어봐주지 않는 데 익숙한 사람답게 말했다.

"저는 로, 이쪽은 제 아내 율리—아야!" 로는 정강이를 부여잡으며 말했다.

은행 강도는 그들 모두를 쳐다보고 짧게 고개를 끄덕였다.

"네, 안녕하세요."

"이제 우리 모두 서로를 알게 됐네요! 좋아요!" 에스텔은 선포하고 기뻐하며 손뼉을 쳤다. 호리호리한 사람치고 손뼉을 엄청 세게 쳤다. 권총을 쥔 사람과 한 공간에 있을 때 하면 안 되는 행동이었던 것이, 다들 갑작스러운 박수 소리가 총성인 줄 알고 바닥에 냉큼 엎드렸다.

은행 강도는 놀란 눈빛으로 엎드린 사람들을 쳐다보다가 머리를 긁적이며 에스텔을 돌아보았다. "감사합니다. 도움이 많이 됐어요."

안나레나는 소파 옆 카펫 위에 웅크리고 엎드려서 0.5초 동안 숨 막혀 하다가, 박수 소리를 총성으로 착각한 로게르가 그녀의 위로 몸을 날렸기 때문이라는 것을 깨달았다.

31

목격자 진술서

일자: 12월 30일

목격자 성명: 에스텔

짐: 이 모든 사태에 대해 정말 죄송하게 생각합니다. 되도록
빨리 집으로 보내드릴게요.

에스텔: 아, 걱정 마요. 솔직히 좀 짜릿했어요. 아흔을 앞두고
있으면 짜릿한 일이 별로 많지 않거든요.

짐: 그럼요, 그렇겠죠. 음, 이 그림을 한번 봐주셨으면 좋겠는
데요. 동료와 제가 계단에서 주운 거고 저희가 보기에는
원숭이, 개구리, 큰사슴 같아요. 이걸 보신 적 있으십니까?

에스텔: 아뇨, 아뇨, 처음이에요. 저게 진짜 큰사슴인가요?

짐: 저도 잘 모르겠습니다. 솔직히 그게 무슨 상관일까 싶기
도 하고요. 아파트 오픈하우스 현장에는 어쩐 일로 가셨는
지 말씀해주실 수 있을까요?

에스텔: 남편 크누트하고 같이 갔어요. 음, 그이는 그때 거기
없긴 했어요. 주차를 하느라. 딸 대신 아파트를 보려
고 간 거였어요.

짐: 은행 강도가 등장하기 전에 다른 분들을 보고 특별히 느끼신 게 있습니까?

에스텔: 어머, 아니요. 그전까지 그 멋진 여자분들하고 얘기할 시간밖에 없었어요…… 그 왜…… 스톡홀름 출신 말이에요.

짐: 어느 여자분들 말씀인가요?

에스텔: 아, 아시잖아요. '스톡홀름 출신'요.

짐: 무슨 뜻인지 알지 않느냐는 듯이 윙크를 하시네요.

에스텔: 로하고 율스요. 둘이서 아이를 낳는다고 하더군요. 둘이, 그러니까, '스톡홀름' 출신이긴 하지만요.

짐: 동성애자라는 말씀이신가요?

에스텔: 그게 뭐 잘못된 건 아니에요.

짐: 저도 잘못됐다고 하지 않았는데요.

에스텔: 요즘은 전혀 아무렇지 않죠.

짐: 그럼요. 저도 그렇게 생각합니다.

에스텔: 요즘은 아무하고나 마음대로 사랑할 수 있어서 훌륭하다고 생각해요, 진심으로요.

짐: 저도 백 퍼센트 동의한다고 분명히 말씀드리고 싶습니다.

에스텔: 우리 때는 그러면 별종 취급을 당했을 거예요. 거시기 출신들끼리 결혼하고 애를 낳겠다고 하면.

짐: 스톡홀름 출신들끼리요?

에스텔: 네. 하지만 나는 사실 예전부터 스톡홀름을 좀 좋아했어요. 살고 싶은 대로 살게 내버려둬야 하는 거 아

니겠어요? 아니, 내가 스톡홀름에 다녀왔다는 말은 아니에요, 무슨 소리, 그건 절대 아니죠. 난 아니에요, 그러니까 나는…… 행복한 결혼생활을 하고 있어요. 크누트하고. 그리고 평범한 사람들과 아주 행복하게 지내고요.

짐: 지금 이게 다 무슨 얘긴지 전혀 이해를 못 하겠네요.

32

길거리에서 맨 처음 경찰 사이렌 소리가 들렸을 때 은행 강도는 발코니로 달려 나가 난간 너머를 내다보았다. 휴대전화로 맨 처음 찍은 흐릿한 '복면 무장 강도' 사진이 인터넷에 등장하게 된 것이 이런 연유였다. 그 뒤로 출동한 경찰 숫자가 늘어났다.

"젠장, 젠장, 젠장, 젠장, 젠장." 은행 강도는 같은 말을 조용히 여러 번 반복하고는 율리아를 뺀 모두가 아직까지 바닥에 엎드려 있는 아파트 안으로 다시 달려 들어갔다.

"나 화장실에 가고 싶어서 더 이상 바닥에 못 엎드려 있겠어요. 아니면 바닥에다 그냥 쌀까요?" 은행 강도가 말할 기미를 전혀 보이지 않았음에도 율리아는 방어적으로 쏘아붙였다.

"그런다 한들 뭐 그리 큰 차이가 생기지는 않을 거예요." 사라가 역겨운 표정으로 조각마루에서 고개를 들며 말했다.

아무 말도 안 했는데 누가 버럭 소리를 질렀던 경험이 많은지, 로는 일어나 앉더니 은행 강도의 다리를 위로하듯 토닥였다.

"율리아가 소리 질렀다고 너무 기분 나쁘게 생각하지는 마세요. 아기가 배 속에서 디스코를 추고 있어서 좀 예민하거든요."

"그건 개인적인 정보야, 로!" 율리아가 으르렁거렸다.

율리아와 로는 어떤 것을 개인적인 정보로 치부할 건지 정했었지만, 그 내역을 아는 사람은 율리아 혼자였다.

"은행 강도랑 얘기하는 거잖아. 다른 구매 희망자들하고는 말 섞지 말라며." 로는 변명조로 말했다.

"그게 그거야, 로. 아무하고도 가까워지지 마! 그러면 어떤 식으로 끝나는지 나는 알아. 다른 사람들 사연을 듣고 나면 그 사람들보다 더 높은 호가를 불렀을 때 기분이 안 좋아진다고!"

"그런 적은 딱 *한 번*뿐이었잖아." 로가 덩달아 외쳤다.

"*세 번이지!*" 율리아는 화장실 문 쪽으로 손을 내밀며 말했다.

로는 은행 강도에게 손짓으로 사과의 뜻을 전했다. "율리아는 저더러 바다 생물 센터에서 돌고래를 구경한 뒤로 생선 튀김을 거부하는 그런 인간이라고 해요."

은행 강도는 이해한다는 듯이 고개를 끄덕였다. "우리 딸들이 그래요."

로는 미소를 지었다. "딸이 있으세요? 몇 살인데요?"

은행 강도는 딸들의 나이를 밝히려니 목이 메는 모양이었다. "여섯 살하고 여덟 살요."

사라는 헛기침을 하고 물었다. "그럼 그 아이들이 가업을 물려받을 건가요?"

상처받은 은행 강도는 눈을 깜빡이며 권총을 내려다보았다. "이런 적은…… 처음이에요. 나는…… 범죄자가 아니에요."

"그 말이 맞길 바라요. 충격적일 정도로 솜씨가 형편없거든요." 사라는 딱 잘라 말했다.

"꼭 그렇게 트집을 잡아야겠어요?" 로가 사라에게 쏘아붙였다.

"트집 잡는 거 아니에요, 피드백을 주는 거지." 사라는 피드백
조로 말했다.

"당신도 사람들 주머니 터는 일은 잘 못할 것 같은데요." 로가
말했다.

"나는 일반 강도가 아니라 은행 강도예요." 은행 강도가 끼어
들었다.

"그건 얼마나 잘한다고 생각해요? 1에서 10까지 중에 점수를
매긴다면?" 사라가 물었다.

은행 강도는 소심하게 그녀를 쳐다보았다. "2 정도요."

"여기서 무슨 수로 빠져나갈 건지 계획은 세워놨어요?" 사라
는 물었다.

"그렇게 몰아세우지 말아요! 비난은 어느 누구에게도 도움이
되지 않는다고요!" 로가 비난조로 말했다.

사라는 로를 골똘히 쳐다보았다. "당신은 그런 성격이에요?
그 성격에 만족해요?"

"지금 *뭐라*는 거예요?" 로가 말문을 열었지만 은행 강도가 분
위기를 진정시키려고 했다.

"두 분 다…… 제발요. 나는 아무 계획도 없어요. 생각을 좀
해야 해요. 이럴 줄은 몰랐거든요."

"뭐가요?" 로는 물었다.

"인생요." 은행 강도는 코를 훌쩍였다.

사라는 주머니에서 휴대전화를 꺼내며 말했다. "좋아요. 그럼 경찰서에 전화해서 이 사태를 해결하기로 해요."

"안 돼요! 그러지 마요!" 은행 강도는 말했다.

사라는 눈을 부라렸다.

"뭐가 무서워서 그래요? 솔직히 당신이 여기 있는 걸 경찰에서 모를 것 같아요? 전화해서 최소한 몸값으로 얼마를 받고 싶은지 그거라도 전달해야죠."

"전화 못 해요. 여기는 신호가 안 잡혀요." 로가 말했다.

"우리 이미 감옥에 갇힌 거예요?" 사라는 놀라워하며 그러면 도움이 되기라도 하는 듯 휴대전화를 흔들었다.

로는 주머니에 손을 찔러 넣고 혼잣말처럼 말했다. "어쩌면 그게 그렇게 나쁜 일은 아닐지 몰라요. 영상에 많이 노출되지 않은 아이들의 지능이 더 높다고 어디서 읽었거든요. 과학기술이 뇌의 발달을 저해한대요."

사라는 빈정거리며 고개를 끄덕였다.

"그래요? 아미시* 마을에서 자란 노벨상 수상자들의 사연이 궁금하네요."

"휴대전화의 전자파가 암을 유발한다는 연구 결과도 읽은 적 있어요." 로는 끈질기게 주장했다.

"맞아요, 하지만 응급상황이 벌어지면 어쩔 건데요? 여기로 이사 온 뒤에 아기 목구멍에 땅콩이 걸렸는데 구급차를 부를 수

---

* 현대 기술 문명을 거부하고 소박한 농경생활을 하는 기독교의 한 종파.

가 없어서 죽게 된다면요?" 사라가 말했다.

"그게 무슨 소리예요? 아기가 애초에 땅콩을 왜 먹겠어요?"

"누가 한밤중에 우편함으로 넣을 수도 있잖아요."

"이 정도면 증상이 심각한데요?"

"아기가 질식사하길 바라는 사람은 내가 아니라……."

갑자기 그들 옆으로 다시 돌아온 율리아가 끼어들었다.

"이번에는 또 무슨 일로 싸우고 있어?"

"저쪽이 먼저 시작했어! 나는 친절하게 대하려고 했는데. 그리고 이건 내가 생선 튀김 안 먹겠다고 하는 거랑 다른 문제야!"

율리아는 앓는 소리를 내며 사과하는 눈빛으로 사라를 쳐다보았다.

"로가 바다 생물 센터 얘기를 하던가요? 돌고래는 생선도 아닌데 말이죠."

"그게 이거랑 무슨 상관이에요? 그리고 화장실 간다고 하지 않았어요?"

"안에 누가 있더라고요." 율리아는 어깨를 으쓱했다.

은행 강도는 한 손으로 스키마스크를 잡아당기더니 방 안에 있는 사람들 숫자를 셌다. 그러고는 더듬더듬 물었다. "잠깐만…… 그게 무슨 말이에요, 안에 누가 있다니?"

"안에 누가 있다고요!" 율리아는 그게 설명이라도 되는 듯 했던 말을 반복했다.

은행 강도는 가서 화장실 문을 잡아당겼다. 잠겨 있었다.

이로써 이것이 토끼에 대한 이야기로 돌변했다.

33

목격자 진술서(이어서)

에스텔: 분명히 밝히지만 스톡홀름도 나무랄 데 없이 쾌적한
　　　　곳일 거예요. 스톡홀름 사람들을 좋아한다면 말이죠.
　　　　그리고 이 자리에서 밝히자면 크누트도 아무 편견이
　　　　없을 거예요. 왜냐하면 지금보다 젊었을 때 내가 그
　　　　이 사무실을 정리하다가 스톡홀름으로 도배된 잡지
　　　　를 본 적이 있거든요.

짐: 대단하시네요.

에스텔: 나는 그 당시에 그렇게 생각하지 않았어요. 사실 대
　　　　판 싸웠죠, 크누트하고.

짐: 그러셨군요. 그래서, 로와 율리아와 대화를 나누고 있었
　　을 때 은행 강도가 들어왔다고요?

에스텔: 그 둘은 새를 키워요. 그걸 가지고 계속 티격태격했
　　　　어요. 하지만 귀엽더라고요. 물론 로게르하고 안나레
　　　　나, 그 커플도 계속 티격태격했지만 그쪽은 전혀 귀엽
　　　　지 않았죠.

짐: 로게르하고 안나레나는 뭣 때문에 티격태격했는데요?

에스텔: 토끼요.

짐: 무슨 토끼요?

에스텔: 아, 얘기하자면 상당히 길어요. 그 둘은 아파트 매매 가를 두고 싸웠어요, 1제곱미터당 얼마인가를 놓고 요. 로게르는 너 나 할 것 없이 아파트 가격을 높이고 있다고 걱정했어요. 빌어먹을 부동산 중개업체와 빌 어먹을 은행과 스톡홀름 사람들이 부동산 시장을 주 무르고 있다고 했고요.

짐: 잠깐만요, 동성애자들이 부동산 시장을 주무르고 있다고 했다고요?

에스텔: 동성애자들요? 그들이 왜 그런 짓을 하겠어요? 무슨 그런 끔찍한 소리를! 누가 그런 소리를 해요?

짐: 아까 스톡홀름 사람들이 그러고 있다면서요.

에스텔: 맞아요. 하지만 스톡홀름 사람들을 말한 거였어요. '스톡홀름 사람들'이 아니라.

짐: 그 둘이 서로 다른가요?

에스텔: 그럼요. 한쪽은 스톡홀름 사람들이고 다른 쪽은 '스톡홀름 사람들'이잖아요.

짐: 죄송하지만 이제 헷갈리기 시작하네요. 시간순으로 이걸 적어보겠습니다.

에스텔: 천천히 하세요. 바쁠 것 없으니까.

짐: 죄송하지만 첫 번째 질문으로 돌아가는 게 가장 좋지 않

을까 싶은데요.

에스텔: 첫 번째 질문이 뭐였죠?

짐: 다른 분들을 보고 특별히 느끼신 게 있습니까?

에스텔: 사라는 슬퍼 보였어요. 그리고 안나레나는 초록색 커튼을 싫어했고요. 그리고 로는 벽장이 작을까 봐 걱정했죠. 하지만 그건 워크인 클로짓이었어요. 요즘 사람들은 그렇게 부른다더라고요. 나도 율스가 그렇게 부르는 걸 듣고 알았어요.

짐: 아뇨, 잠깐만, 그럴 리 없어요. 도면상에는 워크인 클로짓이 없는데요.

에스텔: 거기에는 좀 더 작게 그려졌나?

짐: 하지만 도면은 일정한 비율로 축소해서 그리지 않나요?

에스텔: 아, 그렇겠죠?

짐: 도면상으로는 벽장이 0.2제곱미터도 안 돼요. 이 워크인 클로짓이 어느 정도 크기였는지 여쭤봐도 될까요?

에스텔: 내가 치수에 약해서요. 하지만 로가 거길 취미실로 쓰고 싶다고 했어요. 치즈를 직접 만들어 먹더라고요. 꽃도 키우고. 음, 아무튼 식물 말이에요. 율스는 그걸 별로 좋아하지 않아요. 예전에 로가 샴페인을 만들려다 율스의 속옷 서랍을 난장판으로 만들어버린 적이 있대요. 로 말로는 그래서 '대판' 싸움이 벌어졌대요.

짐: 죄송하지만 벽장 크기에 집중하면 안 될까요?

에스텔: 율스는 그게 워크인 클로짓이라고 우겼어요.

짐: 사람이 숨을 수 있을 만큼 큰가요?

에스텔: 누가요?

짐: 누구든요.

에스텔: 아마도요. 그게 중요한 문제인가요?

짐: 아뇨. 아뇨, 아마도 아닐 겁니다. 하지만 제 동료가 모든 목격자에게 범인이 숨을 만한 곳을 물어보는 데 촉각을 곤두세우고 있어서요. 커피 드릴까요?

에스텔: 커피 한잔 마시면 아주 좋겠네요. 그걸 어떻게 마다할 수 있겠어요.

34

은행 강도는 화장실 문을 빤히 쳐다보았다. 그러고 나서 잠시 후 인질들에게로 시선을 옮겼다. 그가 물었다. "이 안에 사람이 있다고 생각하세요?"

사라는 비꼰다고 받아들여질 만한 말투로 되받아쳤다. "당신 생각은 어떤데요?"

은행 강도가 어찌나 쉴 새 없이 눈을 깜빡이는지 모스 부호처럼 보일 정도였다.

"그러니까 안에 사람이 있다고 생각한다는 말씀인가요?"

"근친끼리 결혼하면 저능아를 낳을 확률이 높다던데, 당신 부모님이 혹시 만나기 전부터 같은 성을 썼어요?" 사라는 물었다.

로가 은행 강도 대신 기분 나빠하며 딱딱거렸다. "왜 그렇게 못되게 굴어요?"

율리아가 로의 정강이를 걷어차며 나지막이 쏘아붙였다. "끼어들지 마, 로!"

"우리 아이를 깡패에 맞서 싸울 줄 아는 사람으로 키우겠다고 입버릇처럼 강조하는 사람은 너잖아! 나는 이렇게 서서 저 여자가 그 따위로 얘기하는 걸 가만 두고 볼 수……." 로는 항변했다.

"저 여자가 얘기하는 상대가 누군데? 은행 강도잖아. 그게 괴롭히는 거야? 총을 들고 우리를 협박하는 사람이 그런 말에 기분 나빠할 자격이 있겠어?" 율리아는 앓는 소리를 내며 말했다.

"나는……." 은행 강도가 말문을 열었지만 율리아가 경고하는 뜻에서 손가락 하나를 들어 보였다.

"저기요. 이 사달을 초래한 사람이 당신이니까 그냥 입 다물고 있어요."

사라는 자기 옷에 묻은 먼지를 보고 거름 더미에서 금방 기어 나왔더라도 그보다 더 혐오스럽지는 않을 거란 표정을 지으며 말했다. "적어도 아이 엄마 중에 *한쪽*은 공산주의자가 아니라 다행이네요."

율리아는 홱 하니 그녀에게로 고개를 돌렸다. "그리고 *당신도* 입 다물고 있어요."

사라는 실제로 입을 다물었다. 그랬다는 데 누구보다 그녀 자신이 더 놀랐다.

그러는 동안 로게르가 조심스럽게 일어섰다. 그가 안나레나를 일으켜 세우자 그녀는 그의 눈을 똑바로 쳐다보았고 그는 시선을 어디에 두면 좋을지 몰랐다.

그들은 불을 먼저 *끄지* 않고 서로를 건드리는 데 익숙하지 않았다. 안나레나는 얼굴을 붉혔고 로게르는 몸을 돌리고는 딴 일을 하는 척 멍하니 벽을 두드리기 시작했다. 그가 아파트를 보러 갈 때마다 벽을 두드리는 이유를 안나레나는 잘 몰랐지만 그의 말로는 '드릴로 구멍을 뚫을 수 있는지' 알아보기 위해서라고 했다. 드릴로 벽을 뚫는 일이 로게르에게는 중요했고 벽이 내력벽인지 파악하는 것도 그 못지않게 중요했다. 내력벽을 철거하면 천장이 무너질 수 있다. 벽을 두드려보면 알 수 있기 때문에, 적어도 로게르라면 그렇기 때문에 그는 아파트를 보러 갈 때마다 두드리고 두드리고 또 두드렸다. 안나레나는 누구에게나 본모습이 잠깐 드러나는 순간, 모든 영혼이 내비치는 찰나의 순간이 있는데, 로게르의 경우에는 그게 벽을 두드릴 때라는 생각을 가끔 한다. 왜냐하면 가끔, 너무 순식간이라 안나레나 말고는 아무도 모를 만큼 찰나의 순간, 그는 벽을 두드린 직후에 가만히 서서 기대하는 눈빛으로 벽을 쳐다볼 때가 있다. 어린아이가 그러듯이. 언젠가는 저쪽에서 누군가가 응답할지 모른다고 생각하는 듯이. 그럴 때가 안나레나가 가장 좋아하는 로게르의 순간이었다.

똑똑똑. 똑. 똑. 똑.

그가 갑자기 벽을 두드리다 말고 멈추었다. 로와 율리아와 사라가 잠긴 화장실 문을 두고 하는 얘기를 들었기 때문이다. 로게르는 가장 무시무시한 것이 그 안에 숨어 있을지 모른다는 생각이 들자 등줄기가 오싹해졌다. 또 다른 구매 희망자가 있는 건 아닐까. 그렇기에 그는 당장 총대를 메고 나서기로 마음먹었다. 그가 잠긴 화장실 앞으로 성큼성큼 직행해 문을 두드리려고 손을 들었을 때 안나레나가 외쳤다. "안 돼!"

로게르는 놀라서 고개를 돌리고 아내를 쳐다보았다. 그녀는 손끝까지 시뻘게진 채 온몸을 부들부들 떨었다.

"제발…… 문 열지 마." 안나레나가 속삭였다. 로게르는 그렇게 겁에 질린 그녀의 모습을 본 적이 없었고 무엇 때문에 그러는지 전혀 감을 잡을 수가 없었다. 사라가 옆에 서서 두 사람을 번갈아 쳐다보았다. 그러고는 잠시 후 예상대로 화장실 앞으로 걸어가 문을 두드렸다. 잠깐 정적이 흐른 뒤 안에서 누군가가 문을 두드렸다.

그 무렵에는 안나레나의 뺨 위로 눈물이 흐르고 있었다.

목격자 진술서

일자: 12월 30일

목격자 성명: 로게르

야크: 괜찮으십니까?

로게르: 무슨 질문이 그래요?

야크: 코에서 피가 나는 것처럼 보여서요.

로게르: 아, 뭐, 가끔 그래요. 돌팔이 의사 말로는 '스트레스'
　　　때문이래요. 신경 쓰지 말고 물어볼 거나 물어봐요.

야크: 그럼 알겠습니다. 아내분 안나레나와 함께 아파트 오픈
　　　하우스에 참석하셨죠?

로게르: 그걸 어떻게 알았어요?

야크: 여기 적혀 있어서요.

로게르: 왜 내 아내에 대해서 적어놓고 그래요?

야크: 저희는 현재 모든 목격자를 조사하는 중입니다.

로게르: 내 아내에 대해서 뭘 적고 그러면 안 되죠.

야크: 진정하세요.

로게르: 나 지금 무지 진정하고 있는데요.

야크: 제 경험상 전혀 그렇지 않은 분들이 그렇게 대답하시더
　　　군요.

로게르: 내 아내에 대한 질문에는 절대 대답하지 않겠소!

야크: 네, 좋습니다, 알겠습니다. 그럼 범인에 대한 질문에는
　　　대답할 수 있으신가요?

로게르: 물어야 대답을 하든가 말든가 하지.

야크: 먼저, 그자가 어디 숨어 있다고 생각하십니까?

로게르: 누가요?

야크: 누구일까요?

로게르: 은행 강도요?

야크: 아뇨, 월리요.

로게르: 그게 누군데요?

야크: 월리가 누군지 모르세요? 옛날 어린이 책 제목인데요.
　　　『월리를 찾아라』. 됐습니다, 농담이었어요.

로게르: 내가 어린이 책을 읽을 이유가 없잖아요.

야크: 죄송합니다. 범인이 어디 숨어 있다고 생각하는지 알려
　　　주실 수 있을까요?

로게르: 내가 어찌 알겠소?

야크: 대답을 강요하는 것을 양해해주시기 바랍니다만, 범인
　　　이 아직 아파트 안에 있다고 생각할 만한 근거가 있어서
　　　요. 아내분께서 선생님은 아파트를 보러 가기 전에 매번
　　　광범위한 조사를 실시한다고, 도면상의 모든 치수를 체
　　　크한다고 하시기에 선생님은 유용한 정보를 알고 계시

지 않을까 했죠.

로게르: 나는 부동산 중개업자를 못 믿거든요. 이 줄자로 저
　　　줄자를 재지 못하는 인간들도 있다 보니.

야크: 제 말이 그 말입니다. 그 아파트에 대해 뭔가 특이한 점
　　　을 발견하신 게 있을까요?

로게르: 네. 부동산 중개업자가 바보라는 거.

야크: 어째서요?

로게르: 치수상 벽 사이에 1미터를 빼먹었더라고요.

야크: 그래요? 어느 벽과 어느 벽 사이를요? 도면상에서 알려
　　　주실 수 있을까요?

로게르: 여기요. 두드려보면 알 수 있어요. 빈 공간을.

야크: 그 사이가 왜 비어 있을까요?

로게르: 예전에, 이 동네 사람들이 돈이 많고 아파트는 더 저
　　　렴했던 시절에는 이 집과 옆집이 한 집이었기 때문일
　　　수 있어요. 요즘은 부동산 시장이 평범한 사람들의 돈
　　　을 우려내지 못해 안달이 났죠. 그건 부동산 업체들의
　　　잘못이에요. 그리고 은행. 그리고 스톡홀름에서 온 사
　　　람들. 가격을 올려놓고 온갖 짓을 서슴지 않아요. 왜
　　　그렇게 눈을 굴려요?

야크: 죄송합니다. 말려들고 싶지 않아서요. 하지만 선생님과
　　　부인께서도 최근 몇 년 새 투기의 일환으로 아파트 몇
　　　채를 사고팔지 않으셨나요? 그것도 가격을 높이는 데
　　　일조했을 텐데요.

로게르: 그러니까 돈을 좀 벌겠다는데 그것도 문제가 된다는 거예요?

야크: 그런 말씀이 아니라…….

로게르: 나는 협상을 잘해요. 그게 범죄는 아니잖아요!

야크: 그럼요, 그럼요, 절대 아니죠.

로게르: 적어도 나는 협상을 잘하는 줄 알았는데.

야크: 그게 무슨 말씀이신지…….

로게르: 나는 예전에 엔지니어였어요. 은퇴하기 전에는. 그랬다고 거기 적혀 있나요?

야크: 네? 아뇨.

로게르: 그럼 관련 없는 사항인 모양이로구먼? 평생 한 가지 일에 전념했는데 당신 노트에 적힐 정도도 안 된단 말이오? 지난 몇 년 동안 내 동료들이 어떻게 지냈는지 알아요?

야크: 아뇨.

로게르: 연극을 했어요. 그녀처럼.

야크: 부인처럼요?

로게르: 아뇨, 월리처럼.

야크: 네?

로게르: 농담은 자네 세대 전용인 줄 아는 모양이지?

216

36

율리아가 화장실 문을 턱으로 가리키고 은행 강도를 향해 손을 내밀며 요구했다. "권총 이리 줘요."

"절대…… 절대 안 돼요! 어쩌려고요?" 은행 강도는 말을 더듬으며 권총을 안 보이게 숨겼다. 그게 권총이 아니라 새끼고양이이며 누가 지나가는 새끼고양이를 보았느냐고 묻기라도 한 듯이.

"나는 임신부이고 화장실이 급해요. 잠금장치를 쏘게 권총 이리 줘요." 율리아가 같은 말을 반복했다.

"안 돼요." 은행 강도는 흐느끼는 소리를 냈다.

율리아는 두 팔을 내저었다.

"그럼 직접 하든지요. 잠금장치만 쏴서 부수면 돼요."

"그러고 싶지 않아요."

율리아가 불길하게 실눈을 떴다.

"그게 무슨 소리예요, 그러고 싶지 않다니? 당신은 지금 우리 모두를 인질로 붙잡아놓고 있고 밖에서는 경찰이 대기 중인데 화장실에는 미지의 인물이 있어요. 그 사람이 누군지 아무도 모르고요. 당신도 자기 자신을 좀 존중해주어야 하지 않겠어요? 그러지 않고서야 어떻게 은행 강도로 성공할 수 있겠어요? 항상 남들이 이래라저래라 하는 대로 하면 되겠느냐고요."

"하지만 당신이 지금 이래라저래라 하는 거……." 은행 강도는 말문을 열었지만 율리아가 말허리를 잘랐다.

"잠금장치 쏴서 부숴요, 좋은 말로 할 때!"

순간 은행 강도는 그녀가 시키는 대로 하려는 기미를 보였지만 문득 조그맣게 딸깍 하는 소리와 함께 문손잡이가 천천히 내려갔고 화장실 안에서 어떤 목소리가 들렸다. "쏘지 마세요. 제발 쏘지 마세요!"

토끼로 분장한 남자가 안에서 나왔다. 솔직히 말해서 분장은 아니었다. 그냥 토끼 탈을 썼을 뿐, 그 외에 걸친 것이라고는 속옷과 양말뿐이었다. 50대로 보였고 에둘러 표현하자면 옷과 맨살의 비율이 그에게 유리하게 작용하지 않고 있었다.

"해치지 말아주세요. 나는 그냥 맡은 일을 하고 있을 뿐이에요." 남자는 머리 위로 손을 들고 토끼 탈 안에서 스톡홀름 억양으로 칭얼거렸다. 그는 짐과 야크가 '바보'를 지칭할 때 쓰는 '스톡홀름 출신'이 아니라 거기서 나고 자란 진짜 스톡홀름 출신이었다(두말하면 잔소리지만 그렇다고 해서 이 남자가 바보가 아니라는 건 아니다. 이 나라는 자유주의 국가 아닌가). 그리고 에스텔이 전혀 아무 문제 없는 가족 단위를 지칭할 때 쓰는 그 '스톡홀름 출신'도 아니었다(그리고 그가 그 스톡홀름 출신이라 하더라도 문제가 되는 건 아무것도 없을 것이다). 어쩌다 보니 토끼의 탈을 쓰고 말을 하게 된, 평범한 스톡홀름 출신이었다. "저 사람들한테 쏘지 말라고 얘기해줘요, 안나레나!"

모두 침묵에 휩싸였고 그중 최고는 로게르였다. 그는 안나레나를 빤히 쳐다보았고 그녀는 그의 놀란 시선을 피하며 토끼를 빤히 쳐다보는 한편 울면서 손가락을 허리춤에서 퍼덕였다. 그녀는 남편의 놀란 얼굴을 얼마 만에 보는지 기억이 나지 않았다. 이건 오랜 부부 사이에서는 벌어지면 안 되는 일이었다. 인생에서 딱 하나만큼은, 딱 한 명만큼은 당연하리만치 믿고 의지할 수 있는 사람이 있어야 하지 않은가. 안나레나는 바로 이 순간 로게르의 입장에서는 그것이 무너졌다는 것을 알았다. 그녀는 체념한 목소리로 속삭였다. "해치지 말아요. 레나르트예요."

"*아는 사람이야?*" 로게르가 흥분한 목소리로 물었다.

안나레나는 슬픈 표정으로 고개를 끄덕였다.

"응. 하지만 당신이 생각하는 그런 사이는 아니야, 로게르!"

"저 사람도…… 저 사람도……?" 로게르는 끙끙대다 마침내 난감한 단어를 내뱉었다. "……이 집에 관심 있는 사람이야?"

안나레나는 차마 대답하지 못했다. 로게르가 몸을 빙글 돌려 화장실 문을 향해 휘청휘청 다가갔는데 그 기세가 어찌나 무시무시했던지 그가 토끼 목을 조르지 않도록 율리아와 로가(사라는 그냥 옆으로 폴짝 비켰다) 온 힘을 다해 막아야 했다.

"내 아내가 우는 이유가 뭐야? 당신 뭐야? 이 집에 관심 있는 사람인가? 당장 대답해!" 로게르는 고함을 질렀다.

그는 즉각적인 대답을 듣지 못했고 그걸 보고 안나레나도 심란해졌다. 회사에서 로게르는 항상 존경받는 중요한 사람이었고 상사들도 그의 말에 귀를 기울였다. 은퇴생활은 로게르 스스로 원한 것이 아니라 갑자기 주어진 것이었다. 처음 몇 달 동안 그는 어떨 때는 하루에도 몇 번씩 차를 몰고 회사 앞을 지나곤 했다. 직원들이 그 없이 버티지 못한다는 증거를 보고 싶었기 때문이다. 그런 증거는 하나도 보이지 않았다. 그는 대체 불가능한 존재가 전혀 아니었다. 그래서 그는 집으로 돌아갔고 회사는 계속 존재했다. 그런 깨달음이 로게르에게는 엄청난 부담이었고 이로 인해 그는 느려졌다.

"대답해!" 그는 토끼에게 따지고 들었지만 토끼는 탈을 벗느라 여념이 없었다. 머리에 걸려서 잘 벗어지지 않는 모양이었다. 땀 방울이 정말이지 매력 없는 핀볼 게임처럼 그의 맨 등을 따라 이쪽 털에서 저쪽 털로 튀었고 이제는 속옷마저 살짝 흘러내렸다.

은행 강도는 잠자코 옆에 서서 지켜보았다. 사라는 피드백을 줘야 할 순간이라는 생각이 들었는지 은행 강도를 떠밀었다.

"아무것도 안 할 거예요?"

"어쩌라고요?" 은행 강도는 어리둥절해했다.

"분위기를 주도해봐요! 무슨 인질범이 그래요?" 사라는 따져 물었다.

"나는 인질범이 아니라 은행 강도예요." 은행 강도는 징징거렸다.

"그게 훌륭한 선택이었던 걸로 밝혀졌나요, 네?"

"제발 다그치지 말아요."

"아, 그냥 토끼를 쏘고 상황을 정리해요. 그러면 존경을 좀 받을 수 있을 거예요. 다리를 쏘면 돼요."

"안 돼요, 쏘지 말아요!" 토끼가 비명을 질렀다.

"나한테 이래라저래라 하지 말아요." 은행 강도가 말했다.

"저 사람이 경찰일 수도 있어요." 사라가 넌지시 말했다.

"그래도……."

"그럼 총을 나한테 넘겨요."

"안 돼요!"

사라는 무심하게 토끼를 돌아보았다. "당신 뭐예요? 경찰이에요, 뭐예요? 대답해요. 안 그러면 쏠 거예요."

"여기서 총을 쏘는 사람은 나예요! 아니, 나는 총을 쏘지 않을 거라고요!" 은행 강도가 항변했다.

사라는 생색을 내며 은행 강도의 팔을 토닥였다.

"흠, 그럴 리가요. 그럴 리가요."

은행 강도는 좌절감에 발을 굴렀다.

"내 말을 듣는 사람이 없네! 당신들은 최악의 인질이에요!"

"제발 쏘지 말아요. 내 머리가 걸렸어요." 레나르트가 토끼 탈 안에서 소리를 지르고 말을 이었다. "안나레나가 전부 설명할 수 있어요. 우리는…… 나는…… 나는 그녀와 한편이에요."

로게르는 갑자기 숨이 막혔다. 그는 안나레나에게로 다시 고개를 돌렸다. 1990년대 초반에 그녀가 영양을 다룬 중요한 다큐멘터리를 녹화한 비디오테이프에 실수로 드라마를 덧씌웠다는 것을 알았을 때 이후로 그렇게 천천히 그녀를 돌아본 것은 처음이었다. 로게르는 그때처럼 지금도 그녀의 배신에 할 말을 잃었다. 그들은 예전부터 대화가 없었다. 안나레나는 아이가 생기면 나아지길 바랐지만 오히려 역효과가 났다. 아이를 키우다 보면 아이의 기분 상태에 온 가족이 숨죽이는 날들이 계속 이어질 수 있고, 그로 인해 감정적으로 과부하가 걸리다 보면 어른들은 한참 동안 자기 기분을 아무한테도 토로하지 못한 채 지낼 수 있고, 그 기간이 너무 길어지면 어떨 때는 아예 토로하는 방법을 잊어버린다.

안나레나를 향한 로게르의 애정은 다른 방식으로 표현됐다. 화장실 수납장에 달린 조그만 거울문을 최대한 부드럽게 열고 닫을 수 있도록 나사와 경첩을 날마다 체크하는 그런 소소한 일들을 통해 드러났다. 로게르는 안나레나가 아무 때고 어려움 없이 수납장 문을 열 수 있는지 확인했다. 안나레나는 말년에 인테리어 디자인에 관심이 생겼지만 어디에선가 새로운 프로젝트를 시작할 때마다 '구심점'이 있어야 한다는 글을 읽었다. 견고하고 확실한 중심이 있어야 거기에서부터 점점 크게 원을 그려나갈 수 있다는 것이었다. 안나레나에게는 그 구심점이 화장실 수납장이었다. 로게르는 그걸 이해했다. 내력벽처럼 움직이지 않는 것의 소중함을 알기 때문이었다. 그런 물건은 나에게 맞출 수 없고 내가 거기에 맞추어야 한다. 그렇기 때문에 로게르는 항상 이사할 때마다 제일 마지막으로 화장실 수납장을 분해하고 새 집에 가서 제일 먼저 설치했다. 그런 방식으로 그녀를 사랑했다. 하지만 이제 그녀가 거기 서서 깜짝 고백을 하고 있었다. "이 사람은 레나르트이고 이 사람하고 나는…… 그러니까 우리는…… 우리는…… 당신이 알게 될 줄은 몰랐어."

정적. 배신감.

"그러니까 둘이서…… 당신이랑…… 둘이서…… 내 뒤통수를 친 거야?" 로게르가 힘겹게 말했다.

"당신이 생각하는 그런 관계는 아냐." 안나레나는 주장했다.

"당신이 생각하는 그런 관계는 절대 아니에요." 토끼도 장담했다.

"진짜야." 안나레나가 덧붙였다.

"음…… 어떤 식으로 생각하느냐에 따라서 조금 비슷할 수도 있겠지만요." 토끼는 시인했다.

"조용히 해요, 레나르트!" 안나레나가 말했다.

"그럼 그냥 사실대로 얘기해요." 토끼가 제안했다.

안나레나는 코로 숨을 들이마시고 눈을 감았다.

"레나르트는 그냥…… 우리는 인터넷에서 만났어. 그럴 생각은 없었는데…… 어쩌다 보니 그렇게 됐어, 로게르."

로게르는 두 팔을 양옆으로 힘없이 늘어뜨리고 망연자실해 있었다. 그러다 결국 은행 강도 쪽으로 고개를 돌리고 토끼를 가리키며 속삭였다. "저 사람을 총으로 쏘고 싶은 마음이 몇 퍼센트나 돼요?"

"누굴 쏘라는 얘기는 하지 말아 주세요." 은행 강도는 애원했다.

"사고처럼 포장할 수 있는데." 로게르가 말했다.

안나레나는 다급하게 로게르에게 몇 발짝 다가가 그의 손끝을 건드리려고 했다.

"그러지 마, 여보…… 로게르, 진정해……."

로게르는 진정할 생각이 없었다. 그는 한쪽 손을 토끼에게로 내밀고 맹세했다. "당신은 죽을 거야. 알겠어? 죽을 거라고."

덜컥 겁이 난 안나레나가 그의 유일한 관심사가 아닐까 싶은 주제를 끄집어냈다. "로게르, 잠깐! 여기서 사람이 죽으면 이 아파트는 살인 현장이 될 테고 그럼 1제곱미터당 단가가 올라갈지 몰라! 사람들은 살인 현장을 좋아하잖아!"

로게르는 그 말을 듣고 멈칫했다. 주먹을 계속 부들부들 떨었지만 심호흡을 한 번 하고 약간 진정했다. 이러니저러니 해도 중요한 건 가격이었다. 먼저 그의 어깨가 축 처졌고 뒤를 이어 안팎의 모든 곳에서 힘이 풀렸다. 그는 바닥을 쳐다보며 속삭였다. "얼마나 된 거야? 당신이랑 이…… 이 빌어먹을 토끼의 관계가."

"1년." 안나레나는 대답했다.

"1년?"

"그러지 마, 로게르. 오로지 당신을 위한 선택이었어."

로게르는 절망과 당혹으로 턱살이 떨리고 입술이 달싹였지만 모든 감정이 그 안에 계속 갇혀 있었다. 토끼 탈을 쓴 남자는 이때다 싶었는지, 귀에 박히도록 강한 스톡홀름 억양으로 설명을 시도했다. "저기요, 로그— 로그라고 불러도 되겠죠? 기분 나빠하지 말아요! 나한테 기대는 여자들이 많아요. 남편을 설득하기 어려운 일을 나는 기꺼이 해주거든요."

로게르의 얼굴이 한데 일그러졌다.

"어떤 일을? 둘이 서로 어떤 관계예?"

"사업 *파트너*입니다. 제가 전문가예요!" 토끼는 바로잡았다.

"전문가? *돈까지* 내가며 저자랑 *잤어, 안나레나?*" 로게르는
외쳤다.

안나레나의 눈이 두 배로 커졌다.

"당신 미쳤어?" 그녀가 나지막이 쏘아붙였다.

토끼는 오해를 풀려고 로게르에게 좀 더 가까이 다가갔다.

"아뇨, 아뇨, 그런 전문가 말고요. 저는 누구랑 자고 그런 사람
아니에요. 직업적으로는요. 저는 오픈하우스 현장을 어지럽히는
전문 훼방꾼이에요. 여기 제 명함이에요." 토끼는 한쪽 양말 안
에서 명함을 끄집어냈다. *(주)선이 없는 레나르트*라고 적혀 있
었다. *(주)*라는 단어를 보면 멀쩡한 사업체임을 알 수 있었다.

안나레나는 입술 안쪽을 씹으며 말했다. "맞아, 레나르트가
나를 도와주고 있었어. 우리를 도와주고 있었어!"

"이게 도대체……?" 로게르는 외쳤다.

토끼는 의기양양하게 고개를 끄덕였다.

"맞아요, 로그. 저는 어떨 때는 알코올중독에 걸린 이웃 주민
이 되기도 하고 또 어떨 때는 오픈하우스가 열리는 아파트의 바
로 윗집을 빌려서 볼륨을 아주 크게 틀어놓고 야한 영화를 보기
도 하죠. 하지만 이번이 가장 비싼 패키지였어요." 그는 흰 양말
과 속옷을 거쳐 맨가슴과 아직까지 벗지 못한 토끼 탈을 차례대
로 가리켰다. 그러고는 당당하게 선포했다. "이건 '똥 싸는 토끼'

예요. 프리미엄 패키지고요. 이걸 주문하면 제가 남들보다 먼저 아파트로 몰래 들어가 화장실에 숨어요. 다른 구매 희망자가 문을 열면 토끼 탈을 쓴 알몸의 남자가 변기에 앉아서 볼일을 보고 있게 말이죠. 사람들은 그때의 충격을 절대 잊지 못하거든요. 이사하면 긁힌 바닥이나 보기 싫은 벽지는 없앨 수 있어요. 하지만 똥 싸는 토끼는?" 토끼는 여봐란듯이 자기 관자놀이를 손끝으로 두드렸다. "여기에 박혀버리거든요! 그런 토끼를 본 데서 살고 싶겠어요?!" 그 자리에 있던 사람들은 토끼를 보며 동의하는 수밖에 없었다.

안나레나가 로게르의 팔 쪽으로 손을 내밀었지만 그는 불에 데기라도 한 것처럼 피했다. 그녀는 코를 훌쩍였다. "이러지 마, 로게르. 이번 세기 초에 지어져서 얼마 전에 리모델링된 아파트를 작년에 보러 갔을 때, 술 취한 옆집 사람이 느닷없이 들이닥쳐서 구경 온 사람들한테 볼로네제 스파게티를 던졌던 거 기억하지?"

로게르는 상당히 기분 나빠하며 요란하게 콧방귀를 뀌었다.

"당연히 기억하지! 그 아파트를 시세보다 싸게 32만 5천 크로나에 샀잖아!"

토끼가 기뻐하며 고개를 끄덕였다.

"자랑하고 싶지는 않지만 술에 취해 스파게티를 던지는 옆집 사람이 가장 인기가 많은 캐릭터죠."

로게르는 안나레나를 빤히 쳐다보았다.

"그러니까…… 하지만…… 내가 부동산 중개업자랑 밀고 당

226

긴 건 다 뭔데? 내 온갖 *작전*은?"

안나레나는 그와 눈을 맞추지 못했다.

"입찰에서 지면 당신이 너무 기분 나빠하길래. 나는 그냥 당신이…… 이기길 바랐어."

그녀가 모든 진실을 공개한 것은 아니었다. 그녀가 이제는 그냥 살 집이 있었으면 하는 그런 부류의 사람이 되었다는 것은, 이제는 그만하고 싶다는 것은, 가끔은 텔레비전에서 방영되는 다큐멘터리가 아니라 영화나 픽션을 보고 싶다는 것은, 상어는 되고 싶지 않다는 것은 비밀에 부쳤다. 그 배신감을 로게르가 감당할 수 없을까 봐 걱정스러웠다.

"몇 번이야?" 로게르는 상심한 목소리로 물었다.

"세 번." 안나레나는 거짓말했다.

"실은 여섯 번이었어요! 제가 주소를 다 외우고 있는데요……." 토끼가 바로잡았다.

"입 다물어요, 레나르트!" 안나레나는 흐느껴 울었다.

레나르트는 순순히 고개를 끄덕이고 토끼 탈을 다시 이리저리 밀고 당기기 시작했다. 한참 동안 그 일에 열중하다가 이렇게 선포했다. "방금 전에 조금 헐거워진 것 같아요!"

로게르는 신발 안에서 발가락을 단단히 웅크린 채 바닥만 빤히 내려다보았다. 그는 발로 감정을 느끼는 사람이기 때문이었다. 그는 넓은 반원을 그리며 발코니 문 쪽으로 걸음을 옮기다 걸레받이에 발가락을 찧고 빌어먹을 걸레받이와 빌어먹을 토끼, 양쪽 모두를 조용히, 조용히, 조용히 저주했다.

"이런 바보 같은…… 바보 같은…… 이런 바보 같은……." 그는 가장 심한 욕을 찾는 사람처럼 중얼거리다 결국 찾아냈다. "이런 바보 같은 스톡홀름 출신아!" 그는 발가락만큼이나 가슴이 아팠기에 주먹을 불끈 쥐며 고개를 들었고, 어느 누구도 말릴 겨를이 없을 만큼 빠르게 아파트 저편으로 다시 달려가 토끼를 쳐서 바닥으로 쓰러뜨렸다. 모든 사랑을 담아서 있는 힘껏 딱 한 방을 날렸다.

토끼는 문지방을 넘어 화장실 바닥으로 쓰러졌다. 다행히 폭신폭신한 토끼 탈이 대부분의 충격을 흡수했고 레나르트의 말랑말랑한 체형이(밀도가 새알심과 비슷했다) 남은 충격을 흡수했다. 그가 눈을 뜨고 천장을 올려다보니 율리아가 그의 위로 허리를 굽히고 있었다.

"아직 살아 있어요?" 그녀가 물었다.

"탈이 다시 끼었네요." 그는 대답했다.

"다쳤어요?"

"그러지는 않은 것 같아요."

"다행이네요. 그럼 비켜요. 나 쉬 마려우니까."

토끼는 낑낑대며 사과 비슷한 것을 하고 화장실에서 기어 나왔다. 나가는 길에 율리아에게 명함을 건네고 그녀의 배를 향해 토끼 귀가 눈을 덮을 정도로 세게 고개를 끄덕이며 말했다. "전 애들 파티에도 출동해요. 내 자식이지만 맘에 안 드는 경우도 있잖아요."

율리아는 그의 등 뒤로 문을 닫았다. 하지만 명함은 잘 챙겼다. 정상적인 부모라면 누구라도 그렇게 했을 것이다.

안나레나는 계속 로게르를 바라보았지만 그는 그녀를 마주
보길 거부했다. 로게르는 코피를 뚝뚝 흘리고 있었다. 로게르가
번아웃 증후군 진단을 받았을 때 병원에서 안나레나에게 말하
길 스트레스를 받았을 때 그런 반응이 나타난다고 했다.

"피 난다, 내가 휴지 가져다줄게." 그녀는 나지막이 말했지만
로게르는 셔츠 소매에 대고 코를 닦았다.

"됐어, 그냥 좀 피곤해서 그래!"

그는 다른 방에 있고 싶었기 때문에 오픈 플랜식 설계를 저주
하며 성큼성큼 현관홀 쪽으로 자리를 옮겼다. 안나레나는 그를
따라가고 싶었지만 그에게 일말의 빈 공간이 필요하다는 것을
알았기에 몸을 돌려 벽장 안으로 들어갔다. 그와 최대한 멀리 떨
어질 수 있는 곳이 거기였다. 그녀는 조그만 스툴에 주저앉아 절
망했다. 창문이 열려 있기라도 한 듯이, 벽장 안에 열린 창문이
라는 게 있기라도 한 듯이 찬바람이 불어오는 것도 알아차리지
못했다.

은행 강도는 비유적으로나 실질적으로나 스톡홀름 출신들에
게 둘러싸인 채 아파트 한가운데 서 있었다. 로게르 같은 남자
들이나 우리 대부분에게 '스톡홀름'은 어떤 장소라기보다 하나
의 표현이다. 우리의 행복을 방해하는 짜증나는 인간들을 한꺼
번에 지칭하는 상징적인 단어다. 우리보다 잘났다고 생각하는

인간들. 대출 신청을 거부하는 은행원, 수면제만 있으면 되는데 자꾸 뭘 묻는 심리 상담사, 개조해서 살지 못하게 아파트를 훔쳐 가는 노인, 아내를 훔쳐 가는 토끼. 우리를 보지 못하고 이해하지 못하며 우리에게 관심을 두지 않는 모든 사람. 누구나 살다보면 스톡홀름 출신을 만나고 심지어 스톡홀름 출신에게도 그들 나름의 스톡홀름 출신이 있다. 그들에게는 '뉴욕에 사는 사람들'이거나 '브뤼셀의 정치인'이거나 스톡홀름 출신들보다 더 심하게 제 잘난 맛에 사는 인간들이 있을 뿐이다.

이 아파트에 모인 사람들에게는 모두 저마다 콤플렉스와 번민과 불안이 있었다. 로게르는 상처받았고 안나레나는 집에 가고 싶었고 레나르트는 토끼 탈을 벗을 수가 없었고 율리아는 피곤했고 로는 걱정스러웠고 사라는 고통스러웠고 그리고 에스텔은…… 음…… 아직 아무도 에스텔이 어떤 사람인지 몰랐다. 어쩌면 그녀 자신조차 잘 몰랐다. 가끔 '스톡홀름 출신'이라는 것이 칭찬일 때도 있다. 우리가 다른 사람이 될 수 있는 좀 더 넓은 곳. 갈망하지만 감히 저지를 수 없는 어떤 일. 아파트에 모인 사람들은 모두 자기만의 사연과 씨름하고 있었다.

"용서해주세요." 은행 강도가 그들 위로 내려앉은 정적을 불쑥 깨고 말했다. 처음에는 아무도 못 들은 것처럼 보였지만 사실 모두 들었다. 얇은 벽과 그 빌어먹을 오픈 플랜식 배치 덕분에 그가 한 말이 벽장 안, 현관홀, 화장실 문 너머에까지 들렸다. 그들은 공통점이 많지 않았지만 실수를 저지른다는 것이 어떤 것인지는 모두 알았다.

"죄송합니다." 은행 강도가 아까보다 더 가녀린 목소리로 말했고 아무도 대답하지 않았지만, 그렇게 시작됐다. 은행 강도가 아파트에서 탈출하게 된 사연이. 은행 강도는 그 말을 할 필요가 있었고 그 말을 들은 사람들은 모두 누군가를 용서해도 좋다는 허락을 받을 필요가 있었다.

두말하면 잔소리지만 '스톡홀름'*은 증후군이 될 수도 있다.

* 인질이 범인에게 감화되고 범인과 동조하게 되는 심리현상을 스톡홀름 증후군이라고 한다.

37

목격자 진술서(이어서)

야크: 좋습니다, 좋아요. 이제 제 질문에 집중해도 될까요?

로게르: 그 망할 토끼. 그런 인간들이 시장을 조작해요. 은행
　　　　원, 부동산 중개업자 그리고 망할 토끼들이. 모든 걸
　　　　조작해요. 모든 게 가짜예요.

야크: 레나르트 말씀이신가요? 제 목격자 명단에 기록돼 있
　　　습니다만 아파트에서 나왔을 때는 토끼 탈을 벗었던데
　　　요. 모든 게 가짜라니 무슨 말씀이신가요?

로게르: 모두 다. 온 세상이 가짜라고요. 심지어 내 예전 회사
　　　　동료들도 연극을 하고 있었어요.

야크: 저는 아파트 오픈하우스에 대해서 여쭈어봤는데요.

로게르: 하, 그래요, 내가 일을 하다가 병을 얻긴 했지만 당신
　　　　한테는 중요한 문제가 아니겠죠? 이 빌어먹을 소비
　　　　사회에서는 인간들도 전부 대체 가능하니까.

야크: 아뇨, 그런 뜻에서 드린 말씀이 아닙니다.

로게르: 어느 바보 같은 의사가 나를 보고 '번아웃' 진단을 내

렸어요. 번아웃이 아니라 그냥 조금 피곤했을 뿐인데. 하지만 갑자기 다들 호들갑을 떨기 시작했고 상사는 내 '근무 환경'에 대해 대화를 나누고 싶어 했어요. 나는 일을 하고 싶었는데. 무슨 말인지 알겠어요? 나는 남자잖아요. 하지만 마지막 1년 내내 회사에서는 내가 할 일을 계속 그냥 지어냈어요, 있지도 않은 프로젝트를. 효용 가치를 잃은 나를 안쓰럽게 생각했을 뿐이죠. 회사에서는 내가 모르는 줄 알았지만 나는 완벽하게 알았어요. 나는 남자잖아요, 안 그래요? 무슨 말인지 알겠어요?

야크: 그럼요.

로게르: 남자는 자기가 더 이상 쓸모가 없어지면 상대가 눈을 똑바로 쳐다보며 사실대로 얘기해주길 바라요. 하지만 회사에서는 아닌 척했어요. 그리고 이제는 안나레나가 똑같이 하고 있고요. 알고 보니 나는 협상의 대가가 아니었어요. 그 빌어먹을 토끼가 모든 작업을 하고 있었지.

야크: 이해합니다.

로게르: 이해 못 한다고 장담할 수 있겠는데, 젊은 양반.

야크: 상처받으신 걸 이해한다고요.

로게르: 내가 퇴직한 뒤에 그 회사가 어떻게 됐는지 알아요?

야크: 아뇨.

로게르: 아무 변화도 없었어요. 전혀 아무 변화도. 모든 게 평

소처럼 계속 굴러갔어요.

야크: 안타깝네요.

로게르: 안타깝긴 개뿔.

야크: 이제 벽 사이의 공간에 대해 좀 더 말씀해주실 수 있을
까요? 도면상에서 다시 보여주세요. 그 공간이 어느 정
도 되나요? 성인 남자가 들어가서 서 있을 수 있을 만큼
넓은가요?

로게르: 여기예요. 최소 1미터는 돼요. 예전 집을 둘로 나눴을
때 기존의 벽을 더 두툼하게 만들지 않고 벽을 하나
추가했을 거예요.

야크: 왜요?

로게르: 바보들이었으니까요.

야크: 그러고는 그 사이에 공간을 남겼다?

로게르: 그렇죠.

야크: 그러니까 범인이 벽 속으로 사라졌을지 모른다는 겁니
까? 사이즈는 맞지 않을지 몰라도?

로게르: 웃을 일이 아닌데요.

야크: 잠깐만 여기서 기다려주십시오.

로게르: 어디 가요?

야크: 동료한테 얘기해야겠어서요.

38

로게르는 한 손으로는 콧잔등을 꽉 눌러서 지혈을 시도하고 한 손으로는 그 집에서 당장이라도 나갈 듯이 문손잡이를 잡고 서 현관문 앞에 한참 동안 서 있었다. 은행 강도가 홀로 나와서 그를 보았지만 차마 막지 못하고 이렇게 말했다. "가고 싶으면 가요, 로게르. 이해해요."

로게르는 망설였다. 시험하듯 문손잡이를 살짝 당겼지만 문을 열지는 않았다. 그는 걸레받이가 헐거워지도록 세게 걷어찼다.

"나한테 이래라저래라 하지 말아요!"

"알았어요." 이래라저래라 하는 것이 은행 강도 일의 핵심이라고 짚고 넘어갈 타이밍이 아니었기에 은행 강도는 이렇게 말했다.

그러고 나자 두 사람은 할 얘기가 별로 없었지만 은행 강도가 이 주머니, 저 주머니를 뒤진 끝에 탈지면 봉지를 꺼내 나지막한 설명과 함께 건넸다. "딸아이가 가끔 코피가 나서 항상 들고 다녀요……."

로게르는 의심스러워하며 선물을 받았다. 솜 한 뭉치를 양쪽 콧구멍에 쑤셔 넣었다. 계속 문손잡이를 잡고 있었지만 발이 말을 듣지 않았다. 안나레나 없이 어디로 가야 할지 막막했다.

홀에 벤치가 있었기에 은행 강도가 한쪽 끝에 앉았고 얼마 안 있어 로게르도 다른 쪽 끝에 앉았다. 마침내 코피가 멎었다. 그는 코와 눈 밑을 셔츠로 닦았다. 한참 동안 정적이 흐른 끝에 은행 강도가 말문을 열었다. "이런 일에 여러분을 끌어들여서 죄송합니다. 아무도 해칠 생각은 없었어요. 월세 6천5백이 필요해서 은행을 털려고 했고 돈이 생기자마자 갚을 생각이었어요. 이자까지 쳐서요!"

로게르는 아무 대꾸도 하지 않았다. 손을 들어서 뒤편 벽을 두드렸다. 무너질까 걱정하는 사람처럼 조심스럽게, 부드럽다 싶게 두드렸다. 똑, 똑, 똑. 그는 안나레나가 자신의 내력벽이라고 실토할 마음의 준비가 되어 있지 않았다. 그래서 대신 이렇게 물었다. "고정으로 아니면 변동으로?"

"네?" 은행 강도는 되물었다.

"이자까지 쳐서 갚을 생각이었다면서요. 고정 금리로요 아니면 변동 금리로요?"

"거기까지는 생각을 못 했네요."

"차이가 얼마나 크다고." 로게르가 알려주었다.

은행 강도에게는 다른 걱정거리가 차고 넘치건만.

그사이 율리아가 화장실에서 나왔다. 그녀는 거실에 서 있던 로를 본능적으로 노려보았다.

"안나레나 어디 있어?"

로는 식기세척기에 접시를 넣는 올바른 방법이 따로 있다는 것을 알게 됐을 때처럼 맹한 표정을 지었다.

"벽장에 들어간 것 같은데."

"혼자?"

"응."

"근데 따라가서 상태를 살필 생각도 하지 않았단 말이야? 모든 배려를 아끼지 않았는데도 감정적으로 자극당한 그 남편이라는 영감탱이한테 핀잔을 당했는데 심지어 따라가보지도 않았단 말이야? 이제 이혼을 하게 될지도 모르는데 혼자 내버려뒀다고? 어쩌면 그렇게 무심할 수 있어?"

로는 입 안에서 혀를 동그랗게 말았다.

"나는 그냥…… 내 말 오해하지 말아줘. 그런데 우리 지금 안나레나 얘기하는 거야 아니면…… 네 얘기하는 거야? 내가 널 화나게 해서 안나레나 때문에 화난 척하는 거야? 날 이해시키려고?"

"가끔 보면 너는 정말 *아무것도 모르더라.*" 율리아는 중얼거리고 벽장 쪽으로 걸음을 옮겼다.

"아니, 너 가끔 다른 일로 화났으면서 그거 말고 다른 일로 화난 척할 때 있잖아. 그래서 내가 정말 무심해서 무심하다는 건지 아니면……." 로가 그녀의 뒤에 대고 외쳤지만 율리아는 독일차를 몰고 다니는 화딱지 난 남자들한테 쓰는 몸짓으로 응수했다. 로는 거실로 가 그릇에 든 라임을 집어서 불안한 마음을 달래기 위해 껍질째 먹기 시작했다. 하지만 사라가 창가에 서 있었고 로는 그녀가 조금 무서웠기 때문에(똑똑한 사람들은 다 무서웠다) 홀로 갔다.

은행 강도와 로게르가 벤치 양쪽 끝에 앉아 있었다. 로는 결혼생활 내내 '사람들 사이의 선'을 지켜야 한다는 잔소리를 들었지만 아직 그 개념을 이해하지 못했기에 그 둘 사이로 '낑가' 들어갔다. '낑구다'라는 건 없는 단어일지 몰라도 로의 아버지는 그걸 그렇게 표현한다. 로의 아버지도 선을 지키지 못해 애를 먹는 사람이다. 그리고 로는 좋은 것이든 나쁜 것이든 모두 아버지에게 배웠다.

은행 강도가 한쪽 끝에서 어색하게 흘끗거리고 로게르는 다른 쪽 끝에서 짜증 섞인 눈빛으로 흘끗거리는데, 그 둘은 이제 멀찌감치 거리를 두고 낑구느라 한쪽 궁둥이가 벤치 밖으로 튀어나왔다.

"라임 드실래요?" 로는 물었다. 그들은 고개를 저었다. 로는 미안해하는 눈빛으로 로게르를 쳐다보며 덧붙였다. "좀 전에 제 아내가 아저씨를 감정적으로 자극당한 그 남편이라는 영감탱이라고 부른 거 죄송해요."

"나를 뭐라고 불렀다고요?"

"못 들으셨나 보네요. 그럼 아무것도 아니에요."

"그게 무슨 뜻이지? '감정적으로 자극당했다'는 게 도대체 무슨 말이오?"

"그냥 그런가 보다 하세요. 율리아의 인신공격은 이해하는 사람이 거의 없거든요. 그냥 불쾌하게 구는 사람이 있으면 불쾌하다는 걸 깨닫게 하려고 그런 식으로 얘기하는 거예요. 그것도 대단한 재주죠. 그리고 저는 아저씨하고 안나레나가 이혼하지 않을 거라고 확신해요."

로게르가 눈을 어찌나 휘둥그레 떴는지 막판에는 귀보다 눈이 더 커졌다. "누가 이혼 얘기를 꺼냈어요?"

로는 라임 껍질 때문에 기침이 났다. 논리와 이성적인 사고를 관장하는 뇌의 일부분에서 천 개의 조그만 신경종말이 위아래로 펄쩍펄쩍 뛰며 더는 아무 말도 하지 말라고 소리를 질렀다. 그랬음에도 로의 귀에는 이렇게 얘기하는 자신의 목소리가 들렸다. "아무도요. 이혼 어쩌고저쩌고한 사람은 아무도 없어요! 저기, 다 잘될 거예요. 잘되지 않더라도 나이 지긋한 부부가 이혼하면 정말 낭만적이더라고요. 그런 커플을 볼 때마다 행복해져요. 연금으로 생활하는 분들도 여전히 새로운 사랑을 시작할 수 있다고 생각한다는 거잖아요."

로게르는 팔짱을 꼈다. 그러고는 입을 거의 다문 채 이렇게 말했다. "고마워요, 정신이 번쩍 드네. 이제 보니 자기계발서 같은 친구로구먼, 역할은 정반대지만."

머릿속에서 신경 자극이 드디어 혀를 통제하자 로는 고개를 끄덕이고 침을 꿀꺽 삼킨 다음 사과했다. "죄송해요. 제가 말이 너무 많죠? 율리아도 계속 그래요. 제가 너무 긍정적이라 옆에 있으면 우울해진대요. 빠져 죽을 만큼 물이 많아도 유리잔에 물이 반이나 된다고 생각한다고……."

"율리아가 왜 그렇게 생각하는지 모르겠네요." 로게르는 코웃음을 쳤다.

로는 맥없이 대꾸했다. "음, 계속 그래요, 제가 너무 긍정적이라고요. 율리아가 임신한 뒤로 모든 게 심각해졌어요. 부모는 원래 심각하니 우리도 그 틀에 맞추려고 노력 중인 거겠죠. 가끔 저는 그 역할을 떠맡을 마음의 준비가 되지 않았다는 생각이 들 때가 있어요. 휴대전화에서 업데이트를 요구하기만 해도 나한테 너무 많은 걸 바라는 게 아닌가 싶어 저도 모르게 소리를 지르게 되거든요. '*너 때문에 숨이 막히잖아.*' 애한테는 그렇게 소리를 지르면 안 되잖아요. 그런데 애들은 또 수시로 업데이트를 해주어야 해요. 안 그러면 그냥 길을 건너거나 땅콩을 먹다가 죽을 수도 있으니까요! 오늘만 해도 벌써 휴대전화를 세 번이나 흘리고 다녔는데 인간을 키울 준비가 되어 있는지 잘 모르겠어요."

은행 강도가 측은하게 여기는 눈빛으로 고개를 들었다. "지금 임신 몇 개월이죠? 율리아 말이에요."

로의 표정이 바로 밝아졌다.

"어, 완전 만삭이에요! 지금 당장이라도 아기가 태어날 수 있어요!"

로게르의 눈썹이 심하게 꿈틀거렸다. 잠시 후에 그가 거의 측은하게 여기는 목소리로 말했다. "아, 흠, 이 아파트를 살 생각이 *없다면* 여기서 아이를 낳는 참사는 피하라고 충고하겠어요. 그러면 감정적인 의미가 부여되고 그러면 가격을 한참 높게 부르게 될 테니까요."

로는 발끈했어야 맞았겠지만 오히려 슬픈 표정을 지었다.

"명심할게요."

은행 강도가 벤치 저쪽 끝에서 한숨을 토하더니 암담하게 앓는 소리를 냈다. "어쩌면 내가 오늘 좋은 일을 했는지도 모르겠네요. 인질극이 벌어진 곳이면 값이 떨어지지 않겠어요?"

로게르는 콧방귀를 뀌었다.

"정반대예요. 저 바보 같은 부동산 중개업자가 다음 광고에 'TV에 소개된'이라는 문구를 추가하면 지금보다 더 솔깃한 매물이 될 테니까요."

"미안합니다." 은행 강도는 중얼거렸다.

로는 벽에 몸을 기대고 라임을 껍질까지 씹어 먹었다. 은행 강도는 그 모습을 넋 놓고 쳐다보았다.

"라임을 그렇게 통째로 먹는 사람은 처음 보네요. 맛있어요?"

"별로 맛은 없어요." 로는 실토했다.

"괴혈병 예방에는 좋죠. 예전에는 화물선에서 선원들한테 라임을 줬어요." 로게르가 유익한 정보를 알려주었다.

"예전에 뱃일을 하셨어요?" 로는 궁금해했다.

"아뇨. 하지만 내가 TV를 많이 보거든요." 로게르는 답했다.

로는 누군가가 뭘 물어봐주길 바라는 듯 생각에 잠긴 표정으로 고개를 끄덕였지만 아무도 물어보지 않자 대신 이렇게 말했다. "솔직히 저는 이 아파트를 사고 싶지 않아요. 아빠가 보고 괜찮다는 결론을 내리기 전에는요. 제가 사고 싶은 게 있으면 결정을 내리기 전에 아빠가 항상 먼저 봐주시거든요. 뭐든 모르는 게 없어요, 저희 아빠는."

"아버님이 언제 오시는데요?" 로게르는 미심쩍은 투로 이렇게 묻고, 메모지와 IKEA라고 찍힌 연필을 꺼내 1제곱미터당 가격을 바꿔가며 계산을 하기 시작했다. 그는 이미 호가를 높일 만한 요인을 적어놓은 참이었다. 출산, 살인(TV에 보도되는 경우), 스톡홀름 출신들. 다른 칸에는 호가를 떨어뜨릴 만한 요인을 적어놓았다. 습기, 곰팡이, 리모델링의 필요성.

"아빠는 오지 않아요." 로는 단어보다 공기를 더 많이 섞어가며 말을 이었다. "편찮으시거든요. 치매예요. 지금 시설에 계세요. 시설에 사시는 게 아니라 계신다는 표현이 참 싫어요. 그리고 아빠는 그 시설을 좋아하지 않을 거예요. 뭐 하나 제대로 된 게 없거든요. 수도꼭지에서는 물이 새고 환풍기에서는 소리가 나고 창문 걸쇠는 헐거운데 고치는 사람이 아무도 없어요. 아빠는 예전에 뭐든 못 고치는 게 없었어요. 항상 답을 알고 있었고요. 저는 예전엔 아빠를 불러서 먹어도 괜찮을지 물어보기 전에는 유통기한이 짧은 달걀도 못 샀어요."

"정말 속상하겠어요." 은행 강도는 말했다.

"고맙습니다." 로는 속삭였다. "하지만 괜찮아요. 아빠 말에 따르면 달걀은 생각보다 오래 먹을 수 있대요."

로게르는 메모지에 *치매*라고 썼다가 그 단어를 쓰고도 기분이 좋아지지 않는다는 데 슬퍼졌다. 아파트를 사려고 할 때면 그들의 경쟁상대가 누구였건 간에 로게르에게는 안나레나가 있었다. 그래서 그는 메모지를 다시 주머니에 넣고 중얼거렸다. "맞아요. 우리가 달걀을 빨리 먹어치우도록 정치인들이 시장을 조작하는 거예요."

상어에 대한 다큐멘터리가 나온 직후에 방영된 TV 다큐멘터리에서 들은 내용이었다. 로게르는 달걀에 딱히 관심이 없었지만, 안나레나가 깜빡 잠이 들면 그녀를 깨우고 싶지 않거나 그녀의 머리를 어깨로 계속 받치고 있고 싶어서 가끔 밤늦게까지 자지 않고 버틸 때도 있었다.

로는 감정을 손끝으로 느끼는 타입이기에 손끝을 마주 비비며 이렇게 말했다. "아빠는 시설의 라디에이터도 마음에 들지 않았을 거예요. 외부 기온에 맞춰 내부 온도를 조절하기 때문에 스스로 온도를 정할 수가 없는 신식이거든요."

"헐!" 로게르는 외쳤다. 그도 자기 집의 온도는 스스로 정할 수 있어야 한다고 생각하는 사람이기 때문이었다.

로는 희미하게 미소를 지었다.

"하지만 아빠는 율스를 사랑해요, 믿기지 않으시겠지만. 제가 그녀와 결혼했을 때 아주 뿌듯해하면서 율스더러 현명하다고 했어요." 그녀는 이렇게 얘기하고는 불쑥 내뱉었다. "저는 끔찍한 부모가 될 거예요."

"아니, 그렇지 않을 거예요." 은행 강도가 위로했다.

하지만 로는 고집을 꺾지 않았다. "아뇨, 그럴 거예요. 저는 아이들에 대해 아는 게 전혀 없어요. 예전에 사촌의 아이를 한번 봐준 적이 있는데, 아이가 아무것도 먹지 않고 계속 아프다고만 하더라고요. 그래서 제가 밥을 먹지 않는 아이는 나비로 변하기 때문에 날개가 생기려고 아픈 거라고 얘기해줬어요."

"깜찍해라." 은행 강도는 미소를 지었다.

"알고 보니 급성 맹장염이었지 뭐예요." 로는 덧붙였다.

"아." 은행 강도는 미소를 거두었다.

"누누이 강조했다시피 저는 아무것도 몰라요! 아빠는 돌아가시게 생겼고 저는 부모가 되게 생겼고 아빠와 똑같은 부모가 되고 싶은데 어떻게 하면 되느냐고 아빠한테 물어보지도 못했어요. 부모는 아는 게 많아야 하잖아요. 처음부터 모르는 게 없어야 하잖아요. 율스는 계속 제가 결정을 내려주길 바라지만 저는 심지어…… 달걀을 사도 되는지, 그것조차 결정을 못 내리는걸요. 저는 못 할 거예요. 율스는 제가 겁이 나서 아파트마다 전부 트집을 잡는 거라고 하는데…… 뭣 때문에 겁이 나는지 모르겠어요. 그냥 겁이 나요."

로게르는 벽에 묵직하게 몸을 기대고 이케아 연필로 엄지손톱 아래를 찔렀다. 그는 로가 뭣 때문에 겁이 나는지 알고도 남았다. 아파트를 장만하는 것, 거기서 문제가 하나라도 발견되면 자기 잘못이라고 시인해야 하는 것. 요즘 들어서 로게르는 이걸 시인하기가 어렵지 않았다. 다만 미치도록 화가 나서 말로 표현할 수가 없었을 뿐이다. 나이를 먹으면서, 가령 세상에 기여하는 능력이나 어떤 일을 할 수 있다고 사랑하는 사람을 속이는 능력 같은 것을 잃어버리면 그렇게 되어버릴 수 있다. 그는 이제 안나레나에게 간파당했다는 것을 알 수 있었다. 그녀는 그가 그녀에게 줄 수 있는 게 아무것도 없다는 사실을 알아차렸다. 그들의 결혼생활은 화장실에 토끼를 숨겨놓고 존경하는 척 연기하는 쇼로 전락했고 아파트 하나를 더하고 뺀들 아무 차이가 없을 것이다. 그래서 로게르는 심이 부러질 때까지 이케아 연필로 손톱을 찌르다 짧게 헛기침을 하고 로에게 그가 생각할 수 있는 한도 안에서 가장 근사한 선물을 했다.

"아내를 위해서 이 집을 사요. 아무 문제가 없거든요. 조금 손볼 데가 있을지는 몰라도 습기가 차서 얼룩진 곳도 없고 곰팡이도 없어요. 부엌과 화장실은 상태가 아주 훌륭하고 주택조합 재정도 탄탄해요. 걸레받이가 몇 군데 헐거워지긴 했지만 금세 고칠 수 있을 거예요." 그가 말했다.

"저는 걸레받이를 고칠 줄 몰라요." 로가 속삭였다.

로게르는 그녀 쪽을 쳐다보지 않고 아주 한참 동안 아무 말도 하지 않다가 나이 든 남자가 젊은 여자에게 가장 하기 어려운 네 마디를 뱉었다.

"잘할 수 있을 거예요."

39

짐은 경찰서 직원 휴게실에서 커피를 뽑고 있지만 그걸 마실 겨를도 없이 로게르를 조사하던 야크가 달려들어 온다. "아파트로 다시 가야겠어요! 범인이 어디 숨어 있는지 알아냈어요! 벽 안에 숨어 있어요!"

짐은 그게 무슨 소린지 도무지 알 수가 없지만 그래도 고분고분 따라나선다. 그들은 경찰서를 나서서 차에 올라타 부푼 꿈을 안고 다시 범죄 현장으로 출동한다. 그들이 들어서는 순간 모든 퍼즐이 딱 맞아떨어질 테고, 그들이 못 보고 지나친 너무나 빤한 사실을 파악해 스톡홀름 출신들이 들이닥쳐 모든 영광을 가로채기 한참 전에 모든 해답을 제시할 수 있을 것이다.

두말하면 잔소리지만 그들의 짐작은 어느 정도 맞아떨어졌다. 그들이 너무나 빤한 사실을 못 보고 지나친 것은 맞았다.

젊은 경관 하나가 아파트 로비를 지키고 서서 기자나 외부인들이 들어가 기웃거리지 못하도록 막고 있었다. 워낙 손바닥만 한 도시라 야크와 짐은 그 경관을 알았다. 가끔 사람들은 이해력이 떨어지는 젊은 경관을 두고 농담 삼아 '서랍 안에서 가장 예리한 칼은 못 된다'는 식으로 표현하는데 이 청년은 심지어 서랍 안에도 들어가지 못할 것이다. 짐과 야크는 그들이 지나가도 거의 신경 쓰지 않는 경관을 보고 짜증 섞인 눈빛으로 서로 흘끗거린다.

"저라면 저 친구한테 범죄 현장을 맡기지 않겠어요." 야크는 중얼거린다.

"나라면 화장실 가 있는 동안 저 친구한테 내 맥주도 맡기지 않겠다." 짐도 이어 중얼거렸지만 범죄 현장보다 맥주가 더 중요하다는 것을 굳이 강조하지는 않았다. 하지만 새해 이틀 전날이라 인력이 부족했기 때문에 선택이라는 호사를 누릴 수가 없었다.

그들은 각자 수색에 돌입한다. 야크는 먼저 손마디로, 그다음에는 플래시로 모든 벽을 두드린다. 짐은 자신도 뭔가 근사한 생각과 계획이 있는 것처럼 보이고 싶어 혹시 그 아래에 누가 숨어 있지는 않은가 하며 소파를 들어본다. 근사한 생각과 계획은 거기까지다. 커피 테이블 위에 피자 상자가 몇 개 있기에 짐은 남은 게 있나 싶어 하나를 열어본다. 그걸 보고 야크의 콧구멍이 평소보다 두 배는 넓게 벌름거린다.

"아빠, 남은 게 있으면 드시려는 건 아니죠? 하루 종일 거기 방치됐던 거라고요!"

그의 아버지는 분연히 눈을 감는다.

"피자는 상하지 않아."

"쓰레기 처리장에 사는 염소 기준에서는 그렇겠죠." 야크는 중얼거리고 높이를 달리해가며 온 사방 벽을 두드리고 두드리고 또 두드린다. 실수로 호수에 열쇠를 빠뜨리면 맨 처음에 그러듯 처음에는 희망에 부풀었다가 점점 절망하며 손바닥으로 벽지를 더듬는다. 온종일 꾹꾹 눌렀던 불만이 급기야 스멀스멀 빠져나오자 자신만만해 보이던 그의 가면에 살짝 금이 가기 시작한다.

"없어요, 젠장. 제 생각이 틀렸어요. 범인이 여기 있을 리는 없어요."

그는 로게르가 말한 공간이 있어야 하는 벽 앞에 서 있다. 하지만 그 안으로 들어갈 방법이 없다. 은행 강도가 그 안에 있다면 누군가가 벽의 그 부분을 허물고 그를 안에 넣은 다음 다시 막았을 수밖에 없는데, 그랬다고 하기에는 회반죽과 칠이 너무 멀쩡하다. 그리고 그럴 만한 시간도 없었다. 야크는 다양한 가축과 성적으로 엮인 비속어를 연달아 쏟아낸다. 벽에 몸을 기대자 허리가 삐걱거린다. 짐은 아들의 얼굴 위로 패색이 드리워지며 귀와 어깨 사이 간격이 쪼그라드는 것을 감지하고 아버지로서 모든 공감 능력을 동원해 기를 살려주려고 한다. "벽장은 어때?"

"너무 작아요." 야크는 무뚝뚝하게 대답한다.

"도면상으로만 그렇지. 에스텔 말로는 아예 워크인 클로짓이라고 하던데……."

"뭐라고요?"

"에스텔 말로는 그래. 내가 진술서에 적어놓지 않았나?"

"왜 아무 말씀도 안 하셨어요?" 야크는 이미 그쪽으로 걸음을 옮기며 퉁명스럽게 묻는다.

"중요한 사항인지 몰랐지." 짐은 변명한다.

야크는 전등 스위치를 찾으려고 벽장 안으로 고개를 들이밀다가 이미 큼지막하게 혹이 난 이마의 바로 그 부분을 외투 옷걸이에 부딪힌다. 그는 너무 아파서 주먹으로 옷걸이를 후려친다. 덕분에 이제는 주먹까지 아프다. 하지만 짐의 말이 맞았다. 오래된 외투와 그보다 더 오래된 양복과 심지어 그보다 더 오래된 물건들이 가득 담긴 상자로 전면이 막혀 있어서 그렇지 벽장은 실제로 도면에 그려진 것보다 훨씬 넓다.

불안한 사람들

40

벽장문을 두드리는 소리가 들렸다.

똑, 똑, 똑.

"들어오세요!" 안나레나는 희망차게 외쳤다가 로게르가 아닌 걸 보고 실망했다.

"들어가도 돼요?" 율리아가 조심스럽게 물었다.

"왜요?" 안나레나는 화장실에 가는 것보다 우는 것을 더 부끄럽게 생각하기 때문에 고개를 돌리며 물었다.

율리아는 어깨를 으쓱했다.

"저 밖에 있는 사람들이 전부 지긋지긋한데 아주머니도 똑같은 기분이신 것 같아서요. 그래서 우리 둘이 공통점이 있지 않나 해서요."

안나레나는 로게르가 아닌 다른 사람과 공통점을 찾은 것이 아주 오랜만인데, 기분이 나쁘지 않다고 시인할 수밖에 없었다. 그래서 유행 지난 남성용 양복이 가득 걸린 봉 뒤로 몸을 반쯤 숙이고 의자에 앉은 채로 머뭇머뭇 고개를 끄덕였다.

"울어서 미안해요. 잘못한 사람은 나라는 걸 알아요."

율리아는 앉을 만한 곳을 찾아 주위를 두리번거리다 벽장 뒤편의 사다리를 꺼내 맨 아래 계단에 앉았다. 그러고는 말했다. "제가 임신했을 때 엄마가 맨 처음 하신 말씀이 '이제 너는 벽장에서 울 줄 알아야 한다, 율스. 애들 앞에서 울면 애들이 겁에 질리거든'이었어요."

안나레나는 눈물을 닦고 양복 아래에서 고개를 내밀었다. "엄마가 맨 처음 하신 말씀이 그거였다고요?"

"제가 키우기 힘든 아이였기 때문에 엄마의 유머감각이 좀 특이해지긴 했어요." 율리아는 미소를 지었다.

안나레나도 같이 희미하게 미소를 지었다. 율리아의 배를 보며 따뜻하게 고개를 끄덕였다.

"괜찮아요? 그러니까…… 아기랑 잘 지내고 있어요?"

"아, 네. 감사해요. 하루에 서른다섯 번씩 오줌을 싸고 양말이라면 신물이 나고 대중교통에 폭탄을 던지겠다고 협박하는 테러리스트들이 버스에서 풍기는 체취에 신물이 난 임신부가 제가 아닐까 싶긴 하지만요. 요전 날에는 제 옆자리에 앉은 할아버지가 살라미를 먹었던 거 아세요? 살라미를! 버스 안에서! 하지만 감사해요, 아기랑 저랑 둘 다 건강해요."

"임신한 몸으로 인질로 잡혀 있다니 끔찍하겠어요." 안나레나가 다정하게 말했다.

"아, 끔찍하기는 아주머니도 마찬가지죠. 제가 몸이 좀 더 무거울 뿐."

"은행 강도가 엄청 무섭게 느껴져요?"

율리아는 고개를 저었다.

"아뇨, 사실 무섭지 않아요. 솔직히 그 권총이 진짜인지도 잘 모르겠어요."

"나도 그래요." 안나레나는 고개를 끄덕였지만 사실은 잘 모르고서 하는 말이었다.

"차분하게 기다리면 경찰이 금방 올 거예요." 율리아는 장담했다.

"그랬으면 좋겠네요." 안나레나는 고개를 끄덕였다.

"사실 은행 강도가 우리보다 더 겁에 질린 것 같아요."

"그러게요, 그 말이 맞는 것 같아요."

"아주머니는 좀 어떠세요?"

"나는…… 잘 모르겠어요. 내가 로게르한테 너무 심한 상처를 줬어요."

"아, 제 느낌상으로는 오랫동안 그분과 살면서 훨씬 더 심한 걸 참아왔기 때문에 아직 빚을 다 갚지도 못한 것 같은데요?"

"당신이 로게르를 몰라서 하는 말이에요. 그이는 생각보다 훨씬 세심해요. 원칙에 좀 집착할 뿐."

"세심하고 원칙적이다. 흔히들 하는 말이죠." 율리아는 고개를 끄덕이며 인류 역사를 통틀어 전쟁을 시작한 모든 노인네를 묘사하기에 딱 알맞은 단어라는 생각을 했다.

"한번은 까만 수염을 기른 젊은 남자가 주차장에서 로게르의 자리에 차를 세워도 되느냐고 물은 적이 있었는데, 그이는 20분을 기다려서 차를 옮겼어요. 약속을 지키느라!"

"대단하시네요." 율리아는 말했다.

"당신은 그이를 잘 몰라요." 안나레나는 멍한 얼굴로 했던 말을 반복했다.

"이런 얘기 좀 그렇지만— 로게르가 아주머니가 얘기하는 것처럼 세심한 분이라면 그분이 지금 벽장에서 울고 있어야 하는 거 아닌가요?"

"그이는…… 은근히 세심하거든요. 나는 다만 그이가 레나르트를 보자마자 어떻게 우리가…… *내연의* 관계일 거라고 결론을 내렸는지 이해가 되지 않아요. 어떻게 나를 그런 여자라고 생각할 수 있느냐 말이죠."

율리아는 사다리에 편안하게 앉는 방법을 찾으려다가 철제에 비친 그녀의 모습을 언뜻 보았다. 별로 예쁘지가 않았다.

"로게르가 아주머니가 바람을 피우고 있었다고 생각했다면 그건 그분의 잘못이죠, 아주머니의 잘못이 아니라."

안나레나는 손가락을 떨지 않으려고 손을 허벅지에 대고 세게 누르고 있었다. 그녀는 이제 눈을 깜빡이지 않았다.

"당신이 그이를 몰라서 하는 말이에요."

"그분 같은 남자들은 충분히 알아요."

안나레나의 턱이 좌우로 천천히 움직였다.

"그이는 약속을 지키느라 20분 뒤에 차를 뺐어요. 그날 아침 뉴스에 어떤 남자가, 그러니까 어떤 정치인이 나와서 이민자 지원을 중단해야 된다고 했거든요. 그들은 뭐든 공짜로 받을 수 있다고 생각하고 우리나라로 오는데, 사회가 그런 식으로 돌아가면 안 된다면서요. 그이는 그 정치인을 엄청 욕하면서 그런 인간들은 다 똑같다고 했어요. 로게르는 그 남자의 소속 정당에 투표했거든요. 로게르는 경제나 유류세나 그런 것에 대해서 입장이 분명하고 스톡홀름 출신들이 등장해 다른 도시 사람들이 어떻게 살아야 하는지 결정하는 것을 좋아하지 않아요. 그리고 그이는 아주 세심해질 수 있어요. 그이가 가끔 자기 감정을 거칠게 표현할 때가 있다는 건 나도 인정하지만 그이에게는 원칙이 있어요. 어느 누구도 그이한테 원칙이 없다고 얘기할 수 없을 거예요. 그리고 바로 그날, 정치인의 그 말을 듣고 쇼핑몰에 갔는데, 크리스마스 직후라 우리가 차를 세워놓은 곳으로 돌아가보니 주차장이 그야말로 만차였어요. 줄이 얼마나 길었는지 몰라요. 그런데 까만 수염을 기른 그 남자가 우리가 차를 세워놓은 곳으로 걸어가는 걸 보더니 창문을 내리고는 우리더러 가는 거냐고, 그럼 우리 자리에 자기가 주차를 해도 되겠느냐고 하더라고요."

이쯤 되자 율리아는 당장이라도 자리에서 일어나 워크인 클로짓을 워크아웃 클로짓으로 바꾸고 싶어졌다.

"저기, 안나레나? 나머지 부분은 별로 듣고 싶지 않은데요……."

안나레나는 이해한다는 듯이 고개를 끄덕였다. 그녀의 얘기를 듣고 이렇게 말한 사람이 전에도 있었던 것이다. 하지만 그녀는 혼잣말을 큰 소리로 중얼거리는 데 워낙 이골이 나 있었기 때문에 그대로 이야기의 마무리를 지었다.

"차가 하도 많아서 젊은 남자가 우리 차가 주차돼 있는 곳까지 오는 데 20분이 걸렸어요. 로게르는 그가 올 때까지 차를 빼지 않았죠. 그 차 뒷자리에 어린아이가 두 명 타고 있는 걸 나는 보지 못했는데 로게르는 봤더라고요. 차를 몰고 출발하면서 내가 그이더러 자랑스럽다고 했더니 그이는 그렇다고 해서 경제나 유류세나 스톡홀름 출신들에 대한 생각이 바뀐 건 아니라고 했어요. 하지만 그 청년의 눈에는 자기가 텔레비전에 나온 정치인과 비슷하게 보였을 거 아니냐고 했어요. 나이도 같고 머리색도 같고 사투리도 같고 모든 게 같으니까요. 그래서 로게르는 수염을 기른 그 남자가 그들이 모두 똑같다고 생각하지 않길 바랐던 거예요."

안나레나는 어느 양복 재킷 소매로 코를 닦으며 그것이 로게르의 재킷이길 바랐다.

이쯤에서 언급하고 넘어가자면 이 일화가 소개되는 동안 율리아는 일어서보려고 했지만 워낙 시간이 오래 걸리는 동작이라 어영부영하다가 다시 털썩 주저앉고 말았다. 그제야 그녀는 입을 벌렸고 처음에는 숨 가쁜 기침을 토했다가 바로 폭소를 터뜨렸다.

"그렇게 감동적인 동시에 웃긴 얘기는 정말 오랜만이네요, 안나레나."

상대방은 당황스러워하며 코끝을 위아래로 움직였다.

"우리는, 로게르하고 나는 정치 문제로 많이 싸워요. 둘이 의견이 많이 다르거든요. 하지만…… 나는 의견이 달라도 상대를 이해할 수 있다고 생각해요, 무슨 말인지 알지 모르겠지만. 그리고 가끔 로게르를 조금 바보 같다고 생각하는 사람들이 있다는 걸 알지만 그들이 짐작하듯 그이가 항상 바보처럼 구는 건 아니에요."

율리아는 인정했다. "로하고 저도 다른 정당에 투표해요."

그녀는 정치적인 관점에서 보면 로는 착각에 빠진 히피라고, 그런 부분은 만나고 두어 달이 지난 다음에서야 알 수 있는 법이라고 덧붙일까 하다 관두기로 했다. 그럼에도 불구하고 서로 아무 문제 없이 사랑할 수 있기 때문이었다.

안나레나는 재킷 소매로 온 얼굴을 닦았다.

"내가 로게르의 뒤통수를 치다니! 그이는 직장에서 아주 유능했고 승진했어야 마땅한데 기회를 잡지 못했어요. 그이는…… 이기지 못하면 너무 속상해하는 사람인데. 나는 그이에게 승자의 기분을 선물하고 싶었어요. 그래서 그 '선이 없는 레나르트'에 전화했고 처음에는 이번 한 번만이라고 다짐했지만…… 하다 보니 점점 수월해지더군요. 당신은 젊어서 잘 믿기지 않겠지만…… 거짓말은 할 때마다 점점 수월해져요. 나는 로게르를 위한 거라고 자기 주문을 걸었지만 당연히 나를 위한 일이었죠. 나는 집다운 집처럼 보이게, 누군가가 오픈하우스에 와서 보면 '와, 이런 데서 살고 싶다!' 하는 생각이 들게 아파트를 끝도 없이 꾸몄어요. 언젠가는 내가 그 누군가가 되고 싶어서요. 어딘가에 다시 정착하고 싶어서요. 로게르하고 나는 너무 오랫동안 제대로 된 집에서 살지 못했거든요. 그냥…… 철새처럼 지

256

냈죠."

"두 분은 함께 지내신 지 얼마나 됐어요?"

"내가 열아홉 살 때부터요."

율리아는 한참 동안 생각하다가 마침내 물었다. "어떻게 그러실 수가 있어요?"

안나레나는 앞뒤 잴 것도 없이 대답했다. "사랑하다 보면 서로가 없이는 살 수 없게 돼요. 그리고 잠깐 사랑을 하지 않는 시기가 오더라도…… 서로가 없이는 살 수 없고요."

율리아는 몇 분 동안 아무 말도 하지 않았다. 그녀의 어머니는 혼자 살았지만 로의 부모님은 40년 동안 해로하는 중이었다. 율리아는 아무리 로를 사랑해도 그 생각을 하면 가끔 소름이 끼쳤다. 40년이라니. 어떻게 누군가를 그 오랜 세월 동안 사랑할 수 있단 말인가. 그녀는 벽장 벽 쪽을 애매하게 가리키며 안나레나에게 미소를 지어 보였다. "저는 아내 때문에 돌아버리겠어요. 여기서 와인을 만들고 치즈를 보관하고 싶어 하거든요."

안나레나는 같은 원단으로 만들어진 두 벌의 양복바지 사이로 눈물 자국이 남은 얼굴을 내밀고 부끄러운 비밀을 폭로하듯 말했다. "나도 가끔 로게르 때문에 돌아버릴 것 같은 때가 있어요. 헤어드라이어를 어디에 쓰냐면…… 뭐, 짐작하겠지만…… 몸에 두른 수건 아래로 넣어요. 헤어드라이어를 그렇게 쓰면 안 되는 거잖아요…… 그런 데 쓰면. 그럴 때면 소리를 지르고 싶어요!"

율리아는 진저리를 쳤다.

"으웩! 로도 그래요. 너무 혐오스러워서 구역질이 나요."

안나레나는 입술을 깨물었다.

"솔직히 그럴 줄은 생각도 못 했네요. 당신한테도 그런 문제가 있을 줄은. 좀 더 수월할 줄 알았어요…… 여자랑 같이 살면."

율리아는 폭소를 터뜨렸다.

"어떤 성별을 사랑하게 되는 게 아니잖아요, 안나레나. 어떤 바보를 사랑하게 되는 거지."

안나레나도 평소보다 훨씬 크게 폭소를 터뜨렸다. 잠시 후에 그들은 서로 바라보았다. 안나레나는 나이가 율리아보다 두 배는 많았지만 그 순간 그들에게는 공통점이 많았다. 둘 다 부위에 따른 털의 차이점을 알지 못하는 사람과 결혼했다. 안나레나는 율리아의 배를 보며 미소를 지었다.

"예정일이 언제예요?"

"얼마 안 남았어요! 내 말 들리니, 꼬맹이 외계인?" 율리아는 반은 안나레나에게, 반은 꼬맹이 외계인에게 말했다.

안나레나는 어디에 나온 대사를 흉내 낸 건지 모르는 눈치였지만 눈을 감고 이렇게 말했다. "우리는 아들 하나, 딸 하나가 있어요. 당신 또래예요. 하지만 걔네들은 아이를 낳고 싶지 않다고 해요. 로게르는 그걸 아주 섭섭하게 생각해요. 이런 상황에서 그이를 만났으니, 그이를 잘 모르니 그렇게 생각하지 않을지 모르겠지만 그이는 손자가 태어나면 좋은 할아버지가 될 게 분명하거든요."

"아직 시간이 많이 남지 않았나요?" 율리아는 물었다. 그녀와 비슷하다는 자녀들의 나이가 고령 임신부로 간주될 만큼 많은 것은 아니길 바라기 때문이었다.

안나레나는 슬픈 표정으로 고개를 저었다.

"아뇨, 걔네들은 결정을 내렸어요. 물론 걔네들이 선택할 일이죠, 요즘은…… 요즘은 그런 식이니까요. 딸아이는 그러더라고요, 이 세상은 이미 인구가 너무 많고 기후 변화가 걱정된다고. 평범한 걱정만으로는 충분하지 않은 이유를 모르겠어요. 정말이지 그런 걱정을 사서 할 필요가 있는 거예요?"

"그래서 아이를 낳고 싶지 않대요?"

"네, 그 아이 말로는 그래요. 내가 잘못 이해한 게 아닌 이상. 내가 잘못 이해했을 수도 있어요. 하지만 사람 수가 적어지면 환경이 좋아질지, 그건 잘 모르겠어요. 나는 그저 로게르가 다시 중요한 사람이 된 기분을 느낄 수 있으면 좋겠어요."

율리아는 무슨 논리인지 이해하지 못하는 눈치였다.

"손자가 생기면 그분이 중요한 사람이 된 기분을 느낄 수 있나요?"

안나레나는 힘없이 미소를 지었다.

"세 살짜리의 손을 잡고 유치원에서 집까지 가본 적 있어요?"

"아뇨."

"그때보다 더 중요한 사람은 될 수 없어요."

그들은 더 이상 할 말을 찾지 못하고 외풍에 살짝 떨며 그 자리에 앉아 있다. 두 사람 모두 그 바람이 어디서 불어오는지 궁금해하지 않는다.

불안한 사람들

에스텔은 조용히 홀을 가로질렀다. 노구가 어찌나 가벼웠는지 말만 그렇게 많지 않았다면 훌륭한 사냥꾼이 될 수 있었을 것이다. 그녀는 벤치에 앉아 있는 은행 강도, 로, 로게르를 차례대로 너그럽게 쳐다보다가 아무도 알아주지 않자 미안하다는 듯이 헛기침을 하고 물었다. "혹시 배고픈 사람 있어요? 냉장고에 식재료가 있을 테니까 내가 뭐 좀 만들까 하는데. 그러니까, 식재료가 있을 거예요. 부엌에. 대개 부엌에 식재료를 두잖아요."

에스텔은 애정을 표현할 때 배고프냐고 묻는 것보다 더 좋은 방법을 알지 못했다. 은행 강도는 그녀를 보며 슬프지만 감사하다는 뜻이 담긴 미소를 지었다.

"뭐 좀 먹을 수 있으면 좋을 테고 말씀은 감사하지만, 폐를 끼치고 싶지가 않네요."

반면에 로는 열심히 고개를 끄덕였다. 다름 아니라 라임을 껍질째로 먹을 수 있을 만큼 배가 고팠기 때문이었다. "피자 주문할까요?"

그 생각에 즐거워진 로가 실수로 로게르를 팔꿈치로 찌르자 그는 깊은 생각에 잠겨 있다가 깨어났다. 그가 고개를 들었다.

"왜요?"

"피자요!"로는 했던 말을 반복했다.

"피자? 지금?"로게르는 콧방귀를 뀌고 손목시계를 보았다.

이번에는 다른 생각을 하고 있던 은행 강도가 체념의 한숨을 쉬었다. "안 돼요. 일단 나는 돈이 없어서 피자를 주문할 수 없어요. 나는 심지어 인질마저 굶겨 죽이는 사람이에요……."

로게르는 팔짱을 끼고, 그제서야 처음으로 도덕적 판단 없이 호기심 어린 눈빛으로 은행 강도를 쳐다보았다.

"어쩔 계획인지 물어봐도 되겠소? 무슨 수로 여기서 빠져나갈 생각인지."

은행 강도는 열심히 눈을 깜빡이다가 그럴듯하게 포장하려는 시도조차 없이 실토했다. "모르겠어요. 거기까지는 생각 못 했어요. 그냥…… 월세 낼 돈이 필요했거든요. 이혼 소송 중인데 변호사가 말하길 월세 낼 돈이 없으면 아이들을 뺏어가겠다고 해서요. 딸들을요. 얘기하자면 길어서 지루해지실 거라…… 죄송해요, 어쩌면 제가 자수하는 편이 최선일지 모르겠네요. 알겠습니다!"

"이제 와서 자수하겠다고 밖으로 나가면 경찰 손에 죽을지도 몰라요." 로가 별로 권하지 않는다는 투로 말했다.

"무슨 그런 말을!" 에스텔이 외쳤다.

"맞는 말일지 몰라요. 경찰 눈에는 당신이 무장한 위험인물로 보일 테고 그런 사람은 보이는 즉시 총에 맞을 가능성이 크죠."

로게르가 옆에서 거들며 유익한 정보를 제공했다.

스키마스크의 눈구멍 근처가 갑자기 촉촉해진 듯했다.

"이건 진짜 권총도 아니에요."

"진짜처럼 보이지 않긴 해요." 로게르는 그 분야에 있어 거의 전무하다시피 한 경험을 토대로 이렇게 말했다.

은행 강도는 속삭였다. "나는 머저리예요. 나는 실패작이고 머저리예요. 아무 생각이 없었어요. 경찰이 날 쏘고 싶으면 쏴도 괜찮아요. 어차피 나는 제대로 할 줄 아는 게 아무것도 없어요."

은행 강도는 자리에서 일어나 전에 없던 투지를 불태우며 아파트 문 쪽으로 걸어갔다.

은행 강도의 앞을 막아선 사람은 로였다. 그에게 아이들이 있다는 얘기를 들어서이기도 하지만 생의 이쯤에서 항상 실수만 반복하는 느낌이 어떤 건지 공감하기 때문이기도 했다. 그래서 그녀는 외쳤다. "여보세요? 이런 일까지 벌여놓고 이제 와서 포기하려는 건 아니겠죠? 최소한 피자는 시킬 수 있지 않겠어요? 인질 영화를 보면 경찰이 항상 피자를 주던데! 공짜로!"

에스텔이 배 위로 손깍지를 끼고 덧붙였다. "나도 피자 좋아요. 샐러드도 같이 보내줄까요?"

로게르는 고개를 들지 않고 툴툴거렸다. "공짜로? 지금 장난해요?"

"장난 아니에요." 로는 맹세했다. "영화에서는 인질들에게 항상 피자가 제공된다고요! 경찰과 연락할 방법을 생각해내기만 하면 피자를 몇 판 주문할 수 있어요!"

로게르는 아주, 아주 한참 동안 바닥을 내려다보았다. 그러다 그걸 통해 아내의 존재를 느끼려는 듯 아파트 저쪽에 달린 벽장의 닫힌 문을 흘끗 쳐다보았다. 눈 아래가 계속 발작적으로 실룩거렸다. 그러다 이제 그만 행동을 취하기로 마음먹은 듯한 표정을 지었다. 경험상 너무 오랫동안 고민했을 때 결과가 좋았던 적이 없었기에 두 손으로 무릎을 철썩 때리고 자리에서 일어났다. 바야흐로 그가 상황을 진두지휘하려 하고 있었다. 그러자 안에서 따뜻한 기운이 느껴졌다.

"좋았어! 내가 피자를 준비하겠어요!"

그는 성큼성큼 발코니 쪽으로 걸어갔다. 에스텔은 접시를 찾으러 얼른 부엌으로 종종걸음 쳤다. 로는 율리아에게 어떤 피자를 먹고 싶은지 물으려고 벽장 쪽으로 걸음을 옮겼다. 현관홀에 혼자 남겨진 은행 강도는 권총을 움켜쥔 채 조용히 중얼거렸다.

"최악의 인질이야. 당신들은 역대 *최악의* 인질이야."

42

야크와 짐은 벽장을 뒤집어엎지만 은행 강도는 흔적조차 보이지 않는다. 뒤편 궤짝에 거의 다 마신 와인 병만 들어 있을 뿐 아무것도 없다. 와인 병을 벽장에 숨겨놓다니 무슨 술꾼이 그럴까? 남성용 양복과, 컬러 TV가 발명되기 이전에 만들어진 것 같은 원피스를 비롯해 모든 옷을 끄집어냈지만 그 옷들 말고는 아무것도 없다. 짐은 땀을 뻘뻘 흘려가며 뒤지느라 그 안에 찬바람이 부는 것을 알아차리지 못한다. 뒤지다 말고 뮤직 페스티벌 현장의 사냥개처럼 허공에 대고 날카롭게 킁킁거린 쪽은 야크다.

"안에서 담배 냄새가 나요." 그는 이마에 난 혹을 조심스럽게 더듬으며 얘기한다.

"집을 보러온 사람들 중 한 명이 숨어서 몰래 담배를 피웠을 수 있지. 정황상 그럴 만도 하잖니." 짐은 추측한다.

"맞아요. 하지만 그랬다면 여기서 담배 냄새가 더 *심하게* 나야 하잖아요. 그런데 다른 데서는 냄새가 전혀 나지 않으니 마치 누군가가…… 벽장을 환기한 느낌이랄까요?"

"무슨 수로 그럴 수 있겠어?"

야크는 아무 대답을 하지 않고, 처음에는 착각인 줄 알았던 찬바람의 근원지를 찾아 벽장 안을 살핀다. 그러다 갑자기 바닥에 눕혀져 있던 사다리를 세우고, 거치적거리는 옷더미를 치우고, 사다리를 올라간다. 그가 손바닥으로 천장을 때리자 잠시 후에 뭔가가 들썩인다.

"여기 오래된 환풍구 같은 게 있어요!"

짐이 뭐라고 대꾸할 겨를도 없이 야크는 구멍 밖으로 고개를 내민다. 짐은 그 틈에 궤짝에 담긴 와인 병들을 흔들어보고 남은 것을 벌컥벌컥 마신다. 와인도 상하지 않기 때문이다.

야크가 사다리 위에서 외친다. "가짜 천장 위로 여기에 조그만 통로가 있는데 바람이 다락에서 들어오는 것 같아요."

"통로? 기어서 다른 데로 빠져나갈 수 있을 만큼 넓니?" 짐은 궁금해한다.

"모르겠어요. 좁긴 한데 날씬한 사람은…… 잠깐만요……."

"뭐가 좀 보이냐?"

"어디로 연결되는지 손전등으로 비춰보려고 하는데 중간에 뭐가 있어요…… 뭔가…… 푹신푹신한 게요."

"푹신푹신한 거?" 짐은 야크가 환기 덕트 안에서 발견하면 기함할 온갖 동물 시체를 떠올리며 불안한 목소리로 되묻는다. 야크는 살아 있는 동물도 좋아하는 경우가 별로 없다.

야크는 욕을 하고 그걸 잡아당겨 아래 있는 짐에게 던진다. 토끼 탈이다.

43

로게르는 발코니 난간 너머로 경찰을 일별한 다음 심호흡을 하고 큰 소리로 외쳤다. "보급물자가 필요해요!"

"약요? 어디 다치셨어요?" 경찰 한 명이 마주 대고 외쳤다. 그의 이름은 짐이었고 귀가 좋지 않았고 지금까지 인질극을 경험한 횟수가 많지 않았다. 엄밀히 따지자면 한 번도 없었다.

"아뇨! 배고파서요!" 로게르는 외쳤다.

"보고프다고요?" 경찰은 외쳤다.

그의 옆에 그보다 젊은 경관이 서 있었다. 젊은 경관이 고참 경관의 말을 가로막고 로게르가 무슨 말을 하는지 들으려고 했지만 당연히 고참 경관은 젊은 경관의 말을 듣지 않았다.

"아뇨! 피자요!" 로게르는 소리를 질렀지만 솜으로 양쪽 콧구멍을 틀어막고 있었기 때문에 '피서'처럼 발음됐다.

"멜리사? 멜리사라는 사람이 다쳤어요?" 고참 경관이 고함을 질렀다.

"내 말 좀 들어요!"

"뭐라고요?"

"조용히 좀 하세요, 아빠. 저분이 뭐라는지 안 들리잖아요!" 아래에서 젊은 경관이 고참 경관에게 소리를 질렀지만 로게르가 부글거리는 속을 달래며 발코니를 뜬 다음이었다. 그가 좋아하던 초코바 이름이 누군가에게 모욕이 될 수 있다고 빌어먹을 사회운동가들이 주장한 이후로 그렇게 욕을 많이 한 건 처음이었다. 그는 발소리도 요란하게 아파트 안으로 다시 들어가 수첩과 이케아 연필을 허공에서 흔들었다.

"목록을 만들어서 아래로 던집시다." 로게르는 선포했다. "다들 무슨 피자 먹고 싶어요? 당신부터!" 그는 은행 강도를 가리키며 답을 요구했다.

"저요? 아, 저는 다 잘 먹어요. 아무거나 상관없어요." 은행 강도는 힘없이 말했다.

"생각을 잘 못하거나 뭐 그런 성격이에요? 이번 한 번만이라도 결정을 내려요! 무시당하기 싫으면!" 사라가 소파에서 외쳤다(전에 어떤 인간들이 그 소파에 앉았었는지 아무도 모를 일이었기 때문에 먼저 화장실에서 수건을 한 장 들고 와 쿠션을 덮은 다음에서야 앉았다. 문신이며 어쩌고저쩌고가 있는 인간들이었을지도 모르지 않는가).

"결정을 못 하겠어요." 은행 강도는 말했다. 어쩌면 그날 한 말 중에서 그게 가장 솔직한 말일지 몰랐다. 누구나 어렸을 때는 얼른 어른이 돼서 모든 걸 직접 결정하고 싶어 하지만 어른이 되면 그게 가장 힘든 부분임을 깨닫는다. 항상 의견이 있어야 한다는 것, 어느 당에 투표하고 어떤 벽지를 좋아하며 성적 취향이 어떻게 되고 무슨 맛 요구르트가 자신의 성격을 가장 잘 드러낼지 결정해야 한다는 것이 말이다. 어른이 되면 시종일관 시시때때로 선택하고 선택을 당해야 한다. 은행 강도가 생각하기에는 이혼의 가장 나쁜 점이 그것이다. 그 모든 걸 다 끝낸 줄 알았더니 처음부터 다시 시작해야 하는 것이다. 벽지와 그릇을 이미 골라놓았고 발코니 가구는 거의 새것이나 다름없었고 아이들은 수영 강습을 시작하려는 찰나였다. 함께하는 삶이 있었으니 그것으로 충분하지 않았을까? 은행 강도는 모든 게 드디어…… 완벽하다고 느껴지는 시점에 다다랐었다. 그러니까, 황야로 내동댕이쳐져 원점에서 다시 자아를 찾으러 나서기에 알맞은 상태가 아니었다. 은행 강도는 이런 온갖 생각을 정리하려고 했지만 그럴 겨를도 없이 또다시 사라가 끼어들었다.

"요구를 해야 한다고요!"

로게르도 맞장구를 쳤다. "사실 그 말이 맞아요. 그러지 않으면 경찰에서 불안해할 테고 바로 그럴 때 총격이 시작되거든. 내가 그런 내용을 다룬 다큐멘터리를 봐서 알아요. 인질을 잡고 있으면 이쪽에서 원하는 게 뭔지 알려야 해요. 저쪽에서 협상을 시작할 수 있게."

은행 강도는 우울한 목소리로 솔직하게 대답했다. "아이들이 있는 집으로 돌아가고 싶어요."

로게르는 그 말을 듣고 잠깐 곰곰이 생각했다. 그러고는 말했다. "당신 몫으로는 카프리초사 피자라고 적을게요, 카프리초사는 다들 좋아하니까. 다음! 당신은 어떤 피자를 먹고 싶어요?"

그는 이제 사라를 쳐다보고 있었다. 그녀는 충격에 휩싸인 표정이었다.

"나요? 나는 피자 안 먹어요."

사라는 식당에 가면 항상 조개류를 주문했고 항상 껍데기를 까지 말아 달라고 아주 분명하게 말했다. 그래야 주방에서 아무도 속살을 건드리지 않았다고 확신할 수 있기 때문이었다. 조개류가 없는 식당에서는 삶은 달걀을 주문했다. 그녀는 베리류를 싫어했지만 바나나와 코코넛은 좋아했다. 그녀가 생각하는 지옥이란 하필이면 감기에 걸린 사람의 꽁무니를 끝도 없이 따라가야 하는 뷔페였다.

"다 같이 피자 먹을 건데요! 게다가 공짜예요!" 로게르는 설명하고 시기적절하지 못하게 코를 훌쩍였다.

사라가 코를 찡그리자 얼굴의 다른 부분도 따라 움직였다.

"사람들은 피자를 손으로 먹잖아요. 아파트 리모델링 공사할 때 쓰는 손으로."

하지만 로게르는 당연히 물러나지 않고 사라의 핸드백과 신발과 손목시계를 차례로 쳐다보더니 수첩에 뭐라고 끼적였다.

"제일 비싼 걸 먹겠다고 하면 되겠어요? 어쩌면 황당하고 건방진 마리나라 피자처럼 트러플, 금박, 멸종 위기에 놓인 새끼 거북을 토핑으로 얹은 피자가 있을지 몰라요. 다음!"

에스텔은 그렇게 금세 결정을 내려야 하다니 불안하다는 표정을 짓다가 이렇게 외쳤다. "나도 사라하고 같은 거 먹을게요."

로게르는 그녀를 빤히 쳐다보다가 수첩에 '카프리초사'라고 적었다.

이제 로의 차례였고 그녀는 아이 엄마 아니면 제세동기 제작자나 사랑할 법한 표정을 지었다.

"마늘 소스를 얹은 케밥 피자요! 소스 추가. 그리고 케밥도 추가요. 살짝 태운 게 좋아요. 잠깐만요, 가서 율스는 뭐 먹을지 물어보고 올게요."

그녀는 벽장문을 두드렸다.

"왜?" 율리아가 큰 소리로 물었다.

"우리 피자 주문하는 중이야!" 로가 외쳤다.

"나는 파인애플이랑 햄 빼고 그 대신 바나나랑 땅콩을 넣은 하와이안 먹을게. 그리고 너무 오래 굽지 말라고 전해줘!"

로는 허리가 삐걱거릴 정도로 크게 심호흡을 했다. 문 쪽으로 몸을 기울였다.

"이번 한 번만이라도 그냥 메뉴에 있는 피자 먹으면 안 될까? 그냥 푸짐하고 평범한 걸로? 왜 항상 내가 전화해서 시각장애인을 도와 비행기를 착륙시키려는 사람처럼 설명을 줄줄이 늘어놓아야 해?"

"그리고 좋은 치즈면 치즈도 추가해줘! 좋은 치즈 쓰느냐고 물어봐!"

"왜 보통 사람들처럼 그냥 메뉴에 있는 거 먹으면 안 되냐고?"

율리아는 로의 말을 듣지 못했는지 아니면 무시하기로 작정했는지, 벽장 안에서 이렇게 외쳤다. "그리고 올리브도! 하지만 그린 올리브는 말고!"

"그럼 하와이안이 아니지." 로는 들릴락 말락 하게 혼잣말을 중얼거렸다.

"왜 아니야, 맞지!"

로게르는 열심히 모든 요구사항을 받아 적었다. 잠시 후 벽장 문이 열리고 율리아가 고개를 내밀더니 다정한 목소리로 불쑥 이렇게 말했다.

"안나레나 아주머니는 아저씨하고 똑같은 거 먹겠대요."

로게르는 수첩을 내려다보며 천천히 고개를 끄덕였다. 처음에 쓴 면이 젖어서 다른 면에 다시 적는 걸 아무도 보지 못하게 부엌으로 들어가야 했다. 그가 다시 거실로 나왔을 때 토끼가 소심하게 손을 들었다.

"저는……." 탈 안에서 이런 목소리가 들렸다.

"카프리초사!" 로게르가 말허리를 자르고 눈물이 흐르지 않도록 눈을 깜빡이며 지금은 채식주의자라거나 뭐 그런 헛소리를 늘어놓을 때가 아니라는 표정으로 쳐다보았기 때문에 토끼는 고개를 끄덕이며 중얼거렸다. "햄은 빼고 먹으면 돼요. 문제없어요, 괜찮아요."

로게르는 쪽지를 매달 만한 묵직한 물건이 없는지 좌우를 두리번거리다가 밀도가 딱 알맞아 보이는 둥그런 물체를 발견했다. 발코니에서 누군가가 다시 뭐라고 외치는 소리를 듣고 야크가 위를 올려다보았다가 라임에 이마를 맞게 된 사연은 이랬다.

그 정도 거리에서 라임에 맞으면 왕따시만 한 혹이 생긴다.

44

야크는 벽장 위쪽 공간을 절반밖에 기어가지 못한다. 결국에
는 짐이 사다리 위로 올라가서, 아들이 아니라 탄산음료 병 안에
들어갔다가 음료수를 다 마시고 너무 토실토실해져서 다시 빠
져나오지 못하게 된 쥐라도 되는 듯 그의 두 발을 잡고 있는 힘
껏 당겨야 한다. 마침내 야크의 몸이 빠져나오자 짐은 쾅 소리
를, 야크는 쿵 소리를 내며 둘이 같이 바닥으로 떨어진다. 그들
이 지난 세기에 만들어진 여성용 속옷으로 둘러싸인 채 벽장 바
닥에 대자로 누워 있는 동안 토끼 탈은 이리저리 굴러다니고, 먼
지 뭉치는 걸음아 날 살려라 하고 저 멀리 도망친다. 야크는 가
축의 해부학적 구조에 대한 지식을 활용한 욕설을 다시 한번 내
뱉은 다음 일어나서 말한다. "저 위에 아주 좁고 오래된 환기통
이 있긴 하지만 끝이 막혔어요. 담배 연기라면 모를까 사람이 빠
져나갈 수는 없겠어요. 절대로."

짐이 우울해 보이는 이유는 야크가 우울해 보이기 때문이다.
아버지는 아들이 씩씩대며 나간 뒤에도 벽장에 남아서, 아들이
거실을 몇 번 둘러보며 실컷 욕을 퍼부을 수 있는 시간을 허락

한다. 한참 만에 짐이 밖으로 나가보니 야크가 뻥 뚫린 벽난로 앞에 서서 생각에 잠겨 있다.

"은행 강도가 여기로 빠져나갔을 수도 있겠다고 생각하는 거냐?" 짐은 묻는다.

"그자가 산타클로스나 뭐 그런 부류라고 생각하시는 거예요?" 야크는 괜히 매몰차게 되물어놓고 당장 후회한다. 하지만 쇠살대 바닥에 재가 있고 아직 따뜻하다. 아주 최근에 여기서 불을 피운 것이다. 야크는 손전등으로 조심스럽게 재를 헤치고 스키마스크의 잔재를 끄집어낸다. 그걸 들고 불빛에 비춰본다. 바닥에 묻은 핏자국과 주변의 가구를 보며 퍼즐을 맞추어본다.

그동안 짐은 정처 없이 돌아다니다 부엌에 가서 냉장고 문을 연다(그걸 보면 아주 정처 없었던 것은 아닐 수도 있다). 남은 피자를 사기 접시에 담아서 랩으로 잘 싸놓았다. 인질극이 벌어진 와중에 누가 그랬을까? 짐은 냉장고 문을 닫고 거실로 돌아간다. 야크가 군데군데 불에 탄 스키마스크를 손에 들고 체념의 뜻으로 어깨를 축 늘어뜨린 채 계속 벽난로 앞에 서 있다.

"아뇨, 그자가 무슨 수로 이 아파트에서 빠져나갔는지 모르겠어요, 아빠. 가능, 불가능을 떠나 모든 각도에서 살펴보아도 도대체 무슨 수로 그랬는지 이해가……."

야크가 갑자기 어찌나 슬퍼 보였는지 그의 아버지는 분위기를 띄우기 위해 얼른 질문을 던진다.

"핏자국은 어떻게 된 걸까? 은행 강도가 이렇게 많은 피를 흘리고 무슨 수로······." 짐은 말문을 열지만 현관홀에서 누군가가 그의 말허리를 자른다. 보초를 서고 있던 경관이다.

"어, 그거 은행 강도가 흘린 피 아니에요." 그는 잇새를 후비며 명랑한 목소리로 불쑥 내뱉는다.

"네?" 야크는 묻는다.

"흐카이그그어그아어." 경관은 한쪽 손을 아예 입 안에 넣다시피 하고 이렇게 말한다. 핏자국보다 이에 남은 점심의 추억이 훨씬 더 중요하다는 투다. 그의 손이 캐슈넛 조각을 끄집어내자 새롭게 자유의 몸이 된 입술이 희희낙락 폭소를 터뜨린다.

"뭐라고요?" 짐은 점점 치밀어 오르는 짜증을 달래며 묻는다.

명랑한 경관은 바닥에 말라붙은 핏자국을 가리킨다.

"스테이지 블러드라고요. 어떤 식으로 말랐는지 봐요, 진짜 피는 그렇게 마르지 않아요." 그는 캐슈넛 조각을 던져야 할지 아니면 이 엄청난 성과를 기념하는 차원에서 액자에 넣어야 할지 고민하는 사람처럼 그걸 붙들고 이렇게 얘기한다.

"그걸 어떻게 알아요?" 짐이 그에게 묻는다.

"제가 아르바이트로 마술사 일을 좀 하거든요. 음, 좀 더 정확하게는 아르바이트로 경찰 일을 좀 해요."

그는 이 말에 짐과 야크가 웃을 줄 알았지만 그 기대가 낙관적인 예측이었던 것으로 밝혀지자 다소 쓸쓸하게 헛기침을 하고 이렇게 덧붙인다. "제가 공연을 좀 해요. 요양원이나 뭐 그런 데서. 가끔 자해하는 척하면서 스테이지 블러드를 써요. 사실 제가 제법 잘하는 편이에요. 혹시 카드 들고 다니시면 제가······."

야크는 평생 우연히 '카드를 들고 다니게' 생겨본 적 없는 사람으로서 핏자국을 가리킨다.

"그러니까 이게 진짜 피가 아닌 게 분명하단 말이죠?"

경관은 자신 있게 고개를 끄덕인다.

야크와 짐은 생각에 잠긴 표정으로 서로 쳐다본다. 잠시 후에 그들은 천장의 전등이 이미 켜져 있는데도 불구하고 각자 손전등을 켜고 아파트를 샅샅이 뒤지기 시작한다. 같은 자리를 돌고 돌고 또 돈다. 모든 것을 뚫어져라 들여다보지만 여전히 아무것도 찾지 못한다. 식탁에는 피자 상자와 라임이 담긴 그릇이 나란히 놓여 있다. 모든 유리잔은 받침 위에 깔끔하게 놓여 있다. 바닥에는 은행 강도의 권총이 어디에 있었는지 매직으로 표시한 자국이 있다. 그 바로 옆에 조그만 스탠드가 놓인 조그만 테이블이 있다.

"아빠? 우리가 범인한테 들여보낸 전화기 있잖아요, 우리가 들어왔을 때 그게 어디 있었죠?" 야크가 갑자기 묻는다.

"저기, 저 작은 테이블 위에 있었지." 짐은 말한다.

"어쩐지." 야크는 한숨을 쉰다.

"뭐가 어쩐지야?"

"우린 처음부터 지금까지 잘못 생각하고 있었어요."

목격자 진술서

일자: 12월 30일

목격자 성명: '율스'와 '로'

야크: 두 분이 워낙 심각한 범죄의 목격자이다 보니 두 분을
　　　동시가 아니라 개별적으로 조사하기를 원한다는 걸 강
　　　조하고 싶은데요.

율스: 왜요?

야크: 원래 그래야 하니까요.

율스: 죄송하지만 우리 엄마처럼 말하는 귀신에 씌었어요?
　　　'원래 그래야 하니까'라니 그게 무슨 말이에요?

야크: 여러분은 범죄 수사의 목격자입니다. 범죄 수사에는 원
　　　칙이 있어요.

율스: 그럼 우리 둘 중 한 명이 용의자예요?

야크: 아뇨.

율스: 그렇죠. 그러니까 우리 둘이 같이 할게요. 이유가 뭔지
　　　아세요?

야크: 아뇨.

율스: 왜냐하면 원래 그래야 하거든요!

야크: 아오, 이보다 더 비협조적인 목격자들이 또 있을까.

율스: 뭐라고요?

야크: 저 아무 말도 안 했습니다.

율스: 했잖아요. 중얼거리는 거 다 들었어요.

야크: 별거 아니었어요. 좋습니다, 제가 졌습니다, 두 분이서 같이 하세요.

로: 율스는 자기가 옆에 없으면 제가 바보 같은 소리를 할까 봐 걱정돼서 그러는 거예요.

율스: 자기야, 이제 얌전히 있어.

로: 보셨죠?

야크: 제발 두 분 그만 좀 떠드시면 안 될까요? 제가 좋다고 했잖습니까! 두 분을 같이 조사하겠다고요! 하지만 원래는 이런 식으로 하지 않아요!

로: 꼭 그렇게 화를 내셔야 하나요?

야크: 화내는 거 아니에요!

로: 알겠어요.

율스: 네, 그래요.

야크: 두 분의 본명을 말씀해주세요.

로: 그게 저희 본명인데요.

야크: 분명 별명일 텐데요?

율스: 저기, 조사에 집중하시면 안 될까요? 사실 그게 중요한 문제는 아니잖아요? 저 화장실이 급하다고요.

야크: 네, 네, 그러시겠죠. '성함이 어떻게 되십니까?'가 좀 복
　　　잡한 질문이라야 말이죠.

율스: 그만 좀 중얼거리고 질문을 하세요.

야크: 그래요, 나는 일개 순경이니 이 안에서 어떤 일이 벌어
　　　져야 하는지 당신들이 결정해야 지당하신 말씀이겠죠.

율스: 뭐라고요?

야크: 아무것도 아닙니다. 인질극이 벌어지는 내내 두 분이
　　　그 아파트에 있었는지 확인할 필요가 있겠습니다만. 그
　　　러셨나요?

로: '인질극'이라니 글쎄요. 너무 거친 표현 아닌가요.

율스: 로, 제발 정신 좀 차려. 그럼 우리가 인질이 아니면 뭐였
　　　겠어? 우연히 권총으로 위협당한 사람?

로: 우리는 현명하지 못한 판단이 빚은 유감스러운 결과물에
　　더 가까웠지.

율스: 어떤 사람이 발이 걸려서 넘어졌다가 스키마스크를 뒤
　　　집어쓰게 된 거였으니까?

야크: 제발 두 분 다 제 질문에 집중해주시겠습니까?

율스: 어떤 질문에요?

야크: 처음부터 끝까지 그 아파트에 계셨나요?

로: 율스는 상당히 오랫동안 취미실에 있었어요.

율스: 취미실 아니라니까!

로: 알았어, 벽장. 그렇게 까다롭게 굴지 마.

율스: 거길 뭐라고 부르는지 잘 알면서 왜 그래?

야크: 벽장 안에 계셨다고요? 얼마 동안이나요? 그러니까 벽장 안에 얼마나 계시다가 나온 겁니까?

율스: 방금 뭐라고 하셨어요?

야크: 제 말은, 아, 아닙니다. 그런 뜻에서 드린 말씀 아니에요.*

율스: 그렇군요. 그럼 어떤 뜻에서 하신 말씀이었는데요?

야크: 아무 뜻 없었습니다. '벽장 안에서 나왔다'는 표현을 쓴 이유는 당신이 실질적으로…… 벽장 안에 있었기 때문이지 다른 뜻은 전혀 없었어요.

율스: 우리는 처음부터 끝까지 그 아파트에 있었어요.

로: 왜 그렇게 화난 목소리로 말해?

율스: 호르몬 때문인가 보지. 그 말이 하고 싶은 거지?

로: 아냐, 정말 아니야. 아무튼 나는 실질적으로 그렇게 얘기한 적 없으니까 해당 사항 없어.

야크: 두 분이 힘든 하루를 보냈다는 건 알지만 다양한 시간대에 다들 어디 있었는지 파악을 해야 해서요. 예를 들어 피자가 배달됐을 때요.

로: 그게 왜 중요한가요?

야크: 그때가 범인이 아파트 안에 있었다고 확신할 수 있는 마지막 시점이거든요.

로: 저는 셰이즈 라운지에서 피자를 먹었어요.

야크: 그게 뭡니까?

---

* 영어로 '벽장 안에서 나왔다'고 하면 커밍아웃을 했다는 뜻으로 쓰인다.

율스: 소파 끝 쪽에 달린 거요. 다이밴 비슷한 거예요.

로: 아냐, 그렇지 않아. 다이밴하고 전혀 다르다고 몇 번을 말해. 셰이즈 라운지가 다이밴하고 왜 다른지 알아? 같은 거면 그냥 둘 다 *다이밴*이라고 부르겠지!

율스: 더는 못 참겠네! 내가 코모드가 뭔지 몰랐을 때처럼 또 싸울 거야? 코모드가 뭔지 아세요?

야크: 저요? 도마뱀의 일종 아닌가요?

율스: 들었지? 내가 뭐랬어.

로: *도마뱀 아니에요!*

율스: 화장실 세면기 아래에 달린 그 수납장을 말해요.

야크: 전혀 몰랐네요.

율스: 일반인은 알 수가 없죠.

로: 둘 다 동굴에서 살았어요? 진짜 몰라요? 코모드는 배니티*의 사촌이라고 보면 돼요. 배니티가 뭔지는 아시죠?

야크: 네. 배니티가 뭔지는 압니다.

율스: 그런 걸 알면서 어떻게 옷장은 워크인 클로짓이라고 할 수 있어?

로: 왜냐하면 옷장은 주스를 만드는 법을 블로그에 소개하고 3년 동안 물똥만 싼 사람이 쓰는 단어이고, 반면에 코모드는 제대로 된 가구니까!

율스: 제가 어떤 걸 참고 견뎌야 하는지 아시겠죠? 이 친구는

---

* 하부장이 달린 세면대.

작년에 3개월 동안 배니티와 코모드에 꽂혀 있었어요,
소목장*이 되겠다며. 그 후에는 요가 강사로 꿈이 바뀌
었죠, 그전에는 헤지펀드 매니저가 되겠다고 했었고요.

로: 왜 그렇게 항상 과장을 해? 나는 헤지펀드 매니저가 되겠
다고 한 적 없어.

율스: 그럼 뭐가 될 생각이었는데?

로: 데이트레이더.

율스: 그게 헤지펀드 매니저랑 뭐가 다른데?

로: 그 차이를 알 만큼은 공부하지 못했어. 그때 마침 치즈에
관심이 생기기 시작해서.

야크: 다시 제 질문으로 돌아갔으면 합니다만.

로: 스트레스를 받으시는 모양이네요. 혀를 그런 식으로 깨물
면 안 돼요.

야크: 두 분이 그냥 질문에 대답해주시면 스트레스를 덜 받겠
는데요.

율스: 우리는 소파에 앉아서 피자를 먹었어요. 그게 질문에
대한 대답이에요.

야크: 감사합니다! 그때 아파트 안에는 누가 있었습니까?

율스: 저희 둘. 에스텔. 사라. 레나르트. 안나레나와 로게르. 은
행 강도.

야크: 그리고 부동산 중개업자도 있었고요?

* 나무로 가구 따위를 짜는 일을 하는 사람.

불안한 사람들

281

율스: 당연하죠.

야크: 부동산 중개업자는 어디 있었습니까?

율스: 바로 그때요?

야크: 네.

율스: 제가 경관님의 GPS인가요?

야크: 다른 사람들도 모두 식탁에 앉아서 피자를 먹었는지 확인하려고 그러는 겁니다.

율스: 그랬을 거예요.

야크: 그랬을 거라고요?

율스: 도대체 왜 그러세요? 저는 임신부이고 그곳엔 총을 든 사람들이 있었고 저는 생각해야 할 게 많았어요. 제가 버스에서 가방 숫자를 세는 유치원 선생님은 아니잖아요.

로: 이거 사탕인가요?

야크: 지우개입니다.

율스: 아무거나 막 먹지 좀 마!

로: 그냥 물어본 거야!

율스: 이 친구가 아파트를 구경 갈 때마다 냉장고를 열어보는 거 아세요? 그게 용납 가능한 행동이라고 생각하세요?

야크: 저는 사실 개의치 않습니다.

로: 그 사람들은 냉장고를 열어주길 *바라요*. 그게 다 부동산 중개업자들이 시도하는 이른바 '홈스타일'의 일부라는 걸 모르는 사람이 없어요. 한번은 냉장고 안에 타코가 있었어요. 제가 지금까지 먹은 타코 중에 탑3 안에 꼽히죠.

율스: 잠깐, 그 타코를 먹었다고?

로: 그 사람들은 먹어주길 바란다니까?

율스: 모르는 사람의 냉장고 안에 있는 음식을 먹었다고? 지금 장난해?

로: 그게 뭐 어때서? 닭고기 타코였어. 음, 내가 생각하기에는, 냉장고에 좀 있다 보면 뭐든 닭고기 맛이 나긴 하지. 거북은 빼고. 내가 거북 먹은 적 있다는 얘기 했던가?

율스: 뭐라고? 싫어! 그만 얘기해, 토 나올 거 같으니까. 진짜.

로: 무슨 소리야, 그만 얘기하라니? 우리 둘이 서로에 대해 모르는 게 없었으면 좋겠다고 계속 강조한 사람은 너잖아.

율스: 뭐, 생각이 바뀌었어. 서로에 대해서 지금 정도 아는 게 적당하다고 생각해.

로: 오픈하우스에 가서 타코를 먹는 게 이상한가요?

야크: 이 문제에 저는 끌어들이지 말아주셨으면 합니다만.

율스: 불쾌한 행동이라고 생각하시겠지.

로: 그렇게 얘기하시지 않았잖아! 진짜 불쾌한 행동은 뭔지 아세요? 율스는 사탕과 초콜릿을 숨겨요. 세상에 무슨 어른이 그런 짓을 해요?

율스: 맞아요, 저는 *비싼* 초콜릿을 숨겨요, 웜홀이랑 결혼했다 보니.

로: 거짓말이에요. 한번은 보니까 무설탕 초콜릿을 샀더라고요. 무설탕을! 그러고는 그것도 숨겼어요. 내가 무슨 얼어죽을 사이코패스처럼 무설탕 초콜릿도 못 참고 먹어치울

까 봐.

율스: 너 그래 놓고 그거 먹었잖아.

로: 너한테 교훈을 주기 위해서였지. 좋아해서 먹은 건 아니
었어.

율스: 좋아요. 저 이제 경관님 질문에 대답할 준비 됐어요!

야크: 와, 다행이네요.

율스: 질문하실 거예요, 말 거예요?

야크: 좋습니다. 범인에게서 풀려나 아파트에서 나왔을 때 누
구와 함께 1층으로 내려왔는지 기억하십니까?

율스: 당연히 모든 인질과 함께 내려왔죠.

야크: 이름을 댈 수 있겠습니까, 계단을 내려온 순서대로?

율스: 그럼요. 저하고 로, 에스텔, 레나르트, 사라, 안나레나 그
리고 로게르요.

야크: 부동산 중개업자는요?

율스: 아, 그리고 부동산 중개업자요.

야크: 부동산 중개업자도 같이 내려온 게 맞습니까?

율스: 거의 다 끝났나요?

로: 배고파요.

46

모든 직업에는 외부인은 잘 모르는 기술적인 측면, 도구와 기기, 복잡한 전문 용어가 있다. 경찰은 대부분의 직군보다 그런 면이 심해서 용어가 계속 변하고 나이 든 경관들은 젊은 경관들이 새로운 용어를 만들어내는 속도와 같은 속도로 감을 잃는다. 그래서 짐은 그 전화기 비슷한 빌어먹을 물건을 뭐라고 부르는지 몰랐다. 신호가 거의 안 잡혀도 전화를 걸 수 있는 특별한 기기라는 것과 지서에 하나 지급됐다고 야크가 좋아했다는 것만 알았다. 야크는 어쩌면 짐이 느끼기에는 지나치다 싶을 정도로 기뻐했는데, 인질극 막판에 그들이 은행 강도에게로 들여보낸 것이 이 전화기였으니 제법 유용하게 쓰인 셈이다. 그 아이디어를 생각해낸 사람이 짐이었고 그래서 그는 상당히 뿌듯했다. 인질들이 석방된 직후에 협상 전문가가 그 전화기로 은행 강도에게 연락해 조용히 항복하라고 설득하려 했다. 그때 총성이 들렸다.

당연히 야크는 짐에게 전화기에 어떤 첨단 기술이 쓰였는지 아주 자세히 설명해주었지만 짐은 여전히 '신호가 더럽게 안 잡히는 곳에서도 신호를 더럽게 잘 잡는 특수 전화기 비슷한 거'라고 부른다. 은행 강도에게 그걸 전달하려고 했을 때 야크는 짐에게 벨소리 모드로 제대로 설정되어 있는지 확인하라고 했다. 당연히 제대로 설정되어 있지 않았다.

야크가 아파트를 이리저리 둘러본다.

"아빠, 전화기를 전달했을 때 벨소리 모드로 돼 있는지 확인하셨죠?"

"응. 응. 응, 당연하지." 짐은 대답한다.

"그러니까…… 안 하신 거네요?"

"깜빡했을 수도 있겠다. 어쩌면."

야크는 좌절하며 손바닥으로 온 얼굴을 문지른다.

"진동 모드로 설정돼 있을 수도 있을까요?"

"그랬을 수도 있어, 응."

야크는 손을 내밀어 그들이 급습했을 때 전화기가 놓여 있었던 조그만 테이블을 건드린다. 테이블은 중력에 당당히 도전하며 다리 세 개로 간신히 버티고 있다. 그는 권총이 발견됐던 바닥의 그 지점을 쳐다본다. 그러다 보이지 않는 무언가를 좇아 시선을 초록색 커튼으로 옮긴다. 벽에 총알이 박혀 있다.

"범인은 총으로 자기를 쏘지 않았어요." 야크는 나지막이 말한다.

심지어 총알이 발사됐을 때 범인은 아파트 안에 있지도 않았다는 깨달음이 그를 찾아온다.

"무슨 소린지 이해가 안 되는구나." 짐이 뒤에서 말하는데, 어떤 아빠들처럼 기분 나빠하는 목소리가 아니라 아주 소수의 아빠들처럼 자랑스러워하는 목소리다. 짐은 아들이 어떤 이유에서 그런 결론을 내렸는지 아들에게서 설명을 듣는 것을 좋아하지만, 지금 설명하는 야크의 목소리에서는 흡족함이 전혀 느껴지지 않는다. "전화기가 저 기우뚱한 테이블 위에 있었잖아요, 아빠. 권총은 분명 그 옆에 있었을 거예요. 인질이 전원 석방되고 난 뒤에 우리가 연락하니까 전화기의 진동으로 테이블이 흔들리면서 권총이 바닥에 떨어져 발사된 거예요. 우리는 범인이 총으로 자기를 쏜 줄 알았지만 그는 여기에 있지도 않았어요. 이미 사라지고 없었어요. 피는…… 스테이지 블러드인지 뭔지…… 미리 뿌려놨을 거예요."

짐은 한참 동안 아들을 쳐다본다. 그러고는 까칠하게 자란 수염을 긁는다.

"뭔가 알 것 같니? 어떻게 보면 세상에서 가장 기발한 범죄였던 것처럼 느껴진다만……."

야크는 이마에 난 큼지막한 혹을 쓰다듬으며 고개를 끄덕이고 아빠를 대신해 생각을 마무리 짓는다. "……또 어떻게 보면 세상에 둘도 없는 바보가 저지른 범죄 같죠."

적어도 둘 중 하나는 정답이다.

야크는 소파에 몸을 묻고 짐도 떠밀리듯 소파 위로 털썩 주저앉는다. 야크는 가방을 집어서 목격자 진술서를 모두 꺼내 왜 그러는지 설명하지 않고 사방으로 펼쳐놓는다. 그는 모든 진술서를 다시 한번 처음부터 끝까지 읽어본다. 마지막 장을 내려놓고는 체계적으로 움직여가며 혀를 씹는다. 야크의 스트레스가 사는 곳이 그곳이기 때문이다.

"저는 바보예요." 그가 말한다.

"어째서?" 짐은 궁금해한다.

"젠장! 젠장, 젠장…… 저는 *바보*예요! 아파트 안에 있었던 사람이 몇 명이었죠, 아빠?"

"집을 보러 온 사람이 몇 명이었냐는 거지?"

"아뇨, 전부 합해서요. *전부 합해* 몇 명이 아파트에 있었죠?"

짐은 뭔가 아는 것처럼 보이고 싶은 마음에 장황설을 늘어놓기 시작한다. "어디 보자…… 구매 희망자가 일곱 명. 아니면…… 진정한 의미에서 구매 희망자는 로와 율스, 로게르와 안나레나, 이 두 커플뿐이었을지 모르고 에스텔은 아파트를 매입하는 데 딱히 관심이 없었지……."

"그러면 다섯 명이죠." 야크는 조바심을 내며 고개를 끄덕였다.

"다섯 명, 맞아. 그걸로 끝이야, 맞아. 그리고 사라가 있는데, 이 여자가 거기 있었던 이유는 알 수가 없어. 그리고 레나르트는 안나레나에게 고용됐기 때문에 거기 있었지. 그러니까…… 하나, 둘, 셋, 넷, 다섯……."

"전부 합해서 일곱 명이죠!" 야크는 고개를 끄덕인다.

"거기다 범인을 넣어야지." 짐은 덧붙인다.

"맞아요. 하지만…… 거기다 부동산 중개업자도 넣어야죠."

"부동산 중개업자도 넣어야지, 맞아, 그럼 일곱 명이로구나!"

짐은 자신의 뛰어난 수학적 능력에 기뻐하며 이렇게 말한다.

"확실해요, 아빠?" 야크는 한숨을 쉰다.

야크는 아버지가 오류를 깨닫기 바라며 한참 동안 쳐다보지만 아버지는 아무 반응이 없다. 전혀 아무 반응이 없다. 오래전에 같이 영화를 보고 막판에 야크가 설명을 해야 했을 때 그랬던 것처럼 두 눈으로 그를 빤히 쳐다볼 따름이다. "하지만 아빠, 대머리인 남자가 죽은 *사람*이잖아요. 그래서 꼬마만 그 남자를 볼 수 있었던 거예요!" 그의 아버지는 그의 설명을 듣고 이렇게 외쳤다. "뭐라고? 그 남자가 귀신이었다고? 아냐, 그랬을 리 없어, 우리 눈에도 보였잖아!"

그 말을 듣고 짐의 아내와 야크의 어머니는 웃었다. 아주 배꼽을 잡고 웃었다. 아, 그녀가 얼마나 사무치게 그리운지. 그녀는 더 이상 여기 없음에도 그들이 서로를 좀 더 잘 이해할 수 있도록 돕는 역할을 한다.

그녀가 죽은 뒤에 짐은 폭삭 늙어서 전보다 못해졌고 몸에서 빠져나간 공기를 다시 채우지 못했다. 병원에 앉아 있던 그날 밤에는 산다는 게 얼음 덮인 크레바스 위에 있는 것처럼 느껴졌고, 그는 가장자리를 붙잡고 있던 손을 놓쳐 내면의 어둠 속으로 미끄러져 추락하며 성난 목소리로 야크에게 속삭였다. "나도 하느님이랑 대화를 시도해봤어, 정말이야. 하지만 목사를 이렇게 아픈 환자로 만들다니 무슨 하느님이 그러냐? 네 엄마는 다른 사람들을 위해 선한 일 말고는 한 게 없는데 이런 병을 *네 엄마*한테 내리다니 무슨 하느님이 그래?"

야크는 그때도 대답할 말이 없었고 지금도 대답할 말이 없다. 그는 잠잠히 대기실에 앉아서 목을 타고 흐르는 눈물이 누구의 것인지 알 수 없을 때까지 아버지를 안고 있었다. 다음 날 아침에 그들은 떠오른 태양에 화가 났고 그들이 그녀 없이 살아가게 만든 세상을 용서할 수가 없었다.

하지만 때가 되자 야크는 어른스럽게 허리를 꼿꼿하게 펴고 자리에서 일어나 연이은 문을 지나 그녀의 병실 앞에서 걸음을 멈추었다. 그는 오만하고 주관이 뚜렷하며 신앙심이 깊지 않은 청년이었고 그의 어머니는 거기에 대해 한마디도 심각하게 지적한 적이 없었다. 그녀는 신앙심이 깊은 사람들에게는 신앙심이 부족하다는 이유로, 그 나머지 사람들에게는 신을 믿는다는 이유로 지탄받는 그런 목사였다. 선원들과 함께 바다로 나섰고, 사막에서는 군인들과, 교도소에서는 재소자들과, 병원에서는 죄인과 무신론자들과 함께 지냈다. 술을 좋아했고 누구와 함께 있건 지저분한 농담을 늘어놓을 수 있었다. 하느님이 그런 농담을 어떻게 생각하겠느냐고 누가 물으면 그녀는 항상 이렇게 대꾸했다. "우리가 모든 점에서 생각이 같지는 않겠지만 그분은 내가 최선을 다하고 있다는 걸 알고 계실 것 같은 예감이 들어요. 그리고 나는 사람들을 도우려고 노력하니까 그분을 위해 일한다는 것도 아실 거예요." 누가 세상을 보는 관점을 한마디로 요약해달라고 물으면 그녀는 항상 마틴 루터의 말을 인용했다. "내일 지구가 멸망하더라도 나는 오늘 한 그루의 사과나무를 심겠다." 아들은 그녀를 사랑했지만 그녀는 그에게 신앙심을 심어주지 못했다. 남에게 종교는 주입할 수 있을지 몰라도 *믿음*은 가르칠 수 없기 때문이다. 하지만 그날 밤, 그녀가 죽어가는 사람들의 손을 숱하게 잡아주었던 병원의 어두침침한 복도 끝에서 야크는 혼자 무릎을 꿇고 하느님에게 어머니를 데려가지 말아달라고 부탁했다.

그래도 하느님이 그녀를 데려가자 야크는 병실로 들어가 그러면 그녀가 깨어나 야단을 치기라도 할 것처럼 그녀의 손을 으스러져라 잡았다. 그러고는 비탄에 잠긴 목소리로 속삭였다. "걱정 마세요, 엄마. 아빠는 제가 잘 챙길게요."

이후에 그는 누나에게 연락했다. 두말하면 잔소리지만 그녀는 예전처럼 약속하고 또 약속했다. 비행기표를 살 돈만 있으면 오겠다고 했다. 진짜라고 했다. 야크가 돈을 보냈지만 그녀는 장례식에 참석하지 않았다. 당연히 짐은 그녀를 '약물 중독자' 내지는 '마약쟁이'라고 한 적이 없다. 아빠들은 자식을 그렇게 부르지 못한다. 그는 항상 딸을 가리켜 '환자'라고 한다. 그래야 마음이 한결 낫기 때문이다. 하지만 야크는 항상 누나를 있는 그대로 표현한다. 헤로인 중독자라고. 그녀는 그보다 나이가 일곱 살 많은데, 그 정도 나이 차면 어린 동생 눈에는 큰누나가 아니라 우상이다. 그녀가 집을 떠났을 때 그는 따라나서지 못했고, 그녀가 자아를 찾으려고 했을 때 그는 돕지 못했고, 그녀가 수렁에 빠졌을 때 그는 구해주지 못했다.

이후로 야크와 짐은 단둘이서 지낸다. 그녀가 연락해 집으로 올 것처럼 얘기할 때마다, 마지막으로 이번 한 번만 비행기표 값을 달라고 할 때마다 그들은 돈을 보내준다. 그리고 작은 빚을 갚을 수 있게 거기에 몇 푼만 더 얹어서 보내달라고, 별건 아니고 조금만 도와주면 다 정리할 수 있다고 할 때도 번번이 돈을 보내준다. 그들도 당연히 그러면 안 된다는 걸 안다. 누군들 모를까. 중독자들이 약물에 중독됐다면 그들의 가족은 희망에 중독됐다. 희망을 붙잡고 매달린다. 그녀의 아버지는 모르는 번호로 전화가 걸려오면 항상 그녀이길 바라지만, 그녀의 남동생은 항상 이번에야말로 누나의 부고를 알리는 전화일 거라고 확신하기 때문에 겁에 질린다. 자기 딸과 누나조차 건사하지 못하다니 무슨 경찰이 그럴까? 자기 피붙이도 건사하지 못하다니 무슨 가족이 그럴까? 목사를 병에 걸리게 하다니 무슨 하느님이 그럴까? 장례식에 불참하다니 무슨 딸이 그럴까?

두 아이 모두 아직 같이 살던 시절, 모두들 아직 어지간히 행복했던 시절의 어느 날 저녁에 야크는 어머니에게 살릴 수도 없는 채로 죽어가는 사람들의 임종을 지킬 때 그 옆에 앉아 있는 걸 무슨 수로 견디는지 물어본 적이 있었다. 어머니는 그의 정수리에 입을 맞추고 이렇게 말했다. "아들, 코끼리를 먹으려면 어떻게 하면 되지?" 그는 똑같은 농담을 천 번 들은 아이답게 대답했다. "조금씩 천천히요." 그녀는 부모답게 천 번째로 박장대소했다. 그러고는 그의 손을 꼭 잡고 말했다. "우리는 세상을 바꿀 수 없어. 심지어 사람조차 바꿀 수 없을 때도 많지. 조금씩 천천히가 아닌 이상. 그러니까 기회가 생길 때마다 어떻게든 도우면 돼. 살릴 수 있는 사람을 살리면서. 최선을 다해. 그런 다음······ 그걸로 충분하다고 수긍하고 넘어갈 방법을 찾으려고 노력해야지. 실패하더라도 그 안에 매몰되지 않게."

야크는 누나를 돕지 못했다. 다리 위로 올라간 남자를 살리지 못했다. 뛰어내리는 사람들은······ 뛰어내린다. 남은 사람들은 다음 날 아침에 자리에서 일어나, 목사는 일을 하러 출근하고 경찰도 마찬가지다. 이제 야크는 바닥에 묻은 스테이지 블러드와 벽에 난 총알 구멍과 전화기가 있었던 조그만 테이블과 버려진 피자 상자들이 놓인 큼지막한 커피 테이블을 쳐다본다. 그가 짐에게로 시선을 옮기자 아버지는 그의 손을 잡고 힘없이 미소를 짓는다.

"내가 졌다. 여기서 천재는 너다, 아들. 뭘 알아낸 거냐?"

야크는 피자 상자를 턱으로 가리킨다. 이마의 혹을 덮고 있던 머리칼을 쓸어 넘긴다. 다시 이름을 나열한다.

"로게르, 안나레나, 로, 율스, 에스텔, 사라, 레나르트, 은행 강도, 부동산 중개업자. 아홉 명이에요."

"아홉 명, 그렇지."

"하지만 그들이 제 머리 위로 저 라임을 떨어뜨렸을 때 쪽지에는 피자를 여덟 개 달라고 적혀 있었어요."

짐은 콧구멍이 떨릴 정도로 열심히 생각한다.

"은행 강도는 피자를 좋아하지 않았던 것 아닐까?"

"그럴 수도 있죠."

"하지만 네가 생각하는 건 그게 아니지?"

"네."

"어째서?"

야크는 자리에서 일어나 목격자 진술서를 가방에 챙긴다. 혀를 씹는다.

"부동산 중개업자가 아직 서에 있어요?"

"그럴 거다, 응."

"연락해서 아무 데도 가지 못하게 꼭 붙잡아놓으라고 하세요!"

짐이 어찌나 심하게 미간을 찌푸리는지 주름살 사이로 클립을 넣으면 보이지 않겠다 싶을 정도다.

"하지만…… 왜? 어째서……?"

야크는 아버지의 말허리를 자른다. "이 아파트에 있었던 사람은 아홉 명이 아닌 것 같거든요. 여덟 명이었다고 봐요. 우리가 그냥 처음부터 끝까지 여기 있었을 거라고 간주해버린 사람이 한 명 있어요! 빌어먹을, 아빠, 모르겠어요? 범인은 숨지도 않았고 도망치지도 않았어요. 그녀는 그냥 대놓고 길거리로 걸어 나왔어요!"

47

은행 강도는 홀에 혼자 앉아 있었다. 인질로 붙잡아놓은 사람들의 목소리가 들렸지만 그들은 다른 시간대에 존재하는 거나 다름없었다. 이제 그녀와 다른 사람들, 그녀와 그날 아침의 그녀 사이에는 영원의 간격이 있었다. 그녀는 아파트에 혼자 있지 않았지만 그녀와 미래의 전망을 공유하는 사람은 아무도 없었고 세상에 그보다 큰 외로움은 없었다. 목적지를 향해 나란히 걸어가는 사람이 없다는 것. 잠시 후에 다 같이 아파트에서 나가면 남들은 인도에 발을 딛는 순간 피해자가 될 것이다. 그녀는 범인이 될 것이다. 경찰에 발견 즉시 사살되지 않는다면 철창신세를 지게 될 텐데…… 과연 몇 년이나 갇혀 있어야 할지 그녀로서는 알 수 없었다. 그녀는 감옥에서 늙을 것이다. 딸들이 수영을 배우는 것을 절대 지켜보지 못할 것이다.

아이들. 아, 아이들. 훌륭한 거짓말쟁이로 자라게 될 원숭이와 개구리. 그녀는 아이들이 아빠에게 거짓말을 제대로 배우길 바랐다. 진실을 밝히기보다 엄마가 죽었다고 거짓말을 할 수 있게. 그녀는 천천히 스키마스크를 벗었다. 이제 그 스키마스크는 아무 쓸모가 없었다. 쓸모가 있다고 생각하는 건 유치한 자기기만에 불과했다. 그녀는 절대 경찰을 따돌릴 수 없을 것이다. 축축하게 뒤엉킨 머리칼이 목 위로 떨어졌다. 그녀는 손에 쥔 권총의 무게를 가늠하고 스스로도 거의 알아차리지 못할 만큼 아주 조금씩 손에 점점 더 힘을 주었다. 하얘져가는 손마디를 통해서만 무슨 일이 벌어지고 있는지 짐작할 수 있었을 때, 문득 집게손가락에 방아쇠가 닿았다. 그녀는 덤덤하게 자문했다. "이게 진짜 권총이었다면 내가 나를 쐈을까?"

그녀는 고민을 마칠 겨를이 없었다. 누군가의 손이 그녀의 손을 감쌌다. 권총을 빼앗지는 않고 그냥 아래로 내리기만 했다. 사라가 서서 동정하지도 걱정하지도 않는 눈빛으로 은행 강도를 쳐다보며 권총에서 손을 거두지 않았다. 사라는 인질극이 시작된 이래 별 생각을 하지 않으려고 했다. 사실 그녀는 항상 아무 생각도 하지 않으려고 애를 쓰는 편이었다. 지난 10년 동안 그녀처럼 엄청난 고통에 시달린 사람에게는 그것이 반드시 필요한 생존 기술이었다. 하지만 권총을 쥐고 거기 그렇게 혼자 앉아 있는 은행 강도를 본 순간, 그녀의 갑옷을 뚫고 뭔가가 스르르 빠져나갔다. 다리 위에 선 여자의 그림이 걸린 상담실에서 심리 상담사가 사라를 보며 이렇게 얘기했던 순간의 짧은 기억이었다. "그거 알아요, 사라? 불안의 가장 인간적인 측면이 뭔가 하면, 우리가 혼돈을 혼돈으로 치료하려고 한다는 점이에요. 파국적인 상황으로 빨려 들어갔을 때 거기서 철수하는 사람은 거의 없고 다들 전보다 더 빠르게 계속 달리려는 성향을 훨씬 많이 보여요. 남들이 벽에 부딪히는 걸 보면서도 정작 우리는 그 벽을 무사히 관통할 수 있길 기대해요. 그 벽에 가까워질수록 믿기지 않는 해결책이 기적적으로 우리를 구원할 거라는 확신이 점점 커지지만 그동안 우리를 지켜보는 사람들은 모두 충돌을 기다리고 있죠."

사라는 그때 상담실을 둘러보았다. 벽에 근사한 자격증이 하나도 걸려 있지 않았다. 왠지는 모르겠지만 가장 으리으리한 졸업장을 받은 사람들은 그걸 책상 서랍에 넣어둔다.

그래서 사라는 빈정대지 않고 물었다. "그럼 사람들이 왜 그러는지 이론적으로 배운 적 있어요?"

"많이요." 심리 상담사는 미소를 지었다.

"그중에 어떤 이론을 믿어요?"

"오랫동안 반복하다 보면 날아오르는 것과 떨어지는 것의 차이를 구별할 수 없게 된다는 이론요."

사라는 평소 모든 생각을 눌러놓으려고 죽을 둥 살 둥 애를 쓰는 편이었지만 그 생각이 밖으로 삐져나오고 말았다. 그래서 그 아파트 홀에 서서 권총을 손으로 감싼 채로, 그녀와 같은 처지에 있는 여자가 은행 강도와 같은 처지에 있는 여자에게 할 수 있는 가장 다정한 말을 건넸다. 다섯 마디였다.

"바보 같은 짓은 하지 말아요."

은행 강도는 멍한 눈빛과 텅 빈 가슴으로 그녀를 쳐다보았다. 하지만 바보 같은 짓은 하지 않았다. 심지어 그녀를 보며 희미하게 미소를 지었다. 두 사람 모두에게 뜻밖의 순간이었다. 사라는 겁에 질리다시피 한 상태로 몸을 돌려서 얼른 발코니로 나갔다. 핸드백에서 헤드폰을 꺼내 쓰고 눈을 감았다.

그러고 나서 잠시 후에 그녀는 난생처음으로 피자를 먹었다. 그것도 뜻밖의 일이었다. 카프리초사. 그녀가 생각하기에는 구역질 나는 맛이었다.

48

야크는 아직 멈추지도 않은 경찰차에서 뛰어내린다. 경찰서 안으로 달려 들어가 조사실로 하도 급하게 뛰는 바람에 제때 문을 열지 못하고 이미 멍든 이마를 문에 부딪친다. 짐은 숨을 헐떡이며 쫓아가 아들을 진정시키려고 하지만 가망 없는 얘기다.

"어서 오세요! 안녕하시⋯⋯." 부동산 중개업자가 말문을 열지만 야크는 말허리를 자르며 고함을 지른다.

"*나는 당신 정체를 알아!*"

"그게 무슨 말씀—" 중개업자는 헉 하고 숨을 토한다.

"진정해라, 야크, 제발." 짐이 문 앞에서 숨을 헐떡인다.

"*당신이지!*" 야크는 진정할 기미라고는 전혀 없이 소리를 지른다.

"저요?"

야크는 의기양양하게 눈을 번뜩이며 허공에 대고 주먹을 불끈 쥐었다가 테이블 너머로 몸을 숙이고 나지막이 쏘아붙인다. "한눈에 알아차렸어야 했는데. 애초부터 그 아파트에 부동산 중개업자는 없었어. *당신이 은행 강도지!*"

　이제 와 생각해보면 뻔하기 그지없는데 은행 강도가 누구인
지를 비롯해 모든 걸 한눈에 알아차리지 못했다니 야크가 바보
같았다. 어쩌면 어머니 때문일 수도 있었다. 그녀는 그와 그의
아버지, 두 사람을 하나로 묶어주었지만 가끔 어머니 생각이 집
중을 방해할 때가 있었고 오늘은 웬일인지 하루 종일 그 생각이
머릿속에서 떠날 줄 몰랐다. 살아서나 죽어서나 골치 아픈 여자
였다. 그녀보다 더 사람을 힘들게 하는 목사가 어딘가에 한 명
더 있을지는 몰라도 두 명 더 있을 수는 없었다. 그녀는 살아생
전에 모든 사람과 옥신각신했고 아들과는 누구보다 더 심했고
장례식이 끝난 뒤에도 그건 중단되지 않았다. 다들 자신과 전혀
다른 사람이 아니라 거의 다를 게 없는 사람과 가장 치열하게
싸우기 때문이다.

　그녀는 재난이 발생해 원조 기구에서 자원봉사자를 모집하
면 가끔 외국으로 나갔고 그럴 때마다 교회 안팎에서 끊임없는
비난이 이어졌다. 아예 도울 생각을 말든가 정 돕고 싶으면 다른
데서 도우라는 비난이었다. 몸으로 실천하는 사람을 헐뜯는 것

말고는 아무것도 하지 않는 사람들 입장에서 그보다 쉬운 일이
또 어디 있을까. 한번은 그녀가 지구 반대편에서 폭동에 휘말려
피 흘리는 여자의 탈출을 도우려다 칼에 팔을 찔린 적이 있었다.
병원으로 옮겨졌을 때 그녀는 어찌어찌 전화기를 빌려 집으로
연락했다. 짐이 뉴스를 틀어놓고 연락을 기다리고 있었다. 그는
진득하니 얘기를 들었고 그녀가 무사하다는 데 평소처럼 기뻐
하고 다행스러워했다. 하지만 야크는 무슨 일이 있었는지 알아
차리자마자 수화기를 움켜쥐고 반향 때문에 전화선이 지지직거
릴 정도로 요란하게 고함을 질렀다. "왜 거기를 갔어요? 왜 위험
한 짓을 하세요? *왜 가족 생각은 하지 않으세요?*"

두말하면 잔소리지만 그의 어머니는 아들이 무섭고 불안한
마음에 소리 지르고 있다는 걸 알았기 때문에 평소처럼 대답했
다. "항구에 머무는 배는 안전하지만 배가 그런 용도로 만들어
진 게 아니잖니."

야크는 당장 후회할 말을 했다. "엄마는 목사니까 칼에 맞지
않게 하느님이 보호해주실 거라고 생각하세요?"

그녀는 지구 반대편의 병원에 앉아 있었을지 몰라도 그럼에
도 아들이 느끼는 바닥 모를 공포를 느낄 수 있었다. "칼에 맞지
않게 하느님이 보호해주지는 않으시지. 그래서 하느님이 다른
사람들을 주신 거야, 서로 보호하면서 살 수 있게."

그렇게 고집스러운 사람하고는 언쟁을 벌일 수 없었다. 야크
는 그녀를 엄청나게 존경하는 자기 자신이 가끔 싫었다. 그런가
하면 짐은 숨을 쉬기 힘들 만큼 그녀를 사랑했다. 하지만 그 이

후로 그녀는 전처럼 자주 집을 비우지 않았고 다시는 그렇게 멀리 가지 않았다. 그러다 병에 걸려서 저세상으로 떠났고 이 세상은 보호막에 약간 손상이 생겼다.

그래서 인질극이 시작됐을 때, 새해 이틀 전날에 아파트 건물 앞에 서서 스톡홀름 출신이 올 때까지 기다리라는 지시를 들었을 때 야크와 짐은 그녀를 계속 떠올리며 그녀가 있었더라면 어떻게 했을지 생각했다. 라임이 날아와 야크의 이마를 때리고 그 라임을 감싼 쪽지에 피자 주문서가 적혀 있다는 것을 파악했을 때 그들은 은행 강도와 접촉하기에 이보다 더 훌륭한 기회는 없을 거라는 결론을 내렸다. 그래서 야크는 협상 전문가에게 연락했다. 그는 스톡홀름 출신이었음에도 불구하고 그들의 생각에 동의했다.

"네, 그러게요, 피자를 배달하면서 대화의 물꼬를 틀 수 있겠어요. 하지만 계단에 있다는 폭탄은 어쩌려고요?" 그는 궁금해했다.

"그거 폭탄 아닙니다!" 야크는 자신 있게 말했다.

"맹세할 수 있습니까?"

"무슨 말로든 맹세할 수 있습니다. 제가 그럴 때 쓸 수 있는 말을 어머니께 아주 많이 배웠거든요. 이자는 위험인물이 아니에요. 그냥 겁에 질렸을 뿐이죠."

"그걸 어떻게 아십니까?"

"위험인물이라면, 자기가 어떤 짓을 저지르고 있는지 인지하고 있다면 저희한테 *라임*을 던지는 식으로 인질들이 먹을 피자를 주문하지는 않았을 테니까요. 제가 들어가서 대화를 나눠보겠습니다. 제가⋯⋯." 야크는 말하다 말고 멈추었다. 그가 원래 하려던 말은 *제가 전원 구출할 수 있습니다*, 였다. 하지만 그는 침을 꿀꺽 삼키고 대신 이렇게 얘기했다. "제가 처리할 수 있습니다. 제가 해결할 수 있어요."

"이웃 주민들하고는 전부 만나보셨나요?" 협상 전문가는 궁금해했다.

"다른 세대는 전부 빈집입니다." 야크는 그를 안심시켰다.

협상 전문가는 아직 한참 멀리 떨어진 고속도로에 발이 묶여 있어서 경찰차라 해도 길을 뚫고 접근할 수 없었기 때문에 결국 야크의 계획에 동의했다. 하지만 자신이 직접 은행 강도에게 연락해 인질을 석방하도록 협상을 진행하고 싶으니 아파트 안으로 전화기를 반입해달라고 야크에게 요구했다. 일이 전부 잘 끝나면 공을 가로채려는 심산이겠지. 야크는 뚱하니 생각했다.

"적당한 전화기가 한 대 있어요." 야크는 말했다. 짐이 신호가 더럽게 안 잡히는 곳에서도 신호를 더럽게 잘 잡는 특수 전화기 비슷한 거라고 부르는 장비가 있기 때문이었다.

"그쪽에서 피자를 다 먹으면 전화할게요. 배가 부르면 협상을 진행하기가 수월해지니까요." 요즘 협상 강좌에서는 그런 걸 배우기라도 하는 듯 협상 전문가는 이렇게 말했다.

"우리가 찾아갔을 때 그자가 문을 열어주지 않으면 어쩌죠?" 야크가 물었다.

"그럼 피자하고 전화기를 층계참에 두고 오세요."

"그가 전화기를 집 안으로 들고 들어갈 거라고 장담할 방법이 없잖습니까." 야크는 말했다.

"안 들고 갈 이유가 있나요?"

"그자가 지금까지 논리적이고 합당한 판단을 내린 줄 아십니까? 압박감 때문에 전화기가 일종의 덫이라고 생각할 수도 있어요."

그때 짐이 퍼뜩 좋은 생각을 해냈다. 그래놓고 어느 누구 못지않게 자신도 놀라워했다.

"피자 상자 안에다 그걸 넣으면 되겠네!" 그가 말했다.

야크는 놀라서 몇 초 동안 자기 아버지를 쳐다보았다. 그는 잠시 후 고개를 끄덕이고 휴대전화에 대고 말했다. "피자 상자 안에 전화기를 넣겠습니다."

"네, 그거 좋은 생각이네요." 협상 전문가도 찬성했다.

"저희 아버지가 생각해내신 거예요." 야크는 으스댔다.

짐은 쑥스러운 마음을 들키지 않으려고 아들에게서 고개를 돌렸다. 그는 근처 피자 가게를 검색해 아주 특이한 주문서를 전달했다. 피자 여덟 개와 배달 직원이 입는 유니폼이었다. 하지만 짐은 경찰관이라고 신분을 밝히는 실수를 저질렀고 SNS로 지역 뉴스를 파악하는 능력을 완벽하게 갖추고 있었던 피자 가게 주인은 피자는 대량 구매라 할인해주겠다면서 유니폼 대여료는 두 배로 청구하는 기지를 발휘했다. 짐이 화를 내며 19세기 중반에 영국 작가가 쓴 크리스마스 소설의 주인공*이냐고 묻자 피자 가게 주인은 '수요와 공급'의 법칙을 모르냐고 물으며 침착하게 응수했다. 마침내 피자와 유니폼이 도착하자 야크가 덥석 달려들었지만 짐이 야크를 잡고 놓지 않았다.

"지금 뭐 하시는 거예요? 제가 들어갈 거예요!" 야크는 딱 잘라서 말했다.

짐은 고개를 저었다.

"안 돼. 나는 아직도 층계참에서 본 그게 폭탄일지 모른다고 생각한다. 그러니까 내가 들어갈 거야."

"그게 폭탄이라고 생각한다면서 왜 *아빠가* 들어가겠다고 하세요? 제발 *저한테* 맡기시고⋯⋯." 야크는 말했지만 그의 아버지는 물러서지 않았다.

"너는 그게 폭탄이 아니라고 확신하지, 아들?"

"네!"

"그러니까. 그럼 내가 들어가도 상관없잖니."

"아빠 뭐예요, 열한 살이에요?"

"*너는* 열한 살이니?"

야크는 반박할 방법을 찾으려고 필사적으로 애를 썼다.

"아빠를⋯⋯."

짐은 영하의 기온에도 불구하고 벌써 도로 한복판에서 옷을 갈아입기 시작했다. 그들은 서로 시선을 피했다.

"너를 들여보내면 네 엄마가 나를 절대 용서하지 않을 거야."

* 찰스 디킨스의 『크리스마스 캐럴』에 나오는 스크루지 영감을 뜻한다.

짐은 땅바닥을 내려다보며 말했다.

"그럼 아빠를 들여보내면 엄마가 저를 용서하실 것 같아요? 아빠는 엄마의 남편이었잖아요." 야크는 도로를 내려다보며 말했다.

짐은 하늘을 올려다보았다.

"하지만 네 엄마였잖니."

이 늙은이와 왈가왈부해봐야 소용없을 때도 있었다.

50

경찰서. 조사실. 이제 부동산 중개업자의 얼굴에서 핏기가 완전히 가신다. 그녀는 겁에 질린 표정이다.

"으-으-은행 강도요? 제-제-제가요? 어-어-어떻게 제-제-제가……."

야크는 어마어마하게 뿌듯해하는 한편 보이지 않는 오케스트라를 지휘하는 것처럼 팔을 휘저으며 뚜벅뚜벅 맴을 돈다.

"내가 왜 그걸 진작 몰랐을까? 당신은 아무것도 몰라. 당신이 아파트에 대해서 한 얘기는 전부 헛소리였어. *진짜* 부동산 중개업자라면 이렇게 능력이 부족할 리 없지!"

부동산 중개업자는 당장이라도 울음을 터뜨릴 듯이 보인다.

"나도 최선을 다하고 있어요, 네? 불경기에 부동산 중개업자로 일하기가 얼마나 힘든지 알기나 해요?"

야크는 그녀에게 시선을 고정한다.

"하지만 당신은 부동산 중개업자가 *아니잖아.* 은행 강도지!"

부동산 중개업자는 절망한 표정으로 응원 비슷한 것을 바라는 듯 문 앞에 서 있는 짐을 쳐다본다. 하지만 짐은 우울한 눈빛으로 그녀를 마주 볼 따름이다. 그동안 야크는 두 주먹으로 테이블을 내리치고 부동산 중개업자를 노려본다.

"진작 알아차렸어야 하는 건데. 다른 목격자들이 인질극에 대해 증언했을 때 당신에 대해서는 언급조차 하지 않았어. 당신은 거기 없었던 사람이니까. 인정해! 당신은 폭죽을 터뜨려 달라고 해서 우리를 딴 데 정신 팔리게 만들고는 아주 대놓고 그 아파트에서 걸어 나왔지. 진실을 밝혀!"

51

진실은 무엇일까? 진실은 우리가 생각하는 것처럼 복잡한 경우가 거의 없다. 우리가 진실이 복잡하길 바라는 이유는 먼저 간파했을 때 남들보다 똑똑한 사람이 된 기분을 만끽할 수 있기 때문이다. 이건 다리와 바보들과 인질극과 오픈하우스에 관한 이야기다. 하지만 사랑 이야기이기도 하다. 사실 여러 편의 사랑 이야기다.

인질극이 벌어지기 전에 마지막으로 상담을 받으러 갔을 때 사라는 일찍 도착했다. 그녀는 절대 늦는 법이 없기는 했지만 약속한 시간보다 먼저 들어가다니 그건 평소답지 않은 행동이었다.

"무슨 일 있으세요?" 나디아는 궁금해했다.

"그게 무슨 소리예요?" 사라는 심술궂게 대꾸했다.

"평소에는 일찍 오시지 않잖아요. 무슨 문제 있으세요?"

"그걸 알아내는 게 선생님의 직업 아닌가요?"

나디아는 한숨을 쉬었다.

"그냥 궁금해서 여쭤보는 거예요."

"저거 케일이에요?"

나디아는 책상 위에 놓인 플라스틱 용기를 내려다보았다. 고개를 끄덕였다.

"점심 먹던 중이었어요."

다른 환자들 같으면 여기서 힌트를 얻었을지 모른다. 당연히 사라는 아니다.

"그러니까 채식주의자로군요." 그녀는 물음표 없이 말했다.

심리 상담사는 콜록거렸다. 목구멍이 예상 범위에서 벗어나지 못한 주인에게 화났을 때 보이는 반응이었다.

"채식주의자가 아닐 수도 있지 않나요? 제가 채식주의자이긴 *하지만* 채식주의자가 아닌 사람들도 케일을 먹잖아요."

사라는 콧잔등을 찡그렸다.

"하지만 식당에서 포장해 온 거잖아요. 뭐든 다른 걸 고를 수 있었는데 케일을 선택했단 말이죠."

"그리고 그러는 건 채식주의자들뿐이다?"

"비타민이 부족하면 금전적인 판단에 영향이 미치는가 보다고 짐작할 따름이에요."

나디아는 그 말에 미소를 지었다.

"그러니까 저를 무시하시는 이유가 제가 채식주의자라서 그런 거예요, 아니면 채식주의자용 음식을 돈 주고 사 먹어서 그런 거예요?"

나디아는 마지막 남은 케일과 자존심을 꿀꺽 삼킨 뒤 용기 뚜껑을 닫고 물었다. "마지막으로 상담하신 뒤로 기분이 어떠셨어

310

요?"

사라는 대답 대신 핸드백에서 조그만 병에 담긴 손 소독제를 꺼내 책상을 등진 채 조심스럽게 손가락을 문지르고 책꽂이를 쳐다보며 선언했다. "심리 상담사치고 심리학과 연관 없는 책이 아주 많네요."

"그 다른 책들은 뭐에 대한 것으로 보이세요?"

"정체성요. 그래서 선생님이 채식주의를 선택했군요."

"다른 이유로 채식주의자가 될 수도 있죠."

"예를 들면 어떤 거요?"

"환경에 도움이 된다."

"그럴지도 모르죠. 하지만 나는 선생님 같은 사람이 채식주의를 선택하는 이유는 그러면 뿌듯해지기 때문이라고 생각해요. 선생님 자세가 안 좋은 게 그 때문일 수도 있어요, 칼슘이 부족해서요."

나디아는 슬그머니 의자에 앉은 자세를 바로잡으면서, 좀 더 허리를 펴고 앉는 티를 내지 않으려고 했다.

"사라 씨는 돈을 내고 이 자리에 앉아 있어요. 다른 사람들의 금전적인 판단에 대해 타박하는 분치고 상당히 많은 금액을 할애해가며…… 저에 대한 이야기를 하고 계신데요. 왜 그러시는지 얘기를 나눠볼까요?"

사라는 책꽂이에 시선을 고정한 채 심각하게 고민하는 표정을 지었다.

"다음에요."

"그 말씀을 들으니 좋네요."

"뭐가요?"

"다음이 있다는 게요."

사라는 그 말에 고개를 돌리고 농담인지 아닌지 확인하려고 나디아를 빤히 쳐다보았다. 그녀는 확인하는 데 실패하고 다시 고개를 돌린 뒤 손에 소독제를 좀 더 발라서 문지르고 나디아 뒤편의 창밖을 내다보며 맞은편 건물에 달린 창문 개수를 셌다. 그러고는 잠시 후에 말했다. "나더러 항우울제를 먹어보라고 하지 않으시네요. 다른 심리 상담사들 같았으면 대부분 그랬을 텐데."

"다른 심리 상담사를 많이 만나보셨어요?"

"아뇨."

"그럼 그냥 혼자 분석하고 내리신 결론인가요?"

사라는 벽에 걸린 그림을 쳐다보았다.

"내가 자살할까 봐 걱정돼서 수면제를 처방하지 않으려고 하는 건 이해해요. 하지만 그런 거라면 대신 항우울제를 처방해야 하는 거 아닌가요?"

나디아는 쓰지 않은 종이 냅킨 두 개를 접어서 책상 서랍 안에 넣었다. 그러고는 고개를 끄덕였다.

"맞아요. 제가 약을 추천하지 않았죠. 항우울제는 감정의 기복을 줄이는 용도라 제대로 쓰면 너무 우울해지는 걸 막을 수 있지만 행복한 감정까지 못 느끼게 되는 경우가 많거든요." 그녀는 한쪽 손바닥을 바닥과 수평하게 들었다. "그냥 이렇게······ 수평선을 그리게 돼요. 그리고 항우울제를 복용하는 환자들이

312

대개 기분이 좋았던 때를 그리워할 것 같죠? 아니에요. 약을 끊고 싶어 하는 사람들은 대부분 다시 올 수 있으면 좋겠다고 해요. 사랑하는 사람과 슬픈 영화를 볼 때…… 그 사람과 같은 감정을 느낄 수 있으면 좋겠다고요."

"나는 영화를 좋아하지 않아요." 사라는 지적했다.

나디아는 깔깔대고 웃었다.

"네, 당연히 그러시겠죠. 하지만 제가 보기에 당신은 지금보다 감정을 더 자제할 필요가 없어요. 더 많은 감정을 느껴야 하지. 저는 당신이 우울해한다고 생각하지 않아요. 외로워한다고 생각하지."

"비전문가적인 진단처럼 들리는데요."

"그럴 수도 있죠."

"내가 만약 여기서 나가서 자살하면 어쩌려고요?"

"그러시지 않을 거라고 봐요."

"그래요?"

"좀 전에 다음번이라고 하셨잖아요."

사라는 나디아의 턱에 시선을 고정했다.

"그리고 내 말을 믿는다?"

"네."

"왜요?"

"왜냐하면 제가 보기에 당신은 사람들의 접근을 차단해요. 그걸 허용하면 나약해지는 기분이 들거든요. 그런데 당신은 상처를 받을까 봐 두려워하는 게 아니라 다른 사람들에게 상처를 줄까 봐 두려워하는 것처럼 보여요. 당신은 스스로 인정하는 것보다 공감 능력이 뛰어나고 도덕적인 사람이에요."

사라는 이 말에 아주, 아주 기분이 나빠졌고, 나디아가 그녀가 나약하다고 해서 그런 건지 아니면 도덕적이라고 해서 그런 건지 판단이 잘되지 않았다.

"결국에는 싫증 날 사람들과 대화를 시도할 가치가 없다고 생각하는 것일 수도 있죠."

"시도해보지 않으면 알 수 없는 거 아닌가요?"

"여기서 이렇게 경험하고 있잖아요. 선생님한테 싫증 나는 데 오래 걸리지도 않았어요!"

"그 문제에 대해 진지하게 생각해보세요." 나디아는 말했지만 당연히 가망 없는 얘기였다. 사라는 여느 때처럼 본론에서 멀찌감치 벗어났다.

"그래, 선생님은 왜 채식주의를 선택했어요?"

나디아는 희미하게 앓는 소리를 냈다.

"그 얘기를 꼭 다시 꺼내야 하나요? 좋아요. 제가 채식주의를 선택한 이유는 기후 위기가 걱정되기 때문이에요. 모두가 채식을 선택하면……."

사라가 경멸조로 끼어들었다. "만년설이 녹는 걸 막을 수 있나요?"

나디아는 채식주의자들이 나이 많은 친척들과 크리스마스를 보낼 때마다 숱하게 훈련하는 인내심을 발휘했다.

"아뇨, 그렇지는 않아요. 하지만 좀 더 광범위한 해결책의 일부는 될 수 있죠. 그리고 만년설이 녹고 있다는 건……."

"하지만 펭귄이 꼭 있어야 하나요?" 사라는 불쑥 물었다.

"만년설은 문제가 아니라 증상이라고 할 수 있죠. 당신이 겪는 수면 장애와 같은."

사라는 창문 숫자를 셌다.

"멸종 위기에 놓인 개구리들이 있는데, 과학자들이 말하길 그 녀석들이 사라지면 벌레 때문에 숨도 못 쉬게 될 거라더군요. 하지만 펭귄은요? 펭귄이 사라진다 한들 패딩 재킷을 만드는 회사 말고는 어느 누가 타격을 입겠어요?"

나디아는 그 말을 듣고 맥락을 놓쳤는데, 어쩌면 사라의 의도가 바로 그거였을지 몰랐다.

"설마…… 아니…… 패딩 재킷을 펭귄 털로 만든다고 생각하세요? *거위* 털로 만들죠!"

"그러니까 거위는 펭귄보다 덜 중요하다는 건가요? 채식주의자가 할 말은 아닌 것 같은데요."

"제가 언제 그랬어요?"

"그렇게 들렸어요."

"습관적으로 그러시네요."

"뭘요?"

"실질적으로 느껴지는 감정이 화두가 될 것 같으면 바로 화제를 돌리는 거요."

사라는 그 말에 대해 고민하는 눈치를 보였다. 그러고는 잠시 후에 말했다. "그럼 곰은요?"

"네?"

"선생님이 만약 곰의 공격을 받는다면요? 죽일 수 있어요?"

"제가 왜 곰의 공격을 받겠어요?"

"누가 선생님을 납치해서 약물을 주입했는데 눈을 떠보니 우리 안에 곰과 함께 갇혀 있고 누구 하나가 죽을 때까지 싸워야 할 수도 있잖아요."

"상당히 불안한 모습을 보이기 시작하시네요. 짚고 넘어가자면 저는 심리학과 관련해 아주 많은 교육을 받은 사람으로서 불안을 정의하는 기준이 *상당히* 높은데도 말이죠."

"그렇게 예민하게 굴지 말고 질문에 대답이나 해요. 그런 상황이면 곰을 죽일 수 있겠어요? 곰을 먹을 생각이 없더라도? 포크는 없지만 칼은 있다면요?"

나디아는 앓는 소리를 냈다. "또 그러시네요."

"뭘요?"

나디아는 시계를 보았다. 사라는 그걸 알아차렸다. 사라는 모든 창문을 두 번씩 셌다. 나디아는 그걸 알아차렸다. 그들은 잠깐 동안 서로 다른 데를 쳐다보았다. 나디아가 말을 꺼냈다. "그럼 제가 이런 질문을 할게요. 당신이 이런 식으로 녹색 운동을 조롱하는 이유는 당신이 몸담고 있는 금융업계와 대척점에 있기 때문인가요?"

사라는 스스로 예상했던 것보다 더 빠르게 발끈했다. 막상 겪어보기 전에는 자신이 어떤 것에 대해 얼마나 격한 감정을 품고 있는지 모르는 경우도 가끔 있기 때문이다. "녹색 운동은 옆에서 누가 거들지 않아도 충분히 어처구니없게 보여요! 그리고 나는 금융업계를 변호하는 게 아니라 경제 시스템을 변호하는 거예요."

"그 둘이 뭐가 다른데요?"

"한쪽은 증상이고 다른 쪽은 문제죠."

나디아는 무슨 뜻인지 이해하는 것처럼 고개를 끄덕였다.

"우리가 경제 시스템을 만들지 않았나요? 하나의 구조물 아니에요?"

놀랍게도 사라는 전혀 잘난 체하지 않고 거의 동의하는 투로 대답했다.

"그게 문제예요. 우리가 너무 튼튼하게 만들었다는 게. 우리가 얼마나 탐욕스러운지 깜빡했다는 게. 선생님은 집 있어요?"

"네."

"대출을 받아서 샀어요?"

"다들 그러지 않나요?"

"아니에요. 그리고 예전에는 대출이라고 하면 갚아야 하는 거였잖아요. 하지만 요즘 중산층은 평생 모아도 감당하지 못할 액수를 대출받고 있고, 은행에서는 이제 돈을 *빌려준다고* 하지 않아요. *자금*을 지원한다고 하지. 그리고 집은 이제 집이 아니에요. 투자 수단이지."

"그게 무슨 소린지 제가 백 퍼센트 이해하고 있는지 잘 모르겠네요."

"가난한 사람은 점점 가난해지고 부유한 사람은 점점 부유해지고, 돈을 빌릴 수 있는 사람과 빌리지 못하는 사람으로 나뉘는 것이 진정한 계층 격차라는 뜻이에요. 왜냐하면 아무리 돈을 많이 벌어도 월말이면 다들 돈 걱정을 하느라 잠을 설치거든요. 다들 옆집 사람들을 보며 '어떻게 저 사람들은 저걸 *감당하지*?'라고 궁금해하죠. 다들 분수에 맞지 않게 살다 보니. 그러니 정말 돈이 많은 사람도 자기가 정말 돈이 많다고 생각하지 않아요. 결국에는 이미 가지고 있는 물건의 좀 더 비싼 버전밖에 살 만한 게 없거든요. 그것도 빌린 돈으로 사는 거고요."

나디아는 스케이트 타는 사람을 난생처음 본 고양이 같은 표정을 짓고 있었다.

"카지노 직원이 그랬어요, 돈을 잃어서 망가지는 사람은 없고 잃은 돈을 다시 벌려다 망가지는 거라고. 그런 뜻에서 하시는 말씀인가요? 주식 시장과 부동산 시장이 붕괴된 게 그래서예요?"

사라는 어깨를 으쓱했다.

"그래요. 그렇게 생각하는 쪽이 더 좋겠다면."

그러자 심리 상담사가 갑자기, 아무 이유 없이 환자의 급소를 때리는 질문을 했다. "그럼 고객에게 돈을 빌려주지 *않았을* 때와 돈을 *너무 많이* 빌려줬을 때, 둘 중 어느 쪽에 더 죄책감을 느끼세요?"

사라는 아무렇지 않은 척했지만 의자 팔걸이를 어찌나 세게 붙잡았던지 손을 놓았을 때 손바닥이 새하얘졌을 정도였다. 사라는 손바닥을 비벼서 감추고 창문 숫자를 세며 시선을 피했다. 그러다 짧게 코웃음을 쳤다.

"그거 알아요? 동물 복지를 걱정하는 사람들이 정말로 동물 복지에 신경을 쓴다면 행복하게 자란 돼지고기를 먹으라고 하지 않을 거예요."

나디아는 눈을 부라렸다. "그게 제 질문하고 무슨 상관인지 모르겠네요."

사라는 어깨를 으쓱했다.

"유기농법, 놓아기른 닭, 행복하게 자란 돼지 어쩌고저쩌고 하는데…… 행복하게 자란 돼지고기를 먹으면 더 비도덕적인 거 아니에요? 물론 나야 끔찍하게 살다 죽은 돼지가 아니라 가족, 친구들과 더불어 카르페 디엠을 즐기던 돼지를 먹으면 더 좋겠죠. 농부들 말로는 행복하게 자란 돼지가 더 맛있다고 하니, 돼지가 막 사랑에 빠졌거나 아니면 새끼를 낳은 직후, 그런 식으로 가장 행복해질 때까지 기다렸다가 머리를 쏴서 죽이고 진공 포장 하지 않겠어요? 그건 과연 얼마나 도덕적인가요?"

심리 상담사는 한숨을 쉬었다.

"고객과 그들이 빌린 액수에 대해 이야기하고 싶지 않다는 뜻으로 해석할게요."

사라는 손톱으로 손바닥을 깊숙이 눌렀다.

"채식주의자들은 자기들이 지구에 필요한 존재라도 되는 양 지구를 살리자고 한다는 거 생각해본 적 있어요? 지구는 인간의 도움 없이도 앞으로 수십억 년 동안 잘 버틸 거예요. 우리는 우리 자신을 죽이고 있을 뿐이죠."

늘 그렇듯 대답이라고 볼 수 없는 대답이었다. 나디아는 시계

를 확인했다가 사라가 그걸 알아차리고 늘 그러듯 자리에서 일
어나자 당장 후회했다. 사라는 이제 그만 나가달라는 말을 싫어
했기 때문에 사람들이 시계를 보는지 여부에 남들보다 촉각을
곤두세웠고, 상대가 두 번째로 시계를 확인하면 자리에서 일어
났다. 나디아는 당황스러워하며 말을 더듬었다. "시간이 좀 남았
는데…… 괜찮으시면…… 이 뒤로 예약 환자가 없거든요."

"뭐, 할 일이 있어서요." 사라는 대답했다.

나디아는 마음을 가라앉히고 단도직입적으로 물었다. "개인
적인 얘기를 하나만 들을 수 있을까요?"

"네?"

나디아는 자리에서 일어나 고개를 움직여가며 사라와 시선
을 맞추려고 했다.

"지금까지 함께 대화를 나누는 동안 당신이 정말로 개인적인
얘기는 한 번도 한 적이 없다는 생각이 들거든요. 조금도요. 가
장 좋아하는 색깔은 뭔가요? 미술 좋아하세요? 누굴 사랑해본
적 있으세요?"

사라의 눈썹이 저 꼭대기까지 솟구쳤다.

"내가 사랑에 빠지면 지금보다 잠을 푹 잘 수 있을 거라고 생
각하세요?"

나디아는 폭소를 터뜨렸다.

"아뇨. 그냥 궁금해서요. 당신에 대해 아는 게 거의 없잖아요."

그들이 함께한 수많은 시간 중에서 이때가 가장 기억에 남을
만한 순간이었다.

사라는 의자 뒤편에 몇 초 동안 서 있었다. 그러다 심호흡을 하고 나디아에게 어느 누구한테도 한 적 없는 자신의 이야기를 털어놓았다. "나는 음악을 좋아해요. 집에 들어가자마자 음악을…… 아주 크게 틀어요. 그러면 생각을 정리하는 데 도움이 돼요."

"집에서만 그러세요?"

"사무실에서는 그렇게 크게 틀 수가 없으니까요. 아주, 아주 크게 들어야만 효과가 있거든요."

사라는 이 말을 하면서 어디에 효과가 있다는 건지 보여주려는 듯 이마를 톡톡 두드렸다.

"어떤 음악을요?" 나디아는 조심스럽게 물었다.

"데스 메탈요."

"와우."

"그거 전문가적인 의견인가요?"

나디아는 피식 웃었다. 본인도 당혹스러울 만큼 아주 비전문적인 반응이었다. 심리학 강의에서는 피식 웃는 법을 가르치지 않는다.

"너무 뜻밖이라서요. 왜 하필 데스 메탈이에요?"

"워낙 시끄러워서 머릿속이 고요해지거든요."

핸드백 손잡이를 쥐고 있는 사라의 손마디가 하얗게 변했다. 나디아는 그걸 보고 책상 서랍에서 메모지를 꺼내 뭐라고 적어서 사라에게 건넸다.

"수면제 처방전인가요?" 사라는 물었다.

나디아는 고개를 저었다.

"좋은 헤드폰 브랜드예요. 여기서 조금만 걸어가면 가전제품 전문점이 있거든요. 헤드폰을 사면 상황이 힘들게 느껴질 때마다 어디에서든 음악을 들을 수 있어요. 그러면 외출을 좀 더 자주 하게 되지 않을까요? 사람들을 만나고. 어쩌면…… 사랑에 빠지고."

두말하면 잔소리지만 심리 상담사는 마지막 그 말을 내뱉자마자 후회했다. 사라는 아무 반응도 보이지 않았다. 쪽지를 핸드백에 넣고 맨 밑바닥에 있는 편지를 빤히 쳐다보다가 얼른 핸드백을 닫았다. 그녀가 나가려는 찰나, 선을 넘었나 싶어 걱정이 된 나디아가 뒤에서 외쳤다.

"꼭 사랑에 빠져야 하는 건 아니에요, 사라! 그런 뜻에서 한 말이 아니었어요! 그냥 새로운 걸 시도해볼 때도 되지 않았느냐는 뜻이었어요. 그냥 당신에게…… 당신에게…… 어떤 사람에게 싫증 낼 수 있는 기회를 줘보고 싶어서요!"

사라는 엘리베이터를 탔다. 문이 닫히는 동안 대출에 대해 생각했다. 우리가 승인하는 대출과 거절하는 대출에 대해. 그러다 비상 정지 버튼을 눌렀다.

52

인질극이 이어지는 동안 야크는 바깥 도로에서 짐에게 피자를 들려서 올려 보내는 것 말고 은행 강도와 접촉할 다른 방법이 없는지 열심히 머리를 굴리며 고민했다. 청년들은 거의 모든 것에 대해 거의 항상 절대적으로 확신하는 경향이 있지만, 아버지를 계단으로 보내 자신의 짐작이 맞는지 확인하지 않고서도 그게 폭탄이 아님을 백 퍼센트 확신할 방법이 있다면 더 수월하게 사태를 해결할 수 있기 때문에, 아무리 야크라고 하더라도 머리를 굴리고 굴리고 또 굴렸다.

"잠깐만요, 아버지, 제가……." 그는 전화기를 들어서 협상 전문가에게 말했다. "피자를 들고 들어가기 전에 상황을 좀 더 정확하게 확인하고 싶습니다. 도로 맞은편 건물에 진입이 가능해요. 거기서 창문으로 계단을 볼 수 있을지 몰라요."

협상 전문가는 회의적인 말투였다.

"그런다고 달라지는 게 있을까요?"

"없겠죠, 아마도." 야크는 시인했다. "하지만 창문으로 그게 폭탄인지 아닌지 확인할 수 있을지 모르니 모든 대안을 시도한 뒤에 동료를 들여보냈으면 합니다."

협상 전문가는 휴대전화를 손으로 덮고 다른 누군가에게 뭐라고 말했다. 아마도 빌어먹을 상사일 것이다. 잠시 후 그가 다시 돌아와서 말했다. "네. 좋습니다, 네."

협상 전문가는 야크에게 이렇게 결정적인 순간에 아버지를 '동료'라고 지칭하다니 대단하다고 말로 표현하지는 않았지만 속으로는 그렇게 생각했다.

그래서 야크는 도로 맞은편 건물로 들어갔다. 협상 전문가는 전화를 끊지 않고 기다리고 있다가 1.5층이 지났을 때 물었다. "지금…… 뭐 하는 겁니까?"

"계단으로 올라가는 중이에요." 야크는 대답했다.

"거기 엘리베이터가 없나요?"

"엘리베이터를 좋아하지 않아서요."

협상 전문가는 휴대전화로 머리를 얻어맞은 듯한 소리를 냈다.

"폭탄과 무장한 은행 강도가 있는 건물 안으로 들어가려는 사람이 엘리베이터를 무서워한단 말이에요?"

야크는 나지막이 쏘아붙였다. "엘리베이터를 *무서워*하다니요! 제가 무서워하는 건 뱀과 암이에요. 엘리베이터를 *좋아하지* 않을 뿐이에요!"

협상 전문가는 씩 웃는 듯한 소리를 냈다.

"지원을 요청하면 안 될까요?"

"동원할 수 있는 병력은 여기로 총출동했어요. 지금 저지선을 유지하고 인근 건물의 주민들을 대피시키고 있어요. 지원을 요청했지만 둘 다 부인을 기다리는 중이에요."

"그게 무슨 소리예요?"

"술을 마시던 중이라 부인이 와서 여기까지 태워다 주길 기다리고 있다고요."

"술을 마시고 있었다고요? 이 시각에? 새해 *이틀 전날*에?" 협상 전문가는 의아해했다.

"스톡홀름 사람들은 어떤지 몰라도 여기에서는 새해를 진지하게 맞이하거든요." 야크는 대답했다.

협상 전문가는 폭소를 터뜨렸다.

"스톡홀름 사람들은 뭐든 진지하게 여기지 않아요, 아시겠지만. 적어도 뭐든 중요한 게 없죠."

야크는 씩 웃었다. 그는 계단을 몇 개 더 올라가며 잠깐 망설이다가 예전부터 묻고 싶었던 질문을 했다.

"전에도 인질극에 관여하신 적이 있나요?"

협상 전문가는 망설이다가 대답했다.

"네. 네, 있습니다."

"어떻게 끝이 났나요?"

"네 시간 동안 대화를 나눈 끝에 범인이 인질들을 석방하고 거기서 나왔어요."

야크는 간결하게 고개를 끄덕이고 꼭대기 바로 아래층에서 걸음을 멈추었다. 조그만 쌍안경으로 층계참 창밖을 내다보았다. 맞은편 건물 층계참 바닥에 놓인 전선이 보였다. 매직으로 뭐라고 적힌 상자 밖으로 늘어져 있었다. 백 퍼센트 장담할 수는

불안한 사람들

없지만 거기서 보기에는 '크-리-스-마-스'라고 적혀 있는 것 같았다.

"폭탄이 아니에요." 그는 전화기에 대고 말했다.

"그럼 뭐인 것 같아요?"

"밖에 매다는 크리스마스 전등 같아요."

"뭐, 그럼."

야크는 꼭대기 층으로 걸음을 옮겼다. 은행 강도가 블라인드를 내리지 않았다면 아파트 안을 들여다볼 수 있을지도 몰랐다.

"무슨 수로 끌어내셨어요?" 그는 물었다.

"누구를요?"

"인질범요. 지난번에."

"아, 평소처럼 배운 대로 여러 방식을 조합했죠. 부정적인 단어를 피하고 '안 된다'거나 '그러지 말라'고 하지 말 것. 범인과의 공통점을 찾을 것. 동기를 파악할 것."

"정말 그런 방법을 통해 그를 끌어내셨나요?"

"아뇨, 당연히 아니죠. 농담이었어요."

"진짜예요?"

"네, 진짜예요. 네 시간 동안 대화를 나누던 도중에 그가 갑자기 아무 말도 하지 않았어요. 두말하면 잔소리지만 그게 수업 시간에 맨 처음 배운 거였고……."

"범인에게 계속 말을 거는 거요? 대화가 끊기지 않게?"

"맞아요. 뭘 어쩌면 좋을지 알 수가 없었기에 에라 모르겠다 하고 그에게 재미있는 얘기 하나 듣고 싶으냐고 물었죠. 그는 한

1분 동안 아무 말도 하지 않다가 물었어요. '왜요, 얘기 안 할 거예요?' 그래서 한 배를 탄 두 명의 아일랜드 남자 얘기를 들려줬죠. 어떤 내용인지 알아요?"

"아뇨." 야크는 말했다.

"아일랜드 형제 둘이 바다낚시를 하러 갔어요. 폭풍 때문에 노를 두 개 다 잃어버리고 이제 바다에 빠져 죽는구나 했죠. 그런데 갑자기 형제 중 한 명이 물속에서 뭔가를 발견하고는 어찌어찌 그 병을 집었어요. 코르크 마개를 뽑으니까 펑! 하고 지니가 등장했죠. 지니는 두 형제에게 뭐든 소원을 하나 들어주겠다고 했어요. 그래서 두 형제는 폭풍이 치는 바다를 두리번거렸죠. 육지에서 몇 킬로미터 떨어진 곳에 노도 없이 발이 묶여 있었으니, 첫째가 무슨 소원을 빌까 고민하던 사이 둘째가 명랑하게 불쑥 내뱉었어요. 온 *바다가 기네스 맥주였으면 좋겠어요!* 지니는 바보 대하듯 그를 빤히 쳐다보다가 좋아요, 뭐, 이루어드리죠, 했어요. 펑! 하고 바다가 맥주로 변하고 지니는 사라졌어요. 첫째는 둘째를 빤히 쳐다보며 쏘아붙였어요. *야, 이 바보야! 소원을 하나 들어준다는데 바다가 맥주였으면 좋겠다고 하다니! 네가 무슨 짓을 저질렀는지 알아?* 둘째는 부끄러워하며 고개를 저었죠. 첫째는 두 팔을 저으며 말했어요⋯⋯."

협상 전문가는 극적인 효과를 위해 뜸을 들였지만 야크가 결정적인 대목에서 빵 터뜨릴 여지를 주지 않고 끼어들었다.

"*이제 배에다 오줌을 싸야 하잖아!*"

협상 전문가가 기분 나빠하며 어찌나 요란하게 콧방귀를 뀌는지 휴대전화가 흔들릴 정도였다.

"그러니까 아는 얘기였군요?"

"저희 엄마가 재밌는 얘기를 좋아하셨거든요. 정말로 인질범이 그 얘기를 듣고 항복했다는 겁니까?"

조금 길다 싶은 정적이 흘렀다.

"어쩌면 내가 또 다른 얘기를 들려주겠다고 할까 봐 걱정이 됐을지도 모르죠."

협상 전문가는 이렇게 말하며 폭소를 터뜨리고 싶어 하는 것 같았지만 성공하지 못했다. 야크도 그렇다는 걸 알아차릴 수밖에 없었다. 야크는 이제 꼭대기 층에 다다라 창밖으로 길 건너편 건물의 발코니를 내다보았다가 놀라서 멈칫했다.

"어……? 참 이상하네요."

"뭐가요?"

"인질들이 붙잡혀 있는 아파트 발코니가 보이거든요. 어떤 여자가 거기 서 있어요."

"여자요?"

"네, 헤드폰을 쓰고서요."

"헤드폰요?"

"네."

"어떤 헤드폰요?"

"헤드폰 종류가 몇 가진데요? 그리고 그게 무슨 상관이죠?"

협상 전문가는 한숨을 쉬었다.

"알았어요. 바보 같은 질문이었어요. 그럼 여자가 몇 살쯤 되어 보여요?"

"50대예요. 그보다 더 많을 수도 있고요."

"쉰 살보다 많다는 거예요 아니면 50대에서도 나이가 많은 축이라는 거예요?"

"아, 진짜…… 모르겠어요! 그냥 여자예요. 완벽하게 평범한 여자."

"알았어요, 알았어요, 진정해요. 겁에 질린 표정인가요?"

"그보다는…… 심심해하는 것 같아요. 아무튼 위험한 상황에 놓인 사람처럼 보이지는 않아요."

"그것 참 인질극치고 희한하게 들리네요."

"그러니까요. 그리고 계단에 있는 물건은 절대 폭탄이 아니에요. 그리고 범인은 현금 없는 은행을 털려고 했어요. 제가 처음부터 얘기했다시피 상대는 전문가가 아니에요."

협상 전문가는 잠깐 동안 이 말에 대해 고민했다.

"네, 당신 말이 맞을 수도 있겠어요."

협상 전문가는 단언하는 척하려고 했지만, 야크는 그가 미심쩍어하는 기미를 느낄 수 있었다. 두 남자끼리 긴 침묵을 공유한 뒤 야크가 말했다. "솔직히 말씀해주세요. 당신이 지난번에 관여했다는 그 인질극에서 무슨 일이 있었는지."

협상 전문가는 한숨을 쉬었다.

"남자는 인질들을 석방했어요. 하지만 우리가 진입하기 전에 권총으로 자살했어요."

이 말이 그날 하루 종일 야크를 거머리처럼 따라다닐 것이다.

그가 계단을 다시 내려오기 시작했을 때 협상 전문가가 헛기
침을 했다.

"좋아요, 야크, 이번에는 *내* 쪽에서 질문을 하나 해도 될까요?
스톡홀름의 그 일자리를 왜 거절했어요?"

야크는 거짓말을 할까 고민했지만 그럴 만한 기운이 없었다.

"어떻게 알았어요?"

"출발하기 전에 상사하고 대화를 나눴거든요. 현장에 누가 있
느냐고 물어봤죠. 야크하고 통화하라고, 엄청 훌륭한 친구라고
하더군요. 여러 번 일자리를 제안했지만 계속 거절당하고 있다
면서."

"이미 하는 일이 있는걸요."

"우리 상사가 제안한 그런 일자리는 아니잖아요."

야크는 자기를 변호하듯 코웃음을 쳤다.

"아, 당신네 스톡홀름 사람들은 하나같이 세상이 당신들의 그
빌어먹을 도시를 중심으로 돌아간다고 생각하죠."

협상 전문가는 폭소를 터뜨렸다.

"저기요, 나는 우유를 먹고 싶으면 40분 동안 차를 몰고 가서
사 와야 하는 마을에서 자랐어요. 그 시절에는 당신들이 사는 곳
이 대도시인 줄 알았다고요. 우리한테는 당신들이 스톡홀름 출
신이었어요."

"모두들 다른 누군가의 스톡홀름 출신인가 보네요."

"그러니까 뭐가 문제예요? 스톡홀름으로 자리를 옮기면 일을 감당하지 못할까 봐 걱정돼요?"

야크는 바지에 대고 손을 문지른다.

"심리 상담이에요, 뭐예요?"

"듣자 하니 심리 상담을 받을 필요가 있는 것 같은데요."

"당면한 과제에 집중하면 안 될까요?"

협상 전문가는 머뭇거리며 심호흡을 한 번 한 다음 물었다. "다른 일자리를 제안받았다는 걸 아버지도 아시나요?"

야크는 욕을 하려고 했지만 협상 전문가는 그가 어떤 욕을 하려고 했는지 듣지 못했다. 바로 그때 야크가 계단 창밖으로 시선을 돌렸다가 아버지가 길에서 대기하라고 한 그의 말을 듣지 않은 것을 보았기 때문이었다.

"아이씨, *뭐야*?!" 야크는 외쳤다. 그런 다음 전화를 끊고 달렸다.

53

야크가 사라를 본 것은 그녀가 발코니로 나온 직후였다. 홀에 앉아 있던 은행 강도에게 바보 같은 짓은 하지 말라고 얘기하고 났더니 그녀는 어느 때보다 시원한 공기를 마시고 싶어졌다. 발코니로 향하는 사라의 뒷모습만 본 사람은 짜증이 난 거라고 생각할 수도 있었을 것이다. 그녀의 얼굴을 보아야만 그녀가 나약한 인간으로 전락한 기분에 휩싸여 있다는 것을 알 수 있었다. 그녀는 좀 전에 그곳에서 자제심을 잃고 감정을 느끼는, 스스로 생각하기에도 놀라운 일을 저질렀다. 다른 사람들 같으면 그 일이 부모와 좋아하는 음악이 비슷해지고 있는 걸 발견하거나 초콜릿인 줄 알고 씹어보니 고기 간으로 만든 파테였을 때처럼 아주 살짝 불쾌한 일일지 몰라도, 사라에게는 완전히 공포에 휩싸일 만한 일이었다. 그녀에게 공감하는 능력이 생기기 시작한 걸까?

그녀는 손에 소독제를 발라서 조심스럽게 비비고 길 건너편 건물의 창문 숫자를 몇 번이고 다시 세며 심호흡을 하려고 했다. 그녀는 아파트 안에 너무 오래 있었고 이 사람들로 인해 평소 타인과 유지하던 거리가 축소된 것이 영 불편했다. 그녀는 발코니로 나가 아래 길거리에서는 난간 너머로 그녀를 볼 수 없도록 건물 벽에 몸을 바짝 댔다. 헤드폰으로 귀를 막고 머릿속에서 들리는 비명소리를 덮을 수 있을 만큼 노래의 볼륨을 높였다. 베이스가 심장보다 더 세게 쿵쾅거릴 때까지 볼륨을 높였다.

바로 거기서, 그녀는 찾았을 수도 있다. 자신과 화해하는 법을 말이다.

그녀는 편안하게 도시를 뒤덮은 겨울을 느낄 수 있었다. 그녀는 1년 중 이맘때의 정적을 좋아했지만 그 우쭐대는 분위기는 반갑게 받아들인 적이 없었다. 눈이 내릴 즈음이면 가을이 이미 잎사귀를 모조리 처리하고 사람들의 머릿속에서 여름의 추억을 꼼꼼하게 쓸어내는 등 모든 업무를 마쳐놓은 뒤였다. 겨울이 할 일은 영하의 날씨와 함께 슬그머니 등장해, 바비큐 그릴 옆에 20분간 서 있었을 뿐 처음부터 끝까지 식사 대접을 도맡은 적은 평생 단 한 번도 없는 남자처럼 공로를 독차지하는 것뿐이었다.

그녀는 발코니 문이 열리는 소리를 듣지 못했지만 레나르트가 나와서 그녀 옆에 서자 털 달린 귀가 머리칼에 닿는 것이 느껴졌다. 그가 한쪽 헤드폰을 가만히 두드렸다.

"왜요?" 그녀는 쏘아붙였다.

"담배 피우세요?" 레나르트는 물었다. 토끼 탈은 벗지 못했지만 주둥이에 뚫린 조그만 구멍으로 담배를 피울 수 있겠다고 자신했기 때문이었다.

"절대 안 피우는데요!" 사라는 다시 헤드폰을 쓰며 말했다.

레나르트는 시종일관 애매한 토끼 탈을 쓰고 있어서 표정이 드러나지 않았지만 깜짝 놀랐다. 사라는 담배를 좋아해서가 아니라 공기를 오염시키려고 담배를 피울 흡연자처럼 보였던 것이다. 토끼가 다시 헤드폰을 두드리자 그녀는 싫은 티를 있는 대로 내며 헤드폰을 벗었다.

"그럼 발코니에서 뭐 하세요?" 그는 궁금해했다.

사라는 흰 양말에서부터 맨다리와 고무줄이 늘어난 팬티를 거쳐, 털이 희끗희끗해지기 시작한 맨가슴에 이르기까지 그를 한참 동안 날카롭게 뜯어보았다.

"진심으로, 지금 당신이 남의 선택에 의문을 제기할 수 있는 위치라고 생각해요?" 그녀는 물었지만 원했던 것만큼 짜증 난 말투로 들리지 않아서 짜증이 났다.

그는 축 늘어진 큼지막한 토끼 귀를 긁적이며 대답했다. "저도 담배는 피우지 않아요. 파티에서만 피우죠. 그리고 인질로 붙잡혔을 때하고!"

그는 폭소를 터뜨렸지만 그녀는 웃지 않았다. 그는 잠잠해졌다. 그녀는 다시 헤드폰을 썼지만 아니나 다를까, 그가 바로 헤드폰을 두드렸다.

"잠깐 여기 같이 있어도 될까요? 들어가면 로게르한테 또 한 대 얻어맞을까 봐 불안해서요."

사라가 아무 대답 없이 다시 헤드폰을 쓰자 토끼가 곧바로 헤드폰을 두드렸다.

"그럼 여기 사파리 투어 하러 온 거예요?"

그녀는 놀란 눈빛으로 그를 노려보았다.

"그게 무슨 소리예요?"

"그냥 구경 온 거냐고요. 아파트 오픈하우스마다 항상 그런 사람이 있거든요. 아파트를 살 생각은 없고 그냥 호기심에 보러 온 사람. 사파리 투어 하러 온 사람. 남의 라이프 스타일을 맛보는 거죠. 이 일을 하다 보면 그런 게 눈에 들어와요."

사라는 표독스러운 눈빛을 지었지만 입은 계속 다물고 있었다. 남에게 간파당하는 것은 유쾌하지 않은 경험이고, 특히 대개 남을 간파하는 입장에 있던 사람들은 그런 사태가 벌어지면 옷깃을 더 단단히 여미게 된다. 그녀는 독설을 퍼부어 그를 멀찌감치 떼어내고 싶은 충동을 느꼈지만 자기도 모르게 이렇게 물었다. "안 추워요?"

그가 고개를 젓자 그녀는 한쪽 토끼 귀를 피하느라 고개를 수그려야 했다. 그는 북슬북슬한 얼굴을 토닥이며 키득거렸다. "아뇨. 체열의 70퍼센트가 머리로 빠져나간다고 하잖아요. 여기 이렇게 갇혀 있어서 30퍼센트만 빼앗기고 있나 봐요."

사라는 그게 타이트한 속옷 차림의 남자가 영하의 날씨에 자랑할 만한 일은 아니지 않나 생각했다. 그녀는 그를 내쫓을 수 있길 바라며 다시 헤드폰을 썼지만, 그가 헤드폰을 다시 두드리기 전부터 그의 다음 대사가 '나는'이라는 단어로 시작될 것임을 이미 짐작하고 있었다.

"나는 사실 배우예요. 아파트 오픈하우스 현장을 어지럽히는 일은 그냥 부업이고요."

"그러시군요." 사라는 텔레마케터의 아들딸들이나 얘기를 계속하라는 뜻으로 받아들일 만한 말투로 이렇게 대꾸했다.

"문화계 종사자들로선 힘든 시기죠." 토끼는 고개를 끄덕였다.

사라는 체념하는 뜻에서 헤드폰을 목에 걸치고 코웃음을 쳤다.

"아파트를 파는 사람들도 힘든 시기인데 그걸 이용해놓고 그런 식으로 변명하는 거예요? 어째서 당신 같은 '문화계' 종사자들은 당신들이 이득을 보는 경우가 아니면 자본주의가 아무짝에도 쓸모가 없다고 생각하나요?"

이런 말이 저절로 흘러나온 이유를 그녀로서도 알 수 없었다. 그의 귀 사이로 다리가 언뜻 보였다. 12월의 바람을 맞아 그의 귀가 조심스럽게 흔들렸다.

"죄송하지만 당신은 아파트를 팔려는 사람들을 안쓰럽게 여길 만한 인물로 보이지 않는데요."

사라는 좀 더 씩씩대며 다시 한번 코웃음을 쳤다.

"나는 파는 쪽이나 사는 쪽에 관심 없어요. 하지만 당신의 '부업'이 경제 시스템을 조작하고 있다는 사실을 당신은 모르는 눈치라는 건 신경이 쓰이네요!"

토끼 탈은 계속 일그러진 미소를 짓고 있었지만 레나르트는 그 안에서 열심히 머리를 굴렸다. 잠시 후에 그가 한 말을 듣고, 사라는 그 말을 토끼가 했든 인간이 했든 그렇게 한심한 소리는 처음이라고 생각했다. "내가 경제 시스템하고 무슨 상관인데요?"

사라는 손을 문질렀다. 창문 숫자를 셌다.

"시장이 자율적으로 운영되어야 하는데 당신 같은 사람들이 수요와 공급의 균형을 깨뜨리잖아요." 그녀는 지친 목소리로 말했다.

두말하면 잔소리지만 토끼는 곧바로 가장 뻔한 반론을 제기했다. "그렇지 않아요. 내가 아니라도 누군가는 이 일을 하고 있었을 거예요. 나는 법을 위반하는 것도 아니에요. 아파트가 대부분의 사람들 입장에서는 가장 엄청난 투자니까 가장 좋은 가격에 거래를 하고 싶지 않겠어요? 그래서 내가……."

"아파트의 원래 용도는 투자처가 아니에요." 사라는 침울하게 대꾸했다.

"그럼 원래 용도가 뭔데요?"

"집이죠."

"무슨 공산주의자예요?" 토끼는 키득거렸다.

사라는 그의 코를 한 대 치고 싶었지만 대신 그의 귀 사이를 가리키며 말했다. "10년 전에 금융위기가 닥쳤을 때 어떤 남자가 저 다리에서 뛰어내렸어요. 지구 반대편에서 부동산 시장이 붕괴되는 바람에. 아무 죄 없는 사람들이 일자리를 잃었고 죄를 지은 사람들은 보너스를 받았죠. 왜 그랬는지 알아요?"

"지금 너무 과장해서—"

"당신 같은 사람들이 시스템 내의 균형 따위 아랑곳하지 않았기 때문이에요."

레나르트는 토끼 탈 안에서 거만하게 킬킬거렸다. 그가 어떤 사람을 상대로 토론을 시작하게 됐는지 아직도 모르고서 하는 행동이었다.

"진정하세요. 금융위기는 은행 때문에 생긴 거잖아요. 내가 원칙을—"

"당신이 원칙을 정한 것도 아니다? 지금 그 말을 하려는 거예요? 당신은 원칙을 만드는 사람이 아니고 정해진 원칙을 따를 뿐이다?" 사라는 지친 목소리로 말허리를 잘랐다. 재정적 책임을 운운하며 강의하려 드는 남자를 또다시 상대하느니 차라리 폭약 원료인 니트로글리세린을 먹고 트램펄린 위로 올라가고 싶은 심정이었다.

"네! 음, 아뇨! 하지만…….."

사라는 커프스단추의 주요 구매 계층과 중역 회의실에서 보낸 시간이 워낙 많았기에 이 남자의 독백이 어떤 식으로 이어질지 알고도 남았다. 그래서 시간을 아끼고 그의 목청을 보호하기로 결심했다. "어떤 논리를 전개하려는 건지 내가 알아맞혀 볼게요. 당신은 이 아파트를 팔려는 사람에게 관심 없고, 로게르와 안나레나에게도 관심 없고, 당신의 유일한 관심사는 당신 자신뿐이에요. 하지만 이런 식으로 자신을 변호하려 들겠죠. 부동산 시장을 속이는 건 불가능하다고, *시장*은 실질적으로 존재하는 게 아니라 하나의 구조물에 불과하다고. 그냥 컴퓨터 화면상의 숫자에 불과하다고. 그러니까 *당신*한테는 아무 책임이 없다고."

"아니에요…….." 레나르트는 말문을 열었지만 숨 한 번 마실 겨를도 없이 사라가 몰아붙였다.

"그러고는 돈도 일종의 구조물이기 때문에 아무 가치가 없다는 대중 심리학의 헛소리를 들먹이겠죠. 그러고는 역사 강의로 넘어가서 똑똑하고 연륜 있는 당신이 어리석고 무지한 나를 상대로 경제 이론과 주식 시장의 탄생 과정에 대해 가르치겠죠. 어쩌면 쥐를 잡아서 꼬리를 경찰에 제출하면 보상을 주는 방식으로 쥐가 퍼뜨리는 전염병을 타개하려고 했던 1902년 하노이에 대해 언급하고 싶어질 수도 있겠어요. 그 결과 어떻게 됐게요? 사람들이 쥐를 키우기 시작했어요! 평범한 사람들이 얼마나 이기적이고 신뢰할 수 없는지를 보여주는 사례라며 그 사건을 거론한 남자들이 얼마나 많았는지 알아요? 그 하찮은 머릿속에 떠오른 모든 생각이 우리에게 하사하는 아름다운 선물이라고 생각하는 당신 같은 남자를 우리 여자들이 날마다 얼마나 많이 만나는지 알아요?"

레나르트는 이 무렵 난간 쪽으로 세 발짝 뒷걸음질 친 상태였다. 하지만 사라의 연설이 본궤도에 올랐기 때문에 "나는……"이라고 말할 겨를밖에 없었다. 하지만 그마저도 그녀에게 말허리를 잘렸다. "당신은 뭐요? 당신은 뭐요? 당신은 욕심이 없는데 남들이 욕심을 부린다고요? 그 말을 하려는 거예요?"

토끼는 귀를 흔들었다.

"아니에요. 아니에요, 미안해요. 나는 저 다리에서 뛰어내린 사람이 있는 줄 몰랐어요. 당신은 알았는지 몰라도……."

사라의 뺨이 펄떡거렸고 목이 헤드폰 아래에서 시뻘게졌다. 그녀는 이제 레나르트를 상대로 얘기하지 않았다. 누구에게 하는 얘긴지 그녀로서도 불분명했지만 누군가에게 소리를 지르려고 10년 동안 기다려온 듯한 느낌이었다. 누구에게라도, 누구보다 자기 자신에게. 그래서 그녀는 악을 썼다. "당신과 나 같은 사람들이 문제라는 걸 모르겠어요? 우리는 항상 우리는 서비스를 제공하고 있을 뿐이라는 말로 변명을 하죠. 우리는 시장의 아주 조그만 일부일 뿐이라고. 모든 게 당사자들의 잘못이라고. 그들이 욕심이 많다고, 우리한테 돈을 맡긴 게 잘못이라고. 그러고는 뻔뻔하게 왜 주식 시장이 붕괴하고 도시에 쥐가 득시글거리는지 궁금해하고……."

그녀의 눈은 분노로 이글거렸고 콧구멍에서는 계속 김이 뿜어져 나왔다. 토끼는 아무 대꾸도 하지 않고, 핸드백을 제대로 잡으려는 그녀를 눈 한번 깜빡이지 않고 바라보기만 했다. 그러다 잠시 후 토끼 탈 안에서 도끼 휘두르는 소리가 들리자, 처음에 사라는 그 밥맛이 뇌졸중에 걸린 줄 알았다가 그게 레나르트가 배 속 깊은 곳에서부터 제대로 웃는 소리라는 것을 깨달았다. 그가 두 팔을 벌렸다.

"솔직히 당신이 지금 무슨 말을 하는 건지 모르겠어요. 하지만 항복할게요, 당신이 이겼어요, 당신이 이겼어요!"

사라는 분노만큼이나 엄청난 공포로 실눈을 떴다. 레나르트의 눈을 쳐다볼 필요가 없었기 때문에 다른 사람보다는 토끼를 상대하기가 쉬웠다. 그녀는 그것이 그녀에게 미칠 영향에 대해 무방비 상태였다. 그녀는 몸을 숙이고 펼친 손가락을 허벅지 위에 올려놓고 구부렸다 펴기를 반복했다. 그런 다음 아까보다 조용히 말했다. "내가 이겼다고요? 안나레나와 로게르도 이겼나요? 그는 돈을 벌려 했고 그녀는 그에게 행복을 선물하려고 했지만 사실 두 사람은 피할 수 없는 이혼을 늦추고 있었을 뿐이에요. 하지만 그게 당신한테는 기쁜 소식일지 모르겠네요, 그러면 그들이 아파트를 두 채 사야 할 테니까."

그때 어떤 사건이 벌어졌다. 레나르트가 처음으로 언성을 높인 것이다.

"아뇨! 그건 아니죠! 왜냐하면…… 왜냐하면…… 나는 그렇게 믿지 않으니까요!"

"그럼 당신은 뭘 믿는데요?" 사라는 쏘아붙였고 무엇이 그녀를 여기까지 몰고 왔는지 몰라도 결국 목소리가 갈라졌다. 그녀는 눈을 질끈 감고 헤드폰을 불끈 쥐었다. 그녀는 누군가가 자신에게 그렇게 물어봐주길 10년 동안 기다리고 있었다. 그랬기 때문에 그의 대답을 들었을 때 하마터면 쓰러질 뻔했다.

"사랑요."

레나르트는 별것 아니라는 듯 사랑이라는 단어를 집었다가 떨어뜨렸다. 사라로서는 예상하지 못했던 사태였고 그런 사태는 사람의 부아를 돋울 수 있다. 레나르트의 목소리가 토끼 탈 안에서 좀 더 뭉개졌고 이제는 상처받은 말투였다. "나를 사람들이 이혼하면 기뻐할 인간 취급하시네요. 하지만 오픈하우스를 2만 번 다녀본 사람은 이 세상에 사랑이 충만한 경우가 그 반대의 경우보다 더 많다는 걸 모를 수가 없어요."

심지어 사라조차 그 말에는 반박할 여지가 없었다. 그녀는 토끼 탈을 쓴 바보가 여전히 추운 기미를 보이지 않는 게 짜증이 났다. 사랑 얘기는 집어치우고 평범한 바보들처럼 추위를 좀 느껴라. 그녀는 어마어마한 발언으로 반격할 준비를 했다. 하지만 그녀의 입에서 나온 것은 이런 질문이었다. "뭘 근거로 그런 말을 해요?"

토끼의 귀가 흔들렸다.

"매물로 나오지 않은 모든 아파트요."

사라의 손가락이 목을 더듬었다. 아주 어처구니없지만은 않은 대답이었고 그래서 부아가 치밀었다. 어째서 레나르트는 완벽하게 바보 행세를 하는 예의조차 갖추지 못하는 걸까? 낭만적이기까지 한 바보라니 거의 견딜 수 없는 조합이었고 그 '거의'라는 단어에 헤드폰을 쓴 여자는 폭발할 수도 있었다.

그래서 그녀는 아무 말 없이 다리 쪽을 물끄러미 쳐다보았다. 그러다 체념의 한숨을 토하고 핸드백에서 담배를 두 개비 꺼냈다. 하나는 토끼의 주둥이에 물리고 남은 하나는 자기 입에 물었다. 토끼는 좀 전에는 담배를 피우지 않는다고 하지 않았느냐고 호들갑 떨 만큼 멍청하지는 않았다. 그녀는 그걸 고맙게 받아들였다. 그녀가 라이터를 건네자 그는 콧수염을 그슬리는 바람에 손으로 두드려 불을 꺼야 했다. 그녀는 그것도 고맙게 받아들였다.

그들은 느긋하게 담배를 피웠다. 잠시 후에 레나르트가 옥상 너머를 내다보며 심각하게, 하지만 비난하는 기미 없이 말했다. "저에 대해서는 마음대로 생각해도 좋지만 안나레나는…… 자

꾸만 응원하고 싶어지는 몇 안 되는 고객이에요. 그녀가 원하는
건 남편에게 돈을 벌어주는 것이 아니라 그가 필요한 사람이라
는 느낌을 선물하는 거예요. 다들 그녀가 순종적이고 찍소리도
못 하고 항상 뒤로 물러나 남편을 위해 희생하는 것을 당연하게
여기지만, 그녀가 예전에 무슨 일을 했는지 알아요?"

"아뇨." 사라는 실토했다.

"미국 대기업의 선임 애널리스트였어요. 그녀가 하도 허술해
서 나도 처음에는 못 믿었지만…… 이 아파트에서 그녀보다 똑
똑하고 더 많이 배운 사람은 없을 거라고 장담할 수 있어요. 아
이들이 어렸을 때 로게르가 회사에서 인정받기 시작했지만, 그
녀가 더 잘나갔기 때문에 그가 승진을 마다하고 아이들과 함께
집을 지켰고, 덕분에 그녀는 여기저기 출장을 다닐 수 있었어
요. 몇 년만 그러기로 했지만 그가 제자리걸음을 하는 동안 그
녀는 더욱 승승장구했고 연봉의 격차가 더 벌어지면서 둘의 역
할을 바꾸기가 점점 어려워졌죠. 아이들이 다 크고 자신의 모든
목표를 이루었을 때 안나레나는 로게르를 돌아보며 '자, 이제 당
신 차례야'라고 했어요. 하지만 그에게는 더 이상 승진의 기회가
주어지지 않았어요. 나이를 너무 많이 먹어버린 거죠. 그들은 알
맞은 대사를 연습한 적이 없었기 때문에 그걸 두고 대화를 나눌
방법이 없었어요. 그래서 그녀가 줄기차게 이사를 다니고 아파
트 리모델링 공사를 하는 방식으로 그에게 보상하려 하고 있어
요……. 공동의 프로젝트를 진행할 수 있게 말이에요. 이제 돌볼
아이들도 없으니 로게르는 자신이 쓸모없는 인간이 된 기분을

느끼거든요. 그리고 안나레나는 가정을 지키고 싶은 마음뿐이고요. 저에 대해서는 이러쿵저러쿵해도 상관없지만 제가 이 두 사람을 응원하지 않는다는 의심은 거두어주세요."

사라는 담배를 한 개비 더 꺼내 불을 붙였다. 이글거리는 불똥에 시선을 두기 위해서였다.

"안나레나가 당신한테 그런 얘기를 했어요?"

"사람들이 저한테 어떤 얘기까지 하는지 알면 놀라실걸요."

"아뇨, 아닐 거예요." 사라는 속삭였다.

그녀는 자신은 거리가 필요한 사람이라고 그에게 실토하고 싶었다. 손을 주무르는 것을 멈출 수가 없다고. 진정하기 위해서 방 안에 있는 모든 것의 숫자를 센다고. 질서를 좋아해서 스프레드시트와 매출 예측을 좋아한다고. 하지만 그녀가 평생을 몸담았던 경제 시스템이 이제 지구상에서 가장 큰 문제가 되어버렸다는 얘기도 하고 싶었다. 우리가 그 시스템을 너무 강력하게 만들었다고. 우리가 얼마나 욕심이 많은 존재인지 잊어버렸지만 그보다도 우리가 얼마나 나약한 존재인지도 잊어버렸다고. 그것이 지금 우리를 박살 내고 있다고.

그녀는 이 모든 말을 쏟아내고 싶었지만 지금 이 나이가 되자 사람들이 이해를 못 하거나 이해하고 싶어 하지 않는 데 익숙해졌다. 그래서 그녀는 침묵 속에 가만히 서 있었다. 그리고 속으로, 처음부터 침묵했더라면 얼마나 좋았을까 생각했다.

그들은 각자 담배를 한 개비씩 더 피웠다. 사라는 생각보다 그의 존재에 거부감을 덜 느꼈고 그날 새로운 경험을 이미 차고 넘칠 만큼 했기에, 토끼의 귀가 그녀 쪽으로 다시 흔들리자 당장 손끝으로 헤드폰 가장자리를 만지작거리기 시작했다. 그가 질문할 거리를 생각해내려고, 그녀와 대화를 계속 이어나가려고 한다는 것을 알 수 있었다. 사라에게 가장 짜증 나는 부분이 그거였다. 남자들이 생각해낼 줄 아는 질문은 딱 두 개뿐이었다. "어떤 일을 하세요?" 아니면 "결혼하셨어요?"

하지만 이 레나르트라는 특이한 남자는 용기를 내서 대신 이렇게 물었다. "무슨 노래 들으세요?"

빌어먹을. 사라는 생각했다. 왜 그냥 추위에 떨면서 나에 대한 관심을 거두지 못하는 거야? 그녀는 입을 벌렸고 하고 싶은 말이 한두 개가 아니었지만 나온 말은 이게 고작이었다. "은행 강도가 조만간 항복할 거예요. 지금 당장이라도 경찰이 들이닥칠 수 있어요. 가서 바지 입어요."

토끼는 실망하며 고개를 끄덕였다. 그는 들어갔고 그녀는 헤드폰을 쓰고 볼륨을 최대한 높이고 창문 개수를 세고 또 셌다. 이건 시로 승화할 만한 러브스토리가 아닐지 모른다. 하지만 그들은 그때, 그 자리에서 서로를 쓰러뜨렸다.

54

에스텔이 조심스럽게 벽장문을 두드렸다. 율리아가 문을 열었다.

"피자를 주문했지만 우리 딱한 아기 엄마는 두 사람 몫을 먹어야 하니 배가 너무 고플 것 같아서요. 기다리는 동안 뭐 좀 먹을래요? 냉장고에 먹을 게 있어요. 다들 웬만하면 냉장고에 먹을 걸 두잖아요." 에스텔이 말했다.

"아뇨, 괜찮아요. 말씀은 감사하지만 견딜 만해요." 율리아는 미소를 지었다. 에스텔이 신경 써준다는 것이 좋았다. 몸은 좀 어떠냐는 말 대신 배가 고프지는 않으냐고 묻는 사람이 더 많아져야 했다.

"뭐, 그럼, 방해하지 않을게요." 에스텔은 말하고 문을 닫고 나가려고 했다.

"들어오실래요?" 율리아는 물었지만 솔직히 아니라고 해주길 바라는 말투였다.

"아유, 고마워요!" 에스텔은 쩍쩍거리며 안으로 들어와 등 뒤로 문을 닫았다. 사다리를 지나 벽장 안에 마지막으로 남은 좌석에 앉았다. 오른쪽 뒤편에 처박힌 궤짝이었다. 그녀는 손을 포개 무릎 위에 올려놓고 따뜻한 미소를 지으며 말했다. "사실 좀 재미있지 않아요? 피자를 먹는 게 얼마 만인지 모르겠네. 물론 은행 강도며 인질극이 어느 누구에게도 유쾌한 일은 아니겠지만 여자 은행 강도라니 상당히 고무적이라는 생각이 들어요. 그렇지 않아요? 우리 여자들도 능력을 보여줄 때가 됐잖아요!"

율리아는 엄지손가락으로 눈 사이의 특정 부분을 세게 누르고 감정을 자제하며 이렇게 외쳤다. "흠, 권총으로 우리를 위협하긴 했지만 그래도…… 걸 파워!"

"내가 보기에는 진짜 권총도 아닌 것 같던데요!" 안나레나는 얼른 끼어들었다.

율리아는 눈동자를 굴리고 있는 것을 아무에게도 들키지 않도록 눈을 감았다. 에스텔은 묘한 미소를 지으며 물었다. "눈치 없는 할망구처럼 이렇게 들어와서 방해할 생각은 없었는데. 무슨 얘기 하고 있었어요?"

"결혼생활요." 안나레나는 코를 훌쩍거렸다.

"아!" 에스텔은 텔레비전 퀴즈쇼에 그녀가 좋아하는 분야가 등장하기라도 한 것처럼 이렇게 외쳤다.

그녀의 열띤 반응에 율리아는 태도를 살짝 누그러뜨리고 이렇게 물었다. "남편분 성함이 크누트라고 하셨던가요? 결혼하신 지 얼마나 됐어요?"

에스텔은 머릿속으로 계산해보았지만 암산의 한계를 넘은 세월이었다. "크누트하고 나는 결혼한 지 아주 오래됐어요. 나이를 먹으면 그렇게 돼요. 그이를 만나기 전의 세월은 그냥 없었던 게 되어버려요."

율리아는 훌륭한 대답이라고 인정하는 수밖에 없었다.

"그 오랜 세월 동안 결혼생활을 무슨 수로 유지하셨어요?" 그녀는 물었다.

"열심히 싸웠죠." 에스텔은 솔직히 대답했다.

율리아는 그 대답을 별로 마음에 들어 하지 않는 눈치였다.

"별로 낭만적이지 않네요."

에스텔은 안다는 듯이 씩 웃었다.

"항상 상대방의 얘기에 귀를 기울여야 해요. 하지만 너무 항상 그러면 안 돼요. 너무 항상 상대방의 얘기에 귀를 기울이면 나중에 서로를 용서할 수 없게 돼요."

율리아는 불만스러운 표정을 지으며 손톱으로 눈썹을 긁었다.

"로하고 저는 예전에는 잘 지냈어요. 우리가 잘 싸운다는 게 중요하지 않을 정도로 잘 지냈어요. 가끔 제 쪽에서 일부러 싸움을 걸기도 했어요, 우리가 워낙…… 사이가 좋았으니까요. 하지만 지금은 아, 잘 모르겠어요. 이제는 우리에 대한 확신이 없어요."

에스텔은 결혼반지를 만지작거리며 생각에 잠긴 표정으로 입술을 축였다.

"크누트하고 나는 맨 처음 서로에게 반했을 때 어떤 식으로 싸울 건지 같이 정했어요. 크누트가 첫사랑의 흥분이 조만간 가시면 좋든 싫든 싸우게 될 거라고 했거든요. 그래서 전쟁의 원칙을 정한 제네바 협약처럼 우리도 합의를 보았어요. 크누트하고 나는 아무리 화가 나더라도 상대방에게 상처가 되는 말을 일부러 하지는 말자고 했어요. 단순히 이기기 위해서 싸우지도 말자고 했고요. 그러다 보면 결국 한쪽의 승리로 끝날 테니까요. 그런 결혼생활은 유지될 수 없어요."

"효과가 있었나요?" 율리아는 물었다.

"잘 모르겠어요." 에스텔은 실토했다.

"네?"

"첫사랑의 흥분이 아직까지 가시질 않았거든요."

그 순간만큼은 그녀를 사랑하지 않으려고 노력해봐야 부질 없었다. 에스텔은 기억을 환기하려는 듯 벽장 안을 잠깐 두리번거리다 일어나 궤짝 뚜껑을 열었다.

"뭐 하시는 거예요?" 율리아가 물었다.

"그냥 구경하려고요." 에스텔은 미안해하는 투로 말했다.

안나레나는 오픈하우스에서 어디까지 기웃거려도 되는지 암묵적인 원칙이 있다고 생각했기에 그걸 보고 당황스러워졌다.

"그러시면 안 돼요! 열려 있는 벽장만 볼 수 있어요! 부엌 찬장만 빼고요. 부엌 찬장은 열어봐도 되지만 크기가 얼마나 되는지 잠깐 확인하는 정도라야 하고 안에 든 것을 건드리거나 거주자의 라이프 스타일에 대해 이러쿵저러쿵하면 안 돼요. 어떤…… 원칙이 있어요! 식기세척기는 열어봐도 되지만 세탁기는 안 돼요!"

"아파트 오픈하우스를 너무 많이 다니신 거 아니에요?" 율리아가 그녀에게 말했다.

"나도 알아요." 안나레나는 한숨을 쉬었다.

"여기 와인이 있네요!" 에스텔이 기쁘게 외치며 궤짝에서 와인을 두 병 꺼냈다. "코르크 따개도 있어요!"

"와인요?" 안나레나가 갑자기 화색을 띠며 되물었다. 그러니까 안에 와인이 있으면 궤짝을 열어봐도 되는 모양이었다.

"한잔할래요?" 에스텔이 권했다.

"저 임신부잖아요." 율리아는 짚고 넘어갔다.

"그럼 와인 마시면 안 돼요?"

"술은 뭐든 마시면 안 돼요."

"하지만…… 와인인데요?"

에스텔은 좋은 뜻에서 눈을 동그랗게 떴다. 이러니저러니 해도 와인은 그냥 포도다. 그리고 아이들은 포도를 좋아한다.

"와인도요." 율리아는 짜증을 참고 대답하며, 산전 진료소에서 조산원이 술을 얼마나 마시느냐고 물었을 때 로가 "줄기차게요! 이제는 제가 세 명분을 마시고 있어요!"라고 했던 것을 떠올렸다. 조산원은 그게 농담인 줄 몰라서 분위기가 싸해졌다. 율리아는 그때 생각을 하며 웃음을 터뜨렸다. 바보와 결혼하면 그런 경우가 자주 생긴다.

"내가 무슨 실수를 저질렀나요?" 에스텔이 걱정하는 투로 물으며 병나발을 불고 병을 안나레나에게 넘기자 그녀는 일말의 망설임도 없이 두 모금 길게 마시는, 안나레나답지 않은 태도를 보였다. 그들 모두에게 그날은 이상한 날이었다.

"아뇨, 아니에요. 아내가 했던 말이 생각나서 그랬어요." 율리아는 미소를 지으며 웃음을 참으려고 했지만 의도와 다른 결과를 낳았다.

"율리아의 아내는 바보예요! 로게르처럼!" 안나레나는 에스텔에게 설명하고 와인을 한 모금 더 마셨는데, 이번에는 입에 담을 수 없을 만큼 많이 마시는 바람에 코로 뿜고 말았다. 율리아는 몸을 숙이고 안나레나의 등을 두드려주었다. 에스텔이 그녀에게서 술병을 가져가 그 무게를 조금 줄였다. 그러고는 조용히 말했다. "크누트는 바보가 아니에요. 진짜로 아니에요. 하지만 주차하려면 시간이 무진장 오래 걸려요. 그이가 같이 있었으면 좋았을 텐데. 나는…… 혼자 인질로 붙잡혀 있을 마음의 준비가 되지 않았거든요."

율리아는 미소를 지었다.

"혼자가 아니죠, 저희가 있잖아요. 그리고 이 은행 강도는 아무도 해칠 생각이 없어 보이니까 다 잘될 거예요. 하지만…… 뭐 하나 여쭤봐도 돼요?"

"당연하죠."

"그 궤짝 안에 와인이 있다는 걸 *아셨어요? 모르셨다면 왜 들여다볼 생각을 하셨어요?*"

에스텔은 얼굴을 붉혔다. 그녀는 한참 동안 아무 말도 하지 않다가 실토했다. "내가 평소에 우리 집 벽장에 와인을 숨기거든요. 크누트는 그걸 바보 같다고 생각했어요. 아니, 바보 같다고 생각해요. 하지만 우리는 남들도 자기처럼 생각할 거라고 넘겨짚잖아요. 그래서 집을 구경하러 온 사람들이 와인을 보고 '뭐야, 알코올중독자잖아'라고 생각하지 않을까 걱정이 됐다면, 이 집 주인이 와인을 숨기기에 벽장보다 완벽한 곳은 없겠다는 생각이 들었어요."

안나레나는 와인을 다시 두 모금 마시고 요란하게 딸꾹질하며 덧붙였다. "알코올중독자들은 따지 않은 술병을 집에 두지 않아요. 빈 술병만 굴러다니지."

에스텔은 고맙다는 듯이 그녀를 향해 고개를 끄덕이고는 멍하니 대답했다. "그렇게 얘기해줘서 고마워요. 크누트도 그 말을 들었다면 정답이라고 했을 거예요."

노부인의 눈이 촉촉해졌지만 와인 때문만은 아니었다. 율리아는 생각을 하느라 하도 심하게 눈살을 찌푸리는 바람에 헤어 스타일이 달라졌다. 율리아는 몸을 숙이고 에스텔의 팔에 한 손을 가만히 얹은 뒤 나지막이 속삭였다. "에스텔? 크누트가 지금 주차하고 있는 거 아니죠?"

에스텔의 얇은 입술이 서글프게 말려 들어갔기 때문에 한참 만에 그녀가 시인했을 때에는 그 단어가 입술을 거의 거치지도 않았다.

"네."

목격자 진술서
일자: 12월 30일
목격자 성명: 레나르트

야크: 제가 제대로 이해했는지 확인할게요. 선생님은 구매 희
       망자로 오픈하우스에 참석한 게 아니라 안나레나에게
       돈을 받고 그 자리를 망치러 갔었다고요?
레나르트: 맞습니다. 선이 없는 레나르트, 그게 바로 저예요.
       명함 드릴까요? 만약 경관님 여친을 뺏어 간 남자
       가 결혼하면 총각 파티도 뛰어요.
야크: 그러니까 그게 직업입니까? 오픈하우스를 망치는 게?
레나르트: 아뇨, 본업은 배우예요. 요즘은 맡은 배역이 많지
       않아서요. 하지만 이 지역 극단에서 공연한 「베니스
       에서 온 상인」에 출연한 적 있어요.
야크: '베니스의' 말이죠.
레나르트: 아뇨, 이 지역 극단에서요!
야크: 아니, 「베니스의 상인」이라고요, 「베니스에서 온 상인」
       이 아니라. 됐습니다. 은행 강도에 대해 달리 하실 말씀

있으신가요?

레나르트: 아뇨. 생각나는 건 전부 얘기했어요.

야크: 좋습니다. 음, 추가 문의사항이 있을 경우에 대비해 조금 더 여기 계셔달라고 말씀드려야 할 것 같은데요.

레나르트: 그러시죠!

야크: 아, 맞다. 마지막으로 하나요. 폭죽에 대해 아는 게 있으신가요?

레나르트: 그게 무슨 소리예요?

야크: 범인이 요구한 폭죽요.

레나르트: 그게 왜요?

야크: 인질극을 벌인 범인이 인질을 석방하기 전에 폭죽을 요구하는 건 흔치 않은 일이거든요. 돈을 요구하는 것이 좀 더 일반적이죠.

레나르트: 외람된 말씀입니다만 애초에 인질극을 벌이지 않는 것이 좀 더 일반적이죠.

야크: 그럴지도 모르지만 폭죽이라니 좀 특이하지 않은가요? 범인이 인질을 석방하기 전에 마지막으로 요구한 게 그거라니.

레나르트: 글쎄요. 새해잖아요. 그리고 폭죽을 싫어하는 사람은 없고요, 아닌가요?

야크: 견주들은 싫어합니다.

레나르트: 아.

야크: 아, 라니요?

354

레나르트: 그냥 놀라서요. 경찰은 모두 개를 좋아하는 줄 알았거든요.

야크: 저는 개를 좋아하지 않는다고 하지 않았는데요!

레나르트: 다른 사람들 같았으면 개들은 폭죽을 좋아하지 않는다고 했을 거예요. 하지만 경관님은 *견주*라고 하셨잖아요.

야크: 저는 동물을 별로 좋아하지 않습니다.

레나르트: 아이쿠, 업무상 애로가 많으시겠네요. 이 일을 하다 보면 사람들 속이 보여요.

야크: 배우 일요?

레나르트: 아뇨, 그거 말고 다른 일요. 그나저나 다들 아직 여기 있나요?

야크: 누구요?

레나르트: 그 아파트에 있었던 다른 사람들요.

야크: 콕 집어서 누구요?

레나르트: 사라요. 예를 들면.

야크: 예를 들면?

레나르트: 내가 부적절한 질문이라도 한 것처럼 그럴 필요 없잖아요. 그냥 물어보는 건데.

야크: 네, 사라 씨는 아직 여기 있습니다. 물으시는 이유가 뭡니까?

레나르트: 아, 그냥 궁금해서요. 가끔 누군가에 대해 궁금해질 때가 있잖아요, 그뿐이에요. 그리고 속을 읽을 수

없었던 사람은 오랜만에 그녀가 처음이었어요. 읽
으려고 해봤는데 절대 안 되더라고요. 왜 그렇게 웃
어요?

야크: 웃는 거 아닙니다.

레나르트: 뭐예요, 웃고 있잖아요!

야크: 죄송합니다, 웃을 생각은 없었는데. 저희 아버지가 하
시는 말씀이 생각나서요.

레나르트: 뭔데요?

야크: 결국에는 이해가 안 되는 사람과 결혼하게 된다고, 그래
놓고 평생 이해하려고 애를 쓰게 된다고 하셨거든요.

56

'죽음, 죽음, 죽음.' 에스텔은 벽장 안에서 생각했다. 오래전에 그녀는 자신이 좋아하는 작가가 그 단어로 전화 통화를 시작하곤 했다는 글을 읽은 적이 있었다. '죽음, 죽음, 죽음.' 그걸 치워버려야 다른 화제로 넘어갈 수 있었다. 어느 나이 이후부터는 그러지 않으면 통화 내용의 초점이 삶이 아니라 오로지 죽음에 맞추어지는 것처럼 느껴졌다. 에스텔은 요즘 들어 그런 시각을 이해할 수 있었다. 아까 그 작가는 '죽음과도 친구가 될 수 있는 그런 삶을 살아야 한다'고 했지만 에스텔로서는 그게 더 힘들었다. 예전에 아이들을 재우며 읽어주던 책에서 피터팬이 이렇게 선언했던 기억이 났다. "죽는 것도 정말 짜릿한 모험이 될 거야." 죽는 당사자 입장에서는 그럴지 모르지. 에스텔은 생각했다. 하지만 남겨진 사람의 입장에서는 그렇지 않았다. 그녀를 기다리는 것은 천 번의 해돋이와 아름다운 감옥과도 같은 삶이었다. 그녀의 뺨이 부르르 떨리며 그녀에게 나이를 먹었음을, 피부가 너무 얇아져 아무도 못 느끼는 미풍에도 살결이 노상 흔들리고 있음을 일깨워주었다. 그녀는 나이를 먹는 것이 싫지 않았지만 다만 외로웠다. 그녀와 크누트의 만남은 그녀가 글로 접했던 그런 느낌의 러브스토리가 아니라 완벽한 놀이 친구를 찾은 어떤 아이의 이야기에 가까웠다. 크누트가 에스텔을 저 끝까지 만지면, 그녀는 나무 위로 올라가고 방파제에서 뛰어내리고 싶어졌다. 그녀가 가장 그리워하는 것은 그녀를 보며 먹던 아침을 뱉을 정도로 껄껄거리던 그의 모습이었다. 그런 장난은 나이를 먹을수록, 특히 그가 틀니를 한 뒤로 더 재밌어졌다.

"크누트는 죽었어요." 그녀는 처음으로 그렇게 말하고 침을 꿀꺽 삼켰다.

율리아는 어정쩡한 정적 속에서 바닥을 내려다보았다. 안나 레나는 자리에 앉은 채로 할 말을 생각해보려고 하다가 에스텔 쪽으로 몸을 기울여 와인 병으로 그녀의 어깨를 두드렸다. 에스텔은 병을 받아서 두 모금 홀짝인 뒤 다시 돌려주고는 반쯤은 혼잣말에 가깝게 하던 얘기를 계속했다. "하지만 크누트, 그이는 주차를 아주 잘했어요. 아주 좁은 데서도 평행 주차를 할 수 있을 만큼. 그래서 가끔 너무 괴로워지면, 정말 재밌는 걸 보고 '그이한테 이 얘기를 들려주면 벽지가 그이가 뱉은 아침으로 뒤덮이겠네' 하는 생각이 들면, 그이는 밖에서 주차를 하는 중이라고 상상해요. 그이는 완벽하지 않았지만, 세상에 완벽한 인간은 없다는 걸 하늘도 알고 땅도 알지만, 우리 둘이 어디를 갈 때마다 비가 오면 그는 항상 문 바로 앞에 나를 내려줬어요. 그이가 주차하는 동안 나는…… 따뜻한 데서 기다릴 수 있게."

정적이 세 여자 사이를 비집고 들어와 어느 누구도 할 말을 찾을 수 없을 때까지 조금씩 그들의 단어장을 비웠다. '죽음, 죽음, 죽음.' 에스텔은 생각했다.

크누트가 임종을 앞두고 있었을 때 그녀는 물었다. "무서워?" 그는 대답했다. "응." 그러고는 손으로 그녀의 머리칼을 쓸어 넘기며 덧붙였다. "하지만 조금 평화롭고 고요해지면 기분이 좋겠지. 이 말, 묘비에 써도 돼." 에스텔은 깔깔대고 웃었다. 그가 그녀의 곁을 떠났을 때 그녀는 목 놓아 우느라 숨을 쉴 수가 없었다. 이후로 그녀의 몸은 절대 전과 같지 않았다. 웅크려진 몸이 절대 다시 펴지지 않았다.

"그이는 내 메아리였어요. 이제는 내가 뭘 하든 전보다 조용해요." 그녀는 벽장 안의 다른 여자들에게 이렇게 말했다.

안나레나는 취기가 오르기 시작했지만 지금 이런 분위기에서 탐욕을 드러내는 것은 예의가 아니라는 것을 알았기에 곧바로 얘기를 꺼내지 않고 잠깐 가만히 앉아 있었다. 하지만 그건 누가 봐도 시간 낭비였다. 그녀가 자기 속내를 밝혔을 때 목소리에서 풍겼던 기대감은 어떤 미사여구로도 포장할 방법이 없었다.

"그러니까…… 바깥분께서 차를 주차하고 계신 게 아니라면, 정말로 따님 대신 이 집을 보러 오신 건지 아니면……."

"아니, 아니에요. 우리 딸은 남편과 아이들과 함께 번듯한 연립주택에서 살아요." 에스텔은 겸연스레 말했다.

사실 스톡홀름 바로 외곽에 살았지만 대화를 더 복잡하게 만들 필요가 없었기 때문에 에스텔은 그 이야기는 하지 않았다.

"그러니까 여기 그냥…… 구경하러 오신 거예요?" 안나레나는 물었다.

"아니, 안나레나, 이 아파트를 두고 당신과 로게르와 경쟁하는 사이가 아니라잖아요. 그렇게 무신경하게 굴 거예요?" 율리아는 쏘아붙였다.

안나레나는 와인 병을 내려다보며 중얼거렸다. "그냥 물어본 건데."

에스텔은 고마운 마음을 담아 한 사람씩 차례대로 팔을 토닥이며 속삭였다. "나 때문에 싸우지 마요. 이 늙은이 두고 그럴 것 없어요."

율리아는 뚱하니 고개를 끄덕이며 자기 배를 손으로 쓰다듬었다. 안나레나는 와인 병으로 똑같이 따라 했다.

"손자들이 몇 살이에요?" 안나레나는 물었다.

"이제 10대예요." 에스텔은 말했다.

"어머, 어떡해요." 안나레나가 감정을 담아서 말했다.

에스텔은 보일락 말락 하게 미소를 지었다. 10대와 살아본 사람이라면 그들은 오로지 자신만을 위해 존재하며, 그들의 부모는 일상의 여러 끔찍한 사태를 처리하고 아이들과 자신의 뒤치다꺼리를 하느라 정신없다는 것을 안다. 그곳에 에스텔의 자리는 없었으니 그녀는 대개 성가신 존재였고, 그들은 그녀의 생일에 연락해 그녀가 전화를 받으면 기뻐했지만 나머지 기간에는 그녀의 시간이 멈춰 있는 것처럼 여겼다. 그녀는 크리스마스와 한여름에만 꺼내는 보기 좋은 장식이었다.

"아뇨…… 나는 아파트를 사러 온 게 아니에요. 그냥 할 일이 없어서요. 나는 가끔 호기심에 오픈하우스에 가서 사람들 얘기도 듣고 그들이 어떤 꿈을 꾸는지도 들어요. 다들 살 곳을 찾을 때 가장 큰 꿈을 꾸거든요. 크누트는 천천히 죽었어요. 한참 동안 요양원에 누워 있었고 나는 그이를 죽은 사람으로 간주하고 살아갈 수 없었지만 그이는…… 살아 있는 게 아니었어요. 그랬어요. 그러니까 내 삶은 일시정지됐던 셈이죠. 나는 날마다 버스를 타고 요양원에 가서 그이 곁을 지켰어요. 책을 읽어주었죠. 처음에는 큰 소리로, 막판에는 나 혼자 속으로. 원래 그렇게 되거든요. 하지만 할 일이 있어서 좋았어요. 인간에게는 할 일이 필요하잖아요."

안나레나는 그렇다고, 원래 그런 거라고, 인간에게는 프로젝트가 필요하다고 생각했다.

"시간이 너무 빨리 지나가요. 아무튼 직장생활은 그렇더라고요." 안나레나는 생각나는 대로 뱉어놓고 율리아가 그 말을 들었다는 사실을 깨달았을 때 화들짝 놀랐다.

"예전에 어떤 일을 하셨는데요?" 젊은 여자가 물었다.

안나레나는 망설임과 자부심을 동시에 느끼며 허파 가득 숨을 들이마셨다.

"대기업 애널리스트였어요. 아마도 선임 애널리스트였을 거예요, 나는 어떻게든 그 자리를 피하려고 했지만."

"선임 애널리스트요?" 율리아는 되묻고는 곧바로 자기 말투를 후회했다.

안나레나는 그녀의 놀란 눈빛을 알아차렸지만 워낙 자주 있는 일이라 기분 나빠하지 않았다. 평소 같으면 그냥 화제를 돌렸겠지만 이날은 와인 때문에 알딸딸했는지 거침없이 속내를 내비쳤다. "네, 맞아요. 내가 원했던 건 아니에요. 상사가 되는 것 말이에요. 사장은 나한테 그 자리를 맡기고 싶은 이유가 바로 그거라고 했어요. 꼭 다른 사람들에게 업무를 지시하는 게 능사는 아니고, 그냥 능력을 발휘하도록 이끌어주는 리더가 되어도 된다며. 그래서 나는 상사이기보다 선생이 되려고 했어요. 내 말이 믿기 힘들리라는 걸 알지만 내가 가르치는 데 영 젬병은 아니에요. 은퇴할 때 내 노고를 치하하는 고별사를 듣기 전까지, 직원 둘은 내가 자기들 상사인 줄 몰랐다고 하더라고요. 그런 말을 들으면 기분 나빠할 사람이 많겠지만 나는…… 좋았어요. 직원들이 전부 자기들 혼자서 일한 줄 알도록 배려했으면 내 임무를 훌륭하게 완수한 거잖아요."

율리아는 미소를 지었다.

"뜻밖의 면모가 많네요, 안나레나."

안나레나는 그보다 더 훌륭한 칭찬은 없다는 듯한 표정을 지었다. 그러다 다시 슬픔과 고통으로 얼룩진 눈빛으로 돌아가 얼른 눈을 감았다가 천천히 다시 떴다.

"다들 내가…… 우리를 만난 사람들은 내가 평생 로게르의 그늘 아래에서 지내온 줄 알 거예요. 사실은 그렇지가 않아요. 로게르도 자기 능력을 발휘할 기회를 누렸어야 했는데. 엄청난 잠재력이 있었는데. 하지만 내가 하는 일이…… 날이 갈수록 점점 더 워낙 잘되다 보니 그이가 승진을 포기하고 아이들을 유치원에 데려다주고 그런 일들을 도맡았어요. 나는 출장을 다니고 경력을 쌓으면서 항상 다음 해에는 그의 차례라고 생각했죠. 하지만 그런 날은 오지 않았어요."

그녀의 얘기가 끊겼다. 이번만큼은 율리아도 뭐라고 하면 좋을지 알 수가 없었다. 에스텔은 자기 손을 어쩌면 좋을지 모르겠다는 표정을 짓더니 궤짝을 열어서 그 안으로 손을 집어넣었다. 다시 밖으로 나온 그녀의 손에 성냥과 담뱃갑이 들려 있었다.

"어머나." 안나레나가 환하게 외쳤다.

"이 집 주인의 정체가 궁금해지네요." 율리아는 말했다.

"한 대 피울래요?" 에스텔이 물었다.

"저는 담배 안 피워요!" 안나레나는 곧바로 선포했다.

"나도요. 아니, 나는 끊었어요, 거의. 아기 엄마는 담배 피워요?" 에스텔은 율리아를 돌아보며 물었다가 얼른 덧붙였다. "아, 임신 중에는 다들 안 피우죠? 우리 때는 피웠는데. 물론 조금 줄이긴 했지만. 하지만 아기 엄마는 아예 안 피우겠죠?"

"네, 전혀요." 율리아는 짜증을 참으며 말했다.

"요즘 젊은 사람들은 자기가 애들한테 어떤 영향을 미치는지 참 잘 알더라고요. 어느 소아과 의사가 텔레비전에 나와서 말하길, 한 세대 전만 해도 부모가 병원에 와서 '애가 오줌을 싸는데 애한테 무슨 문제가 있는 걸까요?'라고 했는데 요즘은 '애가 오줌을 싸는데 저희한테 무슨 문제가 있는 걸까요?'라고 묻는대요. 모든 걸 자기들 책임으로 여긴다고요."

율리아는 벽에 몸을 기댔다.

"우리도 아주머니 세대와 똑같은 실수를 저지르고 있는지 몰라요. 종류만 다를 뿐."

에스텔은 두 손으로 담뱃갑을 잡고 굴렸다.

"예전에 나는 발코니에서 담배를 피웠어요. 집 안에서 피우면 크누트가 냄새를 싫어하는 데다 풍경을 감상하는 게 좋아서요. 우리 집에선 다리까지 훤히 보였거든요. 이 아파트처럼 말이에요. 예전에는 그게 정말 좋았어요. 그런데…… 음…… 10년 전에 그 다리에서 어떤 남자가 뛰어내린 거 기억해요? 신문에 도배되고 그랬는데. 그래서…… 음, 몇 시에 뛰어내렸는지 알아보니까 내가 담배를 피우러 발코니로 나간 직후였더라고요. 크누트가 텔레비전에서 뭐가 나온다고 부르기에 담배에 불을 붙인 채 재떨이에 두고 얼른 집 안으로 들어갔는데, 바로 그때 그 남자가 난간으로 올라가서 뛰어내렸지 뭐예요. 나는 그 이후로 더는 발코니에서 담배를 피우지 않아요."

"아, 에스텔, 누가 다리에서 뛰어내린 게 당신 탓은 아니잖아요." 율리아는 그녀를 위로하려고 했다.

"다리 때문도 아니고요." 안나레나가 덧붙였다.

"네?"

"누가 거기서 뛰어내린 게 다리 때문도 아니라고요. 나는 그 사건을 똑똑히 기억해요. 로게르가 엄청 심란해했거든요."

"뛰어내린 사람하고 아는 사이였어요?" 에스텔이 물었다.

"어머, 아뇨. 하지만 그이는 다리에 대해서 아는 게 많았거든요. 엔지니어라 다리를 만들었어요. 그 다리를 만든 건 아니지만 로게르만큼 다리에 관심이 많으면 결국에는 모든 다리에 관심을 기울이게 돼요. 텔레비전에서 그 남자에 대해 보도하면서 다리 때문인 것처럼 말했거든요. 그래서 로게르가 엄청 심란해했어요. 다리는 사람들 간의 거리를 좁히기 위해 존재하는 건데, 그러면서."

율리아는 그게 정말이지 특이한 동시에 낭만적인 말이라는 생각이 들었다. 그래서 불쑥 이런 얘기를 꺼냈을지도—배가 고프고 피곤해서였을 수도 있지만—모른다. "저는 약혼녀하고 몇 년 전에 오스트레일리아에 간 적이 있거든요. 그때 약혼녀가 다리에서 번지점프를 하고 싶어 했어요."

"약혼녀? 로 말이에요?" 에스텔은 고개를 끄덕였다.

"아뇨, 그 이전 약혼녀요."

긴 이야기였다. 처음부터 시작하면 모든 이야기가 길다. 예를 들어 이 이야기도 벽장 안에 들어앉은 세 여자만의 이야기였다면 훨씬 더 짧았을 것이다. 하지만 당연히 두 경찰관의 이야기이기도 했고 그 둘 중 한 명이 계단을 올라가고 있었다.

57

원래 야크는 맞은편 건물로 들어가기 전에 아버지에게 도로에서 기다리라고 했다. 그리고 절대 아무 데도 가지 말라고 했다. 좀 더 구체적으로는 인질극이 벌어지고 있는 건물에 들어가지 말라고 했다. 그냥 여기서 기다리세요. 아들은 말했다.

하지만 아버지는 당연히 그러지 않았다.

그는 피자를 들고 그 아파트로 올라갔고 다시 내려왔을 때는 은행 강도와 대화를 나눈 다음이었다.

58

벽장 안에서는 율리아가 예전 약혼녀를 운운하자마자 당장 후회하고는 이렇게 덧붙였다. "저는 약혼한 상태에서 로를 만났 어요. 하지만 얘기하자면 길어요. 제가 그런 말을 꺼냈다는 걸 잊어주세요."

"우린 시간이 많아서 얼마든지 긴 얘기 들을 수 있어요." 에스 텔은 궤짝에서 와인 병을 하나 더 찾았기에 그녀에게 장담했다.

"약혼녀가 다리에서 점프하고 싶어 했다고요?" 안나레나는 놀란 목소리로 되물었다.

"네. 번지점프요. 발에 고무 밧줄 매고 하는 거요."

"미친 짓 아니에요?"

율리아는 손끝으로 관자놀이를 문질렀다.

"저도 영 탐탁지 않더라고요. 하지만 그녀는 항상 하고 싶은 게 많았어요. 모든 걸 경험하고 싶어 했어요. 그 여행을 갔을 때 그녀와 같이 살지 못하겠다는 걸 깨달았어요. 저는 줄기차게 온 갖 경험을 하고 다닐 만큼 기운이 넘치지 않거든요. 저는 일상적 인 삶, 심심한 그 모든 것이 그리워지기 시작했는데 그녀는 심심한 걸 질색했어요. 그래서 전 할 일이 있다는 핑계를 대고 일주일 먼저 오스트레일리아에서 돌아왔죠. 그때 처음으로 로와 키스를 했어요."

율리아는 그 말을 하며 키득거렸다. 부끄러워서도 그랬지만 그들이 사랑에 빠지게 된 과정을 오랜만에 떠올렸기 때문이기도 했다. 이후로 삶의 한복판을 관통하다 보면 그 시절을 잊어버리기 십상이고, 누군가와 아이를 낳을 준비를 하다 보면 문득 다른 사람을 사랑했던 기억이 나지 않는 것처럼 느껴지기 마련이다.

"둘이 어떻게 만났어요? 로하고 말이에요." 에스텔이 입가에 와인을 묻히고서 물었다.

"맨 처음에요? 로가 제 가게에 들렀어요. 제가 플로리스트인데, 로가 튤립을 사러 왔어요. 제가 오스트레일리아로 떠나기 몇 달 전의 일이었어요. 그때는 별 생각이 없었어요. 로는…… 물론 매력적이었죠, 누가 봐도 알 수 있을 만큼……."

에스텔은 열심히 고개를 끄덕였다. "맞아요, 처음 봤을 때 나도 그렇게 생각했어요! 정말 예뻐요! 그리고 엄청 이국적이고!"

율리아는 한숨을 쉬었다. "이국적이에요? 머리색이 아주머니나 저하고 달라서요?"

에스텔은 우울해했다. "요즘은 그런 말 하면 안 되나요?"

율리아는 자신의 아내가 무슨 과일은 아니지 않으냐고 설명할 방법을 찾을 수가 없어서 그냥 심호흡을 한 번 하고 하던 얘기를 계속했다. "아무튼 로는 매력적이었어요, 아주. 지금보다 더. 뭐…… 로한테는 제가 그러더라고 하지 마세요……. 지금도 매력적이긴 하니까요! 저는 당연히, 음…… 그녀와 사귀고 싶었죠. 하지만 저는 임자가 있는 몸이었어요. 그런데 로가 계속 튤립을 사러 오더라고요. 어떨 때는 일주일에도 몇 번씩. 그리고 저를 뜬금없이 깔깔대고 웃게 만들었는데, 그런 사람은 자주 만날 수 없잖아요. 어쩌다 엄마한테 그 얘길 했더니 엄마가 그러더라고요. '예쁘기만 한 사람하고는 오래 같이 살 수 없어, 율스. 하지만 재밌는 사람은 평생을 가지!'"

"어머니가 현명한 분이네요." 에스텔은 말했다.

"맞아요."

"지금은 퇴직하셨나요?"

"네."

"전에는 무슨 일을 하셨어요?"

"사무실 청소요."

"아빠는 무슨 일을 하셨어요?"

"여자들을 때리고 다녔어요."

에스텔은 그대로 얼어붙었고 안나레나는 경악했다. 율리아는 그 둘을 보며 자신의 엄마를 떠올렸고, 항상 삶을 직시하며 삶이 아무리 딴죽을 걸어도 낭만을 포기하지 않은 것이 엄마의 가장 큰 장점이었다는 생각을 했다. 그런 심장은 아무나 가질 수 없다.

"딱해라." 에스텔이 속삭였다.

"어유, 나쁜 놈." 안나레나는 중얼거렸다.

율리아는 너무 일찍 어른이 되어버린 어린아이처럼 어깨를 으쓱하며 감정을 떨쳐버렸다.

"우리가 집을 나왔어요. 아빠는 찾으러 오지도 않았지 뭐예요. 저는 심지어 아빠를 미워하지도 않았어요, 엄마가 용납하지 않았거든요. 아빠 때문에 그 고생을 하고도 아빠를 미워하지조차 못하게 하더라고요. 저는 엄마가 다정하고 엄마를 웃게 만드는 새로운 사람을 만나길 바랐지만 엄마는 항상 저 하나면 충분하다고 했어요. 하지만…… 제가 엄마한테 로 얘기를 했을 때 엄마는 제 안의 어떤 감정 덕에 제가 그녀의 특별한 점을 발견할 수 있었다는 걸 알아차렸어요. 어떤 식으로 설명하면 좋을지 모르겠지만…… 그건 엄마가 한번 경험했었고 완전히 포기해버린 감정이었어요. 무슨 말인지 아시겠죠? 그리고 전 생각했죠……. 이런 기분일까? 다들 얘기하는 그게? 진정한 그게?"

안나레나는 턱에 묻은 와인을 닦았다.

"그래서 어떻게 됐어요?"

율리아는 처음에는 빠르게, 그다음에는 천천히 눈을 깜빡였다.

"약혼녀는 아직 오스트레일리아에 있었어요. 그리고 로가 가게로 찾아왔어요. 제가 그날 아침에 엄마에게 전화를 걸어서 로는 어떤 감정인지, 어떤 감정을 느끼고는 있는지 잘 모르겠다고 했더니 엄마는 그냥 웃었어요. 그러고는 이렇게 말했어요. '저기 있잖아, 튤립을 그 정도로 좋아하는 사람은 이 세상에 없어, 율스!' 저는 인정하지 않으려고 했던 것 같지만 엄마는 저더러 로 생각을 그렇게 자주 하고 있으니 이미 약혼녀를 배신한 셈이라고 했어요. 로가 저의 '꽃 가게'라면서. 그 말을 들으니 눈물이 나더라고요. 그렇게 가게에 서 있는데 로가 들어왔고 제가…… 로의 어떤 말에 하도 크게 웃는 바람에 그녀의 얼굴에 침을 튀겼어요. 로도 그걸 보고 같이 웃더라고요. 그래서 로가 용기를 낸 것 같아요, 저는 못 그럴 것 같았을 테니까. 자기랑 술 한잔 하겠느냐고 하더라고요. 저는 좋다고 했지만 너무 긴장해서 술집에 가서는 인사불성이 됐어요. 담배를 피우러 밖으로 나갔다가 경비하고 싸움이 붙는 바람에 경비가 저를 안으로 들어가지 못하게 하더라고요. 그래서 창문 너머로 바에 서 있는 로를 가리키며 내 여자친구라고 했죠. 그랬더니 경비가 안으로 들어가서 그 말을 전했고 로가 밖으로 나왔고 정말 내 여자친구가 됐어요. 저는 약혼녀한테 전화해서 파혼했어요. 그녀는 아마 그 이후로 신나게 잘 살고 있을 거예요. 그리고 저는…… 젠장, 저는 로와 함께 심심하게 사는 게 좋아요. 정신 나간 소리처럼 들리나요? 소파와 반려동물을 놓고 그녀와 툭탁거리는 게 좋아요. 로가 제 일상이에요. 온…… 세상이에요."

"나도 일상이 좋아요." 안나레나가 고백했다.

"어머니 말씀이 맞아요. 자기를 웃게 만드는 사람은 평생을 가죠." 에스텔은 거듭 강조하고, 세상에서 폭소와 유쾌한 분위기만큼 불가항력으로 전염성이 강한 것은 없다고 했던 영국 작가를 떠올렸다. 외로움은 굶주림과 같아서 뭘 먹기 시작한 다음에라야 얼마나 배가 고팠는지 알 수 있다고 했던 미국 작가도 떠올렸다.

율리아가 임신 소식을 알렸을 때 어머니가 처음에는 그녀의 배를, 그다음에는 로를 쳐다보더니 이렇게 물었던 것이 떠올랐다. "누가 애를 밸지…… 무슨 수로 정했어?" 두말하면 잔소리지만 율리아는 짜증이 나서 빈정거렸다. "가위바위보를 했어요, 엄마!" 그녀의 어머니는 어마무지하게 진지한 눈빛으로 그들 둘을 다시 쳐다보더니 이렇게 물었다. "그래서 누가 이긴 거야?"

그 생각을 하면 율리아는 지금도 웃음보가 터졌다. 그녀는 벽장 안에 틀어박힌 여자들에게 말했다. "로는 훌륭한 엄마가 될 거예요. 우리 엄마처럼 어떤 애라도 웃길 수가 있거든요, 둘 다 유머감각이 아홉 살 수준에 멈춰 있어서."

"당신도 훌륭한 엄마가 될 거예요." 에스텔이 장담했다.

율리아가 눈을 깜빡이자 눈 아래 생긴 주머니가 가만히 움직였다.

"모르겠어요. 모든 게 큰일처럼 느껴지고 다른 부모들은 모두 정말이지…… *나사가 풀린 것처럼* 보이거든요. 웃고 농담하고. 다들 애랑 잘 놀아야 된다고 하는데, 저는 노는 걸 좋아하지 않아요. 심지어 어렸을 때부터 그랬어요. 그래서 아이가 실망할까 걱정돼요. 다들 아이가 생기면 달라질 거라고 하지만 저는 사실 모든 아이를 좋아하지는 않아요. 달라질 줄 알았는데 친구의 아이들을 만나면 여전히 성가시고 이상한 데서 재밌어한다는 생각이 들어요."

안나레나가 간단명료하게 말했다.

"모든 아이를 좋아할 필요는 없어요. 한 아이만 좋아하면 되지. 그리고 아이들한테 이 세상에서 가장 훌륭한 부모는 필요 없어요, 자기 부모면 되지. 솔직히 아이들한테 가장 필요한 사람은 운전기사예요."

"그렇게 말씀해주셔서 감사해요." 율리아는 진심을 담아서 대답했다. "우리 아이가 행복하지 않으면 어쩌나 걱정돼요. 제 걱정과 불안을 전부 물려받으면 어쩌나 걱정돼요."

에스텔은 율리아의 머리칼을 가볍게 토닥였다.

"완전히 괜찮은 아이가 태어날 테니까 두고 봐요. 그리고 완전히 괜찮으면 특이한 구석이 아무리 많아도 다 커버돼요."

"위안이 되네요." 율리아는 미소를 지었다.

에스텔은 그녀의 머리칼을 계속 가만히 쓰다듬었다.

"최선을 다할 거죠, 율리아? 목숨을 바쳐서 아이를 지킬 거죠? 아이한테 노래를 불러주고 책을 읽어주고 내일이면 모든 게 더 좋아질 거라고 아이한테 장담할 거죠?"

"네."

"버스나 전철 안에서 배낭을 벗을 줄 모르는 그런 바보 천치로 키우지 않을 거죠?"

"최선을 다할게요." 율리아는 약속했다.

에스텔은 이제 다른 작가를 떠올리고 있었다. 거의 백 년 전에 아이들은 당신의 것이 아니라 생명 그 자체의 간절한 바람이 빚은 아들과 딸들이라고 한 작가였다.

"다 잘될 거예요. 1년 365일 엄마가 된 것에 대해 기뻐하지 않아도 돼요."

안나레나가 끼어들었다. "똥은 싫더라고요, 정말로. 처음에는 괜찮았는데, 애들이 한 살쯤 되면 래브라도 리트리버 비슷해지거든요. 새끼가 아니라 성견요. 하지만……."

"알았어요." 율리아는 안나레나가 그쯤에서 그만하도록 고개를 끄덕였다.

"어떤 나이가 되면 똥이 끈적끈적하기가 풀 같아져서 손톱 아래에 껴요. 출근하다가 손으로 얼굴을 비비기라도 하면……."

"알겠어요! 됐어요!" 율리아가 말했지만 안나레나는 멈추지 못했다.

"최악은 애들이 친구를 데려올 때예요. 그러면 처음 보는 다섯 살짜리가 난데없이 우리 집 변기에 앉아서 뒤를 닦아달라고 하거든요. 내 자식 똥은 참을 수 있지만 다른 집……."

"알겠어요!" 율리아는 힘차게 외쳤다.

안나레나는 입술을 오므렸다. 에스텔은 키득거렸다.

"당신은 좋은 엄마가 될 거예요. 그리고 이미 좋은 아내고요." 마지막 걱정에 대해서는 율리아가 아무 말 하지 않았음에도 그녀는 이렇게 덧붙였다. 율리아는 손바닥으로 배를 잡고 자기 손톱을 내려다보았다.

"그렇게 생각하세요? 가끔 제가 로를 괴롭히기만 하는 것처럼 느껴질 때도 있어요. 그녀를 사랑하는데도 말이에요."

에스텔은 미소를 지었다.

"그녀도 알아요. 내 말 믿어요. 요즘도 같이 있으면 웃을 일이 생기죠?"

"그럼요. 아, 그럼요."

"그럼 그녀도 아는 거예요."

"상상도 못 하실 거예요. 아니, 같이 있으면 계속 웃을 일이 생겨요. 로하고 제가 처음으로…… 그러니까……." 율리아는 미소를 지었다가 나이 많은 두 여자가 듣고 충격을 받지 않을 만한 표현을 찾지 못하고 말을 중간에 끊었다.

"뭔데요?" 안나레나가 눈치 없이 물었다.

에스텔이 그녀의 옆구리를 찌르며 윙크했다.

"알잖아요. 둘이 처음으로 *스톡홀름에 갔을 때* 말이에요."

"*아!*" 안나레나는 외쳤고 머리끝부터 발끝까지 시뻘게졌다.

하지만 율리아는 그 말을 듣지 못한 눈치였다. 그녀의 시선은 설 자리를 잃었다. 그녀의 기억 속 어딘가에 그 첫 경험 때 로가 택시 안에서 던진 농담이 있었고 율리아는 그걸 공개하려고 했었다. 그런데 더듬더듬 다른 얘기를 꺼냈다.

"아…… 바보 같았어요, 이걸 잊어버리고 있었다니. 제가 빨래를 해서 하얀 시트를 방문 위에 널어놨거든요. 로가 문을 열었다가 시트에 얼굴을 맞고 화들짝 놀랐어요. 로는 감추려고 했지만 저는 로가 움찔하는 걸 느꼈기 때문에 왜 그러냐고 물었죠. 처음에 로는 말하지 않으려고 했어요. 그렇게 일찍부터 부담스러운 얘기를 꺼냈다가 제대로 만나보기도 전에 헤어지는 건 아닌지 걱정하느라. 하지만 당연히 제가 계속 괴롭혔죠, 제가 워낙 괴롭히는 걸 잘하거든요. 결국 우리는 밤을 새웠고 로는 자기네 가족이 어떤 식으로 스웨덴으로 넘어왔는지 들려줬어요. 한 겨울에 아이들마다 각자 시트를 한 장씩 들고 산을 넘었는데, 헬

리콥터 소리가 들리면 보이지 않게 시트를 뒤집어쓰고 바닥에 엎드리기로 했대요. 헬리콥터에서 발포한다면 움직이는 표적을 노릴 테니 부모님은 아이들과 다른 방향으로 뛰고요. 그 말을 듣고…… 뭐라고 하면 좋을지……."

그녀는 물웅덩이 위에 덮인 얇은 얼음처럼 갈라졌다. 처음에는 눈가에 실금 같은 주름 몇 개가 잡히더니 갑자기 온 얼굴로 번졌다. 윗도리 옷깃이 까매졌다. 그녀는 그날 밤에 로에게 들은 이야기, 끔찍한 인간들이 서로에게 저지를 수 있는 이해할 수 없을 만큼 잔인한 짓과 전쟁이라는 미친 짓에 대해 생각했다. 그 모든 일에도 로가 남을 웃길 줄 아는 사람으로 성장한 것에 대해 생각했다. 산을 넘어 도망치는 동안 그녀의 부모님이 유머야말로 영혼의 최후 방어선이라고, 웃는 한 살아 있는 거라고 가르쳤기 때문에 그들은 어이없는 말장난과 방귀 얘기를 통해 절망에 반항했다. 로는 그 첫날밤에 율리아에게 이 모든 얘기를 들려주었고 이후에 율리아는 이 세상의 모든 일상을 그녀와 함께 보내게 됐다.

그런 기억이 있으면 새와 동거하는 일도 참을 수 있다.

"꽃 가게에서 시작된 불륜이라." 에스텔은 천천히 고개를 끄덕였다. "좋네요." 그녀는 몇 분 동안 아무 말도 하지 않다가 불쑥 내뱉었다. "나도 예전에 한 번 바람을 피운 적이 있어요! 크누트는 끝까지 몰랐지만."

"어머나!" 안나레나는 이제 사태가 걷잡을 수 없는 방향으로 치닫기 시작했다는 것을 감지하고 이렇게 외쳤다.

"진짜예요, 그리 오래된 얘기도 아니고." 에스텔은 씩 웃었다.

"누구였는데요?" 율리아가 물었다.

"한 건물에 살았던 사람요. 나처럼 책을 많이 읽었어요. 크누트는 절대 책을 읽지 않았어요. 작가는 맥을 짚을 줄 모르는 음악가 같다면서. 하지만 한 건물에 살았던 이 남자는 엘리베이터에서 마주치면 항상 겨드랑이에 책을 끼고 있었어요. 나도 그랬고요. 하루는 그가 자기 책을 건네면서 말했어요. '저 이거 다 봤는데 꼭 읽어보세요.' 이걸 계기로 우리는 서로 책을 바꿔 보기 시작했어요. 그는 정말 엄청난 책들을 읽었어요. 말로 표현할 방법이 없는데, 꼭 어떤 사람과 여행을 떠나는 기분이었어요. 행선지는 상관없었어요. 우주 공간이랄까. 그게 한참 계속됐어요. 나는 마음에 드는 구절이 있는 책장 모서리를 접기 시작했고 그는 가장자리에 단상을 적기 시작했어요. 그냥 한마디씩. '아름답다' '진솔하다' 그게 문학의 힘이에요. 오직 다른 사람의 감정에 빗대어야만 자기 감정을 표현할 수 있는 사람들 사이에서 러브레터 비슷한 역할을 할 수 있거든요. 어느 해 여름에는 책장을 펼쳤다가 모래가 떨어지는 걸 보고 그가 너무 재밌게 읽느라 책을 내려놓을 수가 없었다는 걸 알 수 있었어요. 책장이 좀 쭈글쭈글한 책을 보면 그가 울었다는 걸 알 수 있었고요. 어느 날 엘리베이터에서 내가 그 얘기를 꺼냈더니 그가 대답하길 자기의 그런 부분을 아는 사람이 나밖에 없다고 하더군요."

"그리고 바로 그날……." 율리아는 엉큼한 미소를 지으며 고개를 끄덕였다.

"아, 아니에요, 아니에요, 아니에요……." 에스텔은 깍깍거리면서 그러길 바랐을 수도 있지만 물론 그런들 달라지는 건 아무것도 없었을 거라는 말로 얘기를 마무리 짓고 싶은 표정을 지었다. "우리는 절대, 그건 절대, 나는 절대……."

"왜요?" 율리아는 물었다.

에스텔은 자부심과 갈망을 동시에 가득 머금고서 미소를 지었다. 어떤 나이, 어떤 인생만 지을 수 있는 미소였다.

"왜냐하면 춤은 파티에 같이 간 사람하고 추어야 하니까요. 그리고 나는 크누트하고 같이 갔고요."

"그래서…… 어떻게 됐어요?" 안나레나가 궁금해했다.

에스텔의 호흡은 빨라질 기미를 보이지 않았고 그녀에게 남은 엄청난 비밀은 많지 않았다. 이걸 공개하고 나면 전혀 없을 수도 있었다.

"어느 날 엘리베이터에서 그가 책을 건넸는데 안에 그의 집 열쇠가 들어 있었어요. 가까이 사는 가족이 없다며 '무슨 일이 생길 경우에 대비해' 한 건물에 사는 사람에게 예비 열쇠를 맡기고 싶다고 했죠. 나는 아무 말도 하지 않았고 아무 짓도 하지 않았지만…… 예감이 들었어요. 무슨 일이 벌어졌다면 그 사람이 기뻐했을 것 같은 예감이."

그녀는 미소를 지었다. 율리아도 그랬다.

"그러니까 그 오랜 시간 동안 한 번도……."

"네, 네, 네. 우리는 그냥 책만 주고받았어요. 그러다 몇 년 뒤에 그가 세상을 떠났죠. 심장에 탈이 나서. 그의 형제들이 집을 매물로 내놓았는데, 오픈하우스 때 가구가 그대로 있었어요. 그래서 나는 그 집에 관심이 있는 척 보러 갔죠. 그의 집을 둘러보며 주방 조리대와 벽장의 옷걸이를 손으로 훑었어요. 마침내 발길이 향한 곳은 그의 책꽂이 앞이었죠. 읽은 책을 보면 그 사람을 백 퍼센트 완벽하게 파악할 수 있으니 책은 정말 신기한 물건이지 뭐예요. 우리는 같은 목소리를 같은 방식으로 좋아했어요. 그래서 나는 모든 게 달랐다면, 우리가 삶의 다른 지점을 지나고 있었다면 서로에게 어떤 존재가 될 수 있었을지 잠깐 상상하는 시간을 내게 허락했어요."

"그런 다음에는요?" 율리아가 속삭였다.

에스텔은 미소를 지었다. 반항조로. 행복하게.

"그런 다음 집으로 돌아갔죠. 하지만 그의 집 열쇠는 버리지 않았어요. 크누트한테는 절대 비밀로 했고요. 그게 내가 저지른 불륜이었어요."

잠깐 동안 벽장 안에 정적이 흘렀다. 마침내 안나레나가 용기를 냈다. "저는 불륜을 저지른 적이 없어요. 하지만 한 번 미용실을 바꾼 적은 있었는데 몇 년 동안 예전 미용실 앞을 지나다니지 못했어요."

초강력 에피소드는 아니었지만 그녀도 동조하는 기분을 느끼고 싶었다. 안나레나는 불륜을 저지를 시간이 없었다. 도대체 무슨 수로 그런 여유가 생길까? 안나레나는 그런 생각이 들었다. 그 엄청난 스트레스, 그리고 전혀 새로운 남자를 상대하는 것. 그녀는 평생 일을 하다가 집으로 달려가고 일을 하다가 집으로 달려가며 지냈고 항상 두 공간 모두에서 부족하다는 죄책감에 시달렸다. 그랬던 사람은 능력이 부족한 사람에게 쉽게 공감할 수 있는 법이다. 아파트 안에 있던 사람들 모두 이미 같은 생각을 하고 있었지만 그중에서 안나레나가 맨 처음 이 얘기를 꺼낸 것도 그 때문이었을지 모른다. "우리가 은행 강도를 도와야 한다고 생각해요."

율리아가 고개를 들었고 전에 없던 존경심이 담긴 그들의 시선이 만났다.

"맞아요, 저도 동의해요! 방금 그 생각을 하고 있었어요. 이게 작정하고 벌인 일은 아닌 것 같아서요." 율리아는 고개를 끄덕였다.

"그런데 어떤 식으로 도울 수 있을지 모르겠어요." 안나레나는 실토했다.

"그러게요. 경찰이 건물을 에워쌌을 테니 빠져나갈 방법이 있을지 모르겠어요." 율리아는 한숨을 쉬었다.

에스텔은 와인을 좀 더 마시고 손 위에 올려놓은 담뱃갑을 뒤집었다. 너무 취해서 근처에 임신부가 있는 줄 몰랐다고 일말의 가책 없이 주장할 수 있는 경우가 아닌 한 임신부 앞에서 흡연은 절대 금물이기 때문이었다.

"변장을 하면 어떨까요?" 에스텔이 'ㅇ' 받침을 살짝 뭉개가며 문득 물었다.

율리아는 이해하지 못하고 고개를 저었다.

"네? 변장을 하다니 누가요?"

"은행 강도요." 에스텔은 답하고 와인을 다시 꿀꺽꿀꺽 마셨다.

"어떤 변장요?"

에스텔은 어깨를 으쓱했다.

"부동산 중개업자로요."

"부동산 중개업자로요?"

에스텔은 고개를 끄덕였다.

"은행 강도가 들이닥친 뒤로 이 아파트에서 부동산 중개업자의 코빼기라도 본 적 있어요?"

"아뇨…… 아뇨, 그러고 보니……."

에스텔은 와인을 좀 더 마시고 다시 고개를 끄덕였다.

"밖에 있는 경찰들은 아파트 오픈하우스면 당연히 부동산 중개업자가 있을 거라고 생각할 거예요. 그러니까……."

율리아는 에스텔을 빤히 쳐다보았다. 그러다 폭소를 터뜨렸다.

"그러니까 은행 강도가 항복한 뒤 인질들을 모두 석방한다고 하면서 부동산 중개업자인 척 우리랑 같이 나가면 되겠네요! 에스텔, 천재 아니에요?"

"고마워요." 에스텔은 말하고서 담배를 피울 수 있으려면 얼마나 남았는지 확인하느라 한쪽 눈을 감고 술병 안을 들여다보았다.

율리아는 최대한 잽싸게 끙끙대며 일어나 로를 불러서 새로운 계획을 설명하려고 문 앞으로 급히 다가갔다. 하지만 그녀가 문을 막 열려던 찰나 노크 소리가 들렸다. 소리가 아주 우렁차지는 않았지만, 강아지와 폭죽이 벽장 안으로 내동댕이쳐지기라도 한 듯 세 여자가 펄쩍 뛰기에는 충분한 크기였다. 율리아가 문을 눈곱만큼 열었다. 토끼가 뻘쭘하게 서 있는 것이 간신히 보였다.

"방해해서 죄송해요. 하지만 누가 바지를 입으라고 해서요."

"바지가 여기 있어요?" 율리아는 물었다.

토끼는 목을 긁었다.

"아뇨, 오픈하우스가 시작되기 전에 화장실에서 입고 있었어요. 그런데 손을 씻다가 물을 튀겼는데 세면대에 향초가 있길래 그걸 켜서 바지를 말리면 되겠다 했거든요. 그러다…… 음…… 바지에 불이 붙었어요. 그래서 불을 끄느라 물을 더 부었어요. 그래서 결국에는 바지가 흠뻑 젖고 말았어요. 그런데 잠시 후에 오픈하우스가 시작됐고 여러분들이 아파트에서 왔다 갔다 하는 소리가 들렸고 잠시 후에 은행 강도가 소리를 질러서 시간이…… 간단하게 설명하자면 바지가 아직 축축해요. 혹시……."

토끼 탈이 벽장에 걸려 있는 양복 쪽으로 휙 움직였다. 그걸 대신 빌려 입을 수 있을까 싶은 것이었다. 그 와중에 그의 귀가 율리아의 이마를 치자 그녀는 뒷걸음질을 쳤는데, 토끼는 그걸 들어오라는 뜻으로 해석했다.

"네, 뭐, 들어오세요, 들어오셔서……." 율리아는 툴툴거렸다.

토끼는 관심을 보이며 사방을 두리번거렸다.

"정말이지 아늑하네요!" 그가 말했다.

안나레나는 양복 밑으로 사라져 눈을 훔쳤다. 에스텔은 이제 더는 상관없다는 생각이 들었기에 담배에 불을 붙였고 안나레나가 못마땅한 눈빛으로 그녀 쪽을 노려보자 변명조로 말했다. "아, 환풍구로 빠져나갈 거예요!"

토끼는 고개를 살짝 모로 꼬았다가 물었다. "무슨 환풍구요?"

에스텔은 기침을 했다. 담배 때문인지 그 질문 때문인지는 알 수 없었다. "그게…… 여기에 환기 장치 비슷한 게 있는 것 같은 데 확실하지는 않아요. 하지만 천장에서 바람이 들어오는 건 맞아요!"

"지금 무슨 말씀을 하시는 거예요?" 율리아가 물었다.

에스텔은 다시 기침을 했다가 멈추었다. 하지만 천장에서 누군가가 계속 기침을 했다.

토끼와 세 여자, 두루뭉술하게 표현하자면 은행 강도의 등장으로 지장이 생긴 아파트 오픈하우스 현장에서 벽장 안에 옹기종기 모인 다채로운 이 집단은 서로를 쳐다보았다. 이 도시 사람들에게 이보다 희한한 일이 벌어진 적이 있을지는 몰라도 이보다 많이 희한하지는 않았을 것이다. 에스텔은 크누트가 바로 그때 벽장문을 열었다면 껄껄대며 웃느라 온 사방에 먹던 아침이 튀었을 테고 자신은 그걸 보며 좋아했을 거라는 생각을 했다. 천장에서는 기침 소리가 계속 이어졌다. 참으려고 할수록 점점 심해지는, 극장에서 들을 수 있는 종류의 기침이었다.

율리아는 사다리를 벽장 뒤편으로 끌고 갔고 에스텔은 궤짝에서 일어났고 안나레나가 토끼를 부축했다. 그는 천장이 움직일 때까지 손을 대고 밀어 올렸다. 위로 젖히는 문이 달려 있었고 그 위에 아주 비좁은 공간이 있었다.

그리고 거기에 부동산 중개업자가 앉아 있었다.

59

이 무렵 경찰서에서는 야크가 분노로 거의 목이 쉬었다.

"진실을 밝혀! 폭죽을 터뜨려 달라고 한 이유가 뭐지? *진짜* 부동산 중개업자는 지금 어디 있어? *진짜* 부동산 중개업자가 있긴 한가?"

벽장 위의 비좁은 공간에 몇 시간 동안 숨어 있느라 재킷이 불도그 귀처럼 쭈글쭈글해진 부동산 중개업자는 전부 설명하려고 애를 쓴다. 하지만 현대사회와 인터넷이 우리에게 가르쳐준 것이 하나 있다면 옳다고 해서 논쟁에서 이길 거라 기대하면 안 된다는 것이다. 부동산 중개업자는 자신이 은행 강도가 아니라는 것을 증명할 길이 없다. 그걸 증명할 유일한 방법이 은행 강도의 소재를 밝히는 것인데 정말이지 아는 게 전혀 없기 때문이다. 그런가 하면 야크는 부동산 중개업자가 부동산 중개업자라는 것을 믿지 않으려고 한다. 믿으면 그가 뭔가 아주 빤한 것을 놓쳤다는 뜻이 되고 그러면 그가 결국은 별로 똑똑하지 않다는 뜻이 되고 그는 아직 그걸 인정할 마음의 준비가 되지 않았기 때문이다.

조사를 받는 내내—야크가 논스톱으로 고함만 질렀으니 조사라고 할 수 있을지 모르겠지만—아무 말 없이 앉아 있던 짐이 아들의 어깨에 손을 얹고 말한다. "좀 쉬었다가 할까, 아들?"

야크는 그에게 시선을 고정한다. "아빠는 속았어요, 모르겠어요? 그 피자를 들고 거기까지 올라가서 저 여자한테 속았어요!"

바보 취급을 당하자 상처를 받은 짐의 어깨가 축 처진다.

"좀 쉬었다가 하면 안 되겠니? 잠깐이라도? 커피나…… 물이라도 마시면서……."

"자초지종을 파악하기 전에는 안 돼요!" 야크는 으르렁거린다.

60

야크가 협상 전문가와의 통화를 끊고 맞은편 건물에서 뛰쳐 나왔을 때 짐이 인질극이 벌어진 건물에서 걸어 나왔다. 야크는 밖에서 대기하라고 했는데 안으로 들어간 짐에게 당연히 화가 났지만, 짐은 애써 그를 진정시키려고 했다.

"진정해라, 아들. 진정해. 계단에 있었던 그거 폭탄이 아니라 그냥 크리스마스 전등이 담긴 상자였어."

"알아요! 왜 제가 돌아오기 전에 건물로 들어가셨어요?"

"그때까지 기다리면 네가 절대 못 들어가게 할 테니까. 은행 강도하고 얘기했다."

"당연히 제가 못 들어가게…… 잠깐, 뭐라고요?"

"은행 강도하고 얘기했다고."

그러고 나서 짐은 자초지종을 정확히 설명했다. 아니, 그의 능력이 닿는 한 최대한 정확히 설명했다. 이쯤에서 짚고 넘어가 자면 짐은 원래 말솜씨가 없었다. 아내가 입버릇처럼 말하길 그 는 재밌는 얘기를 들려주겠답시고 결정적인 부분부터 터뜨려

놓고는 비명을 지르며 "아니다, 잠깐, 그전에 뭐가 더 있었는데, 여보, 그 재밌는 부분 전에 뭐가 있었지?"라고 한 다음 처음부터 다시 시작하려다가 또 망치는 타입이었다. 그는 영화의 결말을 절대 기억 못 하기 때문에 몇 번을 봐도 범인의 정체가 밝혀질 때마다 번번이 놀란다. 그런가 하면 파티에서 하는 게임이나 텔레비전 퀴즈쇼에도 영 신통치 않다. 아들과 아내가 둘 다 좋아했던 프로그램 중에 여러 단서를 통해 유명인들이 탄 열차의 행선지를 알아맞히는 것이 있었는데, 아내는 소파에 앉아서 스페인의 수도에서부터 아프리카의 공화국을 거쳐 노르웨이의 조그만 어촌까지 닥치는 대로 미친 듯이 외치는 그를 흉내 내곤 했다. "그것 봐! 내가 맞혔잖아!" 막판에 그가 매번 이렇게 선언하면 야크가 매번 딱딱거렸다. "아무 데나 막 던지면서 맞혔다고 하면 어떻게 해요!" 아내는? 그냥 웃었다. 짐은 그게 사무치도록 그리웠다. 그가 재밌어서든 어이가 없어서든 그녀가 웃기만 하면 상관없었다.

그래서 짐은 야크가 보지 않는 틈을 타서 건물 안으로 들어갔다. 아내라면 그렇게 했을 것이기 때문이다. 그는 상자가 있는 층계참에 다다랐을 때 가끔은 크리스마스 전등이 그냥 크리스마스 전등인 경우도 있다는 것을 깨닫고 정말이지 바보가 된 기분을 느꼈다. 하지만 아내였다면 그걸 보고 웃었을 것이다. 그래서 그는 계속 걸음을 옮겼다.

꼭대기 층에는 집이 두 채 있었다. 인질극이 벌어지고 있는

곳은 오른편 아파트였고 왼편 아파트의 주인은 고수인지 주스
메이커인지를 놓고 의견이 엇갈린 젊은 커플이었다. 짐은 아까
전에 그들과 통화하느라 결별의 시시콜콜한 부분까지 지나치게
많이 알게 됐다. 그는 신중을 기하기 위해 아파트의 우편함 안을
들여다보았지만 어두컴컴했고 매트에 쌓인 우편물을 보면 아무
도 살지 않은 지 제법 된 듯했다. 짐은 그 단계까지 거친 다음에
서야 은행 강도와 인질들이 있는 아파트 초인종을 눌렀다.

계속 초인종을 눌러도 한참 동안 응답이 없었다. 그는 초인종
이 고장 났다는 것을 깨닫고 대신 문을 두드렸다. 이번에도 여러
번 두드려야 했지만 결국 문이 눈곱만큼 열렸고 양복을 입고 스
키마스크를 쓴 남자가 내다보았다. 처음에는 피자를, 그런 다음
에는 짐을 쳐다보았다.

"현금이 없는데요." 마스크를 쓴 남자가 말했다.

"괜찮습니다." 짐은 피자를 내밀며 말했다.

마스크를 쓴 남자는 미심쩍어하며 실눈을 떴다.

"경찰이세요?"

"아뇨."

"경찰 맞는 것 같은데요."

짐은 마음의 결정을 내리지 못한 듯 남자의 억양이 여러 차례
바뀌는 것을 알아차렸다. 그가 문을 절대 제대로 열지 않았기에,
외모에 대해, 심지어 키가 큰지 작은지조차 제대로 파악할 수가
없었다.

"뭣 때문에 제가 경찰이라고 생각하세요?" 짐은 순진하게도

물었다.

"피자 배달부는 피자를 공짜로 주지 않으니까요."

짐은 잡아뗴봐야 소용없겠다는 생각이 들었기에 이렇게 말했다. "맞아요, 경찰입니다. 하지만 혼자 왔고 무기도 없어요. 안에 다친 분 계신가요?"

"아뇨. 적어도 여기 처음 왔을 때보다 더 다친 사람은 없어요." 은행 강도는 말했다.

짐은 서글서글하게 고개를 끄덕였다.

"당신이 아무것도 요구하지 않아서 저 밖에 있는 내 동료들이 불안해하고 있어요."

스키마스크를 쓴 사람은 놀라서 눈을 깜빡였다.

"피자 달라고 했잖아요."

"그게 아니라…… 인질을 석방하는 조건요. 다치는 사람은 없었으면 합니다만."

스키마스크를 쓴 남자는 피자 상자를 받은 뒤 손가락 하나를 세우고서 말했다. "잠깐만요!"

그는 문을 닫고 아파트 안으로 사라졌다. 1분 지나고 또 1분이 지나서 짐이 문을 다시 두드릴까 고민하던 찰나 문이 몇 센티미터 열렸다. 남자가 밖을 내다보며 말했다. "폭죽요."

"그게 무슨 말씀이신지." 짐은 말했다.

"발코니에서 불꽃놀이를 볼 수 있으면 좋겠어요. 그럼 인질을 풀어줄게요."

"진심이에요?"

"형편없는 싸구려는 안 돼요, 장난칠 생각 하지 말아요! 제대로 된 불꽃놀이를 보여줘요! 알록달록하고 비가 내리는 것처럼 보이는 그런 거요."

"그럼 인질들을 풀어줄 건가요?"

"그럼 인질들을 풀어줄게요."

"요구 조건은 그게 전부인가요?"

"네."

그래서 짐은 다시 계단을 내려와 야크가 있는 길거리로 나가서 이 모든 것을 전했다.

하지만 다시 한번 짚고 넘어가건대, 짐은 정말 말주변이 없다. 사실상 젬병이다. 그러니 모든 걸 아주 정확하게 기억하지는 못했을 수도 있다.

61

로게르가 도면을 보고 건물 꼭대기 층이 원래는 널찍한 아파트 한 채였을지 모른다고 한 말은 맞았다. 그러다 엘리베이터가 생기면서 아파트가 둘로 나뉘어 두 채로 팔렸고 이로써 거실의 이중벽과 벽장 위편의 버려진 환기구와 같은 창의적인 해결책이 만들어졌다. 그 환기구는 나이 들어 잉여 인력으로 간주되는 사람들처럼 오랫동안 잊힌 채 방치되다가 갑자기 다시 존재를 드러냈다. 겨울이면 찬바람이 오래된 건물 다락에서 불어 들어왔다. 그곳은 단열이 잘되지 않아서 그 바람이 외풍처럼 벽장 안으로 흘러 들어왔다. 벽장 뒤편, 그러니까 와인이 가득 담긴 궤짝 위에 앉아 있어야 그걸 느낄 수 있었다. 집주인이 흡연자인 경우 담배를 피우기에 그럭저럭 괜찮은 공간일 수도 있지만 환기구는 그 외에 오랫동안 아무 쓰임새가 없었다. 체구가 상당히 작은 부동산 중개업자가 무장한 은행 강도의 총격을 피해 올라가 숨을 만한 면적은 된다는 것을 알아차리기 전까지는 그랬다.

천장 입구가 워낙 좁아서 그녀가 간신히 통과할 수 있을 정도였으니 레나르트는 당연히 낄 수밖에 없었고 그가 버둥거리며

긴 몸을 빼려고 하자 토끼 탈이 드디어 벗겨졌다. 그는 뚜껑 문에서 사다리를 거쳐 바닥으로 쿵 하고 떨어졌다. 깜짝 놀란 부동산 중개업자가 혹시 그가 죽었나 싶어 토끼 탈을 넘어 뚜껑 문 밖으로 몸을 내밀었다가 너무 갑작스럽게 균형을 잃는 바람에 구멍을 지나 그의 위로 떨어졌다. 안나레나도 그들 아래에서 발이 걸려 넘어졌다. 사다리가 흔들리다가 넘어지며 뚜껑 문을 쳐서 쾅 하고 닫았다. 토끼 탈은 그 위에 남았다.

로게르, 로, 은행 강도가 밖에서 그 요란한 소리를 듣고 무슨 일인가 싶어 달려왔다. 벽장 안에 있던 사람들은 기어 나오려고 우왕좌왕했고 벽장 밖에 있던 사람들은 어느 팔다리를 잡아당겨야 하는지 알지 못해 우왕좌왕했다. 크리스마스에 퇴폐업소 때문에 아내와 싸우고 '이 빌어먹을 뭉치는 내년 크리스마스에 정리해야지!' 하며 상자에 한꺼번에 쑤셔 넣었던 크리스마스 전등 줄을 풀려고 애를 쓰는 일과 일맥상통하는 면이 있었다.

마침내 다들 일어났을 때 그들은 일제히 레나르트의 속옷을 뚫어져라 쳐다보았다. 그도 그럴 것이, 레나르트는 무슨 일인지 전혀 몰랐던 것 같지만 안나레나가 이렇게 울부짖었던 것이다. *"피가 나요!"*

이제 토끼 탈을 벗은 레나르트는 자기 배 밑으로 상당히 깊숙이 몸을 숙였고 과연 그의 속옷에서 피가 뚝뚝 흐르고 있었다.

"으악, 안 돼." 그는 앓는 소리를 내며 속옷 안으로 손을 집어넣어 고속도로 휴게소에서 그 앞을 지날 때 아이가 보지 못했으면 하는 물건*처럼 생긴 조그만 주머니를 꺼냈다. 그러고는 화장실을 향해 달려가다가 거실 카펫 가장자리에 발이 걸려 넘어졌고 피가 든 주머니가 그의 손에서 날아가 바닥 위에 내용물을 쏟아냈다.

"이게 무슨……?" 로게르가 외쳤다.

레나르트가 숨을 헐떡이며 말했다. "걱정 마세요! 스테이지 블러드예요! 사람들을 진짜 기함하게 만들려면 가끔 '화장실의 토끼'에 약간 뭘 추가할 필요가 있어서 속옷 안에 넣어놨어요."

"이건 내가 주문한 거 아니야!" 안나레나는 얼른 밝혔다.

"맞아요, 추가로 제공되는 선택 사항이에요." 레나르트는 엉거주춤 일어서며 인정했다.

"가서 바지 좀 입어요." 율리아가 쏘아붙였다.

"맞아요, 제발 좀." 안나레나는 간청했다.

레나르트는 고분고분 벽장으로 걸음을 옮겼다. 그가 다시 나왔을 때 사라가 마침 발코니에서 들어왔다. 그녀로서는 토끼 탈을 벗고 옷을 입은 그를 처음으로 목격하는 순간이었다. 아까보다 낫다고 그녀도 속으로 인정하는 수밖에 없었다. 이제는 그가 보기 싫지 않았다.

다른 사람들은 카펫과 바닥에 묻은 핏자국을 빤히 쳐다보며 어쩔 줄 몰라 했다.

* 여기서는 콘돔처럼 생겼다는 뜻이다.

"그나저나 색이 예쁘네요." 로가 말했다.

"아주 모던해요!" 에스텔은 얼마 전 라디오에서 요즘 대중문화계에 살인이 유행이라는 얘기를 들은 터라 고개를 끄덕였다.

한편 로게르는 당연히 정보를 향한 갈증이 점점 증폭되고 있었기에 부동산 중개업자를 돌아보며 추궁했다. "도대체 지금까지 어디 있었던 거예요?"

부동산 중개업자는 당황하며 조금 헐렁하고 아주 쭈글쭈글한 재킷 매무새를 바로잡았다.

"음, 뭐, 오픈하우스가 시작됐을 땐 벽장 안에 있었어요."

"뭐 하려요?" 로게르는 따져 물었다.

"긴장이 돼서요. 중요한 오픈하우스를 앞두고 있으면 늘 그래서, 대개 화장실에 들어가 잠깐 동안 혼자 으쌰으쌰하거든요. '할 수 있어! 너는 막강하고 자신만만한 부동산 중개업자이고 이 아파트는 *네* 손에 팔릴 거야!' 이런 식으로요. 그런데 화장실에 사람이 있기에 벽장 안으로 들어갔는데 잠시 후에 소리가 들리더라고요……."

그녀는 한 손에는 스키마스크를, 다른 손에는 권총을 들고 거실 한복판에 선 여자 쪽을 깍듯하지만 소심하게 손짓했다. 에스텔이 도움을 자청하며 끼어들었다. "맞아요, 이 사람이 은행 강도이긴 한데 위험하지 않아요! 우리를 인질로 붙잡아놓고 있긴 하지만 아주 잘 보살펴주고 있어요. 조금 있으면 피자도 배달될 거예요!"

은행 강도는 미안해하는 표정으로 부동산 중개업자를 보며 고개를 끄덕이고 말했다. "미안해요. 그리고 걱정 말아요, 이거 진짜 총 아니에요."

부동산 중개업자는 안도의 미소를 지으며 하던 얘기를 계속했다. "아무튼 벽장 안에 있는데 누가 '강도가 들었어요' 하고 외치는 소리를 듣고, 본능적으로 행동했던 것 같아요."

"본능적으로 행동했다니 그게 무슨 소리예요?" 로게르는 궁금해했다.

부동산 중개업자는 재킷의 먼지를 털었다.

"사실 앞으로 몇 주 동안 제가 주관해야 하는 오픈하우스가 몇 건 있거든요. 하우스 트릭스 부동산이 고객에게 지켜야 할 의무가 있어요. 그래서 생각했죠, 여기서 죽으면 안 된다고. 그러면 무책임한 짓이 된다고. 그러고 나서 보니 천장에 뚜껑 문이 달려 있기에 올라가서 숨어 있었어요."

"지금까지요?" 로게르는 의아해했다.

부동산 중개업자는 등이 삐걱거릴 정도로 열심히 고개를 끄덕였다. "다른 쪽으로 기어나갈 수 있었으면 했는데 안 되겠더라고요." 그러고 나서 그녀는 뭔가 중요한 사항이 생각난 사람처럼 손뼉을 치고 외쳤다. "어머나, 이렇게 서서 수다만 떨고 있었네요. 먼저, 안녕하시죠? 이렇게 많은 분이 오늘 오픈하우스에 참석해주시다니 정말 다행이지 뭐예요. 혹시 이 자리에서 바로 매입 의사를 밝히고 싶은 분 계신가요?"

모여 있던 사람들은 그녀의 질문에 딱히 동요하지 않는 눈치였다. 부동산 중개업자는 유쾌하게 두 팔을 내밀었다.

"그럼 좀 더 둘러보시겠어요? 그러죠, 뭐! 오늘 잡힌 다른 오픈하우스도 없으니까요!"

로게르의 눈썹이 처졌다.

"새해 이틀 전날에 오픈하우스를 잡은 이유가 뭐예요? 이런 경우는 살다 살다 처음이네. 내가 다녀온 오픈하우스가 좀 되는데 말이오."

부동산 중개업자는 답답한 데 갇혀 있다가 방금 전에 풀려난 부동산 중개업자만이 지을 수 있는 명랑한 표정을 지었다.

"매도인의 요청이었고 저는 개의치 않았어요. 하우스 트릭스 부동산에서는 평일과 휴일의 구분이 없거든요!"

다른 사람들은 이 말에 일제히 눈을 부라렸다. 에스텔만 몸을 부르르 떨며 물었다. "이 집 춥네요, 그렇지 않아요?"

"네, 맞아요. 로게르의 예산을 넘어서는 수준으로 추워요!" 로는 분위기를 띄우려고 이렇게 외쳤다가 로게르의 분위기가 전혀 달라지지 않은 걸 보고 당장 후회했다.

이제 거의 온몸이 쑤시는 데다 인내심이 바닥난 율리아가 그들 모두를 밀치며 달려가 발코니 문을 닫았다. 그런 다음 앞이 트인 벽난로 앞으로 가서 장작을 쌓기 시작했다.

"피자 기다리는 동안 불을 피우는 게 좋겠어요."

은행 강도는 아무 짝에도 쓸모없는 권총을 쥐고 거실 한가운데 서서 인질 집단을 바라보았다. 한 명이 더 늘어났으니 그에 비례해 형량만 늘어나겠구나 싶어서 한숨이 나왔다. "피자 기다릴 것 없어요. 이제 그만 다들 가셔도 돼요. 제가 항복해 경찰 손에 제 운명을 맡길게요…… 그들이 뭘 어쩔 생각인지 모르겠지만. 다들 먼저 나가세요. 저는 아무도 다치지 않게 여기서 기다릴게요. 원래…… 누구도 인질로 붙잡고 있을 생각은 없었어요. 전남편의 변호사한테 딸들을 뺏기지 않게 월세를 낼 돈이 필요했을 뿐이에요. 죄송했고…… 제가 바보 같았네요…… 다들 이런 일을 겪을 이유가 없는데…… 죄송해요."

눈물이 뺨을 타고 쏟아졌고 그녀는 이제 그걸 막으려는 시도조차 하지 않았다. 그녀가 너무 작아 보여서 사람들의 마음이 움직였을지 모른다. 아니면 각자 그날 겪었던 일과 그 의미를 생각하게 됐을 수도 있다. 그들이 갑자기 앞다투어 한꺼번에 이의를 제기하기 시작했다.

"하지만 그냥 그렇게……." 에스텔이 말했다.

"당신은 아무도 해치지 않았잖아요!" 안나레나가 배턴을 넘겨받았다.

"빠져나갈 방법을 찾을 수 있지 않을까요?" 레나르트가 제안했다.

"당신 손에 석방되기 전에 정보를 최대한 많이 수집할 시간이 필요해요!" 로게르가 단언했다.

"그리고 입찰은 아직 시작되지도 않았어요." 부동산 중개업자가 큰 소리로 외쳤다.

"피자가 올 때까지 기다려도 되지 않을까요?" 로가 제안했다.

"그래요, 우리 뭐 좀 먹어요. 좀 재밌지 않아요, 이런 식으로 서로 안면도 트고? 이게 다 당신 덕이에요!" 에스텔은 얼굴을 환히 빛냈다.

"경찰이 당신한테 총을 쏘지는 않을 거예요. 아무튼, 많이는
요." 안나레나가 위로했다.

"우리가 다 같이 당신이랑 나가면 어떨까요? 동시에 나가면
경찰에서도 발포하지 않을 거예요!" 율리아가 우겼다.

"빠져나갈 방법이 분명 있을 거예요. 오픈하우스 현장에 몰래
들어올 수 있었으면 몰래 빠져나갈 방법도 분명 있겠죠." 레나
르트가 짚고 넘어갔다.

"우리 다 같이 앉아서 계획을 세웁시다!" 로게르가 요구했다.

"아파트 입찰도 하고요!" 부동산 중개업자가 희망사항을 얹
었다.

"그리고 피자도 먹고요!" 로가 거들었다.

은행 강도는 한참 동안 그들을 한 명씩 차례대로 쳐다보았다.
이윽고 고마운 마음을 담아서 속삭였다. "이보다 더 형편없는
인질들도 없을 거예요."

"나 상 차리는 것 좀 도와줘요." 에스텔이 그녀의 팔을 잡으며
말했다.

은행 강도는 반항하지 않고 에스텔과 함께 부엌으로 들어갔
다. 잔과 접시를 들고 나왔다. 율리아는 계속 장작을 쌓았다. 사
라는 잠깐 갈등하다가 율리아에게 그녀가 달라고 하지도 않은
라이터를 건넸다.

로게르는 어떻게 하면 보탬이 될지 몰라 벽난로 옆에 서서 율

리아에게 물었다. "불 피우는 법 알아요?"

율리아는 그를 노려보며, 어머니와 함께 아버지의 집에 불을 지른 건 아닌지 로게르가 의심할 법한 말투로 어머니한테 배웠다고 쏘아붙이려고 했다. 하지만 긴 하루였고 그들은 서로의 이야기를 들었고 그래서 서로 싫어하기가 힘들어졌기 때문에 율리아는 대신 엄청난 선심을 베풀었다.

"아뇨. 어떻게 하면 되는지 가르쳐주실래요?"

로게르는 천천히 고개를 끄덕이고 쭈그리고 앉아서 장작에 대고 말하기 시작했다.

"우리 둘이…… 당신만 괜찮다면…… 우리 둘이 같이 합시다." 그는 중얼거렸다.

그녀는 침을 꿀꺽 삼키고 고개를 끄덕였다.

"좋아요."

"고마워요." 그는 조용히 말했다.

그런 다음 그는 일반적인 불 피우기 방법을 가르쳐주었다.

"원래 이렇게 연기가 많이 나나요?" 율리아는 궁금해했다.

"장작이 이상한 것 같아요." 로게르는 툴툴거렸다.

"진짜요?"

"빌어먹을 장작이 이상하다니까요, 정말로!"

"댐퍼 여셨어요?"

"당연히 열었지!"

율리아는 댐퍼를 열었다. 로게르가 들릴락 말락 하게 중얼거렸고 그녀는 웃음을 터뜨렸다. 그도 따라 웃었다. 그들은 서로 다른 데를 보고 있었지만 연기에 눈이 따끔거렸고 눈물이 폭포수처럼 쏟아졌다. 율리아는 로게르를 흘끗 쳐다보았다.

"아내분이 훌륭하시던데요." 그녀가 말했다.

"그쪽도 이하 동문이에요." 그는 대꾸했다.

그들은 각자 다른 장작을 쑤셨다.

"두 분께서 이 아파트가 정말로 마음에 드신다면⋯⋯." 율리아가 말문을 열었지만 그가 말허리를 잘랐다.

"아니, 아니에요. 여긴 애들 키우기에 좋은 아파트예요. 당신이랑 로가 사야 해요."

"로가 사겠다고 하지 않을 것 같아요. 뭐든 트집을 잡거든요." 율리아는 한숨을 쉬었다.

로게르는 불을 더 열심히 쑤셨다.

"당신과 아이에게 부족한 사람이 될까 봐 겁나서 그런 거예요. 그 친구한테 말도 안 되는 소리라고 얘기해줘요. 걸레받이를 자기가 직접 고치지 못할까 봐 걱정하고 있으니까, 한번 해보지도 않고서 고칠 수 있는 사람은 아무도 없다고도 얘기해주고요. 누구에게나 처음은 있잖아요!"

율리아는 그 말을 곱씹었다. 불을 물끄러미 들여다보았다. 로게르도 똑같이 했다. 각자 서로 다른 장작과 약간의 불길과 자욱한 연기를 응시했다.

"사적인 얘기 하나 해도 돼요, 로게르?" 얼마 후에 그녀가 속삭였다.

"흠."

"안나레나한테 뭘 증명하려고 할 필요 없어요. 누구에게도 뭐든 증명하려고 할 필요 없어요. 당신은 그러지 않아도 충분히 훌륭해요."

그들은 각자 불을 쑤셨다. 둘 다 눈으로 연기를 엄청 맞았다. 그들은 더 이상 아무 말도 하지 않았다.

문을 두드리는 소리가 들렸다. 밖에 찾아온 경찰이 초인종이 고장 났다는 사실을 드디어 파악한 것이었다.

62

"내가 가서 열게요." 은행 강도가 말했다.

"안 돼요! 경찰이면 어떡해요?!" 로가 외쳤다.

"그냥 피자일 거예요." 은행 강도는 짐작했다.

"미쳤어요? 경찰이 인질극 현장에 피자 배달부를 올려 보낼 리 있겠어요? 아니, 당신은 무장한 위험인물이잖아요!" 로가 말했다.

"나 위험인물 아니에요." 상처받은 은행 강도가 말했다.

"그런 뜻에서 한 얘기 아니었어요." 로는 미안해하는 투로 말했다.

이제 연기가 많이 약해진 벽난로 앞에서 로게르가 일어나 손이라도 되는 듯 장작 토막으로 은행 강도를 가리켰다.

"로 말이 맞아요. 당신이 문을 열면 경찰이 총을 쏠 수도 있어요. 내가 가는 편이 낫겠어요!"

율리아도 동의했지만 로게르가 느끼기에는 너무 선뜻 동의한 감이 없지 않았다. "맞아요! 로게르가 나가게 해요! 혹시 모르잖아요. 우리가 탈출 방법을 생각해낼 수도 있는데, 그렇게 되면 경찰은 당신이 여자라는 걸 절대 모를 거예요. 다들 은행 강도가 남자라고 넘겨짚을 거예요!"

"왜요?" 로게르는 궁금해했다.

"왜냐하면 여자들은 대개 그 정도로 어리석지 않거든요." 늘 유익한 정보를 알려주는 사라가 끼어들었다.

은행 강도는 우유부단하게 한숨을 쉬었다. 하지만 안나레나는 거실 한복판으로 눈곱만큼 다가가 속삭였다. "가지 마, 로게르. 경찰이 총을 쏘면 어떡해?"

이제는 연기가 별로 나지 않는데도 로게르의 눈에 연기가 들어갔다. 그는 아무 말도 하지 않았다. 그래서 레나르트가 앞으로 나서며 말했다. "아, 제가 할게요! 마스크를 주면 제가 인질범인 척할게요! 이러니저러니 해도 제가 배우예요. 이 지역 극단에서 공연한 「베니스의 상인」에도 출연한 적 있어요."

"「베니스에서 온 상인」 아니었어요?" 안나레나가 물었다.

"그래요?" 레나르트가 물었다.

"아, 나 그 작품 좋아해요. 멋진 대사가 있어요. 불빛 어쩌고 하는 거!" 에스텔은 명랑하게 외쳤지만 어떤 대사였는지 죽어도 기억이 나지 않았다.

"제발 와자지껄 떠들지 말고 주목을 좀 하세요!" 율리아가 쏘아붙였다. 방금 문을 두드리는 소리가 한 번 더 들렸던 것이다.

레나르트는 고개를 끄덕이고 은행 강도에게 손을 내밀었다. "마스크하고 권총 줘요."

"아니, 이리 내요, 내가 나갈 테니!" 다시금 인정 욕구를 불사

르며 로게르가 쏘아붙였다.

두 남자는 어깨를 한껏 펴고 서로 마주 보았다. 이제 토끼 탈도 벗었고 하니 로게르는 레나르트를 한 대 더 때리고 싶었을 것이다. 하지만 레나르트의 눈에도 로게르가 얼마나 아파하고 있는지 보였는지, 로게르가 주먹을 쥘 겨를도 없이 레나르트가 말했다. "부인께 화풀이하지 마요, 로게르. 나한테 화풀이해요."

로게르는 계속 화난 얼굴이었지만 그 말이 정곡을 찌르고 분노에 실금을 냈는지, 그 사이로 공기가 천천히 빠져나왔다.

"나는……." 그는 안나레나를 외면한 채 툴툴거렸다.

"나한테 맡겨줘요." 레나르트가 말했다.

"그래, 여보." 안나레나가 속삭였다.

로게르는 그녀의 턱 높이까지 고개를 들었고 그 턱이 떨리는 것을 보았다. 그는 뒤로 물러났다. 가슴 뭉클한 순간이 될 수도 있었지만 그가 참지 못하고 이렇게 중얼거리고 말았다. "참고 삼아 말하자면 경찰이 당신 다리를 쏘았으면 좋겠소, 레나르트."

곰곰이 생각해보면 제법 훈훈한 발언이었다.

바로 그 순간 에스텔은 연극 대사를 기억해내고 이렇게 선포했다. "우리 눈에 보이는 저 불빛이 나의 집 현관에서 이글거리고 있구나. 저 조그만 촛불이 얼마나 멀리까지 빛을 비추는가! 그러니 이 타락한 세상을 선행으로 비추자꾸나."

그녀는 '서글픔으로 내가 바보 천치가 되어버렸어'라는 대사도 생각이 났지만 분위기를 망치고 싶지 않았기 때문에 입 밖으로 내지 않았다. 은행 강도는 아담한 노파를 쳐다보았다.

"정말 죄송해요, 남편을 기다리고 계시다는 게 이제야 생각이 났어요. 성함이 크누트라고 하셨죠? 그분이 차를 주차하고 계실 때 제가……. 얼마나 걱정하고 계실까!" 그녀는 죄책감으로 어쩔 줄 몰라 했다.

에스텔은 은행 강도의 팔을 토닥였다.

"아니, 걱정할 것 없어요. 크누트는 이미 죽었어요."

은행 강도의 얼굴이 하얗게 질렸다.

"할머니께서 여기 있는 동안에요? 여기 계신 동안 그분이 돌아가신……? 아, 어쩌면 좋아……."

에스텔은 고개를 저었다.

"아니, 아니, 그게 아니고. 그이는 세상을 떠난 지 좀 됐어요. 온 세상이 당신을 중심으로 돌아가지는 않는답니다."

"저는……." 은행 강도는 간신히 이 한 마디를 내뱉었다.

에스텔은 그녀의 팔을 토닥였다.

"크누트가 주차하는 중이라고 했던 건 내가 가끔 외로워지기 때문이에요. 그럴 때 그이가 오는 중이라고 생각하면 기분이 좀 괜찮아지거든. 특히 이맘때면, 그이가 설날을 좋아해서 우리 둘이 부엌 창가에 서서 불꽃놀이를 감상하고 그랬어요. 음…… 원래는 한동안 발코니에서 구경했는데…… 10년 전에 다리에서 어떤 일이 벌어진 뒤로 내가 발코니에 못 나가게 됐거든요. 얘기하자면 긴데, 아무튼 크누트하고 부엌 창을 통해 불꽃놀이를 구경했고…… 아, 그런 희한한 것들이 그리워져요. 어떤 것보다 더 그리워요. 크누트가 불꽃놀이를 좋아했기에 설날이 되면 유난히 외로워져요. 바보 같은 할망구죠?"

모두들 잠자코 그녀의 이야기를 들었다. 가슴 뭉클한 순간이 될 수도 있었지만 사라가 거실 저편에서 헛기침을 했다.

"다들 크리스마스에 자살률이 제일 높은 줄 알지만 착각이에요. 설날에 자살하는 사람이 훨씬 많아요."

이로써 분위기에 찬물이 끼얹어졌다. 부인할 방법이 없었다.

레나르트는 로게르를 쳐다보았고 로게르는 은행 강도를 쳐다보았고 은행 강도는 모두를 쳐다보았다. 잠시 후에 그녀가 단호하게 고개를 끄덕였다. 아파트 문이 마침내 열렸을 때 경관 짐이 그 앞에 서 있었다. 잠시 후에 그는 다시 길거리로 내려가 아들에게 은행 강도와 대화를 나누었다고 말했다.

63

야크는 분노로 진이 다 빠져 조사실을 박차고 나간다. 부동산 중개업자는 그 자리에 앉아서, 두 경관 가운데 젊은 쪽이 씩씩대며 복도를 왔다 갔다 하는 것을 지켜본다. 그러다 슬픈 표정으로 조사실에 계속 앉아 있는 나이 많은 경관을 희망 어린 눈빛으로 돌아본다. 짐은 자기 손, 아니 온몸을 어쩔 줄 모르는 사람처럼 물 잔을 그녀에게 건넨다. 그녀가 열 손가락으로 잡고 있는데도 잔이 떨린다.

"믿어주세요, 저는 진짜로 은행 강도가 아니에요……." 그녀는 애원한다.

짐은 아들이 주먹으로 벽을 쳐가며 서성이고 있는 복도를 흘끗 내다본다. 그러고 나서 부동산 중개업자를 향해 고개를 끄덕였다가 머뭇거리고는 다시 끄덕였다가 멈추고, 그러다 마침내 그녀의 어깨에 잠깐 손을 얹고 실토한다. "알아요."

그녀는 놀란 표정이다. 그는 면목 없어 하는 표정을 짓는다.

고참 경관은 손을 거두며—지금보다 더 늙은이가 된 듯이 느껴진 적이 없었다—결혼반지를 만지작거린다. 오랜 습관이지만 별로 위안이 되지 않는다. 그는 죽음을 맞닥뜨렸을 때 가장 힘든 것이 문법이라고 생각한다. 그는 계속 말실수를 하지만 야크는 그의 실수를 거의 지적하지 않는다. 아들들은 원래 그럴 용기가 없는지 모른다. 야크는 6개월마다 한 번꼴로 반지 얘기를 꺼낸다. "아빠, 이제 그거 뺄 때도 되지 않았어요?" 아버지는 깜빡하고 있었다는 듯이 고개를 끄덕이고, 전보다 더 꽉 낀다는 듯이 반지를 살짝 잡아당기며 중얼거린다. "뺄 거야, 뺄 거야." 하지만 절대 빼지 않는다.

죽음을 맞닥뜨렸을 때 가장 힘든 것은 문법과 시제와 상의 없이 소파를 새로 사도 그녀가 화를 낼 수 없다는 사실이다. 그녀가 아무것도 할 수 없다는 사실이다. 그녀는 지금 집으로 오고 있지 않다. 그건 *과거*의 일이다. 그리고 그녀는 짐이 상의 없이 소파를 새로 샀을 때 정말 화를 냈다. 정말이지 어마어마하게 화를 냈다. 그녀는 사상 최악의 재난이 벌어진 곳을 찾아 지구 반대편까지 건너갈 수 있을지 몰라도, 집으로 돌아왔을 때 모든 것이 정확히 예전 그대로 유지되어 있지 않으면 심란해했다. 물론 그녀만의 특이한 원칙과 습관은 그 외에도 많았다. 그녀는 시리얼에 양파 플레이크를 섞어 먹었고 팝콘에 베아르네즈 소스를 뿌렸고 옆 사람이 하품하면 그 입에 손가락을 넣어서 입을 다물기 전에 다시 뺄 수 있는지 실험했다. 어떨 때는 짐의 신발에 콘플레이크를, 야크의 주머니에 삶은 달걀과 멸치 부스러기를 넣고, 그걸 발견했을 때 그들의 표정을 보고 점점 더 재미있어했다. 그리워지는 것은 이런 것이다. 예전에 그녀가 이랬는데, 예전에 그녀가 그랬는데. 그녀는 *이랬는데*, 그녀는 *이런데*. 그녀는 짐의 아내였다. 야크의 어머니는 고인이다.

문법. 그게 최악이지. 짐은 생각한다. 그래서 그는 아들이 사건 수사에 성공해 모든 문제를 해결하고 모두를 구할 수 있길 진심으로 바란다. 하지만 그렇게 될 것 같지가 않다.

그는 복도로 나간다. 야크를 본다. 복도에는 두 사람뿐이라 아무도 대화를 엿들을 수 없다. 아들이 절망하며 고개를 돌린다.

"부동산 중개업자가 범인일 *수밖에* 없어요, 아빠, 그럴 *수밖에*……." 그는 용케 말문을 열지만 갈수록 점점 힘이 빠진다.

짐은 고통스러우리만치 천천히 고개를 젓는다.

"아니, 그녀는 범인이 아니야. 네가 들이닥쳤을 때 은행 강도가 아파트에 없었던 건 맞아. 하지만 인질들과 함께 거기서 나오지도 않았어."

야크의 눈이 미친 듯이 복도를 훑는다. 그는 주먹을 쥐고 후려칠 만한 다른 뭔가를 찾는다.

"그걸 어떻게 알아요, 아빠? 그걸 도대체 어떻게 아느냐고요?!" 그는 바다를 향해 고함을 지르듯 소리를 지른다.

짐은 밀려드는 파도를 막으려는 듯 눈을 깜빡인다.

"왜냐하면 내가 사실대로 얘기하지 않았거든."

그러고 나서 그는 진실을 밝힌다.

64

인질극 현장에 있었던 목격자 전원이 동시에 풀려났다. 어떻게 보면 그들로서는, 이 이야기가 시작됐을 때처럼 갑작스럽게 끝난 셈이다. 그들은 소지품을 챙겨 조심스러운 안내를 따라 경찰서 뒤편 조그만 계단으로 나선다. 등 뒤에서 문이 닫히자 놀란 눈빛으로 서로 쳐다본다. 부동산 중개업자, 사라, 레나르트, 안나레나, 로게르, 로, 율리아 그리고 에스텔이다.

"경찰이 뭐라고 했어요?" 로게르가 당장 사람들에게 묻는다.

"질문 공세를 퍼부었지만 율스하고 저는 못 알아듣는 척했어요!" 로가 희희낙락 선포했다.

"와우, 똑똑해라." 사라가 말한다.

"그러니까 어느 경찰도 딱히 아무 말 않고 풀어줬다고요?" 로게르는 따지고 든다.

그들은 일제히 고개를 끄덕인다. 야크라는 젊은 경관이 방금 전에 조사실을 일일이 찾아와 이제 그만 가도 좋다고, 이렇게 오랫동안 붙잡아놔서 미안하다고 말하고는 끝이었다. 야크가 조심스럽게 덧붙인 말이 있다면 경찰서 정문에서 기자들이 기다리고 있으니 다른 쪽으로 나가야 한다는 것뿐이었다.

이렇게 해서 몇 명의 사람이 경찰서 뒤편에 모여 불안한 눈빛으로 서로 흘끗거리고 있다. 결국에는 안나레나가 모두들 궁금해하던 질문을 한다. "그녀는…… 무사할까요? 그 집에서 나왔을 때 나이 든 경관이 계단에 서 있길래 그녀가 무슨 수로 다른 집으로 들어갈까 싶었는데."

"그러니까요! 경찰이 그 권총이 진짜였고 집 안에서 총성이 들렸다고 했을 때…… 윽……." 부동산 중개업자는 무슨 생각이 들었는지 차마 밝히지 못하고 고개를 끄덕인다.

"우리도 없는데 누가 그녀의 탈출을 도왔을까요?" 로게르는 정확한 정보를 알고 싶어 한다.

아무도 대답하지 못하는데, 에스텔은 휴대전화를 내려다보며 문자를 읽고 천천히 고개를 끄덕인다. 그러고는 안도의 미소를 짓는다.

"무사하대요."

안나레나도 그 말에 미소를 짓는다.

"인사 전해주세요."

에스텔은 알았다고 한다.

그들 뒤편에서 20대 여자 하나가 경찰서에서 혼자 걸어 나온다. 당당해 보이려고 애쓰지만 어디로 가면 좋을지, 누구랑 가면 좋을지 찾느라 눈동자를 미친 듯이 굴리고 있다.

"괜찮아요, 아가씨?" 에스텔이 묻는다.

"왜요? 왜 물어보세요?" 런던은 쏘아붙인다.

율리아는 런던의 블라우스에 달린 명찰을 확인한다. 그녀는 조사를 받으러 회사에서 나온 뒤로 명찰을 떼지 않았다.

"강도당한 은행 직원이에요?"

런던은 머뭇거리며 고개를 끄덕인다.

"아이고, 많이 무서웠어요?" 에스텔은 궁금해한다.

런던은 고개를 끄덕이지만, 머리가 감히 하지 못하는 대답을 몸이 대신 하는 느낌이다.

"그때는 아니고요. 그…… 일이 벌어졌을 때 말고요. 나중에요. 나중에…… 그게 진짜 권총이라는 걸 알게 됐을 때요."

계단 위에 서 있던 사람들은 이해한다는 듯이 고개를 끄덕인다. 로는 외투 아래 입은 원피스 주머니에 손을 넣고 도로 건너편 조그만 카페를 턱으로 가리킨다. "커피 한잔 할래요?"

런던은 갈 데가 있다고, 만날 사람이 있다고, 내일이 새해 전날 아니냐고 거짓말하고 싶어진다. 하지만 그 대신 이렇게 말한다. "나는 커피 안 마셔요."

"다른 음료 주문해줄게요." 로가 약속한다.

기분 좋은 약속이라, 런던은 천천히 고개를 끄덕인다. 로는 그녀가 한참 만에 사귄 친구가 된다. 어쩌면 난생처음 사귄 친구일 수도 있다.

"나도 같이 가!" 율리아가 말한다.

"왜? 나 혼자 가면 *강도라도 당할까 봐*?" 로는 씩 웃는다.

율리아는 웃지 않는다. 로는 헛기침을 하고 웅얼거린다. "오케이, 오케이, 아직은 그런 농담을 할 때가 아니란 말이지? 알았어, 알았어!"

같이 길을 건너는 동안 런던이 그녀에게 속삭인다. "별로 좋은 농담이 아니었어요."

"당신 뭐예요, 농담 감별사예요?" 로는 툴툴거린다.

"자기야! 총에 맞으면 자기가 키우던 새들은 날려줄게!" 율리아가 그들 뒤에서 외친다.

"저 농담은 재밌네요!" 런던은 킬킬거린다. 웃을 일이 생기다니 오랜만이다. 어쩌면 난생처음일 수도 있다.

그녀는 며칠 뒤에 은행 강도에게서 사과 편지를 받는데, 스무 살짜리에게는 그 뒤로 오랫동안 아무에게도 털어놓을 수 없을 만큼 엄청난 의미로 다가온다. 사실상 사랑하는 사람이 생기기 전까지만 그렇지만, 그건 전혀 별개의 이야기다.

율리아는 계단 위에서 모두를 끌어안고 모두에게 포옹을 받는다. 에스텔에게 다가갔을 때 젊은 여자와 훨씬 노쇠한 여자는 서로의 눈을 한참 쳐다본다. 에스텔이 말한다. "당신한테 선물하고 싶은 책이 있어요. 내가 제일 좋아하는 시인이 쓴 책이에요."

율리아는 미소를 짓는다.

"할머니하고 둘이서 만나면 어떨까 생각하던 중이었어요. 가끔. 엘리베이터에서 책을 교환해도 좋고요."

"그게 무슨 소리예요?" 에스텔은 궁금해한다.

율리아는 부동산 중개업자를 돌아본다.

"서류 준비해주시겠어요?"

부동산 중개업자는 열심히 고개를 끄덕이다가 깡총깡총 뛰기 시작한다. 로게르는 문득 흐뭇해져서 저도 모르게 씩 웃는다.

"그 아파트를 사기로 한 거예요? 흥정 잘했어요?"

율리아는 고개를 젓는다.

"아뇨. 그 아파트 말고 다른 아파트를 샀어요."

로게르는 그 말을 듣고 껄껄 웃는다. 그렇게 웃어본 지가 오랜만이다. 그 소리를 듣고 안나레나는 너무 기뻐서 한겨울에 계단 한복판에 주저앉는다.

65

진실. 진실. 진실.

그러니까 짐은 은행 강도와 대화를 나눈 뒤에 길거리로 다시 내려가 건물 안에서 무슨 일이 있었는지 야크에게 얘기했다. 하지만 있는 그대로 얘기하지는 않았다. 사실 전혀 그러지 않았다.

왜냐하면 짐이 피자를 들고 등장했을 때 문을 열어준 사람은 레나르트가 아니었다. 은행 강도, 그러니까 진짜 은행 강도였다. 로게르와 레나르트가 둘 다 스키마스크를 달라고 했지만 그녀는 오랜 정적 끝에 안 된다고 했다. 그들을 쳐다보며 고마워하는 다정한 목소리로 얘기하고는 결심한 듯 고개를 끄덕였다.

"이제 제가 딸들에게 훌륭한 모범을 보이며 바보 같은 짓을 저지르면 안 된다고 가르칠 수 없게 된 건 분명해요. 하지만 자기가 저지른 행동에 어떤 식으로 책임져야 하는지는 가르칠 수 있을지 몰라요."

그래서 짐이 다시 문을 두드렸을 때 그녀가 문을 열었다. 마스크 없이 열었다. 어깨 위로 늘어뜨려진 머리칼은 짐의 딸과 같은 색이었다. 가끔 딱 한 가지 공통점만 있어도 모르는 사람들끼리 공감대를 형성하는 경우가 있다. 그녀는 그의 손가락에 끼워진 결혼반지를 보았다. 오래돼서 파이고 변색된 은반지였다. 그는 그녀의 결혼반지를 보았다. 얇고 수수하며 아무 보석도 없는 금반지였다. 둘 다 반지를 아직 빼지 않은 것이다.

"경찰이세요?" 그녀가 하도 잽싸게 묻는 바람에 짐이 하던 생각의 흐름이 끊겼다.

"그걸 어떻게……?"

"저를 무장한 위험인물이라고 간주하고 있다면 경찰이 진짜 피자 배달부를 올려 보낼 리 없잖아요." 그녀는 미소를 지었는데, 얼굴을 일그러뜨리며 미소를 지었다기보다는 그냥 일그러뜨렸다.

"아니에요, 아니에요……. 음, 맞아요……. 그래요, 맞아요, 경찰이에요." 짐은 고개를 끄덕이며 피자를 내밀었다.

"감사합니다." 그녀는 한 손에 쥔 권총을 늘어뜨리며 다른 손으로 피자를 받았다. 짐은 권총에서 시선을 뗄 수가 없었다.

"기분은 좀 어때요?" 그녀가 마스크를 쓰고 있었다면 묻지 않았을 질문이었다.

"아주 끝내주지는 않네요." 그녀는 시인했다.

"다친 사람은 있나요?"

그녀는 경악하며 고개를 저었다.

"절대 그럴 일은……."

짐의 눈에 그녀의 떨리는 손가락과 아랫입술을 깨문 자국이 들어왔다. 아파트 안에서 누가 울부짖거나 고함을 지르는 소리도 들리지 않았고 어느 누구도 무서워하는 것 같지 같았다.

"잠깐 권총을 내려놓으면 좋겠는데요." 그가 말했다.

은행 강도는 미안해하며 고개를 끄덕였다. "저분들한테 피자 먼저 갖다줘도 될까요? 배고프다고 해서요. 저분들한테는 긴 하루였어서…… 제가……."

짐은 고개를 끄덕였다. 그녀는 몸을 돌려 사라졌다가 잠시 후에 상자도 권총도 없이 빈손으로 왔다. 그녀 뒤에서 누군가가 "그건 하와이안이 아니잖아!" 하고 외치자 다른 누군가가 웃음을 터뜨렸다. "하와이안이 어떤 건지 쥐뿔도 모르는구먼!" 웃음소리라니. 그러고 나서 오늘 처음 만났지만 가까워진 사람들끼리 두런두런 잡담을 나누는 소리가 들렸다. 평범한 인질극이 어떤 건지 정확하게 정의 내리기는 어려울지 몰라도 이 상황은 분명 아니었다. 짐은 유심히 은행 강도를 들여다보았다.

"어쩌다 이런 상황에 말려들었는지 물어봐도 될까요?"

이제 무기를 버린 은행 강도가 숨을 크게 들이마시자 몸이 두 배로 커졌다가 그 어느 때보다 작아졌다.

"어디서부터 시작하면 좋을지 모르겠네요."

그러자 짐은 아주 프로답지 못한 행동을 했다. 손을 내밀어 은행 강도의 뺨 위로 흐른 눈물을 닦아주었다.

"아내가 예전에 좋아했던 재미난 얘기가 있거든요. 코끼리를 어떻게 먹는지 알아요?"

"몰라요."

"조금씩 천천히요."

그녀는 미소를 지었다.

"애들한테 알려주면 좋아하겠어요. 애들이 유머감각이 꽝이거든요."

짐은 주머니에 손을 넣고 문 옆 층계참에 털썩 주저앉았다. 은행 강도는 잠깐 망설이다가 책상다리를 하고 앉았다. 짐은 미소를 지었다.

"아내도 유머감각이 꽝이었어요. 웃으면서 말썽 일으키는 걸 좋아했고요. 나이를 먹을수록 얼마나 더 좌충우돌했는지 몰라요. 입버릇처럼 나더러 너무 착해빠져서 탈이라고 했고요. 목사가 그런 말을 하다니 너무하지 않아요?"

은행 강도는 조용히 웃었다. 그러고는 고개를 끄덕였다.

"누구하고 그렇게 좌충우돌했는데요?"

"모든 사람하고요. 교회, 교구, 정치인, 하느님을 믿는 사람, 하느님을 믿지 않는 사람……. 아내는 가장 약한 사람들을 지키는 일을 천직으로 삼았어요. 노숙자, 이민자, 심지어 범죄자까지. 왜냐하면 성서에서 예수님이 이런 말을 하거든요. '내가 헐벗었을 때에 옷을 입혔고 병들었을 때에 돌보았고 옥에 갇혔을 때에 와서 보았느니라.' 그러면서 우리 중 가장 약한 자를 위하는 일이 그분을 위하는 일이라고 했어요. 아내는 그 모든 걸 너무 액면 그대로 받아들였어요. 그래서 계속 좌충우돌했죠."

"고인이 되셨나요?"

"네."

"안타깝네요."

그는 고마워하며 고개를 끄덕였다. 그는 이다지도 긴 시간이 흘렀건만 그녀가 이 세상에 없다는 것을 여전히 이해할 수 없다니 정말 희한하다는 생각이 들었다. 그가 하품할 때 입속에 손가락을 넣고, 그가 자려고 하면 베갯잇에 밀가루를 뿌리며 킬킬대던 바보가 더는 없다는 것에, 그의 심장은 여전히 적응되지 않는다. 그와 옥신각신할 사람이, 그를 사랑해줄 사람이 없다는 게. 이 모든 문법에는 적응할 방법이 없다. 그는 서글픈 미소를 지으며 말했다. "이제 당신 차례예요."

"뭐가요?" 은행 강도는 물었다.

"당신 얘기를 할 차례라고요. 어쩌다 이렇게 됐는지."

"어느 정도의 길이를 원하세요?"

"아주 길어도 돼요. 조금씩 천천히 해보세요."

고마운 얘기였다. 그래서 은행 강도는 그에게 말했다.

"남편이 저를 떠났어요. 아니, 사실은 저를 내쫓았어요. 제 상사하고 바람이 났거든요. 둘이 사랑하는 사이가 돼서 우리가 살던 아파트에서 살림을 합쳤어요. 아파트가 남편의 단독 명의로 되어 있었거든요. 모든 일이 너무 순식간에 벌어졌고 저는 분란을 일으키거나…… 난리를 피우고 싶지 않았어요. 아이들을 생각해서요."

짐은 천천히 고개를 끄덕였다. 그녀의 결혼반지를 쳐다보며 자기 결혼반지를 만지작거렸다. 세상에 그보다 벗어던지기 힘든 것도 없다.

"딸이에요, 아들이에요?"

"딸 둘요."

"나는 딸 하나, 아들 하나예요."

"저는…… 누구라도…… 아이들을…….."

"아이들은 지금 어디 있어요?"

"아빠랑 같이 살아요. 오늘 저녁에 제가 데리러 가기로 되어 있었어요. 같이 새해를 맞이하기로 했어요. 하지만 이렇게…… 제가…….."

그녀는 말끝을 흐렸다. 짐은 생각에 잠긴 표정으로 고개를 끄덕였다.

"은행을 털어서 그 돈을 어디에 쓰려고 했어요?"

그녀는 절박한 표정으로 복잡한 심정을 드러내며 말했다. "월세를 내려고 했어요. 6천5백 크로나가 필요했거든요. 집이 없으면 아이들을 뺏어 가겠다고 남편 변호사가 협박하더라고요."

짐은 억장이 무너져 쓰러지지 않도록 난간을 붙잡는다. 감정이입은 현기증과 같다. 그녀는 6천5백이 없으면 아이들을 잃게 생겼다고 생각한 것이다. 그녀의 *아이들*을.

"원칙도 있고 법규도 있기 때문에 어느 누구도 그런 이유로 당신에게서 아이들을 뺏어 가지 못해요…….." 그는 말문을 열었다가 생각을 바꿔서 이렇게 말했다. "하지만 이제는 그럴 수 있게 됐어요……. 당신이 은행을 털러 들어가고…….." 그는 기운이 하나도 없는 목소리로 속삭였다. "딱한 양반 같으니라고, 어쩌다 이런 일에 말려든 거예요?"

여자는 가장 작은 근육들마저 거의 포기한 것처럼 느껴져서 억지로 혀를 움직이고 입을 벌려야 했다.

"제가…… 제가 바보예요. 알아요, 알아요, 알아요. 남편과 부딪치기 싫었고, 아이들에게 그런 모습을 보이고 싶지 않았고, 혼자서 모두 해결할 수 있을지도 모른다고 생각했어요. 하지만 난장판만 만들고 말았네요. 제 잘못이에요, 모두 제 잘못이에요. 이제 항복할 준비가 됐어요. 인질을 모두 석방할게요, 약속해요, 권총도 아직 저 안에 있어요, 심지어 진짜도 아니에요……."

짐은 그런 이유라면 은행을 털 만도 하다고 생각하지 않을 수가 없었다. 갈등을 두려워한다지 않은가. 그는 그녀를 범죄자로 보려고 했지만, 그녀에게서 자신의 딸을 느끼지 않으려고 했지만 둘 다 실패하고 말았다.

"인질을 석방하고 항복하더라도 결국에는 감옥에 갈 거예요. 권총이 진짜가 아니라 하더라도." 그는 침통하게 말했고, 경찰에 몸담은 세월이 있기에 확언할 수 있었다. 웬만한 사람이라면 그녀의 상황에 연민을 느끼겠지만, 그렇다 하더라도 논의의 여지가 없었다. 은행을 털면 안 되고 총기를 들고 돌아다녀도 안 되며 그런 범인을 체포하면 처벌해야 하는 법이다. 그래서 짐은 그녀가 처벌을 면하는 유일한 길은 그것뿐이겠다고 그 자리에서 결론을 내렸다. 그녀를 체포하지 않는 것뿐이겠다고 말이다.

그는 계단을 두리번거렸다. 은행 강도 너머로 보이는 아파트 현관문에 부동산 중개업자의 이런 문구가 적힌 팻말이 걸려 있었다. "하우스 트릭스 부동산 중개 매물! 안녕하시죠?" 짐은 그 팻말을 잠깐 동안 물끄러미 쳐다보며 기억을 뒤졌다.

"특이하네." 마침내 그가 말했다.

"뭐가요?" 은행 강도는 궁금해했다.

"하우스 트릭스 부동산요. 상당히…… 황당한 이름이네요."

"그러게요." 은행 강도는 고개를 끄덕였지만 그때까지 거기에 대해서 별로 생각해본 적이 없었다.

짐은 코를 문질렀다.

"우연의 일치인지 모르겠지만 조금 전에 앞집 주인인 커플과 전화 통화를 했거든요. 둘이 헤어질 거라고 하더라고요. 한 명은 고수를 좋아하고 다른 한 명도 고수를 좋아하지만 그 정도까지는 아니라서. 젊은 인터넷 세대에게는 그것도 충분한 이혼 사유겠죠."

은행 강도는 애써 입꼬리를 움직여 미소를 지으려고 했다.

"요즘은 지겨워지는 걸 다들 못 견디죠."

그녀는 아직도 남편을 사랑한다는 것이 감정적으로 가장 받아들일 수 없는 부분이고 최악이라고 생각하고 있었다. 그런 깨달음이 뇌리를 강타할 때마다 모든 혈관이 터져버릴 것 같았다. 그가 저지른 그 모든 짓에도 불구하고 그를 사랑하지 않을 수 없다는 것, 이 지경에 이르러서도 계속 모든 게 그녀의 잘못은 아닌지 궁금하다는 것. 어쩌면 자신이 재미없는 사람이었을지도 몰랐다. 재미없는 사람과 계속 살아주기를 바라는 건 터무니없는 기대일지 몰랐다.

불안한 사람들

"맞아요, 바로 그거예요! 젊은 친구들에게는 모든 것이 처음 사랑에 빠진 그 순간처럼 짜릿해야 하고, 그 어떤 것도 재미가 없으면 안 되고, 집중력이 유지되는 시간이 반짝이 고무공을 가지고 노는 새끼 고양이 수준이죠." 짐은 갑자기 열을 내며 맞장구를 치고 얘기를 계속했다. "그래서 갈라서며 집을 팔려고 내놓았더라고요. 둘 중 한 명이 부동산 이름이 기억나진 않지만 그냥 황당한 이름이라고 했어요. 그런데 그거 알아요? 하우스 트릭스 부동산― 이름 한번 황당하죠!"

그는 부동산 중개업자가 있는 아파트 현관문에 걸린 팻말을 가리켰다. 그리고 맞은편 문을 가리켰다. 이렇게 작은 도시에 이름이 황당한 부동산 중개업소가 많을 리 없었다. '어퍼컷'이라는 이름의 미용실도 하나밖에 없을 만큼 작은 도시였다.

"죄송하지만 그게 뭐가 어떻다는 건지 모르겠어요." 은행 강도가 말했다.

짐은 까칠하게 자란 수염을 긁었다.

"그냥 생각해봤는데요⋯⋯. 부동산 중개업자가 저 집에 당신과 같이 있나요?"

은행 강도는 고개를 끄덕였다.

"네, 저 안에서 모든 사람의 신경을 긁고 있어요. 피자를 갖고 들어가보니 로게르를 발코니 근처에 세워놓고 반대편 끝으로 가서 그에게 열쇠를 던지고 있더라고요. 오픈 플랜식이면 물건을 얼마나 멀리 던질 수 있는지 보여주겠다며."

"그래서 어떻게 됐어요?"

424

"로게르가 고개를 숙여서 피했어요. 하마터면 창문이 박살 날 뻔했어요." 은행 강도는 미소를 지었다. 다정한 미소로군. 짐은 생각했다. 누굴 해치고 싶어 하는 사람이 지을 만한 미소가 아니었다. 그는 팻말을 다시 쳐다보았다.

"잘은 모르겠지만…… 혹시나 해서 말인데요……. 만약 같은 부동산 중개업자가 앞집도 맡고 있다면 그 집 열쇠를 가지고 있을 테고 그러면……."

그는 차마 자기 입으로 그 말을 꺼낼 수는 없었다.

"그게 무슨 말씀이세요?" 은행 강도는 물었다.

짐은 마음을 다잡고 자리에서 일어나 헛기침을 했다.

"그 부동산 중개업자가 앞집도 맡고 있다면, 그래서 그 집 열쇠를 가지고 있다면 거기 숨으면 되지 않겠느냐 이 말이에요. 다른 경찰들이 여기로 출동해서 다른 아파트까지 열어보며 당신을 찾지는 않을 거예요. 적어도 당장은."

"왜요?"

짐은 어깨를 으쓱했다. "왜냐하면 우리가 그 정도로 유능하지는 않거든요. 다들 인질 구출에 먼저 집중할 테니 인질들한테 나가면서 문을 닫으라고 하면 다들 은행 강도…… 그러니까 당신이…… 아직 아파트에 있는 줄 알 거예요. 이 아파트에. 우리가 문을 박살 내고 들어가서 당신이 없는 걸 확인하더라도, 아무 집이나 닥치는 대로 문을 박살 낼 수는 없어요, 그랬다가는 난리가 날 테니까. 위에서 말이에요. 먼저 인질들을 경찰서로 이송하고 목격자 진술서를 받아야 할 테니 잘은 모르겠지만…… 빠져나갈 방법을 찾을 수 있을지 몰라요. 그리고 그거 알아요? 다른 아파트에 있다가 들키더라도 거기 사는 사람인 척하면 돼요! 우리는 처음부터 은행 강도를 남자로 설정했거든요."

은행 강도는 계속 눈을 휘둥그레 뜬 채 무슨 말인지 이해하지 못하고 있었다.

"왜요?" 그녀가 다시 물었다.

"왜냐하면 여자들은 대개…… 이런 짓을 저지르지 않거든요." 짐은 최대한 돌려서 말했다.

그녀는 고개를 저었다.

"아니, 그게 아니라 *왜 그러시냐고요*. 왜 저를 이렇게 배려하세요? 경찰이시잖아요! 저를 이렇게 배려하시면 안 되잖아요!"

짐은 힘없이 고개를 끄덕였다. 바지에 대고 손을 비빈 뒤 손목으로 이마를 훔쳤다.

"아내가 종종 인용한 어떤 남자의 말이 있거든요……. 뭐라더라? 내일 지구가 멸망하더라도 나는 오늘 한 그루의 사과나무를 심겠다."

"멋지네요." 은행 강도는 속삭였다.

짐은 고개를 끄덕였다. 그는 손등으로 눈을 닦았다.

"당신을…… 체포하고 싶지 않아요. 당신이 엄청난 실수를 저질렀다는 건 알지만…… 그런 일도 벌어지고 그러는 거라."

"고맙습니다."

"들어가서 부동산 중개업자한테 다른 집 열쇠가 있느냐고 물어봐요. 우리 아들이 조만간 인내심이 바닥나서 여기로 쳐들어

올 텐데 그랬다가는……."

은행 강도는 몇 번 눈을 깜빡였다.

"네? 아드님이라고요?"

"그 아이도 경찰이에요. 그 아이가 맨 먼저 문을 박차고 들어갈 거예요."

은행 강도는 목이 메고 목소리가 떨리는 것을 느낄 수 있었다.

"용감한 청년 같네요."

"용감한 엄마 밑에서 자랐죠. 그 엄마도 아들을 위해서 그래야만 한다면 은행을 털고도 남았을 거예요. 우리가 처음 만났을 때 나는 심지어 하느님을 믿지도 않았어요. 그녀는 미인이었고 나는 아니었어요. 그녀는 춤을 잘 췄고 나는 두 발로 간신히 서는 수준이었고요. 처음 만났을 때는 직업을 대하는 태도가 우리의 유일한 공통점이었을 거예요. 구할 수 있는 사람은 구하자는 생각요."

"제가 구원을 받을 자격이 있는지 잘 모르겠어요." 은행 강도는 속삭였다.

짐은 그저 고개를 끄덕이며 그녀의 눈을 쳐다보았다. 그는 평생을 바친 직업의 원칙을 위반하려 하는 정직하고 번듯한 남자였다.

"내 판단이 틀렸거든 10년 뒤에 나를 찾아와서 알려줘요."

그는 가려고 몸을 돌렸다. 그녀는 머뭇거리다 침을 꿀꺽 삼키고 외쳤다. "잠깐만요!"

"왜요?"

"저기…… 인질 석방 조건을 지금 말씀드려도 될까요?"

"아니, 무슨……?"

그는 어안이 벙벙해서 눈썹을 추켜올렸다가 거의 짜증 난 표정으로 미간을 찌푸렸다. 은행 강도는 열심히 고민했다.

"불꽃놀이요." 마침내 그녀가 말했다. "저 안에 해마다 남편과 함께 불꽃놀이를 구경하신 할머니가 계세요. 남편이 지금은 고인이 되셨대요. 제가 그런 분을 하루 종일 인질로 붙잡아놓았어요. 그분께 불꽃놀이를 보여드리고 싶어요."

짐은 씩 웃었다. 고개를 끄덕였다.

그런 다음 아래로 내려가 아들에게 거짓말을 했다.

66

은행 강도는 다시 아파트로 들어갔다. 바닥에 피가 묻어 있고 난로에서 장작이 타고 있었다. 로는 소파에 앉아서 피자를 먹으며 율리아를 웃기고 있었다. 로게르와 부동산 중개업자는 도면의 치수를 놓고 옥신각신하는 중이었는데, 로게르는 더는 이 아파트를 살 생각이 없었지만 그래도 '정확한 정보를 아는 것이 더 럽게 중요하기' 때문이었다. 사라와 레나르트는 창가에 서 있었다. 사라는 피자를 한 조각 먹었고 레나르트는 진저리 치는 그녀의 표정을 구경하며 재밌어했다. 그녀가 그를 마음에 들어 하는 것 같지는 않았지만, 그건 절대 아니었지만, 싫어하는 것 같지도 않았다. 반대로 그는 그녀를 멋지다고 생각하는 눈치였다.

안나레나는 한 손에 접시를 들고 혼자 서 있었는데, 거기 담 긴 피자는 입에 대지도 않은 채 식어가게 놔두고 있었다. 그녀를 발견하고 소파에서 일어난 사람은 당연히 율리아였다. 그녀는 다가가서 물었다. "괜찮아요, 안나레나?"

안나레나는 로게르를 슬쩍 쳐다보았다. 화장실에서 토끼가 나온 이후로 그들은 아직까지 말을 섞지 않았다.

"네." 그녀는 거짓말을 했다.

율리아는 위로라기보다는 힘을 내라는 뜻에서 그녀의 팔을 잡았다.

"당신이 잘못했다고 생각하겠지만, 지금까지 여러 번 레나르트를 부른 이유가 로게르에게 승리감을 선물하기 위해서였잖아요. 나는 지금까지 그보다 더 황당하고 특이하고 낭만적인 사연은 들어본 적이 없어요!"

안나레나는 접시에 담긴 피자를 조심스럽게 찔렀다.

"로게르도 승진의 기회를 누렸어야 했어요. 나는 항상 생각했어요, 내년에는 그이 차례가 될 거라고. 하지만 시간이 생각보다 얼마나 빠르게 흘러가는지 몰라요. 그 긴 세월이 순식간에 지나가버렸어요. 가끔 어떤 사람과 아주 오래 살며 아이를 함께 키우는 게 나무타기와 비슷하다는 생각이 들어요. 올라갔다가 미끄러지고, 올라갔다가 미끄러지고, 모든 일에 열심히 대처하고 착하게 지내며 오르고 오르고 또 오르지만 그동안 서로를 눈에 잘 담지는 못하죠. 젊었을 때는 그 사실을 잘 모르지만 아이가 생기면 모든 게 달라지고 어떨 때는 배우자를 거의 못 보는 것 같은 기분이 들기도 해요. 최우선적으로 부모이자 동지이기 때문에 결혼은 우선순위에서 저 아래로 미끄러지죠. 하지만 당신들은…… 당신들은 나무를 계속 올라가면서 서로를 계속 눈에 담도록 해요. 나는 산다는 게 원래 그런 건 줄 알았어요, 그렇게 살아야 하는 줄 알았어요. 모든 걸 완수해야 한다고 생각했어요.

중요한 건 우리가 한 나무를 계속 올라가는 거라고 되뇌었어요. 왜냐하면…… 너무 가식적으로 들리겠지만…… 왜냐하면 조만 간 같은 나뭇가지에서 만날 거라고 생각했거든요. 그러면 손을 잡고 거기 앉아서 풍경을 감상할 수 있을 거라고. 나이 들면 그럴 거라고 생각했어요. 하지만 시간이 생각보다 얼마나 빠르게 흘러가는지 몰라요. 그리고 로게르의 차례는 돌아오지 않았죠."

율리아는 계속 그녀의 팔을 잡고 있었다. 이번에는 힘을 내라는 뜻이라기보다 위로하기 위해서였다.

"우리 엄마는 늘 변명할 필요 없다고 했어요. 뭔가를 잘하는 것에 대해 미안해하지 말라고요."

안나레나는 미심쩍어하며 피자를 한 입 베어 문 채 그대로 말했다. "현명한 분이었네요."

그들은 아무 말 없이 그 자리에 서 있었다.

그리고 잠시 후에 펑 하는 요란한 소리가 들렸다.

한 번. 두 번. 몇 초 뒤에는 휘파람 소리와 뭐가 폭발하는 소리가 났는데 하도 여러 번 연거푸 이어져서 셀 수 없을 정도였다. 레나르트가 창문에서 가장 가까운 자리에 서 있었기 때문에 이렇게 외쳤다. "보세요! 불꽃놀이예요!"

짐이 지서의 젊은 경관에게 심부름을 시켰다. 그가 직접 다리 옆에서 폭죽을 터뜨렸다. 레나르트, 사라, 율리아, 로, 안나레나, 로게르 그리고 부동산 중개업자는 발코니로 나갔다. 거기서 감탄하며 구경했다. 한심하고 시시한 폭죽도 아니었고, 알록달록하고 비처럼 쏟아지는 진짜배기였다. 마침 짐도 불꽃놀이를 좋아했던 것이다.

은행 강도와 에스텔은 팔짱을 끼고 부엌 창문 너머로 그걸 구경했다.

"크누트가 봤으면 좋아했겠어요." 에스텔은 고개를 끄덕였다.

"할머니 마음에도 들었으면 좋겠어요." 은행 강도는 간신히 말했다.

"아주 마음에 들어요, 귀염둥이 아가씨, 아주. 고마워요!"

"모든 분들께 이런 불편을 끼쳐서 정말 죄송해요." 은행 강도는 코를 훌쩍였다.

에스텔은 뚱하니 입술을 내밀었다.

"경찰에 설명할 수 있지 않을까요? 전부 실수였다고?"

"아뇨, 그건 안 될 것 같아요."

"그럼 어찌어찌 도망칠 수 있지 않을까요? 어디 숨든지?"

에스텔은 와인 냄새를 풍겼다. 동공의 초점이 아주 살짝 맞지 않았다. 은행 강도는 뭐라고 대답하려다 에스텔이 모를수록 좋다는 걸 깨달았다. 그래야 이 노파가 경찰에 조사를 받을 때 은행 강도를 위해 거짓말할 필요가 없었다. 그래서 그녀는 이렇게 말했다. "아뇨, 그래 봐야 소용없을 것 같아요."

에스텔은 그녀의 손을 잡았다. 할 수 있는 일이 별로 없었다. 불꽃놀이는 근사했고 크누트가 봤더라면 좋아했을 것이다.

불꽃놀이가 끝났을 때 은행 강도는 거실로 자리를 옮겼고 다른 사람들도 모두 발코니에서 들어왔다. 은행 강도는 부동산 중개업자에게 대화를 나누고 싶다는 신호를 은밀히 보냈지만 안타깝게도 부동산 중개업자는 율리아와 로가 이 집을 산다면 얼마를 내야 하는지를 두고 로게르와 옥신각신하느라 정신이 없었다.

"알았어요! 알았다고요!" 마침내 부동산 중개업자가 쏘아붙였다. "가격을 좀 낮출게요. 하지만 2주 안으로 다른 아파트도 매물로 내놓아야 하는데 이 집과 그 집을 서로 경쟁 붙이고 싶지 않아서 그러는 거예요!"

로게르와 율리아와 로가 일제히 고개를 갸웃하느라 서로 머리가 부딪쳤다.

"다른…… 아파트라뇨?" 로게르가 물었다.

부동산 중개업자는 그런 정보를 흘린 자기 자신에게 짜증이 나서 헛기침을 했다.

"엘리베이터를 사이에 두고 마주 보는 아파트요. 심지어 그 집은 홈페이지에 올리지도 않았어요. 두 집을 동시에 팔면 둘 다 제값을 못 받는다는 건 유능한 부동산 중개업자라면 누구나 아는 상식이라. 저 집도 이 집하고 똑같이 생겼고 벽장만 살짝 작은데, 왠지 몰라도 휴대폰 수신이 잘되고 요즘 사람들한테는 그게 무지 중요한 모양이더라고요. 집주인 커플이 갈라선다는데, 제 사무실에서 대판 싸운 적도 있고 집에서 가구를 전부 빼서 남은 건 주스 메이커뿐이에요. 그런데 양쪽 모두 그걸 들고 가지 않은 이유를 알겠더라고요, 정말 *흉측한* 색깔이라…….."

부동산 중개업자가 한참 조잘거렸지만 더 이상 아무도 귀담아 듣지 않았다. 로게르와 율리아는 서로를 바라보다가 은행 강도를 보았다가 부동산 중개업자에게로 시선을 옮겼다.

"잠깐, 맞은편 아파트도 같이 팔고 있다는 거예요? 엘리베이터 저편에 있는 아파트요? 그리고…… 지금 거기 아무도 살지 않는다고요?" 율리아가 확인차 물었다.

부동산 중개업자는 조잘거림을 멈추고 대신 고개를 끄덕이기 시작했다. 율리아는 은행 강도를 쳐다보았고 두말하면 잔소리지만 둘 다 정확히 같은 생각을 하고 있었다. 이 사태를 해결할 방법이 있을지도 몰랐다.

"그 아파트 열쇠도 가지고 있나요?" 율리아는 이거면 모든 사태를 완벽하게 정리할 수 있다고 확신하며 희망에 부푼 미소와 함께 물었다.

안타깝게도 부동산 중개업자는 무슨 그런 바보 같은 질문이 있느냐는 표정으로 율리아를 돌아보았다. "그걸 왜 갖고 있어요? 앞으로 2주는 있어야 그 집을 팔기 시작할 건데 뭐 하러 남의 집 열쇠를 할 일 없이 들고 다니겠어요? 나를 어떤 부동산 중개업자로 보는 거예요?"

로게르는 한숨을 쉬었다. 율리아는 그보다 더 크게 한숨을 쉬었다. 은행 강도는 숨도 못 쉬고 내면의 절망으로 곤두박질쳤다.

"내가 예전에 한번 *바람을* 피운 적이 있어요!" 에스텔이 아파트 저쪽 끝에서 명랑하게 외쳤다. 부엌에서 와인을 한 병 더 찾았기 때문이었다.

"나중에요, 에스텔." 율리아가 말했지만 노부인은 고집스러웠다. 벽장에서 마신 와인만 해도 노년의 여성에게는 상당한 양이었기 때문에 그녀가 살짝 취했다는 데는 부인할 여지가 없었다.

"내가 예전에 한번 바람을 피운 적이 있어요!" 그녀가 은행 강도의 눈을 똑바로 쳐다보며 반복하자 은행 강도는 그런 식으로 시작된 이야기에서 어떤 내용들이 튀어나올지 덜컥 불안해졌다. 에스텔은 와인 병을 흔들며 말을 이었다. "그는 책을 좋아했고 나도 마찬가지였지만 우리 남편은 아니었어요. 크누트는 음악을 좋아했죠. 뭐, 음악도 괜찮지만 그거랑 그거랑은 *다르잖* 아요, 안 그래요?"

은행 강도는 예의 바르게 고개를 끄덕였다.

"네. 저도 책을 좋아해요."

"척 보고 그런 줄 알았어요! 당신은 인간에게는 단순한 서사뿐 아니라 동화도 필요하다는 걸 아는 사람 같았거든요. 나는 당신이 이 집으로 들어온 순간부터 당신이 마음에 들었어요. 권총이랑 뭐 그런 걸로 살짝 난장판을 만들긴 했지만 세상에 난장판 한번 안 만들어본 사람이 어디 있겠어요? 재밌는 사람들은 전부 살면서 최소한 한 번씩은 황당한 짓을 저질렀다고요! 예를 들어 나만 해도 크누트 모르게 바람을 피웠어요, 나처럼 책을 좋아하는 남자랑. 이제 나는 어떤 책을 읽어도 그 둘이 생각나요. 그 남자가 나한테 열쇠를 주었고 나는 크누트한테 비밀로 하고 그걸 간직했거든요."

"저기, 에스텔, 우리가 지금……." 율리아가 말했지만 에스텔은 그녀를 무시했다. 한 손으로 책꽂이를 훑었다. 거의 막판에 이웃집 남자를 엘리베이터에서 만났을 때 그는 어떤 남자 작가가 쓴 아주 두툼한 책을 주었다. 몇백 쪽 중에 그가 밑줄을 그어놓은 것은 한 문장이었다. *우리는 사랑에 빠지기 전까지는 잠들어 있는 셈이다.* 에스텔은 답례로 여자 작가가 쓴 책을 주었기 때문에 몇백 쪽까지는 필요가 없었다. 에스텔은 도입부에 밑줄을 그어놓았다. *사랑은 당신이 존재하길 바란다.*

그녀는 구경하는 게 아니라 꿈꾸는 사람처럼 책장에 꽂힌 책등을 손가락으로 훑었다. 한가운데 꽂혀 있던 책 한 권이, 일부러라기보다 그녀의 손톱이 책등을 건드려서 그런 것처럼 책장에서 튀어나왔다. 바닥으로 떨어져 책장이 펼쳐졌다. 그 사이에서 열쇠가 튀어나와 쨍그랑 소리와 함께 조각마루에 부딪혔다.

에스텔의 가슴이 숨 가쁘게 오르내렸고, 이렇게 얘기했을 때 발음은 조금 뭉개졌을지 몰라도 눈빛만큼은 초롱초롱했다. "크누트가 병에 걸렸을 때 우리는 아파트를 딸한테 물려주기로 하고 서류를 정리했어요. 그 아이가 애들을 데리고 여기로 들어올지 모른다고 생각했거든요. 하지만 그건 어리석은 기대였어요. 딸네 가족은 여기 살고 싶어 하지 않더라고요. 자기들만의 공간에서 자기들만의 삶을 일구었으니까요. 그 뒤로 여기서 나 혼자 살았는데…… 뭐, 보다시피…… 나 혼자 살기에는 너무 커요. 1인가족에게 알맞은 집은 아니에요. 결국에는 딸이 이 집을 팔고 좀 더 관리하기 쉬운 작은 집을 사자고 하더라고요. 그래서 여러 부동산 중개업소에 전화를 걸었는데 다들 설날 직전에 오픈하우스를 여는 일은 흔치 않다고 했지만 나는…… 이맘때를 여러 사람과 함께 보내면 좋겠다는 생각이 들었어요. 그래서 부동산 중개업자가 오기 전에 나갔다가 오픈하우스가 시작된 뒤에 다시 돌아와서 집을 보러 온 손님인 척했어요. 여긴 그냥 아파트가 아니라 내 집이고, 잠깐 머물며 이걸로 돈을 벌려는 사람에게는 팔고 싶지 않거든요. 나처럼 여기서 행복하게 지낼 사람에게 주고 싶어요. 젊은 사람은 이해하기 힘들지 몰라도."

그건 아니었다. 그 아파트에서 그녀의 심정을 완벽하게 이해하지 못하는 사람은 아무도 없었다. 하지만 부동산 중개업자는 헛기침을 했다.

"그러니까…… 따님이 저에게 매물을 위탁하시기 전에 다른 업체에 연락하셨다는 말씀이세요?"

"그럼요, 다른 업체에 *모조리* 전화를 돌린 뒤에 당신한테 연락했죠. 하지만 결과적으로 어떻게 됐는지 봐요!" 에스텔은 미소를 지었다.

부동산 중개업자는 재킷과 자존심에서 먼지를 털어냈다.

"그러니까 이 열쇠가……." 은행 강도는 그걸 빤히 쳐다보았지만 아직까지도 믿기지가 않았다.

에스텔은 고개를 끄덕였다.

"내 불륜 상대가 엘리베이터를 사이에 두고 마주 보는 앞집 남자였어요. 거기서 눈을 감았죠. 나는 그 집이 매물로 나왔을 때 책장 앞에 서서 그를 크누트보다 먼저 만났더라면 어땠을까 생각했어요. 나이를 먹으면 상상의 나래를 좀 펼쳐도 되거든요. 젊은 커플이 그 집을 샀어요. 열쇠는 바꾸지 않았더군요."

조금 충격받은 율리아가 헛기침을 했다.

"그걸…… 미안해요, 에스텔, 하지만 그걸 어떻게 알았어요?"

에스텔은 그녀를 보며 얼핏 멋쩍은 미소를 지었다.

"가끔…… 물론 실제로 문을 열어보지는 않았어요, 그건 범죄니까요, 하지만…… 열쇠가 잘 맞는지 가끔 확인해봐요. 잘 맞더라고요. 그 젊은 커플이 헤어지기로 했다니 그럴 줄 알았어요. 벽장에서 담배를 피우다가 둘이 싸우는 소리를 자주 들었거든요. 벽장 벽이 얇은 편이라 온갖 소리가 다 들려요. 심지어 스톡홀름 사람조차 충격받을 만한 소리도 있었죠."

은행 강도는 책을 도로 책장에 꽂았다. 열쇠를 꼭 쥐었다. 그런 다음 사람들을 돌아보며 속삭였다. "무슨 말씀을 드리면 좋을지 모르겠어요."

"아무 말도 하지 말아요. 다른 아파트로 가서 숨어 있어요. 좀 잠잠해지면 딸들이 기다리는 집으로 가요." 에스텔이 말했다.

은행 강도가 주먹을 풀자 열쇠가 손바닥 안에서 춤을 추는 바람에 가만히 들고 있을 수가 없었다.

"돌아갈 집이 없어요. 월세를 못 냈거든요. 그리고 경찰 조사를 받을 때 저를 위해 거짓말해 달라고 여러분께 부탁할 수도 없어요. 제가 누구고 어디 숨었는지 아느냐고 물을 텐데 여러분이 저를 위해 거짓말하는 건 싫어요!"

"우리는 당연히 당신을 위해서 거짓말을 할 거예요." 로가 외쳤다.

"우리 걱정은 하지 마요." 율리아가 구슬렸다.

"사실 우리는 거짓말할 필요가 없어요." 로게르가 말했다. "그냥 아무것도 모르는 바보인 척하면 돼요."

"맞아요, 그럼 아무 문제 없지 않나요? 다들 어려울 것도 없잖아요!" 사라가 단언했다. 이번만큼은 무시하는 발언이 아니라 진심 그대로였다.

안나레나는 생각에 잠긴 표정으로 은행 강도를 보며 고개를 끄덕였다.

"로게르 말이 맞아요. 그냥 아무것도 모르는 바보인 척하면 돼요. 당신이 복면을 계속 쓰고 있었기 때문에 어떻게 생겼는지도 모른다고 할게요."

은행 강도는 이의를 제기하려고 했다. 하지만 그들이 그럴 여지를 허락하지 않았다. 잠시 후에 문을 두드리는 소리가 들렸고 로게르가 현관홀로 나가 구멍으로 내다보니 짐이 문 앞에 서 있었다. 로게르가 진짜 문제가 뭔지 깨달은 것이 그때였다.

"젠장, 경찰관이 계단을 지키고 있는데 무슨 수로 저 사람 몰래 다른 아파트로 건너가지? 그걸 생각 못 했네!" 그가 외쳤다.

"딴 데 정신이 팔리게 만들까요?" 율리아가 제안했다.

"제가 그 사람 눈에 대고 라임 즙을 짜면 돼요!" 로는 고개를 끄덕였다.

"그를 논리적으로 설득할 수는 없을까요?" 에스텔은 희망 어린 투로 물었다.

"우리가 한꺼번에 뛰쳐나가서 그를 헷갈리게 하면 될 텐데!" 안나레나가 혼잣말을 큰 소리로 외쳤다.

"알몸으로! 알몸을 보면 사람들이 더 혼란스러워하잖아요!" 레나르트는 그 분야의 전문가답게 이렇게 말했다.

사라가 그의 옆에 서 있었고, 그는 사라에게 바보 아니냐고 핀잔을 들을 줄 알았지만 뜻밖에도 그녀는 이렇게 말했다. "매수하면 어때요? 그 경찰관을. 돈으로 살 수 없는 남자는 거의 없거든요."

레나르트는 당연히 그녀가 '*사람*'이라고 해도 되는 대목에서 '*남자*'라고 한 데 주목했지만, 그녀가 이 집단의 일원이 되려고 하다니 긍정적인 신호라는 생각을 하지 않을 수 없었다.

은행 강도는 열쇠를 손에 쥐고 그들 앞에 한참 동안 서서 짐의 정체를 폭로하기 직전까지 갔다가, 대신 생각에 잠긴 투로 이렇게 말했다. "안 돼요. 제가 어떤 식으로 탈출할 생각인지 밝히면 경찰 조사를 받을 때 여러분이 거짓말을 해야 하잖아요. 하지만 여러분이 지금 여기서 나가 계단을 내려가면, 있는 그대로 얘기해도 돼요. 등 뒤로 문을 닫았을 때 제가 이 아파트 안에 있었다고요. 그 뒤로 제가 어떻게 됐는지 모른다고요."

그들은 이의를 제기하려는 기미를 보였지만(사라만 예외였

440

다) 결국에는 고개를 끄덕였다(사라도 마찬가지였다). 에스텔이
남은 피자에 랩을 씌워 냉장고 안에 넣었다. 쪽지에 자기 전화
번호를 적어서 은행 강도의 주머니에 넣고 속삭였다. "안전하게
대피하거든 문자 보내줘요. 걱정하지 않게." 은행 강도는 그러겠
다고 약속했다. 잠시 후에 인질들이 모두 아파트에서 나갔다. 맨
마지막으로 나선 로게르가 등 뒤에서 딸깍 소리가 들릴 때까지
조심스럽게 문을 닫았다. 짐이 그들을 계단으로 안내했다. 야크
가 아래에서 기다리고 있다가 그들을 경찰차에 태워 조사차 지
서로 이송할 예정이었다.

짐은 잠깐 계단을 혼자 지키며 야크가 올라오기를 기다렸다.
"은행 강도가 아직 저 안에 있어요? 확실해요, 아빠?" 야크가
물었다.
"백 퍼센트." 짐이 말했다.
"좋아요! 잠시 후에 협상 전문가가 저 안으로 반입한 전화기
에 연락해서 은행 강도가 제 발로 걸어 나오도록 설득할 거예요.
그게 안 되면 우리가 문을 부수고 들어가야 하고요."
짐은 고개를 끄덕였다. 야크는 주변을 두리번거리다가 엘리
베이터 옆에서 허리를 숙여 종이 한 장을 주웠다.
"이게 뭘까요?"
"그림 같은데?" 짐은 말했다.
야크는 그걸 주머니에 넣었다. 시계를 확인했다. 협상 전문가
가 전화를 걸었다.

그 특수 전화기 비슷한 것은 어느 피자 상자 안에 들어 있었다. 그걸 발견한 사람은 로였다. 그녀는 너무 배가 고팠기에 피자 상자 안에 전화기가 들어 있다니 희한하다는 생각을 하며 내려놓고, 일단 피자부터 먹은 뒤 그것의 정체에 대해 고민해보기로 했다. 그러다 피자를 다 먹었을 즈음에는 까맣게 잊어버렸다. 불꽃놀이며 기타 등등 워낙 많은 일이 벌어졌고 로는 워낙 건망증이 심했다. 하지만 이쯤에서 짚고 넘어가야 할 것이 있다면 그녀가 자기 피자를 해치우고 나서 다른 상자를 모두 열어 남들이 남긴 테두리를 먹었다는 것이다. 그걸 보고 로게르가 그녀에게 고개를 돌리고는 걱정할 필요 없다고, 이제 보니 훌륭한 부모가 될 수 있겠다고, 훌륭한 부모는 그런 식으로 남들이 남긴 피자 테두리를 먹는 법이라고 했다. 그 말이 어찌나 감격스러웠던지 로는 울음을 터뜨렸다.

이렇게 해서 전화기는 다리가 세 개뿐이라 얼음 조각을 딛고 선 거미처럼 불안정한, 소파 옆 테이블 위에 방치됐다. 인질이 모두 나갔을 때 은행 강도는 전화기 옆에 자기 권총을 두었는데, 로게르가 범죄 현장에서 경찰이 어떤 식으로 지문을 찾는지 다큐멘터리에서 본 적이 있었기 때문에 먼저 총을 꼼꼼히 닦았다. 그리고 로게르가 거기서 DNA나 기타 등등 온갖 것을 채취할 수도 있다고 했기 때문에 스키마스크도 불 속에 던졌다.

그런 다음 은행 강도는 문 밖으로 나갔다. 짐 혼자 층계참에서 있었다. 그녀는 고마워하는 눈빛으로, 그는 전전긍긍한 눈빛으로 서로를 흘끗 쳐다보았다. 그녀가 그에게 열쇠를 보여주었다. 그는 숨을 토했다.

"서둘러요." 그가 말했다.

"말씀드리고 싶은 게 있는데…… 경관님이 저를 이렇게 배려하셨다는 거 아무한테도 알리지 않았어요. 조사를 받을 때 아무도 거짓말할 필요가 없게요." 그녀는 말했다.

"잘했어요." 그는 고개를 끄덕였다.

그녀는 눈가에 맺힌 물기를 없애려고 눈을 깜빡였지만 소용이 없었다. 그녀는 어떤 사람에게 일생일대의 거짓말을 부탁하고 있는 셈이라는 것을 당연히 알았다. 하지만 짐은 그녀에게 사과할 겨를을 주지 않고 엘리베이터 너머로 떠밀며 속삭였다. "행운을 빌어요!"

그녀는 앞 아파트로 들어가 등 뒤로 문을 잠갔다. 짐은 잠깐 계단에 혼자 남겨진 동안 아내를 생각하며 그녀가 자신을 자랑스러워해주길 바랐다. 적어도 불같이 화내지는 않길 바랐다. 모든 인질을 경찰서로 무사히 보낸 야크가 계단을 달려 올라왔다. 그리고 잠시 후에 협상 전문가가 전화를 걸었다. 그러자 권총이 바닥으로 떨어졌다.

67

경찰서에서 짐이 야크에게 모든 진실을 공개했다. 아들은 화를 내고 싶지만, 그럴 시간이 있길 바라지만, 그는 착한 아들이기 때문에 대신 분주하게 계획을 세운다. 그는 경찰서 뒷문으로 증인들을 내보낸 다음 정문을 향해 걸음을 옮긴다.

"이럴 필요 없다, 아들, 내가 가도 돼." 짐은 암울한 목소리로 말한다. 하고 싶은 얘기가 있지만 참는다. *거짓말해서 미안하다. 하지만 너도 속으로는 내가 옳은 선택을 했다는 걸 알고 있지?*

야크는 단호하게 고개를 젓는다.

"아니에요, 아빠. 여기 그냥 계세요."

그는 이렇게 얘기하고 싶지만 참는다. 문제는 그 정도 일으키*셨으면 됐잖아요.* 그는 경찰서 정면 계단으로 나가서 기다리던 기자들에게 필요한 정보를 모두 전달한다. 경찰 측 대응은 모두 야크의 책임이고 그들은 범인을 놓쳤다고. 범인의 행방을 아무도 모른다고.

일부 기자들은 '경찰의 무능'을 운운하며 힐난조로 질문을 퍼붓고, 다른 기자들은 실실 웃는 얼굴로 메모하며 앞으로 몇 시간 동안 기사와 블로그 포스트를 통해 야크를 학살할 준비를 한다. 치욕과 실패는 오롯이 야크의 몫이고, 그는 어느 누구도 비난의 표적이 되지 않게 혼자 그것을 짊어진다. 경찰서 안에서는 그의 아버지가 얼굴을 손에 묻고 앉아 있다.

새해 전날인 다음 날 새벽에 스톡홀름에서 파견된 형사들이 도착한다. 그들은 목격자 진술서를 모두 읽고, 야크와 짐과 대화를 나누고, 모든 증거를 체크한다. 그러더니 콧방귀를 뀌고는 주방 세제 광고보다 더 거만한 말투로 인력이 부족해서 그 이상은 할 수가 없다고 한다. 다친 인질이 없고 강도당한 은행도 털린 게 없으니 이 사건에는 피해자가 없다. 스톡홀름 형사들은 정말로 그들이 필요한 사건에 인력을 집중해야 한다. 게다가 새해를 이 손바닥만 한 도시에서 보내고 싶은 사람이 어디 있겠는가?

그들은 당장 집으로 돌아갈 테고 야크와 짐이 그들을 배웅할 것이다. 그때쯤이면 기자들은 이미 사라져 또 다른 빅뉴스를 향해 옮겨 갔을 것이다. 이혼 직전인 또 다른 유명인이 항상 있기 마련이다.

"너는 훌륭한 경찰이다, 아들." 짐은 땅바닥을 내려다보며 이렇게 얘기할 것이다. *하지만 인간으로서는 그보다 더 훌륭하지,* 라고 덧붙이고 싶겠지만 차마 용기를 내지 못할 것이다.

"아빠는 가끔 더럽게 훌륭한 경찰은 아닐 때도 있죠." 야크는 구름에 대고 씩 웃을 것이다. *하지만 다른 모든 건 아빠께 배웠*

죠, 라고 덧붙이고 싶지만 차마 입이 떨어지지 않을 것이다.

그들은 집으로 갈 것이다. 텔레비전을 볼 것이다. 같이 맥주를 마실 것이다.

그거면 충분하다.

68

경찰서 뒤편 계단에서 에스텔이 그들을 한 명씩 차례대로 끌어안는다(물론 사라만 예외다. 그녀가 끌어안으려고 하자 사라는 핸드백으로 자기 몸을 막고 펄쩍 뛰어 도망친다).

"인질로 붙잡힐 수밖에 없다면 여러분보다 더 훌륭한 동지도 없을 거라는 말을 꼭 하고 싶어요." 에스텔은 모두에게 미소를 지어 보였다. 심지어 사라에게까지.

"저희랑 같이 가서 커피 드실래요?" 율리아가 묻는다.

"아뇨, 아뇨, 집에 가야죠." 에스텔은 미소를 짓다가 심각한 표정으로 돌변해 부동산 중개업자를 돌아본다. "내가 생각이 바뀌어서 아파트를 팔지 않겠다고 한 거 정말 미안해요. 이러니저러니 해도…… 우리 집이라서요."

부동산 중개업자는 어깨를 으쓱한다.

"솔직히 잘 생각하셨어요. 사람들은 부동산 중개업자가 팔고 팔고 또 파는 데에만 혈안이 되어 있는 줄 알지만 그게 다는 아니에요……. 뭐라고 표현하면 좋을지 모르겠지만……."

레나르트가 대신 알맞은 단어를 찾아준다. "매물이 아닌 아파트도 있다고 생각하면 왠지 낭만적이죠."

부동산 중개업자는 고개를 끄덕인다. 에스텔은 행복해하며 심호흡을 몇 번 한다. 율리아와 로가 같은 층계참 맞은편 아파트로 이사 오면 이웃이 될 테고 그녀와 율리아는 엘리베이터에서 책을 바꿔 읽을 수 있을 것이다. 에스텔은 그녀가 가장 좋아하는 시인의 책을 맨 처음으로 줄 것이다. 어느 쪽 모서리를 접고 그녀가 아는 최고의 명문장 아래에다가 밑줄을 그어놓을 것이다.

"그대에게는 아무 일도 벌어지지 않을 것이다
아니, 그게 아니라
온갖 일들이 그대에게 벌어질 테고
모두 멋진 일일 것이다!"

율리아는 에스텔에게 전혀 다른 종류의 책을 건넬 것이다. 스톡홀름 가이드북을.

로는 아버지를 여읠 것이다. 그녀는 매주 아버지를 찾아갈 테고, 그는 아직 이승에 있지만 이미 저승 사람이 되어 있을 것이다. 로의 어머니에게는 또 다른 남자가 등장해 돌고 도는 인생사를 가르쳐줄 테니, 이로써 그녀는 의연하게 남편의 죽음에 대처할 수 있을 것이다. 율리아가 아기를 낳느라 로의 손가락을 하도 으스러져라 잡는 바람에 병원에서는 양쪽 어머니 모두에게 진통제를 투여해야 할 것이다. 한 명에게는 출산 전에, 한 명에게는 출산 후에.

로는 하얀 시트 위에 아이를 눕히고 그 옆에서 아무 두려움 없이 시체처럼 잠을 청할 것이다. 그녀는 아이를 위해 산을 넘고 뭐든 할 것이다. 필요하다면 은행도 털 것이다. 로와 율리아는 좋은 부모가 될 것이다. 충분히 좋은 부모가 될 것이다.

율리아는 계속 사탕을 숨기고 로는 새를 계속 키워도 좋다는 허락을 받을 것이다. 원숭이와 개구리가 날마다 놀러 와서 새를 보며 좋아하고, 율리아가 아무리 돈을 많이 준다 해도 그 애들은 새장을 열어놓지 않을 것이다. 율리아와 로는 싸웠다가 화해할 테고, 그저 싸우는 것보다 화해하는 것을 더 잘하기만 하면 될 것이다. 그래서 그들은 요란하게 고함을 지르고 그보다 더 요란하게 웃을 테고, 화해를 하면 벽이 흔들릴 테고, 에스텔은 벽장에서 민망해할 것이다. 그들의 사랑은 꽃 가게로 계속 이어질 것이다.

경찰서를 나선 사라는 그녀를 끌어안으려는 사람이 또 있을까 봐 얼른 도로 쪽으로 내려간다. 레나르트가 허둥지둥 그녀를 뒤쫓는다.

"택시 같이 타고 갈래요?" 그는 그것이 바로 무질서의 정의라는 것을 모르는 사람처럼 이렇게 묻는다.

사라는 평생, 아니 아주 오랫동안 그 어떤 것도 누군가와 함께한 적 없는 사람 같은 표정을 짓는다. 하지만 그녀는 한참 동안 침묵하다가 중얼거린다. "같이 타고 가면 당신은 앞에 앉아요. 그리고 백미러에 쓰레기를 주렁주렁 매달고 다니는 택시는 안 돼요. 그건 진화학적으로 막다른 지경이거든요."

안나레나는 계속 계단에 앉아 있다. 로게르가 끙끙대며 그녀의 옆에 앉는데, 서로 몸이 거의 닿을 정도로 가깝다. 안나레나가 그의 손을 향해 손가락을 내민다. 그녀는 미안하다고 사과하고 싶다. 그도 마찬가지다. 너무 오랫동안 나무를 탔던 사람들로서는 생각보다 어려운 말이지만.

그녀는 이제 어두컴컴해진 하늘을 올려다본다. 12월은 인정사정없다. 하지만 이케아는 아직 문을 닫지 않았을 시각이다. 저기 어딘가에서 불빛이 보인다.

"당신이 얘기한 그 조리대 보러 갈까?" 그녀는 속삭인다.

그가 고개를 젓자 그녀는 무너진다. 로게르는 한참 동안 아무 말도 하지 않는다. 계속 생각을 바꾼다.

"다른 걸 하면 어떨까 생각했어." 마침내 그가 웅얼거린다.

"무슨 소리야?"

"영화. 어때? 당신도 괜찮으면."

안나레나는 이미 앉아 있어서 다행이라 생각한다. 그렇지 않았다면 주저앉았을 것이다.

그들은 가서 가상의 세계를 본다. 사람들에게는 가끔 이야기가 필요할 때가 있다. 어두컴컴한 객석에서 그들은 손을 잡는다. 안나레나는 집으로 돌아간 기분을 느끼고 로게르는 충분히 괜찮은 사람이 된 기분을 느낀다.

에스텔은 얼른 자기 아파트로 돌아간다. 돌아가는 길에 딸에게 전화해 인질극과 엄마 혼자 그 넓은 아파트에 사는 것, 양쪽 모두 걱정할 필요가 없다고 알린다. 이제는 혼자가 아니기 때문이다. 에스텔은 담배를 끊어야 할 것이다. 그 집에서 방을 하나 빌려서 쓸 젊은 여자가 벽장에서도 담배를 피우지 못하게 할 것이 분명하기 때문이다.

원칙적으로 따지자면, 사실은 그 여자가 에스텔의 딸과 아파트 임대 계약을 맺을 테고 에스텔이 같은 금액으로 그녀에게서 방을 하나 빌릴 것이다. 6천5백에. 냉장고 문 위에는 원숭이와 개구리와 큰사슴을 그린 쭈글쭈글한 그림이 대롱거릴 것이다. 짐이 커피를 가지러 가느라 조사실을 비운 동안 에스텔이 슬쩍 한 그림이다. 격주마다 원숭이와 개구리가 에스텔의 부엌에서 엄마와 함께 아침 식사를 할 것이다. 이후로 오랫동안 한 해의 마지막 날 밤에는 다 같이 창문 너머로 불꽃놀이를 구경할 것이다. 그러다 에스텔이 크누트 없이 보내는 마지막 밤이, 다른 모두가 에스텔과 함께 보내는 마지막 밤이 찾아올 것이다.

그녀의 장례식장에서 로는 묘비 문구를 제안할 것이다. "에스텔 여기 잠들다. 와인을 정말로 좋아했지!" 율리아는 로의 정강이를 걷어차겠지만 세게는 아닐 것이다. 그들은 아들의 손을 한쪽씩 잡고 멀어질 것이다. 율리아는 노부인의 책과 와인 병을 죽을 때까지 간직할 것이다. 원숭이와 개구리는 자라서 10대가 되면 벽장에서 몰래 담배를 피울 것이다.

어딘가에서, 일종의 천국 같은 곳에서 에스텔은 한 남자와는 음악을 듣고 다른 남자와는 문학 얘기를 할 것이다. 그녀에게는 그럴 자격이 주어질 것이다.

아, 그래. 거기서 그리 멀지 않은 아파트의 지하 창고, 은행 강도가 된 두 어린 딸의 어머니가 두려움에 떨며 혼자 잠을 청했던 그곳에는 인질극 다음 날에도 담요가 든 상자가 남아 있다. 전혀 다른 은행이 새해 다음 날 털리지 않은 것은, 누군가가 담요 밑에 숨겨놓은 권총을 아무리 샅샅이 뒤져도 찾지 못했기 때문이다. 그는 소리를 지르고 욕을 한다. 세상에 어떤 몰인정한 인간이 남의 권총을 훔친단 말인가.

바보가 아닌 이상.

69

상담실 바깥 창턱 위에 무겁게 눈이 쌓였다. 심리 상담사는 아버지와 전화 통화를 하는 중이다. "사랑하는 나디아, 내 어린 새." 그는 모국어로 이렇게 말하는데, 새에 해당하는 단어가 그의 모국어로 말했을 때 더 아름답기 때문이다. "저도 사랑해요, 아빠." 나디아는 짜증을 참으며 말했다. 나디아의 아버지는 예전에는 절대 그런 식으로 말한 적이 없었지만, 노년에 이르면 컴퓨터 프로그래머조차 시인이 된다. 나디아는 다음 날 아버지를 만나러 갈 때 조심히 운전하겠다고 거듭 강조하지만 그래도 그는 와서 태워가는 쪽을 더 좋아한다. 아빠는 아빠이고 딸은 딸이라는 건데 아무리 심리 상담사라도 그건 잘 받아들여지지 않는다.

나디아는 전화를 끊는다. 노크 소리가 들리는데, 문을 건드리고 싶지 않은 사람이 우산 끝으로 두드리는 것 같은 소리다. 사라가 밖에 서 있다. 그녀는 손에 편지를 들고 있다.

"누구세요? 죄송해요, 제가…… 저희가 지금 이 시각에 상담 예약을 잡았던가요?" 나디아는 의아해하며 먼저 다이어리를, 그 다음에는 시간을 확인하려고 휴대전화를 찾는다.

"아뇨, 그냥……." 사라는 조용히 대답한다. 쇠로 만들어진 우산살이 나지막이 떨리는 소리가 그녀의 속마음을 폭로한다. 나디아는 그걸 포착한다.

"들어오세요, 들어오세요." 그녀는 긴장한 목소리로 말한다.

지금까지 견뎌온 많은 것 때문에 사라의 눈 아래에 실금이 자글자글하게 잡혀서 터지기 직전이다. 그녀는 다리 위에 선 여자를 그린 그림을 몇 분 동안 바라보다가 나디아에게 묻는다. "지금 하는 일을 좋아하세요?"

"네." 나디아는 불안감을 달래며 고개를 끄덕인다.

"행복하세요?"

나디아는 손을 내밀어 그녀를 건드리고 싶지만 참는다.

"네, 행복해요. 노상은 아니지만 노상 행복할 필요는 없다는 걸 터득했어요. 그래도 행복해요…… 충분히. 그걸 물어보려고 오셨어요?"

사라는 그녀를 무시한다.

"예전에 나더러 지금 하는 일을 왜 좋아하느냐고 물었을 때, 내가 잘하기 때문이라고 대답한 적이 있잖아요. 그런데 요즘 들어 갑자기 생각할 시간이 좀 생겼는데, 생각해보니까 나는 믿음이 있었기 때문에 내 직업을 좋아했던 것 같아요."

"그게 무슨 말씀이세요?" 심리 상담사는 전문적인 말투로 이렇게 묻지만, 사실은 전문가답지 못하게 사라를 만나서 정말 반갑다고 얘기하고 싶다. 그녀 생각을 많이 했다고. 무슨 짓을 저지를지 걱정하고 있었다고.

사라는 그림 속 여자를 건드리지 않는 한에서 최대한 그림에 가깝게 손을 뻗는다.

"나는 사회 안에서 은행이 갖는 위치를 믿어요. 체계를 믿어요. 우리 고객과 언론과 정치인이 모두 우리를 싫어한다는 데 절대 반감을 가져본 적이 없어요, 그게 우리의 존재 이유니까. 은행은 시스템의 바닥짐*이 되어야 해요. 그래야 시스템을 느리고, 관료주의적이며, 교묘하게 조종하기 어렵게 만들 수 있어요. 세상이 너무 심하게 휘청거리지 않게 막을 수 있어요. 인간에게는 관료주의가 필요해요, 그래야 멍청한 짓을 저지르기 전에 생각할 수가 있거든요."

그녀는 말을 끊는다. 심리 상담사는 조용히 의자에 앉는다.

"넘겨짚어서 미안하지만 사라…… 뭔가가 달라진 것처럼 들리네요. 당신 안에서 말이에요."

그러자 사라는 처음으로 그녀의 눈을 똑바로 쳐다본다.

"부동산 시장이 다시 붕괴될 거예요. 내일은 아니겠지만 언젠가 다시 붕괴될 거예요. 우리는 그걸 알아요. 그런데도 계속 돈을 빌려줘요. 사람들이 모든 걸 잃으면 우리는 그들의 책임이라고, 그게 게임의 규칙이라고, 그렇게 욕심을 부린 그들의 탓이라고 해요. 하지만 당연히 그건 거짓말이죠. 대부분의 사람들은 욕심이 많지 않아요, 대부분의 사람들은 그저…… 그림 얘기를 했을 때 선생님이 했던 말 그대로예요. 그들은 붙잡을 뭔가를 찾고

* 배의 균형을 유지하기 위해 바닥에 싣는 중량물.

있을 뿐이에요. 싸워서 지킬 뭔가를. 살 만한 공간을, 아이를 키우고 삶을 살아나갈 공간을."

"우리가 마지막으로 만난 뒤로 무슨 일이 있었나요?" 심리 상담사는 묻는다.

사라는 그녀를 보며 곤혹스러운 미소를 짓는다. 그 질문에 무슨 수로 대답할 수 있겠는가. 그래서 그녀는 대신 아무도 물은 적 없는 질문에 대답한다. "모든 게 쉽고 가벼워졌어요, 선생님. 은행은 이제 바닥짐이 아니에요. 백 년 전에는 그야말로 모든 은행원이 은행이 어떤 식으로 돈을 버는지 알았거든요. 지금 그 돈이 다 어디서 나오는지 정말로 아는 사람은 각 은행별로 기껏해야 세 명이에요."

"그걸 더는 이해하지 못해서 은행에서 당신이 차지하는 위치에 의문이 생긴 건가요?" 심리 상담사는 넘겨짚는다.

사라의 턱이 서글프게 좌우로 움직인다.

"아뇨. 사직서를 제출했어요. 그 셋 중 한 명이 나였더라고요."

"그럼 앞으로 뭘 하실 거예요?"

"모르겠어요."

심리 상담사는 마침내 중요한 말이 생각난다. 대학교에서 배우지는 않았지만 누구나 가끔 들어야 하는 말이다.

"잘 모르겠다는 데서 출발하는 것도 좋죠."

사라는 더 이상 아무 말도 하지 않는다. 손을 주무르며 창문 개수를 센다. 책상은 좁고, 둘 사이에 책상이 없었다면 두 여자는 서로 그렇게 가까이 앉아 있어 불편했을지 모른다. 가끔 우리에게는 거리가 아니라 그냥 장벽이 필요할 때도 있다. 사라의 움직임은 신중하고 나디아는 조심스럽다. 한참이 지난 다음에야 심리 상담사는 용기를 내서 말문을 연다.

"처음 만났을 때 저더러 공황발작이 어떤 건지 설명할 수 있느냐고 물었던 거 기억하세요? 제가 제대로 대답을 못 한 것 같은데."

"지금은 좀 더 훌륭한 답을 알고 있나요?" 사라는 묻는다.

심리 상담사는 고개를 젓는다. 사라는 자기도 모르게 미소를 짓는다. 잠시 후에 나디아는 심리 상담사가 아닌 개인으로서, 심리학 수업에서나 다른 사람에게 배운 내용이 아니라 자기만의 언어로 말한다. "하지만 그거 아세요? 공황발작에 대해서 얘기를 하면 도움이 되더라고요. 안타깝게도 대부분의 사람이 아침에 엉망인 모습으로 출근해 '공황발작이 일어났어요'라고 했을 때보다 '술이 안 깨요'라고 했을 때 동료와 상사에게 더 많은 동정표를 얻겠지만요. 그래도 우리는 날마다 길거리에서 비슷한 기분을 느끼는 사람들과 스쳐 지나고 있어요, 대다수가 그게 뭔지 모를 뿐이죠. 몇 달 동안 숨이 안 쉬어져서 폐에 문제가 생긴 줄 알고 이 병원, 저 병원 찾아다니는 사람들. 그게 다 뭔가가…… 고장 났다는 걸 인정하기가 더럽게 어려워서 생기는 현상이에요. 영혼으로 느껴지는 고통, 혈관 속을 흐르는 보이지 않는 납덩이, 가슴을 누르는, 말로 설명할 수 없는 돌덩이. 뇌에서 우리한테 거짓말을 하죠, 조만간 죽게 생겼다고. 하지만 폐에는 아무 문제가 없어요, 사라. 우리는 죽지 않아요, 당신과 나는."

그 말이 둘 사이를 맴돌며 망막 위에서 보이지 않는 춤을 추다가 정적이 내려앉는다. 우리는 죽지 않아요. 우리는 죽지 않아요. 우리는 죽지 않아요, 당신과 나는.

"하지만!" 한참 만에 사라가 지적하고 심리 상담사는 폭소를 터뜨린다.

"있잖아요, 사라. 포춘 쿠키 문구 쓰는 사람으로 취직하면 어때요?"

"과자를 먹는 사람한테 필요한 문구는 '이래서 당신이 살찌는 거야'뿐이에요." 사라는 대꾸한다. 그러고는 덩달아 웃지만 떨리는 코끝이 그녀의 속마음을 폭로한다. 그녀는 먼저 창밖을 휙 내다보았다가 시선을 거두어 나디아의 손, 그다음에는 목, 그다음에는 턱을 슬그머니 쳐다보고 눈은 아니지만 거의 그 근처까지 간다. 그 이후로 이어진 침묵은 그들 사이에 지금까지 흐른 침묵 가운데 가장 길다. 사라는 눈을 감고 입술을 꾹 다무는데, 눈 아래 피부가 마침내 무너진다. 그녀의 공포가 금방이라도 부서질 것 같은 방울 모양으로 책상 가장자리를 향해 떨어진다.

그녀는 아주 천천히 손에 쥐고 있던 봉투를 꺼낸다. 심리 상담사는 머뭇거리며 그걸 집는다. 사라는 이 편지 때문에 여길 찾아왔다고, 맨 처음에 온 그날이 그 남자가 뛰어내린 지 딱 10년째 되던 날이었다고 속삭이고 싶다. 그가 뭐라고 썼는지 큰 소리로 읽어줄 사람, 그녀의 가슴에 불이 나면 뛰어내리지 못하도록 막아줄 사람이 필요하다고.

사라는 다리에 대해, 나디아에 대해, 그 남자아이가 달려가 그녀를 구하는 모습을 본 일에 대해 모두 속삭이고 싶다. 그 뒤로 날마다 어떤 식으로 사람들 간의 차이점에 대해 고민했는지도. 하지만 그녀가 간신히 꺼낸 말은 이게 전부다. "나디아……당신과…… 나는……."

나디아는 책상 저편에 앉아 있는 연상의 여자를 끌어안고 싶지만, 안아주고 싶지만, 엄두가 나지 않는다. 그래서 사라가 눈을 감고 있는 동안 심리 상담사는 새끼손가락을 봉투 뒷면의 안으로 넣어서 봉투를 연다. 10년 된 자필 쪽지를 꺼낸다. 적힌 단어는 네 개다.

70

새벽이 지평선 너머로 고개를 내미는 동안 얼음으로 덮인 다리는 마지막까지 씩씩하게 버틴 별빛 아래에서 반짝인다. 솜이불과 꿈과 우리의 심장을 뛰게 만드는 꼬맹이들의 조그만 발 속에 파묻혀 아직까지 단잠을 자는 도시가 다리 주변에서 깊은 숨을 쉰다.

사라는 난간 앞에 서 있다. 몸을 숙여 난간 너머를 내다본다. 딱 1초라는 찰나의 순간 동안 그녀가 뛰어내리려는 듯이 보인다. 하지만 누가 지켜보고 있다면, 그녀의 모든 사연과 지난 며칠 동안 벌어진 모든 일을 알고 있다면…… 그녀가 그럴 리 없다는 것을 너무나 잘 알 것이다. 세상에 그 모든 과정을 거치고 이야기를 그런 식으로 끝내는 사람은 없다. 그녀는 뛰어내리고 그럴 성격이 아니다.

그렇다면?

잠시 후 그녀가 손을 놓는다.

바로 위에 서 있는데도 알고 보니 거리가 제법 멀다. 수면을 때리기까지 시간이 생각보다 오래 걸린다. 가볍게 긁히는 소리, 종이를 움켜쥐는 바람, 퍼덕이고 구겨지며 수면을 가르고 점점 멀어져가는 편지. 도어매트에서 맨 처음 그 편지를 주운 뒤로 봉투를 만 번쯤 만지작거렸던 손끝이 저항을 포기하고 그 나름의 영원을 향해 편지를 띄워 보낸다.

10년 전에 그 편지를 보낸 남자는 자신이 생각하기에 그녀가 알아야 하는 모든 것을 적었다. 그가 누군가에게 마지막으로 남긴 말이었다. 길지도 않은 딱 네 단어였다. 한 사람이 다른 사람에게 할 수 있는 가장 심오한 네 단어였다.

"당신이 잘못한 게 아니었어요."

편지가 수면을 때렸을 즈음 사라는 이미 다리 저편으로 걸어가고 있다. 거기에서 차 한 대가 그녀를 기다리고 있다. 레나르트가 안에 앉아 있다. 그녀가 문을 열자 그들의 시선이 만난다. 그는 그녀가 음악을 있는 대로 크게 들어도 아무 말 하지 않는다. 그녀는 그가 싫증 나도록 반드시 최선을 다할 작정이다.

71

흔히 인간의 성격은 경험의 총합이라고 한다. 하지만 그게 전적으로 맞는 말은 아니다. 과거가 모든 것을 규정한다면 우리는 자기 자신을 절대 견딜 수 없을 것이다. 어제 저지른 실수들이 우리의 전부는 아니라고 자신할 수 있어야 한다. 앞으로의 선택, 다가올 미래도 우리의 전부라고 말이다.

소녀는 엄마한테는 절대 화를 낼 수 없는 것이 세상에서 가장 이상한 일이라고 생각했다. 그 감정을 둘러싼 유리를 깨뜨릴 수가 없었다. 장례식을 치른 뒤에 그녀는 청소를 하고, 엄마에게 이미 다 알고 있다고 차마 얘기하지 못했던 여기저기에 숨겨져 있는 빈 술병을 끄집어냈다. 어쩌면 아이는 모를 거라는 생각이, 중독된 부모가 마지막까지 놓지 못하는 생명줄일지 모른다. 난장판을 감출 수 있다고 생각하는 걸까. 난장판은 숨겨지는 게 아니라 그저 대물림될 뿐이라고 딸은 생각했다.

예전에 엄마가 그녀의 귀에 대고 혀 꼬부라진 소리로 이렇게 말한 적이 있었다. "성격은 경험의 총합일 뿐이야. 남들이 뭐라

하건 귀담아 듣지 마. 그러니까 걱정 마, 우리 공주님. 너는 망가진 가정 출신이라 심장이 망가질 일은 없을 거야. 너는 낭만주의자로 자랄 일도 없을 거야, 망가진 가정에서 자란 아이들은 영원한 사랑을 믿지 않으니까." 그녀가 소파에서 딸의 어깨에 기대 잠이 들자 딸은 그녀에게 담요를 덮어주고 바닥에 흐른 술을 닦았다. "그렇지 않아요, 엄마." 그녀는 어둠에 대고 속삭였고 그녀의 생각은 옳았다. 낭만주의자가 아닌 이상 아이들을 위해 은행을 털 수는 없는 법이다.

소녀는 자라서 딸을 낳았다. 원숭이 하나, 개구리 하나를 낳았다. 그녀는 설명서 없이도 좋은 엄마가 되려고 노력했다. 좋은 아내, 좋은 직원, 좋은 사람이 되려고 노력했다. 매일 매 순간 실패를 두려워했지만 얼마 동안은 모든 게 잘되고 있다고 진심으로 믿었다. 상당히 잘되고 있다고. 그래서 긴장을 풀었고 무방비 상태였기에 불륜과 이혼에 심하게 뒤통수를 맞았다. 인생에 케이오당했다. 살다 보면 거의 누구나 그런 일을 겪는다. 여러분도 그럴지 모른다.

몇 주 전에, 하교하는 길에 큰사슴과 원숭이와 개구리는 평소처럼 버스에서 내려 다리를 건넜다. 중간쯤 갔을 때 아이들이 걸음을 멈추었지만 엄마는 몰랐고, 나중에 뒤돌아보니 아이들이 10미터 뒤처져 있었다. 인터넷에서 다른 도시의 다리 난간에 사람들이 매달아놓은 자물쇠를 본 원숭이와 개구리가 자물쇠를 사놓은 것이었다. "그렇게 하면 사랑을 영원히 가둬놓을 수 있어서 사랑하는 마음이 사라지지 않는대요!"

그들의 엄마는 억장이 무너졌다. 이혼한 뒤에 엄마가 자기들을 사랑하지 않을까 봐 아이들이 걱정하고 있다고 생각했기 때문이다. 이제는 모든 게 달라지고 그녀가 더는 자기들의 엄마가 아니게 될까 봐 걱정하는 것이라고 말이다. 10분 동안 흐느낌과 두서없는 설명이 이어지다, 원숭이와 개구리가 진득하게 엄마의 뺨을 두 손으로 감싸고 속삭였다. "우리는 엄마를 잃을까 봐 걱정하지 않아요. 엄마한테 우리를 잃을 일이 없다는 걸 알려주고 싶었을 뿐이에요."

자물쇠를 알맞은 자리에 매달자 철컥 소리가 났다. 원숭이가 난간 너머로 열쇠를 던졌고 세 사람 모두 뱅글뱅글 돌며 떨어지는 열쇠를 보며 함성을 질렀다. "영원히." 엄마가 속삭였다. "영원히." 아이들도 따라 했다. 걸음을 다시 옮기자 작은딸이 인터넷에서 자물쇠를 맨 처음 봤을 때 누가 다리를 훔쳐갈까 봐 그런 줄 알았다고 고백했다. 그러고는 누가 자물쇠를 훔쳐갈까 봐 그런 것일 수도 있지 않으냐고 했다. 언니가 아니라고 설명하되 동생이 바보가 된 기분이 들지 않게 잘 마무리했다. 엄마는 아이들이 틀렸을 때 인정할 줄 알고 남이 틀렸을 때 이해할 줄 아는 것을 보니 그녀와 아이 아빠가 적어도 한 가지는 제대로 가르쳤다는 생각이 들었다.

그들은 그날 저녁에 아이들이 좋아하는 피자를 먹었다. 아이들이 월세가 6천5백 크로나이고 다음 달 월세는 무슨 수로 감당할지 알 수 없는 조그만 아파트 바닥에 깔아놓은 각자의 매트리스에서 잠이 들자 아이들 엄마는 어둠 속에 혼자 일어나 앉았다. 얼마 안 있으면 크리스마스이고 그다음은 설날이며 그녀는 아이들이 불꽃놀이를 얼마나 기다리는지 알았다. 그녀가 얼마나 많은 일을 실패했는지 모르고 아직까지 그녀를 믿는 아이들을 생각하면 가슴이 찢어질 것 같았다. 날이 밝아서 아이들 가방을 싸고 있을 때 큰딸의 배낭에서 공책이 한 권 떨어졌다. 도로 넣으려는데 이런 단어가 적힌 페이지가 펼쳐졌다. '두 왕국의 공주.' 처음에 엄마는 짜증이 났다. 딸들이 공주가 아니라 전사를 꿈꾸도록 태어난 그 순간부터 공들였기 때문이었다. 아이들은 엄마를 사랑했기에 당연히 엄마가 바라는 대로 하다가, 아니 엄마가 바라는 대로 하는 척하다가 정반대로 했다. 부모에게는 눈곱만큼도 관심을 기울이지 않는 것이 아이들에게 주어진 의무이기 때문이다. 큰딸은 학교에서 자기만의 동화를 써보라는 숙제를 받고 '두 왕국의 공주'를 썼다. 으리으리하고 아름다운 성에 살던 공주가 어느 날 밤 자기 침대 밑 바닥에서 구멍을 발견하는데, 그 구멍 아래에는 신기하고 기상천외한 생물과 용과 트롤과 기타 등등 딸이 만들어낸 온갖 것들로 가득한, 아무도 모르는 신비로운 세상이 있었다. 어찌나 기상천외하던지, 현실과 한참 동떨어진 상상의 산물을 보고 엄마는 억장이 무너졌다. *현실이 얼마나 끔찍하면 이 정도의…… 도피가 필요할까?* 이런 생각이 계속 들었다. 그들만의 조그만 세상에서는 모두가 행복했고 평화로웠고 고통이 없었다. 하지만 이야기 속 공주는 금세 끔찍한 진실을 발견했다. 새로 사귄 모든 친구가 사는 신비로운 세상은 사실 서로 다른 두 왕국의 성 사이에 존재한다는 것이었다.

불안한 사람들

그중 한쪽 왕국은 왕이, 다른 왕국은 여왕이 다스렸고 둘은 서로 끔찍한 전쟁을 벌이고 있었다. 군대를 보내 싸우고 무시무시한 무기를 발포했지만 양쪽 왕국의 벽이 워낙 높고 튼튼했기에 꿈쩍하지 않았고 결국 공주는 전쟁으로는 양쪽 모두 무너질 일이 없다는 것을 깨달았다. 둘 사이에 있는 것만 파괴되고 전부 죽어 나갈 뿐이었다. 그때 엄마는 진실을 깨달았다. 왕과 여왕이 딸아이의 부모였다. 딸아이는 그들의 공주였고, 전쟁의 이유는 그녀였고, 그들이 상대를 무찌르려는 이유는 오로지 그녀를 되찾기 위해서였다. 엄마가 이야기의 결말을 읽었을 때 딸들이 막 잠에서 깨어 부스럭거렸고 엄마 안에 있던 중요한 모든 것이 산산이 부서졌다. 이야기는 공주가 새로 사귄 친구들에게 작별을 고하고 혼자 떠나는 것으로 끝났다. 그녀는 어느 날 밤 어둠 속으로 사라져 두 번 다시 돌아오지 않았다. 그녀가 사라지면 싸울 이유가 없다는 걸 알았기 때문이었다. 그래야 그녀가 두 왕국과 그 사이의 세상을 구할 수 있었다.

딸들이 일어났을 때 엄마는 같이 아침을 먹으며 아무 일도 없는 척했다. 아이들을 학교에 데려다주고 다시 걸어와 다리 중간에 서서 자물쇠를 있는 힘껏 쥐었다.

그녀는 살던 집을 두고 헤어진 남편과 싸우지 않았고, 일자리를 두고 옛 상사와 옥신각신하지 않았고, 그들의 변호사와 맞붙지 않았고, 어떤 무기도 발포하지 않았고, 분란을 일으키지 않았다. 아이들을 생각해서 참았다. 어른들의 실수가 아이들에게 영향을 미치지 않도록 최선을 다했다. 그걸로 은행을 털려고 한 이유를 설명할 수는 없다. 변명도 되지 못한다. 하지만 당신도 가끔 정말 형편없는 생각을 한 적이 있었을지 모른다. 한 번 더 기회를 누려 마땅했던 적이 있었을지 모른다. 남들도 마찬가지일지 모른다.

새해 이틀 전날 아침에 그녀는 권총을 들고 집을 나섰다. 같은 날 저녁인 바로 지금 그녀는 집으로 돌아가고 있다. 이 도시에서 앞으로 여러 해 동안 사람들 입에 오르내릴 인질극이 끝나고 몇 시간 뒤에 엄마는 딸들을 데리러 가서 묻는다. "아빠 집에서 잘 지냈어?"

"네, 엄마! 엄마는요?" 작은딸이 묻는다.

엄마는 미소를 짓고 잠깐 고민하다가 어깨를 으쓱한다. "응, 뭐…… 별일 없었어. 전부 평소랑 똑같았어."

하지만 다리를 건너는 동안 엄마는 한 손을 큰딸의 어깨에 조심스럽게 얹고 얼른 귀에 대고 속삭인다. "너는 엄마의 공주이자 전사야. 둘 다 동시에 될 수 있어. 그걸 절대 잊지 않겠다고 약속해줘. 엄마가 못난 모습을 보인 적도 있다는 거 알지만 아빠하고 엄마가 이혼하는 건…… 단 1초라도 그렇게 생각하면 안 돼…… 그게 *네*……." 큰딸은 눈물이 흐르지 않게 눈을 깜빡이며 고개를 끄덕인다. 작은딸이 빨리 오라고 재촉하자 그들은 뒤따라 달린다. 엄마가 얼굴을 훔치며 저녁에 피자를 먹겠느냐고 묻자 작은딸이 큰 소리로 외친다. "두말하면 잔소리, 세말하면 헛소리!"

그날 밤에 아이들이 엄마의 새 집이자 다정하고 황당한 에스텔이라는 할머니의 아파트에서 자려고 누웠을 때 큰딸이 엄마의 손을 잡고 속삭인다. "엄마는 좋은 엄마예요. 너무 걱정 말아요. 괜찮아요."

거기에서 그들은 마침내 찾는다. 두 왕국 사이 세상의 평화를. 신비롭고 환상적인 상상 속 생물들이 모두 쌔근쌔근 잠을 청한다. 원숭이, 개구리, 큰사슴, 할머니, 모두 다.

72

설날이 찾아오지만 달력 파는 사람이 아닌 이상 당연지사 기대했던 것만큼 엄청난 의미는 없다. 오늘이 어제가 되고 지금이 그때가 된다. 자신감이 조금 과한 친척처럼 겨울이 온 도시를 휩쓸고, 은행 맞은편 건물은 기온에 따라 색이 달라진다. 물론 대단한 건물은 못 되고, 번듯한 주거지라기보다는 창고에 가까운 곳에 임시로 흰색 커버를 씌운 회색 건물에 불과하다. 앞으로 몇 년 동안 동네 주민들은 대도시에서 온 거만한 손님에게 문을 가리키며 '저기서 예전에 인질극이 벌어진 적이 있다'고 할 것이다. 그러면 손님은 건물을 빤히 쳐다보며 콧방귀를 뀔 것이다. "저기서? 어련하실까!" 그런 사건이 이런 도시에서 벌어질 리 없다는 것을 누구나 알기 때문이다.

새해가 시작된 지 며칠이 지났을 때 여자 하나가 그 문 밖으로 나온다. 그녀는 웃고 있다. 두 딸과 함께 있는데, 두 아이가 방금 전에 웃긴 말을 하는 바람에 다 같이 휘몰아치는 눈송이 사이로 콧물을 줄줄 흘려가며 박장대소하는 중이다. 그들은 쓰레기통으로 걸어가 피자 상자를 버리고, 잠시 후에 여자는 갑자기 아파트를 올려다보며 걸음을 멈춘다. 딸 하나가 그녀를 타고 올라가기 시작하고 다른 딸은 깡충깡충 뛴다.

날이 점점 저물어가고 하늘은 1월의 검은빛이지만 저편 길가에 서 있는 경찰차가 그녀의 눈에 보인다. 나이 든 경관과 젊은 경관이 타고 있다. 그녀는 그들을 빤히 쳐다보고, 딸들은 아직 그녀의 공포를 감지하지 못한다. 그녀가 생각할 수 있는 건 이게 전부다. '애들 앞에서는 안 돼.' 불과 몇 초 사이의 일이지만 그 안에서 두 번 영겁의 시간이 지난다. 두 아이마다 각자 한 번씩.

잠시 후 경찰차가 천천히 그녀를 향해 다가온다.

그녀를 지나친다.

그대로 가다가 우회전해 사라진다.

"그녀를 연행하자고 해도 나는 이해할 거다." 짐은 조수석에서 아들이 생각을 바꾸었을까 봐 걱정하며 나지막이 말한다.

"아뇨, 그냥 확인하고 싶었어요, 우리 둘의 공동 책임일 수 있게." 아들이 운전석에서 말한다.

"공동 책임이라니?"

"그녀를 체포하지 않은 거요."

그들은 그녀에 대해 더 이상 아무 말도 하지 않는다. 건물 앞에서 본 여자에 대해서도 그들이 공동으로 놓친 여자에 대해서도. 짐은 은행 강도를 살리느라 아들을 속였고 야크는 그걸 절대 용서할 수 없을지도 모르지만, 그럼에도 그들은 함께 툭툭 털고 넘어갈 수 있을지도 모른다.

몇 분 더 그들의 도시를 달렸을 때 아버지가 아들이 아닌 다른 데를 쳐다보며 말한다. "스톡홀름에서 일자리 제안받은 거 안다."

야크는 놀라서 그를 쳐다본다.

"그 소식을 어떻게 들으셨어요?"

"내가 바보는 아니잖니, 노상은. 가끔은 그냥 겉보기에만 바보일 때도 있어."

야크는 겸연쩍은 미소를 짓는다.

"알아요, 아빠."

"수락해야지. 그 일자리 말이다."

야크는 신호를 넣고 방향을 틀고 알맞은 대답을 찾느라 한참 동안 뜸을 들인다.

"스톡홀름의 일자리를 수락하라고요? 거기서 살려면 돈이 얼마나 많이 드는지 아세요?"

그의 아버지는 결혼반지로 글러브박스에 달린 플라스틱 뚜껑을 서글프게 두드린다.

"나를 위해 여기를 지키고 있을 필요 없다, 아들."

"그런 거 아니에요." 야크는 거짓말을 한다.

어머니가 살아 계셨다면, 그거 아니, 아들? 그보다 끔찍한 이유로 어딘가를 지키고 있는 경우도 많거든, 이라고 했을 것이다.

"근무시간 끝났네." 짐이 말한다.

"커피 한잔 하실래요?" 야크는 묻는다.

"지금? 너무 늦었는데." 그의 아버지는 하품을 한다.

"차 세우고 커피 한잔해요." 야크가 고집을 부린다.

"왜?"

"지서에서 제 차로 갈아타고 드라이브 갈까 해서요."

"어디로?"

야크는 빤하지 않으냐는 듯이 묻는다.

"누나 만나러요."

그 말에 짐의 시선이 초점을 잃고 아들에게서 도로 쪽으로 미끄러진다.

"뭐라고? 지금?"

"네."

"왜…… 왜 하필?"

"조만간 누나 생일이니까요. 조만간 아빠 생신이니까요. 크리스마스까지 열한 달밖에 안 남았으니까요. 이유가 필요한가요? 그냥 누나도 집에 오고 싶을지 모른다는 생각이 들었어요."

짐은 하얀 선이 정중앙을 따라 이어지는 도로에 시선을 집중해야만 목소리가 떨리는 것을 막을 수 있다.

"하지만 차로 가려면 최소 24시간은 걸릴 텐데?"

야크는 눈을 부라린다.

"그래서 뭐요, 아빠? 중간에 커피 한잔 할 거라니까요?"

472

그래서 그들은 그렇게 한다. 밤을 새우고 다음 날에도 종일 달린다. 그녀의 집 문을 두드린다. 그녀는 그들과 함께 집으로 돌아갈 수도 있고 아닐 수도 있다. 그녀는 고향에서 더 좋은 해결책을 찾을 준비가 되어 있을 수도 있고, 이제는 날아오르는 느낌과 떨어지는 느낌 사이의 차이를 파악했을 수도 있고 아닐 수도 있다. 그런 건 사랑처럼 마음대로 할 수 없는 부분이다. 아이가 특정 나이까지 부모를 무조건적으로 걷잡을 수 없이 사랑하는 이유는 단 하나, 부모가 자기 것이기 때문이라는 말은 어쩌면 맞는 말일지 모른다. 부모와 형제자매가 당신을 평생 사랑할 수 있는 것도 똑같은 이유에서다.

진실. 세상에 진실은 없다. 우리가 우주의 경계에 대해 어찌어찌 알아낸 게 있다면 우주에는 경계가 없다는 것뿐이고, 신에 대해 아는 게 있다면 우리는 아무것도 모른다는 것뿐이다. 따라서 목사였던 어머니가 가족들에게 요구한 것은 간단했다. 최선을 다하라는 것. 내일 지구가 멸망하더라도 오늘 사과나무를 심으라는 것.

구할 수 있는 사람은 구하라는 것.

73

봄이 온다. 봄은 어떻게든 우리를 찾아오고야 만다. 바람이 겨울을 쫓아내고 나무는 바스락거리며 새들은 조잘대기 시작하고 몇 달 동안 눈이 모든 메아리를 삼켜버렸던 곳을 대자연이 귀청 터질 듯한 굉음과 함께 벼락같이 쓸고 지나간다.

야크는 당혹감과 호기심을 달래며 엘리베이터에서 내린다. 그는 손에 편지를 쥐고 있다. 어느 날 아침 우표도 없이 그의 집 도어매트 위로 툭 떨어진 편지였다. 안에 이 건물 주소와 더불어 층과 사무실 호수가 적힌 쪽지가 들어 있었다. 그 아래에 다리 사진과 다른 이름이 적힌 채로 봉인된 또 다른 봉투가 있었다.

사라는 경찰서에서 야크를 보았을 때 그간의 세월에도 불구하고 알아보았다. 그리고 그녀는 그때 그 순간을 이후에 수도 없이 재생했기 때문에, 그도 마찬가지였다는 것을 느낄 수 있었다.

야크는 사무실을 제대로 찾아서 문을 두드린다. 어떤 남자가 뛰어내린 지 10년이 지났고 어떤 꼬마 아가씨가 뛰어내리지 않은 지도 거의 같은 시간이 지났다. 그녀는 그가 누군지 모르는 채 문을 열지만 그녀를 본 순간 그의 심장은 색종이 조각으로 바뀐다. 기억하기 때문이다. 그녀가 다리 난간에 서 있었던 뒤로 한 번도 만난 적이 없지만 그럼에도 그는 어둠 속에서조차 그녀를 알아보았을 것이다.

"저는…… 저는……." 야크는 말을 더듬는다.

"안녕하세요? 누굴 찾아오셨어요?" 나디아는 친절하지만 의아해하는 목소리로 묻는다.

그는 하릴없이 문틀 쪽으로 손을 내밀고 그녀의 손끝이 그의 손끝을 스친다. 그들은 자신들이 서로에게 어떤 식으로 영향을 미칠 수 있을지 아직 알지 못한다. 그는 앞면에 그의 이름이 비뚤배뚤하게 적힌 큼지막한 봉투를 내미는데, 그 안에는 다리 사진과 그녀의 상담실 주소가 있다. 그 아래에 겉면에 '나디아에게'라고 적힌 좀 더 작은 봉투가 있다. 그 안에는 사라가 훨씬 깔끔한 글씨체로 아홉 개의 간단한 단어를 적어놓은 조그만 쪽지가 들어 있다.

"당신을 구한 사람은 당신이에요. 그는 우연히 옆에 있었을 뿐이에요."

나디아가 잠깐 휘청거리자 야크가 그녀의 팔을 잡는다. 그들의 시선이 서로를 맴돌며 춤을 춘다. 그녀는 그 아홉 개의 단어를 단단히, 단단히, 단단히 붙들지만 하고 싶은 말은 아주 간신히 내뱉는다. "당신이었어요……. 다리 위에서 내가…… 당신이었어요?"

그는 말없이 고개를 끄덕인다. 그녀는 더듬더듬 할 말을 좀 더 찾는다.

"뭐라고 해야 할지…… 잠깐만 기다려주세요. 먼저…… 먼저 진정을 좀 해야겠어요."

그녀는 책상으로 걸어가서 의자에 깊숙이 주저앉는다. 지난 10년 동안 그가 누구였을지 궁금해했는데 막상 찾고 보니 무슨 말을 하면 좋을지, 어디에서부터 시작해야 할지 도무지 알 수가 없다. 야크는 상담실 안으로 조심스럽게 그녀를 따라 들어가며, 사라가 상담을 받으러 올 때마다 똑바로 정리했던 책장 위의 사진을 본다. 6개월 전에 대규모 여름 캠핑장에서 나디아와 아이들이 찍은 사진이다. 나디아와 아이들은 웃으며 농담을 주고받고, 캠프를 후원한 자선단체 이름이 적힌 단체 티셔츠를 입고 있다. 기금을 모아 사진 속 아이들과 같은 이들을 보살피는 단체인데, 사진 속 아이들은 자살자의 가족이다. 뒤에 남겨졌을 때 자신이 혼자가 아니라는 걸 알면 도움이 된다. 그 죄책감과 수치심과 감당할 수 없는 침묵은 혼자 짊어질 수 없고, 혼자 짊어져서도 안 되며, 해마다 나디아가 여름 캠핑장을 찾는 것도 그 때문이다. 많이 듣고 적게 말하고 최대한 열심히 웃기 위해서.

그녀는 아직 모르지만 방금 전에 그 단체의 계좌로 후원금이 입금됐다. 얼마 전에 회사에서 퇴직한 뒤 거금을 쾌척하고 다리를 건넌, 헤드폰을 애용하는 여자의 후원금이다. 그들은 앞으로 여러 해 동안 여름 캠프를 열 수 있을 것이다.

야크와 나디아는 좁은 책상을 사이에 두고 앉아 서로 바라본다. 그가 희미하게 미소를 짓자 잠시 후 그녀도 똑같이 미소를 짓는데, 겁이 나는 동시에 금방이라도 웃음이 터질 것 같다. 10년 뒤 어느 날 그들은 누군가에게 느낌이 어땠는지 얘기할지도 모른다. 첫 느낌이 어땠는지 말이다.

74

진실은 무엇일까? 이 모든 사건의 진실. 진실은 이것이 여러 가지에 대한 이야기지만 무엇보다 바보들에 대한 이야기라는 것이다. 우리는 최선을 다하며 살아간다, 정말이다. 어른이 되고 서로 사랑하며 USB 단자를 어떻게 꽂는지 알아내려고 애를 쓴다. 꼭 붙잡을 수 있는 것, 싸워서 지킬 것, 손꼽아 기다릴 것을 찾는다. 온갖 수단과 방법을 동원해 아이들에게 수영을 가르친다. 모두가 이런 공통점을 가지고 있지만 그럼에도 우리 대다수는 타인으로 남고 서로에게 무엇을 하는지, 당신의 삶이 내 삶에 어떤 영향을 받는지 모르고 지낸다.

어쩌면 우리는 오늘 인파 속에서 허둥지둥 엇갈려 지나갔지만 서로 알아차리지 못했고, 당신이 입은 외투의 실오라기가 내가 입은 외투의 실오라기를 스친 순간 서로 멀어졌을지 모른다. 나는 당신이 누군지 모른다.

하지만 오늘 저녁에 집으로 돌아가거든, 오늘 하루가 끝나고 밤이 우리를 찾아오거든 심호흡을 한 번 하기 바란다. 오늘 하루도 무사히 보냈지 않은가.

날이 밝으면 또 다른 하루가 시작될 것이다.

감사의 글

J. 당신만큼 내 인생에 영향을 미친 사람도 없어요. 나의 가장 다정하고 엉뚱하며 재밌고 엉망진창이며 복잡한 친구. 이제 거의 20년이 지났지만 나는 요즘도 거의 날마다 당신을 생각해요. 당신이 더 이상 버티지 못했다는 것이 얼마나 안타까운지. 당신을 구하지 못한 내가 미워요.

네다. 12년을 함께 보내는 동안 10년을 부부로 지내며 두 아이를 낳고, 바닥에 젖은 수건을 던지는 것과 아직 알맞은 단어를 찾지 못한 감정을 두고 백만 번쯤 싸운 우리. 당신이 나의 일과 당신의 일을 양쪽 다 무슨 수로 관리하는지 모르겠지만 당신이 없었더라면 나는 지금 이 자리에 서 있지 못했을 거야. 당신이 나 때문에 미쳐버리겠다는 걸 알지만 나는 당신을 미치도록 사랑해. 오리는 함께 나는 법.

원숭이와 개구리. 나는 좋은 아빠가 되려고 노력하고 있어. 진짜야. 하지만 너희가 차 안에서 점프하면서 "이거 무슨 냄새예요? 아빠 사탕 먹어요?"라고 물었을 때 아빠가 거짓말했다. 미안.

나클라스 나트 오크 다그. 우리가 사무실을 같이 쓴 지 얼마나 됐나 모르겠네. 8년? 9년? 솔직히 내 평생 천재를 만난 적은 없지만 자네가 천재에 가장 가까워. 그리고 나는 평생 남자 형제도 없이 지냈지.

리아드 아두쉬, 유네스 야디드, 에리크 에드룬드. 내가 자주 해야 하는 그 말을 자주 하지는 않지만 다들 알 거라고 본다.

엄마, 아빠, 누나 그리고 파울. 호우샹, 팔함 그리고 메리.

반야 빈테르. 2013년부터 고집 세기가 쇠심줄 같았고 내 작가 인생 거의 처음부터 지금까지 줄곧 함께 일한 유일한 인물. 편집자, 교열자, 제3의 눈, 돌개바람 그리고 내 모든 작품의 정말 좋은 친구. 내게 항상 백 퍼센트를 할애해줘서 고마워요.

살로몬손 에이전시. 두말하면 잔소리지만 어느 누구보다 내 에이전트 토르 요나손. 내가 무슨 수작을 부리고 있는지 이해하지 못할 때에도 항상 끈질기게 나를 변호하는 친구. 무대 장치와 서커스가 너무 정신없이 돌아가고 내가 나를 잃어가고 있을 때 새로이 생긴 가족과도 같았던 마리 질렌함마르. 작업 막바지에 특별히 투입되어 교열자 겸 언어학 고문 역할을 한 세실리아 임베르그(우리 둘이 문법을 두고 의견이 엇갈렸을 때면 당신 판단이 맞았지만 나는 가끔 장난 삼아 실수를 저지르기도 한답니다).

스웨덴 측 출판사, 보크포를리게 포룸. 그중에서도 특히 욘 헤그블롬, 마리아 부를린, 아담 달린 그리고 사라 린드그렌.

이 책을 만들어보려고 끙끙대고 있었을 때 텍스트에 완벽하게 압도되면 어떤 느낌인지 일깨워주었던 알렉스 슐만. 내 원고를 읽고 수정하며 웃었던 크리스토퍼 카를손. 내가 맥주 한잔 살게요. 어쩌면 두 잔. 화요일에 여섯 시간 동안 커피를 마시며 2부 아이스하키와 베트남전 다큐멘터리 얘기를 하고 싶을 때 완벽한 1순위였던 마르쿠스 리프비.

스칸디나비아에서 한국에 이르기까지 내 책을 출간하는 해외 모든 출판사. 그중에서도 특히 미국과 캐나다에서 고집스럽게 나를 믿어주는 피터 볼랜드, 리비 맥과이어, 케빈 핸슨, 아리엘 프레드먼, 리타 실바 및 아트리아 북스와 사이먼 앤드 슈스터의 직원들, 그리고 그곳으로 내가 진출할 수 있게 도와준 주디스 커. 여러분이 제2의 내수 시장이 되었어요.

내 작품을 번역하는 모든 분, 그중에서도 특히 닐 스미스. 표지 디자이너 닐스 올손. 내가 가장 사랑하는 서적상 요한 질렌.

지난 몇 년간 나와 함께 고민한 심리학자와 상담 치료사. 그중에서도 특히 공황발작에 대처할 수 있도록 도와준 벵.

이 작품을 읽어준 여러분. 시간을 내주셔서 감사합니다.

마지막으로 에스텔이 여러 지점에서 언급한 작가들은 등장 순서대로 다음과 같습니다. 아스트리드 린드그렌(357쪽), J. M. 배리(357쪽), 찰스 디킨스(371쪽), 조이스 캐럴 오츠(371쪽), 칼릴 지브란(373쪽), 윌리엄 셰익스피어(405쪽), 레오 톨스토이(436쪽) 그리고 보딜 말름스텐(436쪽과 448쪽). 잘못 인용됐다면 나 또는 역자의 잘못이지 에스텔의 잘못은 절대 아니에요.

옮긴이의 말

고백한다. 옛말에 열 손가락 깨물어 안 아픈 손가락이 없다지만, 덜 아픈 손가락과 더 아픈 손가락은 있기 마련이라 내게도 편애하는 작가가 몇 명 있다. 그리고 그중에서도 저 윗자리를 차지하고 있는 작가가 프레드릭 배크만이다. 이유는 나도 모르겠다. 『할머니가 미안하다고 전해달랬어요』로 맨 처음 만났을 때부터 그냥 좋았다. 뭔가 작가가 독자들 앞에서 영리하게 자기 속을 감출 줄 모르고 벌거벗어버리는 느낌이었다. 온몸으로 세상과 부딪치는 용기와, 자기 안의 모든 걸 끌어내 그것으로 글을 쓰는 치열함과, 그 이면에 숨겨져 있는 여린 심성이 행간에서 고스란히 드러나는 느낌이었다. 아니다, 다시 한번 솔직하게 고백해야겠다. 작가 후기에서 페르시아어로 아내에게 사랑한다고 속삭이는 남자를, 매 작품 아내에게 헌사를 바치는 남자를, 작가와 역자의 관계를 떠나 한 사람의 팬으로서 어떻게 '흠모'하지 않을 수 있을까.

엄청난 분량의 작품을 해마다 꼬박꼬박 토해냈고 『베어타운』 후속편을 운운하던 그가 감감무소식이라 궁금하던 찰나, 3년 만에 『불안한 사람들』이라는 제목으로 출간된 신작을 접했다. 제목을 왜 '불안한 사람들'로 정했는지 그게 가장 궁금해서 인터뷰 자료를 검색해보았다. 알고 보니 그는 15년 전에 강도 사건 현장에서 다리에 총을 맞은 뒤로 심리치료를 계속 받다가 2017년 가을의 어느 날 바닥을 찍었을 때 불안을 주제로 글을 쓰고 싶다는 생각이 들었다고 한다. 하지만 극단적인 상황에 놓인 사람들이 아니라, 주위를 둘러보면 다들 모르는 게 없어 보이는데 나 혼자만 어둠 속으로 추락하는 듯한 불안에 시달리며 하루하루를 그저 버텨나가는, 자기처럼 평범한 사람들에 대해, 인생에서 성공 여부에 상관없이 찾아오는 실패감과 공허감에 대해 쓰고 싶었다고 말이다.

내가 생각하는 프레드릭 배크만의 매력은 유머다. 결코 가볍지 않은 주제들을 결코 무겁지 않게 포장할 줄 아는 능력이다. 그는 이 『불안한 사람들』에서도 쓰고 싶은 게 세 가지가 있었는데, 첫 번째가 위에서 말한 평범한 사람들의 아슬아슬한 일상 이야기였고 두 번째가 코미디였다고 하더니(세 번째는 무려…… '밀실 미스터리'였다!) 서두에서 펼쳐지는 경찰 조사실의 티키타카에서부터 배꼽을 잡게 만든다. 그의 또 다른 매력은, 아내에게 페르시아어로 사랑을 고백할 때부터 알아보았지만 감동의 포인트를 안다는 것. 어느 등장인물 하나 애정이 가지 않는 인물이 없고(사라는 심리치료를 받을 당시 자신의 모습에서 착안한 인물이라는데, 오베와 브릿마리의 계보를 잇는 듯하다) 늘 그렇듯 밑줄 쳐놓고 음미하고 싶은 문장들이 난무한다. 그리고 나는 무엇보다도 그가 이해와 용서와 희망과 연대를 꾸준히 이야기하고 있어서 좋다. '불안한 사람들'이 오늘 하루도 버틸 수 있는 원동력이 이런 것들이지 않을까. 야크의 어머니가 한 말이 맞는다. "칼에 맞지 않게 하느님이 보호해주지는 않으시지. 그래서 하느님이 다른 사람들을 주신 거야, 서로 보호하면서 살 수 있게."

감사의 글에서 '공황발작'이라는 단어를 접했을 때 가슴 한쪽이 조금 무너졌었다. 비하인드 스토리를 알고 나니 이 작품이 더욱 애틋하고 값지게 느껴진다. 앵무조개의 상처가 축적된 것이 진주라고 하지 않나. 그가 고통을 진주로 승화시켜 마침내 우리에게 공개한 느낌이다. 내 말이 그에게 전달될 일은 없겠지만 그래도 혼자서 조그맣게 속삭인다. 잘 버텨주어서 고맙다고. 앞으로도 계속 응원하겠다고. 이렇게 쓰고 나니 이것이 옮긴이의 말인지 팬레터인지 잘 모르겠다. 아무래도 팬레터에 더 가까운 것 같다.

2021년 5월
이은선

옮긴이 이은선

연세대학교에서 중어중문학을, 국제학대학원에서 동아시아학을 전공했다. 편집자, 저작권 담당자를 거쳐 전문 번역가로 활동 중이다. 옮긴 책으로는 『일생일대의 거래』『우리와 당신들』『베어타운』『하루하루가 이별의 날』『할머니가 미안하다고 전해달랬어요』『브릿마리 여기 있다』『디 아더 피플』『애니가 돌아왔다』『초크맨』『미스터 메르세데스』『사라의 열쇠』『셜록 홈즈:모리어티의 죽음』『딸에게 보내는 편지』『11/22/63』『통역사』『그대로 두기』『누들 메이커』『몬스터』『리딩 프라미스』『노 임팩트 맨』 등이 있다.

불안한 사람들

초판 1쇄 발행 2021년 5월 14일
초판 2쇄 발행 2021년 5월 26일

지은이 프레드릭 배크만
옮긴이 이은선
펴낸이 김선식

경영총괄 김은영
책임편집 이상화 **디자인** 문성미 **크로스교정** 조세현, 박하빈 **책임마케터** 이미진
콘텐츠사업2팀장 김정현 **콘텐츠사업2팀** 문성미, 박하빈, 김보람, 이상화
마케팅본부장 이주화 **마케팅3팀** 이미진, 박태준, 유영은
미디어홍보본부장 정명찬 **홍보팀** 안지혜, 김재선, 이소영, 김은지, 박재연, 오수미
뉴미디어팀 김선욱, 허지호, 염아라, 김혜원, 이수인, 임유나, 배한진, 석찬미
저작권팀 한승빈, 김재원
경영관리본부 허대우, 하미선, 박상민, 권송이, 김민아, 윤이경, 이소희, 이우철, 김재경, 최완규, 이지우, 김혜진

펴낸곳 다산북스 **출판등록** 2005년 12월 23일 제313-2005-00277호
주소 경기도 파주시 회동길 490
대표전화 02-704-1724 **팩스** 02-703-2219 **이메일** dasanbooks@dasanbooks.com
홈페이지 www.dasanbooks.com **블로그** blog.naver.com/dasan_books
종이·인쇄·제본·후가공 (주)갑우문화사

ISBN 979-11-306-3761-7 (03850)

· 책값은 뒤표지에 있습니다.
· 파본은 구입하신 서점에서 교환해드립니다.
· 이 책은 저작권법에 의하여 보호를 받는 저작물이므로 무단 전재와 복제를 금합니다.

꼭 읽어야 할, 이 시대의 모던 클래식!

눈부신 스토리텔러이자
인간 감정의 마스터
프레드릭 배크만의 새로운 대표작

★ 2017년, 2018년 아마존, 굿리즈 올해의 책
★ HBO 유럽 드라마 제작

베어타운 | 572쪽 | 15,800원
우리와 당신들 | 620쪽 | 16,800원

"우리, 작별하는 법을 배우러 여기 온 거예요, 할아버지?"

기억을 잃어가는 할아버지와 손자의
세상에서 가장 느린 작별 인사

★ 아마존 평점 4.5

하루하루가 이별의 날 | 162쪽 | 13,500원

"나는 너를 강하게 키우고 싶었는데, 너는 다정한 아이로 자랐구나."

기적이 필요한 모든 아버지와 아들을 위한
배크만표 인생소설

★ 크리스마스에 선물하기 좋은 책 1위

일생일대의 거래 | 108쪽 | 12,800원